Maretenebræ

Vol. 2

O FLAGELO DE DERNESSUS

2024

Copyright © 2024 L. P. Faustini
Todos os direitos desta edição reservados ao autor

Nenhuma parte desta publicação poderá ser reproduzida, seja por meios mecânicos, eletrônicos ou em cópia reprográfica, sem a autorização prévia da editora.

PUBLISHER	Artur Vecchi
REVISÃO E PREPARAÇÃO DE TEXTO	Ismael Chaves
CAPA, PROJETO GRÁFICO E DIAGRAMAÇÃO	Fabio Brust — *Memento Design & Criatividade*
BRASÕES E LOGOTIPO MARETENEBRAE	Guto Pais
ABADIA DE KEISHU	Guto Pais
ILUSTRAÇÃO DE CAPA	Borisut Chamnan
MAPAS	Edoardo Poli

Dados Internacionais de catalogação na Publicação (CIP)

F 268

Faustini, L. P.
   O flagelo de Dernessus / L. P. Faustini. — Porto Alegre : Avec, 2024. — (Maretenebrae; 2)

ISBN 978-85-5447-211-5

1. Ficção brasileira   I. Titulo   II. Série

CDD 869.93

Índice para catálogo sistemático:
1.Ficção : Literatura brasileira 869.93

Ficha catalográfica elaborada por Ana Lucia Merege — 4667/CRB7

1ª edição, 2017, Editora Estronho
2ª edição, 2024, AVEC Editora

IMPRESSO NO BRASIL | PRINTED IN BRAZIL

AVEC EDITORA
CAIXA POSTAL 6325
CEP 90035-970 | INDEPENDÊNCIA | PORTO ALEGRE — RS
contato@aveceditora.com.br | www.aveceditora.com.br
Twitter: @aveceditora

Salve, nobre maretenebrense!

O Flagelo de Dernessus foi um marco pessoal para mim, pois, após os primeiros capítulos deste volume, eu fui deixado por conta própria. Depois do coautor ter abandonado o projeto, passei por uma crise que durou cerca de um ano. Nesse tempo, dizia a mim mesmo que, sem ele, o segundo volume não teria a mesma qualidade do primeiro e me privei da escrita, sempre me rebaixando e achando que eu era um péssimo escritor. Certo dia, em uma conversa com meu pai, revelei a ele a minha dificuldade em continuar a saga e minhas motivações. E eis que ele me disse que iria escrever e me ajudar a desenvolver a história. Pasmem!

Com esperança renovada, demos o início a um novo projeto a dois e, agora, familiar. Antes de começarmos, meu pai teve que ler A Queda de Sieghard novamente, mas dessa vez, apoiando-se nos meus comentários sobre a trama e o futuro que reservei a ela. Logo, ele já escrevia vários parágrafos e, com o passar dos capítulos, começou a se divertir também e dar pitaco com ideias incríveis. Juntos, terminamos o segundo volume e, ao final, com minha confiança na escrita conquistada, ele passou progressivamente de escritor ativo para importante assessor, deixando grande parte dos textos sob minha responsabilidade. Então, ao meu pai, doutor Paulo Faustini, por não deixar que meu sonho terminasse, meu muitíssimo obrigado!

Gostaria de agradecer também aos meus leitores betas que chegaram ao fim da leitura e que muito contribuíram para a qualidade deste volume Briana Zamperlini, Cassiana Teodoro, Heitor de Almeida Francisco, Marcos Vinicius Ogre, Thiago Liuth, Yanna Paula; aos betas de "meia-viagem" Cleber Moreira e Stellen de Paula Torres; e ao grande mestre Michael Moorcock (autor de Stormbringer) que, como já devem saber, me inspirou a idealizar esta saga ainda aos dezesseis anos.

Finalmente, agradeço ao Criador, que criou aquele que criou este universo fantástico (eu), dentro de outro universo ainda mais fantástico, conhecido por realidade (e eu espero que pare por aí). E criou também meu querido editor Artur Vecchi, criador da editora que possibilitou a chegada deste livro em suas mãos.

E vamos de mini-resumo?

Bom, se você está lendo estas páginas, então eu creio que tenha tido uma leitura agradável de A Queda de Sieghard e está ansioso para saber o que Petrus, o camponês, encontrará no salão do Oráculo depois de ter acertado a charada proposta pelo guardião do portão — uma cabeça de dragão de bronze.

Não menos importante, acredito que você também se pergunta sobre o destino de nosso bravo ferreiro, Formiga, que lutou contra o rei dos lagartos alados, o Graouli, e foi abandonado pelo grupo em meio ao Pico das Tormentas, incapaz de avançar devido aos seus ferimentos.

E, por último, para quem torce por Chikára, a maga, há uma grande interrogação sobre o que será feito dela após ser atingida por uma rajada elétrica em seu peito, desferida quando ela tentava "roubar" a vez de Petrus.

Pesada tarefa para Sir Heimerich (o cavaleiro), Roderick (o arqueiro), Victor Dídacus (o arcanista) e Braun (o guerreiro), que ficaram às portas do salão do Oráculo, tendo que aguardar pacientemente pelo retorno daquele que, em breve, teria a resposta para a salvação do reino.

Animado? Então que os jogos comecem!

LUIZ PAULO FAUSTINI

Terras de Além Escarpas
Cinturão das Pedras
Everard
Kemen
Umar
O Grande Lago
Adaluf
Sevânia
Estreito dos Peregrinos
A Floresta dos Viventes
Umar
Colinas de
Bogdana
Salácia
O Velho Condado
Península dos Argonautas
Vellamo
Bosque dos Trapaceiros
Muireann
Praia do Arco Longo

Sieghard

- Capitais
- Pontos de Interesse
- Cidades
- Vilas
- Fortes de Fronteiras
- Estrada Real

Escarpas Geladas
Ocidental
Keishu
Oriental
Vahan
Kristallos
Tranquilitah
Pico das Tormentas
Chiisai
Terras de Sumayya
Terras de Além Escarpas
Ham
Cinturão das Penas
Nakato
Bakar
Planícies de Azaléos

PARTE I

Purgação

Sobre como uma conspiração usou uma antiga tradição para elaborar seus planos e como as duas figuras misteriosas discutem seus efeitos para o futuro de Sieghard.

I
A Chave

A luz da lanterna mostrava sinais de que, em breve, seria abraçada pela escuridão. O velho prisioneiro olhava as sombras projetadas no teto, como se pudesse falar com elas. Seu visitante ajeitou-se na pedra onde se sentava para aliviar o desconforto nas costas depois de horas ouvindo o relato do assassino de seu funcionário. Embora longo, ele ainda não havia terminado – e a pausa, ainda que breve, serviu para manter o suspense nas alturas.

— Nas atuais *auroras* – o velho prisioneiro pigarreou —, o diário de Sir Nikoláos é uma das poucas, senão a única prova em toda Sieghard de que forças de Além-Mar estiveram entre nós. Como falei, todas as bibliotecas foram queimadas pelos inimigos naqueles *verões*. Documentos foram perdidos, outros foram adulterados. Pessoas que sabiam ou poderiam saber de alguma coisa foram caladas ou... digamos... convidadas a pensar de outra maneira. Foi uma verdadeira prostituição com as fontes de nosso passado. Por isso, as informações deste diário devem ser preservadas, a fim de que preparemos nossas futuras gerações para saber lidar com o método extremamente habilidoso, embora cruel, que Linus empregara para arrebanhar mais servidores do Caos.

— Que seria...? – o visitante levantou uma sobrancelha.

— A Pestilência Cega.

— Com uma doença? – o homem riu em tom de gozação.

— Nas últimas páginas de seu diário, Sir Nikoláos narra como combateu soldados de suas próprias fileiras no cerco ao Domo do Rei. Tais soldados haviam sido acometidos pela moléstia na Batalha do Velho Condado. No entanto, *auroras* depois, lutavam ao lado das forças invasoras.

— Já considerou que os inimigos poderiam ter oferecido cura aos enfermos em troca de apoio? – observou o visitante. — Traidores existem em qualquer exército.

— Sua lógica faz sentido, porém há muito mais para se entender no mundo do que a lógica – o prisioneiro desafiou o homem, que fez um gesto de desdém. — Os soldados não eram apenas curados: eles eram renovados em expressão, olhar e entendimento. Eles perdiam seus espíritos, suas chamas criativas, e carregavam a marca da transformação em suas pupilas que, antes brancas como a neve, brilhavam agora na cor azul-celeste.

— Eu já posso, então, me sentir um inimigo da Ordem?

O ancião encarou o visitante, reparando seus olhos azuis, e riu sem mostrar os dentes.

— Se tivesse vivido naquela época, sim, mas "inimigo da Ordem" não seria bem a palavra quando sua centelha de vida é profanada e trancafiada e você vive e luta obedecendo àquele que a possui. O termo mais adequado seria "marionete do Caos", porém Linus tinha um nome mais educado. Ele os chamava de *Alumni*, ou, "sem-luz". Isso significava que, além dos inimigos, os siegardos que não foram infectados teriam que ir contra sua própria família. Qualquer um com olhos azuis poderia ser suspeito de contribuir com os projetos da força invasora e isso dificultou ainda mais a sobrevivência da Ordem.

Para o homem sentado do lado de fora da cela, o prisioneiro parecia estar bastante resoluto e convincente em seu relato. Todavia, a magnitude e gravidade dele contrastava demais com uma parte de sua própria narrativa.

— E você ainda quer me convencer que sete estranhos, incluindo um pastor de ovelhas e um ferreiro gordo, fizeram alguma diferença, como se estivéssemos falando de generais com um exército, ou anciões com grandes poderes?

— Não dizem os sábios que, às vezes, para alcançar uma conquista basta que se tenha uma boa dose de confiança e outra de ignorância? – respondeu o prisioneiro. — Aqueles que se entregaram com fé à grande jornada de suas vidas seguiram adiante sem conhecer essa e muitas outras informações. Apenas um deles soube com antecedência as consequências da Pestilência Cega. É verdade que não estou falando de generais com um exército, nem de anciãos com grandes poderes. Esses realmente se foram. Ou quase. No entanto, quando alguém conquista suas terras, você tem três opções: combatê-lo, unir-se a ele, ou fugir e resistir nas sombras do mundo. Para quem só resta escolher a terceira opção, sua maior esperança é encontrar paz em algum lugar do reino.

— A escolha dos indiferentes – apontou o visitante.

— Até o momento em que se decide não mais sofrer com pedras e flechas atiradas por uma sorte enfurecida. O indiferente é o peso morto da história. A indiferença é covardia, inépcia e parasitismo. Era preciso agir e eles sabiam disso. Insurgir-se contra um mar de provações e lutar até o fim.

— É patético pensar que eles, ainda em toda sua ignorância diante do que você falou, que eu assumo seja verdade, fariam isso sem a única peça capaz de autenticar sua luta — o jovem alfinetou, e a figura demonstrou não entender aonde ele queria chegar, resumindo-se a franzir a testa. — Um herdeiro do trono, velho homem. Não há reinos sem um rei legítimo.

Novamente, o prisioneiro olhou para as sombras no teto e assim permaneceu, perdido em pensamentos.

— Vejo que muita coisa lhe foi ocultada a ponto de desconhecer até mesmo a origem de sua linhagem — ele rebateu, e fitou brevemente o visitante. Depois, ele se ajeitou nas pedras frias da prisão e pigarreou, pronto para falar um pouco mais. — Muitos que pegam em armas não sabem das consequências de seus atos até que elas sejam reveladas. A história, em algum momento, vai fazer isso por você. E quem a tem ao seu lado, nunca está sozinho, a exemplo daquele que entrou no salão do Oráculo "em toda sua ignorância", como você mesmo disse. Ignorância sim, mas uma que o levou à frente. O fato é que existia um relato que apenas um punhado de nobres sabia, e de forma incompleta. Somente uma mulher tinha sobrevivido para contá-lo em sua integridade. E, naquele momento, ela estava muito, mas muito distante de todos.

II
Maldito Seja

Domo do Rei, Inverno do ano 454 aU

O frio corredor parecia longo demais. Os passos eram apressados, porém a sensação era de que eles estivessem se arrastando, como se seus pés estivessem presos a uma corrente ligada a um pesado globo de ferro. Tudo parecia estranhamente lento e angustiante.

Muito embora o nobre portador da mensagem enxergasse a situação que acabara de testemunhar com aflição, há muitos *verões* o povo de Sieghard aguardava com satisfação a informação que ele trazia. *Maldito seja*.

Enquanto avançava em um caminhar veloz e silencioso, um choro infantil inundava o corredor e reverberava nas paredes de pedra, chegando aos ouvidos como um grito de alívio e consolação para os moradores do Castelo da Ordem.

A escada em caracol até os pavilhões superiores do castelo adquirira uma aparência claustrofóbica, quase como se fosse um túnel por debaixo de alguma montanha das Terras de Além-Escarpas. Seus degraus — como ele nunca havia reparado neles? — de tão altos poderiam servir agora apenas para trolls.

A ansiedade aumentava à medida que a subida era superada e um labirinto em espiral, infinito em sua extensão, brotava perante seus olhos. O suor frio escorria pelas costas e gelava a espinha. *Apenas mais um pouco*, ele pensava, *e esta missão infame será cumprida*.

Enfim, a porta dupla surgiu diante dele em completo esplendor, com o símbolo da Ordem em baixo-relevo esculpido em uma chapa de *aurumnigro* e que parecia se movimentar em um espaço escuro e cheio de estrelas. O contraste com o ambiente simples e sóbrio à sua volta servia para lembrar a todos que, a partir dali, mesmo os grandes homens se tornavam pequenos, posto que detrás da porta existia uma câmara que poucos haviam visto em Sieghard. *Chegará uma aurora em que tudo isto será meu*, refletiu antes de segurar uma aldrava e bater três vezes no metal negro.

— Vida longa a Marcus e à plenitude da Ordem — saudou em voz alta.

Um dos criados abriu a porta e, já sabendo da urgência da informação, levou-o imediatamente ao próximo aposento sem dizer nada. Lá, um senhor alto se postava de pé, imponente em seus trajes suntuosos, e trazia um semblante de profunda preocupação. Atrás dele, era possível ver mapas de diversas províncias do reino pendurados nas paredes e sobre uma escrivaninha adornada com peças de *aurumnigro*. Uma flâmula com o brasão da casa Marcus — um leão rampante — se estendia acima de uma cama com lençol de franjas bordadas em ouro e pedras preciosas. O teto do cômodo era constituído por um extenso afresco com cenas campestres, concebido pelos mais importantes artistas alodianos. Outros detalhes também chamavam a atenção, a exemplo de uma armadura montada em busto de madeira e alguns cestos contendo vários papiros. Para completar a magnificência do local, janelas verticais compridas davam vista para a imensidão do Planalto Real — com a presença especial do Obelisco de Alódia, pequenino em sua lonjura, vigiando o horizonte como um guardião perfeito.

Na ponta da cama, com um olhar perdido para a janela, sentava-se um homem jovem e vigoroso, na casa dos vinte *verões* de idade. Tanto o senhor quanto o jovem possuíam porte e aparência similar: nariz afilado e reto, de rostos angulados, e finos cabelos castanhos, pouco volumosos e curtos. O que os diferenciava mais, além da idade, era a cor de seus olhos: mel vívido para o rapaz, e azul pacífico para o velho.

De súbito, todas as atenções se viraram para o recém-chegado, preparados para a informação que tanto queriam ouvir desde o início da manhã. Não era preciso fazer qualquer pergunta, apenas ouvir a mensagem.

— É chegado o seu neto, vossa majestade. Pela Ordem e pela glória de Sieghard! — disse o mensageiro para o senhor.

— Louvados sejam os deuses — comemorou o rei. — Obrigado, Sir Maya.

III
O herdeiro real

O nascimento de mais um herdeiro da família real.

Assim como os ventos das planícies de Bogdana, que levam o cheiro de suas flores perfumadas aos pescadores de Véllamo e Muireann, a notícia da vinda do pequenino príncipe se espalhou em pouco tempo pelo Planalto Real. Para a maioria dos moradores do Domo do Rei, ela veio com alegria, principalmente para a família real, pois rompia com a sina do atual monarca que tivera seu filho aos quarenta *verões* — e dessa vez, seu neto viera quando seu filho acabava de completar 22 *verões*. Marcus I, o *Velho*, não poderia estar mais contente. Embora contasse com algum vigor, sua saúde andava debilitada e a ascensão ao trono de seu filho, Marcellus, para então se tornar Marcus II, parecia iminente.

Já para outros, como era o caso de Sir Maya e seus correligionários, a existência de mais um herdeiro na linha de sucessão não era vista com bons olhos. Sir Maya, da rica e tradicional casa dos Krigare* de Vahan, era presença constante no Domo do Rei e não suportava o fato de ter que se subordinar aos atuais monarcas. Para ele, pertencer a uma alta linhagem não tornava a pessoa um soberano nato; era preciso aliar carisma com bravura, percepção com argúcia, oratória com paixão — atributos dos quais ele possuía em excesso, e que, segundo muitos nobres, eram usados para esconder sua real intenção.

---

* Os Krigare: casa responsável pela administração do Centro Acadêmico de Atividades Militares Paternigro (CAAMP), em Tranquilitah.

Embora a capital de Sieghard estivesse em festa, com ruas apinhadas de gente que em muito lembravam o período da final do torneio anual entre cavaleiros, dentro das paredes do castelo os sentimentos ainda não haviam se unido. Enquanto recebiam sentados seus súditos mais íntimos diante de uma longa mesa comprida, Marcus I e Marcellus receberam a notícia de uma aguardada e mais que importante visita.

— Está aqui Sir Heinrich, barão de Askalor — avisou um soldado ao rei.

— Mande-o entrar — ordenou, ansioso.

Uma figura magnífica entrou no recinto. Alto, trajava uma capa vermelha com a estampa do símbolo da Ordem em suas costas. O item estava fixado sobre uma armadura impecável, com detalhes em ouro e bem delineados na superfície do aço — fruto de um trabalho de qualidade da casa dos Bheli de Alódia, uma importante família local. Seus cabelos de um grisalho leve contrastavam com uma barba rala e olhos escuros. Sua presença inundava o lugar, enquanto seu semblante sério e intimidador não deixava dúvidas que aquele poderia ser o homem mais fiel à Ordem que Sieghard conheceria. Não obstante seus passos firmes em direção ao rei, uma criança — que brincava com mais um garoto no aposento — largou seus afazeres e apressou-se em pular no colo de Sir Heinrich.

— Papai! — seus olhos castanhos brilharam ao ver o pai.

O barão passou a mão nos cabelos claros e finos de seu filho.

— Heimerich! Então era aqui que você estava. Com quem está brincando, meu filho?

— Papai, olha só o que aprendi.

Sir Heinrich deixou seu filho descer do colo. De maneira apressada, ele pegou uma espada de madeira no chão e rodopiou com ela, terminando numa posição de ataque com a ponta do brinquedo a um palmo do pescoço do outro garoto.

— Heimerich, não assuste seu colega — seu pai o repreendeu, surpreso.

— Ele é meu inimigo, pai. Deve ser destruído.

— Então o transforme em seu amigo, que o destruirá do mesmo modo.

O pequeno Heimerich observou seu pai com dúvida e um pouco de desânimo, mas logo seus olhos brilharam outra vez ao compreender o que ele queria dizer. Imediatamente, largou a espada no chão e abaixou a cabeça, pedindo desculpas.

— Qual o seu nome, filho da Ordem? — Sir Heinrich perguntou ao colega do filho, que parecia espantado.

— Eu me chamo Fearghal, Sir. Sou filho de Sir Cyngmund — respondeu com orgulho.

Sir Heinrich caminhou até os dois, abaixou-se e pôs a mão sobre a cabeça de ambos.

— Fearghal e Heimerich — ele contemplou cada um. — Vocês dois podem continuar lutando. Mas, lembrem-se: os amigos nós valorizamos, os adversários nós respeitamos

— concluiu seu sermão, soltando-os, no que os dois puseram-se a brincar sem que nada tivesse acontecido.

Ao se levantar, Sir Heinrich percebeu que todos o olhavam, atônitos com sua dedicação e paciência. De fato, o barão de Askalor era muito mais que apenas o defensor de um título de nobreza. Tendo sido treinado no CAAMP, passado vários *verões* de sua vida em oração no Monastério da Ordem na Floresta dos Viventes, e liderado campanhas de sucesso a favor do governo, ele era, ao mesmo tempo, um cavaleiro, um militar e um político. Acima de tudo, entretanto, era um homem íntegro e honrado.

— Sir Heinrich — o rei, entretido, levantou-se da cadeira e o saudou.

— Majestade — o cavaleiro se ajoelhou, abaixando a cabeça.

— Erga-se, tolo — ordenou o rei —, e saúda-me com o abraço dos homens valentes desse reino — disse em um tom brincalhão.

O barão se levantou e os dois se abraçaram tal qual velhos amigos.

— Vossa Majestade me perdoe pelo comportamento do meu filho — Sir Heinrich se desculpou.

— Não tenho nada a perdoar, Heinrich — o soberano riu. — Sabe como são crianças, sempre jogadas às emoções, alheias a tudo o que acontece em volta. Deixe-as ingênuas enquanto podem.

— E por falar em criança... soube que Destino o presenteou com uma bênção — ele lisonjeou o rei, que imediatamente, virou-se para o príncipe e estendeu a mão.

Ao contrário do que Sir Heinrich imaginava, a expressão do príncipe não condizia com a realidade da importância do acontecimento. Ele trazia um semblante vazio e de profunda tristeza. Mesmo assim, o barão o saudou, recebendo um abraço fraco e o silêncio onde deveria haver palavras de agradecimento. Percebendo que seu convidado ficara desconcertado, o rei o puxou pelo braço de forma sutil.

— Marcellus não está bem — o soberano disse em voz baixa. — O bebê nasceu muito fraco e franzino. Os sacerdotes não viram nisso um bom sinal. Mas, assim como a maioria dos que estão aqui neste recinto, tenho fé e esperança de que os deuses nos favorecerão.

Sir Heinrich congelou, pois conhecia bem as tradições da realeza. Sempre que um sucessor direto ao trono de Sieghard nascia, ele era apresentado aos sacerdotes e especialistas na observação dos astros para que eles pudessem interpretar o significado do seu nascimento e, dessa forma, prever o que aconteceria no reinado desta criança — se ele seria acompanhado, por exemplo, de dor, alegria, paz ou guerra.

Entretanto, era outra tradição acima da consulta aos astros que fazia os pelos do barão se arrepiarem: a *Purgação*.

Segundo ela, todo recém-nascido com alguma deficiência, abaixo do peso, ou falhas na formação, deveria ser devolvido a *Maretenebræ*, a fim de que não maculasse o sangue da família, nem trouxesse qualquer tipo de prejuízo à linhagem, ao reino ou mesmo à Ordem. Às vezes o Grande Mar, através de Destino, não entregava uma boa criança e no futuro ela não poderia servir aos seus deveres. Assim, os reis devolviam o bebê ao oceano, rogando a ele que, da próxima vez, lhes enviasse um saudável.

Maretenebræ era como um senhor despótico e tirânico, que fazia dos pequenos príncipes o que bem entendia. Era caprichoso e cheio de vaidades.

— Não se preocupe, majestade. Os deuses estão ao seu lado, tenho certeza – afirmou Sir Heinrich em tom tranquilizador. — Aliás, onde está o bebê agora?

— No templo, com a esposa de Marcellus na companhia de Sir Maya. Em breve, a consulta aos astros acontecerá.

IV
Segredos Reais

O velho prisioneiro silenciou-se propositalmente e um curto suspense pairou no ar.

— Felizmente — o mais idoso retomou o diálogo —, a *Purgação* foi abolida poucos *verões* mais tarde. Mas não havia muito o que se fazer enquanto ela ainda estava vigente e o bebê, como esperado, deveria ser devolvido a *Maretenebræ*.

O jovem suspirou, demonstrando frustração.

— A *Purgação*, então, seria realizada – desabafou. — Não consigo imaginar o quanto isso era abominável.

— De fato, dizem que foi o que matou a vindoura rainha – revelou a figura. — Além de perder o filho, ela teve que conviver com a vergonha de ter gerado um bebê fraco e deficiente. Após sua morte, o príncipe não se casou novamente e o reino de Sieghard teria que se conformar com a ausência de uma rainha regente, caso Marcellus, futuro Marcus II, viesse a falecer.

— E quem lançaria o bebê no mar? – o visitante parecia afobado.

— De acordo com a tradição, junto a uma excursão de sacerdotes, o próprio pai.

Um novo silêncio se fez entre as duas figuras na prisão. As revelações entretinham e ao mesmo tempo assombravam, e a narrativa do prisioneiro, mesmo que não aceita em sua totalidade pelo jovem sentado na pedra, trazia-lhe profundas reflexões.

— Pesado – comentou.

— Mas não foi o que aconteceu – disse, misteriosamente, o velho. — Marcellus alegou ter contraído uma doença na *aurora* que precedeu a excursão e, quando algo assim ocorria, a responsabilidade passava para o avô da criança, nesse caso...

— Marcus I – o visitante completou. Depois, franziu a testa lembrando de algo. — Espere um momento. Não foi ele quem você mencionou que desapareceu, deixando o trono vago por vinte *verões* até que o considerassem morto? Acho que sei aonde isso vai chegar – previu, exaltado.

— Se pensou em assassinato, não está tão longe da verdade – pontuou o prisioneiro. — Porém, talvez você não tenha pensado muito bem sobre assunto.

— Seja direto, velho. Não me venha com esse palavreado como se você não soubesse quem eu sou – o homem se irritou. — Marcus I foi assassinado ou não?

A figura remexeu os olhos com a impaciência de seu ouvinte.

— Sim, ele foi – finalmente respondeu. — Só que, sem querer, Marcus tornou-se a pessoa errada no momento errado. Na verdade, o alvo do assassinato sempre fora Marcellus. Com todos os herdeiros eliminados e um rei já velho e debilitado, a coroa em breve estaria comprometida. Era o que os inimigos da realeza mais queriam; no entanto, deixando o príncipe vivo, todos os seus planos desmoronaram.

— Uma conspiração... – concluiu o jovem – que fracassou no último momento – ele fez um muxoxo e ficou pensativo. — Mas... o bebê nasceu frágil ou não? Afinal, eles precisavam desta confirmação para que a excursão ao Grande Mar acontecesse.

— E você acha que a saúde do bebê importaria para aqueles que já foram corrompidos, inclusive os sacerdotes?

V
Shifra

Trecho retirado do primeiro volume de
"Contos de Fadas Siegardos", encontrado
nas ruínas da antiga Biblioteca Sálata,
milagrosamente intacto.

Eram tempos de caos e devassidão. Homens bons se tornavam maus e crianças frágeis eram lançadas ao mar pelos adultos. Shifra nasceu nesse mundo sombrio, mas, ao contrário dele, ela era uma fonte de luz. Foi com catorze verões de idade que Shifra percebeu que algo errado acontecia no reino de Sieghard e ela decidiu tomar uma atitude contra a maldade que atingia sua terra.

Como se tivesse atendido a um chamado divino, Shifra tornou-se uma sacerdotisa do templo da Ordem. Durante *auroras* em suas orações, ela implorou para que Ieovaris perdoasse os homens pelos que eles estavam fazendo, pois ela sabia que estavam perdidos. Entretanto, sua prova de fé ainda iria acontecer.

Certa *aurora*, a pequena sacerdotisa foi chamada pelas suas superioras para cuidar do príncipe recém-nascido durante a viagem de uma comitiva real para o Grande Mar, *Maretenebrae*. Shifra se animou, pois nunca tinha viajado para tão longe, mas seu coração parou quando ela soube o real motivo da excursão: para evitar desastres no futuro, o rei iria jogar seu neto, o bebê no qual ela iria cuidar, no oceano.

Imediatamente ela se dirigiu ao altar, suplicando com toda sua fé a todos os deuses da Ordem para que poupassem a vida da criança. Em prantos, ali ela adormeceu com o rosto marcado por lágrimas, e acordou no amanhecer de uma nova *aurora* antes de o galo cantar por um turbilhão de vozes reunidas na frente do templo.

— Shifra, vamos, não se atrase – ela ouviu uma voz feminina lhe chamar, mas não conseguiu reconhecer de quem era, ou se estava sonhando.

Para a pobre e fiel sacerdotisa, cheia de ternura, recusar o convite não era uma opção, pois ela seria expulsa do templo, ficando sem moradia e sem ter o que comer. Porém, aceitá-lo doeria em sua alma. Apesar de sua pouca idade, ela sabia o que era certo e errado aos olhos de Ieovaris e prometeu a si que lutaria com mais vontade para que o deus do Caos, Sethos, deixasse os homens em paz.

Relutante, e ainda com olheiras profundas, Shifra se levantou para se juntar à comitiva. No entanto, antes de sair do templo alguém a chamou no escuro por detrás de uma coluna.

— Shifra! Ei, Shifra... – era a voz de um menino sussurrando.

A pequena jovem sabia que nenhum menino ou homem poderia entrar no recinto das sacerdotisas da Ordem. Se alguém a visse com um garoto, ela seria punida de formas inimagináveis. Óbvio que esse não era o seu desejo, mas com aquele homenzinho em especial, querer não era poder, pois perto dele suas pernas tremiam e a levavam em sua direção como se atraída por uma força misteriosa. *Seria isso o amor?* Perguntava a si mesma.

Shifra olhou para os lados e, certificando-se de que ninguém a via, foi ao encontro do rapaz.

— Nikoláos! Sabe muito bem que não deveria estar aqui!

— É claro que eu sei! Senão não estaria no escuro sussurrando, né? – o rapazinho riu. — Você vai partir para longe?

— Sim – a menina baixou a cabeça e começou a soluçar.

— Ei... o que está acontecendo? Por que está assim?

— Não sei, Nik. Isso não pode estar certo! – seus olhos lacrimejavam, e os lábios tremiam.

Nikoláos, não querendo ver a sacerdotisa choramingar, puxou a mão da amiga e colocou um pequeno objeto em sua palma.

— Toma. Vai manter você segura. É um pingente com o emblema dos Cavaleiros da Ordem que minha mãe me deu – Nikoláos fechou a mão de Shifra e a apertou. — Olha, eu ainda vou demorar para me formar no CAAMP, mas quando eu me tornar um cavaleiro, prometo te proteger, dar um fim à toda sua tristeza e acabar com todos os homens maus do reino. Toda vez que olhar para este pingente, você vai lembrar da minha promessa. Mas é só até eu me formar e depois você me devolve, tudo bem?

A garota abriu um sorriso e ergueu os olhos, que de repente se encontraram com os do amigo. Com o susto, suas bochechas ficaram levemente rosadas.

— Tenho que ir, Nik – disse ela, enquanto saia correndo sem olhar para trás, envergonhada.

Lá fora, o dia nascera sombrio, com nuvens tão escuras quanto o próprio *Maretenebræ*. Nem mesmo os pássaros cantavam. Shifra interpretou o mau-tempo como sinais de terríveis acontecimentos, enquanto os homens comuns apenas como um sinal de que deveriam se apressar. Todos os cavalos já estavam devidamente arreados e traziam em suas celas homens armados até os dentes, com alguns deles portando bandeiras. Na comitiva real estavam o sacerdote-mor e seus discípulos, o rei Marcus I, Sir Cyngmund – capitão da Guarda-Real – e seus soldados. Se não houvesse nenhum atraso, eles esperavam chegar em seu destino em duas *auroras*, no máximo.

Ao entrar na carruagem, o bebê foi logo entregue à pequena sacerdotisa e, quando ela o segurou, sentiu seu mundo estremecer, sendo tomada por uma compaixão nunca antes sentida. Era como se os próprios deuses da Ordem tivessem tocado sua alma para transmitir-lhe paz e tranquilidade. Naquele momento, ela se indagou, estarrecida, como uma criança que nem sequer havia aberto seus olhos poderia ser culpada por algo que não fizera.

A escuridão permaneceu durante toda a viagem e os animais, com medo do mau tempo, preferiam permanecer em suas tocas. Mesmo assim, Shifra não pôde deixar de perceber que alguns pássaros, em um vôo tímido, insistiam em acompanhar a excursão, como se estivessem querendo saudar o pequeno príncipe.

Duas *auroras* depois, finalmente, a comitiva chegou à costa sul de Sieghard e, próximo a uma aldeia de camponeses, o rei e seus súditos decidiram montar acampamento e ali permanecer até que a noite caísse para realizar o ritual. Dentro da tenda, parecia que o tempo estava correndo mais arrastado do que de costume, e o que deveria ser um breve momento para descanso, tornou-se uma eternidade de dor para Shifra. Quando o sol se pôs, a menina foi obrigada a entregar a criança aos cuidados do rei. Consumida pelo choro, e com muita resistência, Shifra cedeu, sendo advertida duramente que se comportasse durante a cerimônia que estava prestes a acontecer.

Acompanhado por Sir Cyngmund e a sua Guarda Real, o soberano Marcus I partiu com a comitiva abraçado ao seu neto para uma região chamada de Penhascos Negros de Sethos. O local escolhido para o sacrifício ficava no alto da mais alta falésia de

Bogdana, a menos de uma milha do acampamento. Tratava-se de um despenhadeiro colossal, terrível e profundo, que se erguia do mar. No sopé dele, ondas gigantes do Grande Mar batiam contra a parede de rochas negras e um vento úmido e quente soprava de baixo para cima. "É o hálito do próprio *Maretenebræ*", diziam os povos locais. Aqueles que se aproximavam da encosta, não podiam deixar de sentir um frio gélido na espinha diante do terror presenciado. Ninguém que porventura houvesse saltado dali tinha sobrevivido para contar história.

Os sacerdotes formaram um corredor próximo à borda do despenhadeiro e acenderam tochas que formaram duas linhas paralelas de fogo e projetaram uma espécie de dança macabra de sombras e luz no rosto dos presentes. Junto a eles, o sacerdote-mor iniciou o ritual com mantras específicos para invocar *Maretenebræ* e pedir ao Grande Mar que aceitasse a devolução da criança. Também, que trouxesse uma nova, forte e saudável, para a continuação da linhagem de Askalor, a manutenção da Ordem e da paz no reino de Sieghard.

Shifra, em um canto da paisagem, assistia a tudo de olhos bem abertos enquanto orava aos deuses pedindo para que interferissem no evento. Então, o rei surgiu, transtornado; afinal, que avô, em plena consciência, gostaria de ser responsável pela tarefa de matar o filho de seu filho? O pequeno estava em envolto em trouxas brancas e encontrava-se, de alguma maneira, pacífico frente ao seu destino. O rei percorreu o corredor entre os sacerdotes e parou a um passo do despenhadeiro. Depois, olhou para o firmamento, abaixou a cabeça, beijou a testa do bebê e, finalmente, o lançou ao mar.

Não se ouviu qualquer palavra a partir daí.

Concluído o propósito da cerimônia, a comitiva retornou ao acampamento, exceto por Shifra. A sacerdotisa ficou sentada na borda do despenhadeiro, chorando e perguntando-se por que os deuses da Ordem a abandonaram. As nuvens escuras, volumosas até então, se dissiparam e deram lugar a um céu limpo e estrelado. Ironicamente, a beleza do firmamento se desvelou, como se tivesse acabado de receber um presente. Conseguindo conter suas lágrimas, Shifra resolveu se juntar aos demais. Porém, ao se levantar, reparou que uma estrela de fogo no horizonte caía vagarosa sobre o mar e, durante um longo tempo, ela ficou ali, observando-a.

Enquanto a sacerdotisa pensava no que aquela estrela poderia significar – se um bom presságio ou se os deuses tentavam se comunicar –, atrás dela, um grande incêndio se iniciou no acampamento onde estava o rei. Ao virar-se e ver o fogo consumindo as tendas, suas pernas tremeram de espanto, mas logo ela interpretou que Destino havia ficado irado com os homens e deixou que o senhor do Caos, Sethos, ficasse livre para castigá-los.

Entretanto, Shifra também havia participado da cerimônia e não demorou muito para que os responsáveis pelo incêndio — figuras horrendas e demoníacas — a encontrassem a um passo da encosta, prontos para fazer-lhe algum mal.

A menina, porém, já havia entendido tudo.

Com os braços abertos, Shifra tornou-se para o mar, fechou os olhos e, sorrindo, tomou o mesmo caminho do pequeno príncipe ao ser lançado pelo seu avô. Os demônios ficaram sem entender e viraram as costas, decepcionados, sem perceber que, instantes depois, tal qual vaga-lumes, milhares de pontos luminosos surgiram da escuridão do penhasco e subiram aos céus.

O fogo se extinguiu, as forças do Caos voltaram para o domínio de Sethos e, depois daquela noite, o rei Marcus I nunca mais fora visto no reino, nem Sir Cyngmund ou os sacerdotes.

Quanto à Shifra, de tão pura e bondosa que era, ela ascendeu e se transformou em estrelas, vindo a se tornar o nome da décima quarta constelação dos céus de Sieghard. Junto a Destino e outros justos do reino, ela zela não só pelo pequeno príncipe e Nikoláos, mas por todos os siegardos de bem.

Eternamente.

VI
Medidas Premunidas

Com o fracasso da conspiração contra a coroa — o prisioneiro continuou —, os inimigos da realeza tiveram que adaptar seus planos e insistir na ideia de que o rei havia sido sequestrado, e que, portanto, o reino deveria ser governado por um conselho aristocrático de forma permanente até o seu retorno ou a confirmação de sua morte. Tal concepção ganhou voz na figura de Sir Maya, que fundou e liderou o grupo dos Tradicionalistas Exaltados.

— Um movimento ousado — apontou o visitante.

— Ousado sim, porém outros grupos se formaram para combatê-lo, a exemplo de Sir Heinrich, líder dos Legitimistas, que alegava assassinato e a imediata ascensão de Marcellus ao trono. Houve uma parcela de nobres que se aproveitou da ocasião para defender a criação de uma junta interina de governo, formada por eles, obviamente, mas sob regência de Marcus II, enquanto as investigações não se encerravam. Estes últimos se chamaram Tradicionalistas Moderados.

— Um reino com um rei impedido de reinar e liderado por três grupos. Em outras palavras, uma regência trina — o jovem refletiu, um pouco encucado. — Fico me perguntando como um país pode se manter coeso diante da governança de pessoas com objetivos tão distintos.

— Não se mantém – respondeu o velho. — Sir Maya poderia, com sua oratória e promessas falsas, atrair multidões, porém, enquanto o Domo do Rei era palco de um jogo político constante, fora dele rebeliões irrompiam.

— Previsível – o mais novo revirou os olhos. — Quem não veria isso?

— Qualquer um poderia ver, mas apenas Sir Heinrich tomou proveito disso ao perceber que tinha em mãos a oportunidade de pacificar os insurgentes e, secretamente, aliar-se a eles.

— Não consigo enxergar como isso poderia dar certo – observou o visitante. — Aliás, qualquer passo em falso e uma guerra civil poderia ser desencadeada, colocando em xeque a tão valiosa unificação do reino.

— Vejo que seu senso político é mais apurado que o seu senso penal – o prisioneiro importunou o outro, chamando a atenção para si. Um olhar rápido foi trocado entre eles, com o velho se certificando que seu sentenciador havia entendido. — De fato, a situação para o barão de Askalor era delicada e seus passos teriam que ter uma dose extra de cautela e paciência. Tanto que apenas vinte *verões* depois ele conseguiria se sobressair, ir contra a maioria dos nobres dentro do castelo e, finalmente, alcançar seu êxito em 474, colocando Marcellus no trono. Uma vez coroado, Marcus II convidou Sir Maya a se retirar dos prestigiados círculos da alta nobreza sob pena de morte.

O visitante riu, como se estivesse se divertindo, e deixou o prisioneiro confuso.

— Que narrativa! – ele declarou animado, não deixando claro se zombava ou não do contador da história. A velha figura ficou em silêncio até que o ânimo de seu ouvinte voltasse aos níveis costumeiros. — Por isso sua alcunha: o Ousado. Considerando o trabalho de Sir Heinrich, é realmente uma lástima que Marcus II tenha ascendido ao trono para perdê-lo dois *verões* mais tarde, assistindo ao extermínio de seu povo.

— Ele presenciou coisas piores antes de falecer – o velho olhou para o teto e estremeceu, como se estivesse relembrando um evento traumático. — Através dos efeitos da Pestilência Cega, ele viu seu próprio povo lutando a favor do inimigo e sendo assassinado por seus próprios soldados em campo de batalha – concluiu, encarando o visitante de uma forma como nunca havia feito antes. O jovem pareceu sentir o peso do olhar do prisioneiro. — E, se você prestou atenção no que eu acabei de dizer, em breve entenderá a relação entre aquele que assassinei, você e eu – avisou e, em seguida, voltou-se à posição original. — Eu poderia parar por aqui, mas acredito que a hora não seja agora. Há mais coisas que devo contar.

— Você achou que iria me intimidar, velho tolo? – o mais novo retribuiu o olhar com um ataque pessoal, talvez para demonstrar uma imposição que, no momento, não existia. — Eu já estou cheio de suas indiretas. Não tenho até a próxima *aurora* para ficar aqui com você de conversa fiada. Está desperdiçando um tempo precioso, sabe bem.

O prisioneiro inspirou profundamente e soltou o ar devagar.

— Ainda não percebeu que o tempo está do meu lado? – perguntou o velho.

— Está mesmo? – os dois se entreolharam e um ar de mistério foi criado.

— Se tem tanto tempo assim, use-o para me odiar. Acredite, o ódio é o prazer mais duradouro que existe. Porém, está longe da realidade da nobreza da qual tanto necessita para viver – o prisioneiro respondeu com mais uma afronta.

— Sua insistência não me dá outra opção – o mais novo entrou no jogo. — Afinal, esta caverna, esta prisão, tão longe dos costumes civilizatórios...é um lugar perfeito para deixar a minha nobreza. Especialmente diante de você. Mesmo com todo esse falatório, ainda é um assassino e você não tem nada que me comprove que esteja falando a verdade.

— O diário falará por si, e você mudará de ideia.

— O diário de Sir Nikoláos? – o jovem arregalou os olhos e franziu a testa, espantado. — Você está com ele?

O prisioneiro percebeu que seu ouvinte demonstrou um grande interesse pelo objeto e, em seu canto, recostado na parede, ele sorriu satisfeito com a reação.

— Deixei-o em um local seguro antes de vir para cá – revelou.

— Então, você vai me dizer onde está?

— Não enquanto eu não terminar minha história e o convencê-lo de que o que fiz foi para o seu bem e, consequentemente, para a manutenção da Ordem.

O visitante se agitou irrequieto, demonstrando ansiedade.

— Muito bem, que assim seja! – ele disparou, impaciente. — Embora você tenha falado sobre a Pestilência Cega e como depois ela foi usada para converter ordeiros em caóticos, uma coisa eu não entendo. Linus venceu a principal batalha no Velho Condado e, logo após, conquistou a capital. A batalha contra a Ordem já não estava vencida? Por que ele precisaria de mais pessoas em seu exército?

— E quem disse que ele queria vencer a Ordem? Linus queria chegar em Vahan Oriental. Seu objetivo nunca mudou, mas seus planos para realizá-lo mudaram conforme a situação, já que muitas surpresas aconteceram após seu desembarque em Sieghard. A Ordem impôs uma forte resistência nas batalhas que se seguiram e suas forças diminuíram de forma drástica. Linus precisava reforçar seu exército, pois muito além de derrotar aqueles que o atrapalhavam a cumprir seu objetivo, ele precisava vencer seu maior medo e matar aquilo que o faria perder imediatamente.

PARTE II

O Caminho dos Enviados

Sobre como a busca da verdade acabaria
por transformar exploradores em agentes
únicos de um plano misterioso e divino

VII
Memórias de um guisado

O cheiro contagiante de um guisado tomava conta de quase todos os aposentos. Um cidadão comum não saberia dizer se a carne em cozimento era de pato bravo, lebre ou javali. Mas, para uma pequena criança que perambulava nos arredores da casa, o ar da leve brisa carregada do vapor da panela que chegava a suas narinas, o guisado só podia ser de uma coisa.

— Lebre! – gritou o garoto, enfeitiçado. Com cabelos loiros quase prata cortados rente à testa, seus olhos castanho-claros por pouco não desapareciam por debaixo de sua franja. Ele era ligeiramente corpulento, com bochechas salientes e dono de um nariz redondo bem peculiar.

Dentro de uma cozinha apinhada de gente, de onde vinha o delicioso aroma, o corre-corre era grande, e o barulho de talheres, panelas e vasilhas denunciavam que a hora do almoço estava próxima. O garotinho virou-se de súbito em direção ao seu cômodo predileto. Ansioso, ele disparou pela entrada, passou pelo salão principal aos pulos e chegou à abertura arqueada que separava a área comum do grande fogão à lenha.

Um coro de vozes exaltadas ressoava no espaço abarrotado. Risadas, gargalhadas e discussões acaloradas tomavam conta da comprida mesa em que caberia fácil duas dezenas de pessoas. Meninos e meninas de idades variadas corriam de um lado para o outro em suas brincadeiras. Na cabeceira, um senhor magro e grisalho, quase calvo e com feições rígidas olhava para uma peça escura em suas mãos, concentrado e alheio a tudo que passava em sua volta.

— Eurig! – chamou uma mulher robusta ao fogão. Ela tinha cabelos loiros, braços fortes e firmes e quadris largos. Seu rosto redondo contrastava com seus olhos pequenos e pacíficos e sua pele possuía um brilho porcelânico. — Largue isso. Dê mais atenção à sua família. Pelas barbas do dragão!

— Esta não é uma peça qualquer, senhora. É *aurumnigro*! Uma vez pronta, meus clientes pagarão uma boa quantia por ela.

— Se continuar nos ignorando assim, em breve não vai ter com quem gastar suas fortunas — censurou-lhe a cozinheira.

— Deixe de sandices, Ebha! Se vocês têm comida, roupa e saúde é graças a mim e ao meu esforço diário, ora.

— Ah é? E vai adiantar ter comida se não existir alguém para cozinhar? Coma essas joias todas se for capaz! E saúde, Eurig? É sério? Eu não preciso dizer nada sobre a sua! — ela se revoltou.

— Aonde você quer chegar, mulher? Não cuspa no prato em que come! Quem paga tudo isso?

Ebha largou a colher na panela, deixou o fogão e foi ao encontro de seu marido na mesa. Aproximou-se com vigor e apontou o dedo para o seu rosto.

— Escute-me bem: uma *aurora* você irá adoecer com isso, e nem eu, nem a sua família irá te reconhecer mais!

As palavras soaram fortes no coração do patriarca. Ele próprio sabia que o seu atual vigor físico não era dos melhores.

— Muito bem – o ourives se rendeu aos apelos e afastou a peça de *aurumnigro*. — O que é que vocês desejam?

Nesse instante, o pequeno rapazinho veio a toda velocidade pela cozinha, driblou as pernas largas da mãe e enfiou seu dedo indicador na panela fumegante.

— Ai! – em um ato reflexo, ele retirou o dedo e começou a chupá-lo para tentar aliviar a dor. Não obstante, as crianças que estavam ali caíram em gargalhadas.

— Brogan! – a mãe deu-lhe um tapa na bunda. — Quando você vê comida à sua frente, não se importa com mais nada! Isso é muito feio!

— Mãe... tá faltando sal – respondeu o menino, de cabeça baixa e quase choramingando.

— Você não ouviu o que eu disse? – ela se irritou. — Onde estão suas orelhas? Vá fazer alguma coisa diferente. Vá brincar de... de.... – Ebha pensou um pouco — salvar

Alódia dos estrangeiros. Isso! Seus primos são os estrangeiros e você é o herói da comuna que vai salvar sua família e todos os alodianos.

— Mas, mãe, heróis precisam de comida – o rapazinho resmungou.

— Mais um pio e você fica sem almoço. Vai logo, vai! Zeev, vá com ele – ordenou para a criança mais velha que se encontrava ao lado de Brogan. — Callista, Aalis, vão vocês também e levem os seus primos. Não quero mais ninguém nessa cozinha!

No salão fechado da Taverna do Bolso Feliz, entre as mesas e cadeiras do espaço, uma dezena de crianças animadas se reunia enquanto o pequeno Brogan explicava o plano que sua mãe lhe tinha sugerido.

— Você não poderá nunca ser o salvador da comuna – disse um dos meninos. — Com essa barriga esfomeada, você deixaria todos sem comida – concluiu com uma gargalhada, acompanhada pelo restante das crianças.

— Ele está mais para um monstro faminto que come as pessoas – outro do pequeno bando complementou.

— Matem o monstro! – mais um deles o provocava, rindo.

— Nós que seremos os heróis. Você será o abominável monstro comilão do Norte! – disse o primeiro deles.

Diante do comportamento de seus primos, Brogan se aquietou, espantado, tal qual um duelista que descobre que seu oponente desistiu da justa. Apesar disso, as provocações e insultos de toda a ordem continuavam, e cada vez mais incisivos. Os risos debochados e as gargalhadas quase frenéticas começavam a tomar ares de uma sinfonia diabólica e cruel. Em vão, o alvo das provocações tentava se defender como podia, tanto com atos quanto com palavras.

— Ei! – disse com os olhos cheios d'água. — Vocês não podem me chamar assim! Eu posso provar que sou mais forte e corajoso do que todos vocês juntos – embora com as pernas trêmulas, ele arregaçou as mangas da blusa para tentar impor algum respeito. — Parem com esses nomes feios.

Seu apelo emocionado, no entanto, não surtiu efeito. O garoto estava a ponto de se abrir em prantos quando Zeev arremessou um bolinho de barro cozido. Esses bolinhos eram usados por Eurig Bheli para segurar seus preciosos papéis de negócios, evitando que voassem em revoada na primeira ventania. Não se sabia como ou o porquê, mas o chão estava infestado deles.

— Tome isso. É o que você merece por querer comer tudo por aqui.

Os outros o seguiram, ajuntando e arremessando bolinhos ainda maiores. Os meninos foram sendo levados de maneira inconsciente a esconderem-se por detrás das mesas e cadeiras do recinto, como se buscassem uma suposta proteção.

— Vamos irritar o monstro!

— Coma esses aqui! Veja se estão bons de sal! – gargalhou o menor.

— Encha sua barriga de banha com eles! – seguiu outro primo.

— Parem! Por favor! Isso me machuca – o jovenzinho suplicava enquanto era atacado. Por um tempo, ele tentou se esquivar, mas depois sentiu-se traído e decepcionado demais para se defender.

— Covarde! Maricas! Fracote! – responderam em coro.

— Vamos, grande monstro comilão! Está com medo desses inofensivos bolinhos de barro?

Os diminutos projéteis se multiplicavam contra o alvo indefeso e, por alguma razão desconhecida, eles já não pareciam mais de argila, mas de algo maior e mais pesado, e quente. Alucinado, o menino passou a mão sobre a testa e viu que suava. Não só seus cabelos estavam molhados de suor, mas também seu corpo. Os ataques e risos continuavam incessantes e o pobre garoto foi sendo hipnotizado. De repente, uma ferida em seu ombro se abriu e o sangue verteu dela, formando uma poça vermelho-escura no chão. Sua coxa e costas também sangravam sem parar de cortes abertos. Despedaçado pelo escárnio de seus primos, ele fechou os olhos e desabou em sua própria poça de sangue, esperando que o terror passasse. No entanto, o calor só aumentava e ele precisava fugir dali.

Ao abrir os olhos, viu que o salão estava em chamas e as bolinhas emanavam uma chama azul, transformando-se em mísseis mágicos, lançadas por criaturas de aparência grotesca e macabra. Os seres eram altos, mais que homens adultos e, de algum modo, parecia que ele já os vira antes em algum lugar distante de sua memória confusa, como uma lembrança perdida no tempo e no espaço.

— Apodreça, desgraçado! – disse o maior de todos, com a voz de Zeev. — Você já viveu o bastante à custa dos outros, comendo a comida deles e dando-lhes despesas. Pôs muitas vidas em risco por isso, por esse seu vício alucinado.

— Isso! Queime! Vamos, queime! – continuou o menor deles, com a mesmíssima voz ingênua de outro primo.

Os ataques de pesadas esferas azul-flamejantes não cessavam. Perdido e só, como uma carniça no meio de uma turba de corvos famintos, seu espírito estava totalmente entregue. Não havia mais chão, paredes ou teto, apenas uma paisagem avermelhada; e por todo o lugar um cheiro forte de enxofre, metal e carne queimada exalava.

— Quem são vocês? – o menino se esforçou ao perguntar em um suspiro final.
— Destino nos mandou aqui – respondeu um deles.
— Mas por quê? O que eu fiz de mal? Eu não sou o vilão! Eu... sou o herói! – com o corpo brutalmente queimado, sua última palavra esvaneceu como se fosse o fim do longo eco de um grito. Ele seria capaz de contar todos os seus ossos se o sangue ainda corresse em suas veias infantis.

Estou morrendo, mãe. Pai... irmã... não pude salvá-los. Desculpem-me.

Enfim, o silêncio e a escuridão.

De súbito, memórias e sensações de um homem maduro o acometeram. Os gritos e gargalhadas se foram, dando lugar a uma emoção crescente que desejava sair de seu peito. Ser um herói já não era mais uma opção, era a sua obrigação, e para que isso se realizasse ele sabia que deveria se desvencilhar de seus vícios – custasse o que custasse. Ele queria salvar seu povo e desejava ardentemente salvar sua família.

Eu não sou o vilão, eu sou o herói.

Um clarão nasceu tímido e cresceu ofuscante, suprimindo as trevas que o circundavam. Diante dele, um túnel de luz se formava e a silhueta de um homem o aguardava ao seu fim. Atraído pela beleza da forma à frente, ele saiu da gélida câmara de cegueira cheia de aranhas e sentiu o calor de seu corpo. Em um lapso de consciência, lembrou-se de onde estava antes de começar a delirar. *Estou no Pico das Tormentas.* Mas sua constatação não era nem um pouco aliviadora.

Formiga estava sozinho, ferido e ardendo em febre. Sua centelha de vida queimava uma chama tênue que se extinguia de pouco em pouco. A figura negra o chamou mais de uma vez em tom de esperança com uma voz grave e familiar, trazendo-o ao mundo real. Então, aos poucos, ele abriu o olho, incomodado com a branquidão da neve.

— Bem-vindo de volta, pequeno Brogan! Sua provação já terminou. Está na hora de salvá-los – falou a figura.

VIII
Amigos e não tão amigos

Doze avos da noite já tinham se passado desde que Petrus atravessara os pesados portões de bronze e deixado o grupo. Desde então, não se ouviu palavra alguma entre os três peregrinos que sobraram. Eles seriam quatro se Sir Heimerich, pouco tempo depois da entrada do pastor na sala do Oráculo, não houvesse saído carregando uma tocha atrás de Formiga. "Aconteça o que acontecer, não saiam daqui até o meu retorno", dissera ele, deixando uma ordem clara antes de virar as costas.

Victor Dídacus prosseguia em uma leitura minuciosa do diário de Sir Nikoláos, enquanto Braun, sentado no chão, amolava sua espada com uma pedra que carregava consigo. Roderick, já tinha perdido as contas quantas vezes ele havia colado o ouvido na porta metálica para tentar ouvir o que se passava em seu interior.

Anoitecia no topo do mundo e o frio se endurecia cada vez mais. Apesar de imenso e recheado de tochas, o templo de mármore parecia não conter nada do vento gélido que soprava lá fora, pelo contrário, parecia o acelerar entre suas colunas.

— Dragões me chamusquem! — Braun reclamou.

— Acho que eu daria tudo por uma chamuscada de dragão agora — Roderick comentou, irônico.

O guerreiro se levantou e pegou uma das tochas das colunas, lançando-a de qualquer jeito para o arqueiro.

— Pega, magricela! Não é uma chamuscada de dragão, mas vai servir pra alguma coisa.

Roderick, mostrando sua agilidade corriqueira, não teve dificuldades em apanhar o objeto. Sentindo o calor do fogo, imediatamente ele se reconfortou. Seu bem-estar só não era maior, pois, ao seu lado, o corpo de Chikára jazia inerte. O arqueiro a olhava como se não a reconhecesse. Todas as concepções que criara até então sobre ela já não mais existiam. Era como se, nos seus momentos finais, ela tivesse se transformado em outra pessoa. *Ela precisa de ajuda*, refletiu, mas restava saber como, sem causar dano a si mesmo ou aos demais companheiros – que aparentavam estarem menos inclinados à misericórdia.

— Será que ela também não está com frio? – perguntou ao demais.

O vento era forte e arrasador e rasgava tudo o que via pela frente, exceto a minúscula figura que se arrastava pela monótona paisagem branca. Envolto em um grosso cobertor de penas de ganso doado pelos Sa'arogam em Alteracke, Sir Heimerich sobrevivia graças ao esforço último de Formiga em proteger o cesto de mantimentos do Graouli. Como estaria seu companheiro, perguntava-se.

Embora esperançoso pelo que podia vir à frente, o paladino mantinha um conflito consigo mesmo e contra sua própria consciência diante do que acabara de presenciar dentro do templo e que havia deixado uma pesada atmosfera entre os peregrinos e a senhora do norte. Embora houvesse se alegrado com o pastor, Chikára se tornara uma incógnita depois de sua ação que culminou com seu corpo recebendo uma descarga elétrica proveniente da estátua de bronze. Como poderia exercer seu código de conduta, que ordenava ajudar aos mais fracos e necessitados, se não sabia se aquele ser, inerte no chão frio, era uma mulher ou um demônio? O nobre não queria admitir, mas ele estava com medo, como poucas vezes sentira em sua vida. Lembrou-se imediatamente do pai, da família, de Anna e de sua cidade em chamas, e temeu pelo desconhecido.

O pesar também se abateu sobre o paladino ao pensar que Formiga havia sido abandonado como um peso morto por decisão sua. Por um momento, a emoção falou mais alto e ele se arrependeu de sua atitude. No entanto, ao pensar que provavelmente Petrus não teria entrado no salão do Oráculo se o ferreiro tivesse seguido junto ao grupo, ele se convenceu de que tomara a decisão certa. O custo da escolha havia sido bem mais alto do que sonhava, pois Formiga era um homem pelo qual valia a pena se ter ao lado.

Quando tudo isso acabar, me ofereça um banquete em seu castelo, Sir Heimerich sorriu ao lembrar da frase de seu amigo ao ser ferido por uma flecha e, embora sutil, seu sorriso continha traços de melancolia, como se ele não soubesse se ria da própria desgraça.

— Não está sentindo esse cheiro de queimado? Ela deve estar sentindo calor – Braun respondeu Roderick de forma ríspida.

— Só se ela ainda estiver viva – o arqueiro franziu a testa.

Duas *auroras* antes, Roderick e Chikára haviam trocado farpas e suas desavenças foram suplantadas pelo espírito da vitória em terem chegado ao Oráculo. Sabendo que o grupo poderia banir a maga pelo seu comportamento, o arqueiro começou a sentir por ela um zelo até então inexistente. A sua defesa consistia em explicar que o conhecimento e sabedoria de Chikára poderiam livrá-los dos muitos perigos que ainda viriam a enfrentar, sobretudo no que dizia respeito à Pestilência Cega. Uma maga de farta erudição, e que entendesse várias línguas e idiomas, apesar de todos os seus defeitos e vícios, era o que eles mais precisavam contra outros seres de poder semelhante ou maior.

Isto é, se a Chikára que voltar a si, se voltar, for, de fato, a mesma de sempre.

— É claro que ela está viva, magricela. Aquele raio não foi suficiente para matá-la –Braun pontuou.

— E como você pode saber, Braun? Ela já está desacordada há horas!

Seguiu-se um estalo abafado, como o som de uma palma com as mãos em concha. Victor havia terminado a sua leitura do diário e o fechara de modo repentino.

— Não obstante suas confabulações sobre Chikára – o arcanista se intrometeu na conversa —, uma mísera chama não esquentaria o frio que tomou seu coração – disse, olhando para o teto e gerando olhares confusos de Braun e Roderick. — Para aprender o bem, mil *auroras* não bastariam, mas para aprender o mal, uma hora é mais do que suficiente – concluiu e depois voltou-se para o arqueiro. — Ela não está morta, apenas dorme, se é o que quer saber. Sinto sua essência vital ainda pulsando.

Apesar da estranheza da afirmação do colega, o arqueiro se aliviou, contudo o peso das palavras de Victor o deixou desconfortável.

— Não acho que ela tenha feito mal algum – rebateu. — Ela agiu impulsivamente, é verdade, mas suas intenções eram boas. Ela queria nos ajudar. Poderia estar apreensiva, nervosa, com medo. Todos nós estamos, não é mesmo?

— Há muitos homens que querem mudar o mundo e acabam destruindo tudo o que há nele apenas com boas intenções – Victor replicou. — O esforço para se chegar ao bem requer mais que uma pessoa bem-intencionada.

Roderick se engasgou ao não achar saída para responder o arcanista.

— Poderia ter sido qualquer um de nós, não poderia? – perguntou, mas ficou sem resposta. — O que acha, Braun?

— Eu? – o guerreiro balançou a cabeça em negativa. — Eu não tenho nada a ver com isso. Isso é assunto de vocês.

— Isso é assunto de todos desde que saímos daquelas colinas – Roderick tentou se impor. — Como pode ser tão insensível? Você está vivo porque nos unimos naquele momento.

— Bah! Corta essa, magricela. Estamos juntos, é verdade, e eu me doaria por ela como uma irmã se ela não fizesse besteira, o que não é o caso.

— E você nunca fez besteira em sua vida? – Roderick aproveitou o gancho.

— Talvez... – o guerreiro fez caras e bocas para lembrar — Quando tomei alguns barris de cerveja durante o festival de plantio e resolvi nadar com um javali amarrado às minhas costas. Meu pai, o grande Bahadur, obviamente, socorreu primeiro o javali, que grunhia mais do que eu. Só depois ele me salvou.

— Está vendo só? Alguém consertou o seu erro. Você foi socorrido. Não desejaria que Chikára tivesse a mesma chance? A chance de aprender algo com seus erros?

Mesmo não querendo dar o braço a torcer, Braun refletiu um pouco diante da questão apresentada por Roderick.

— Acho que se ela não aprender a lição depois de ser atingida por aquele raio, então, ela não tem mais nada para aprender – sua resposta foi curta e objetiva.

IX
O julgamento

Em meio à forte ventania, Sir Heimerich caminhava com a barba ferida pelo ar gélido e cortante. O caminho pela frente parecia não ter fim, as encostas tornavam-se mais perigosas e escorregadias, e a tocha que ele portava lutava de forma heroica para permanecer acesa. Apesar das intempéries, o firmamento escuro estava marcado por incontáveis estrelas, com a constelação de Caçador resplandecendo soberana sob sua cabeça, tal qual Bakar nas longínquas planícies de Azaléos.

Lentamente, o cavaleiro perdia seu olfato. Sua visão também não gozava de plena saúde, já que o tempo deixava seus olhos secos e o obrigava a deixá-los quase fechados. Ao contrário dele, porém, algo com todos os sentidos em pleno vigor o espreitava na imensidão branca.

Minúsculos pares de luzes piscavam na escuridão quase imperceptíveis e fitavam o nobre de forma severa. Por detrás da fumaça de neve que turvava a paisagem, a silhueta de um grande animal se delineou perante o viajante solitário. Sir Heimerich se deteve, tentando descobrir o que jazia à sua frente. Ele esfregou os olhos e, ao perceber do que se tratava, segurou firme o cabo de sua espada. *Ieovaris, a ti entrego o meu espírito*, orou, concluindo a oração com o sinal dos Cavaleiros da Ordem.

Enquanto o animal se aproximava, outros de menor porte emergiram das brumas geladas e aproveitaram a situação para cercar o paladino. Seis lobos brancos rosnavam de forma ameaçadora, destarte os bravos esforços do viajante em afastá-los com a tocha enquanto girava o corpo. Frente ao lento avanço das feras, Sir Heimerich não viu outra opção senão recuar até suas costas baterem contra uma parede de rocha.

— Afastem-se de mim, demônios! – gritava de modo incessante, enquanto tateava as pedras em busca de um refúgio.

De repente, um uivo alto fez os seis lobos pararem, como se estivessem sendo advertidos, e quase parou o coração do nobre de Askalor. De cabeças baixas, aos poucos, os animais se afastaram e abriram caminho para uma fera maior, de porte colossal e pelagem brilhante. Ao vê-lo, Sir Heimerich brandiu sua tocha, mas logo entendeu que ela não surtiria efeito nenhum sobre o monstro que o encarava quase que com um olhar hipnótico.

Tendo as outras feras ao seu redor perfazendo uma espécie de semicírculo, o nobre encontrou-se sem liberdade de escolha a não ser enfrentar o ser à sua frente. A majestosa figura branca soprou, demonstrando um certo desprezo, e o ar quente de suas narinas condensou no tempo gelado. Entendendo que deveria se preparar, Sir Heimerich sacou a espada e ergueu seu escudo.

— Venha, cria de Sethos – anunciou.

Não houve tempo para sequer pensar em atacar. O primeiro golpe da fera encerrou-se de forma violentíssima contra o escudo, produzindo uma pancada ensurdecedora. Um homem comum, até mesmo um soldado bem treinado teria sido lançado ao chão, tamanha foi a força do golpe. Ainda assim, a defesa de Sir Heimerich não o protegeu de forma eficaz, uma vez que seu escudo foi forçado para trás e ele foi ferido no queixo com uma forte pancada. Um fio de sangue caiu na neve e atiçou a meia dúzia de lobos que começaram a uivar em êxtase.

Enquanto o nobre tentava se reequilibrar, a figura branca, vendo que o momento era oportuno, lançou-se ao ar e caiu como um bloco de mármore sobre seu corpo. Por debaixo da fera, novamente, Sir Heimerich usava seu escudo para se proteger das inúmeras investidas que pareciam não perder o vigor. Com a espada presa entre o chão e suas costas, uma tentativa de contra-ataque mostrava-se impensável na ocasião.

Sabendo estar em desvantagem, o paladino lembrou-se de um estratagema arriscado, contudo eficiente, ensinado pelo seu pai ainda quando estudava no CAAMP em Tranquilitah. Este consistia em usar de qualquer meio para dominar o inimigo, não necessariamente a força física, o que o diferenciava de um bárbaro ou um guerreiro vulgar. Nessa hora, Sir Heimerich se recordou de Braun e de sua bravura, porém sabia que por mais destemido e valoroso que fosse, o kemenita e ele jamais se encontrariam em pés de igualdade.

Com o cobertor sobre o seu peito e escondido por debaixo do escudo, o paladino segurou o tecido e aguardou o próximo ataque de seu adversário direcionado à sua cabeça. Assim que o golpe veio, como esperado, o nobre deixou que o focinho da fera atingisse o cobertor dobrado e, sem perder tempo, o desenovelou sobre ela. Em seguida, levantou-se, pegou a tocha que queimava ao seu lado e ateou fogo no tecido que se incendiou em poucos instantes.

A besta se debatia tentando em vão se desvencilhar da armadilha enquanto os demais lobos uivavam em tom de revolta. Logo, o cheiro de pelo e carne queimada se espalhou pela montanha. Sir Heimerich aguardou a queda do combatente, entretanto, em um movimento desesperado, ele se jogou às cegas contra o askaloriano e os dois rolaram abaixo na neve inclinada. Hora por cima, hora por baixo, o fogo se espalhava e ardia no peito do cavaleiro. Sem sua espada, ele golpeava com socos a besta que, por sua vez, não sabia se atacava o tecido ou se defendia.

Finalmente conseguindo se impor em meio à confusão, Sir Heimerich se ergueu com algumas queimaduras no rosto e, utilizando-se de seu escudo, lançou-se para um último ataque sobre a cabeça do adversário. A borda fina do metal encontrou as presas do lobo e o sangue da besta jorrou em seu pescoço. Resfolegante, o nobre desabou de joelhos na neve ao lado do corpo inerte e queimado da figura branca. Enquanto as chamas ainda persistiam e projetavam uma estranha luz sobre o vencedor, os demais lobos já não se manifestavam.

Quando o ar já não lhe faltava mais, o cavaleiro se levantou e, devagar, tomou seu antigo trajeto, reacendendo a tocha que portava na pira funerária. A matilha, em silêncio, olhava-o como uma criança curiosa ao se deparar com um desconhecido. Sir Heimerich sabia que havia vencido o líder das feras e, por isso, elas não o atacariam. Então, ele se engrandeceu e encarou-as de forma severa, quase régia, fazendo-as abaixarem as suas cabeças. Ele havia ganhado o seu respeito e o seu temor e, de agora em diante, os lobos não mais representavam perigo.

Não para ele.

— Suas palavras têm algum fundo de verdade, guerreiro — Victor, percebendo que os ânimos entre Braun e Roderick ainda estavam exaltados, mais uma vez se intrometeu na conversa entre os dois. — O heroísmo como o do seu pai pode salvar um povo em circunstâncias difíceis; mas é apenas a acumulação diária de pequenas virtudes que determina a sua grandeza. Até aqui, Chikára nos presenteou com seu conhecimento e sabedoria, mas deixou de acumular esses pequenos, porém necessários bens. As virtudes não são ensinadas, nem tão pouco o gênio de cada um.

— Claro que são ensinadas – de forma inédita, Roderick discordou do arcanista. Mais do que isso: era a primeira vez que alguém discordava de Dídacus. Na sua tentativa de defender a maga, o arqueiro sabia que precisava debater com maturidade e segurança, e crescer em seus argumentos, mesmo sabendo que seu adversário aparentava ser muito mais sábio do que ele. — Afinal, o que aprendemos com nossos pais que aprenderam de seus pais, e que aprenderam dos ancestrais e dos grandes homens e mulheres do passado? Virtudes acumuladas por gerações e que só nos resta aprendê-las da melhor maneira possível.

— O que lhe foi ensinado, arqueiro, se chama conhecimento, não virtude — Victor rebateu, dogmático. — É verdade que sozinho você também pode adquirir conhecimentos. Eles são necessários, são uma herança válida à nossa sobrevivência. Servem para nos alimentar, nos manter aquecidos do frio, nos proteger de nossos inimigos. Os animais também fazem isso, não é mesmo? Porém, há algo maior que diferencia o homem de bestas selvagens. E é isso que se chama virtude, adquirida não pelo ensinamento de outra pessoa, mas pela própria experiência individual. A virtude é única e intransferível, como a sua essência vital nesse mundo.

Roderick aquietou-se por um momento, não sabendo como o responderia ou se conseguiria respondê-lo. No entanto, ele sabia que deveria continuar a discussão para que não a perdesse.

— Pois bem, você acha que é um homem virtuoso, mas acabou sozinho — na falta de argumentos, o arqueiro partiu para um ataque direto. — Vejamos: você não tem amigos, não tem família, não tem identidade, não consegue se relacionar com ninguém. É muito mais próximo de bestas selvagens das quais falou do que qualquer um de nós. Não consegue nem demonstrar compaixão por Chikára, alguém que está conosco há várias *auroras*. Mesmo nesse pouco tempo juntos, vivemos muitos perigos, mas, até então, ninguém sabe por que você está conosco. Afinal, o que você faz aqui? Eu só espero que tenha algo bom para me dizer.

— Você fala como se, durante estas *auroras*, a mulher não tivesse ganhado nada com a sua companhia ou a dos outros. Fala como se, durante estas *auroras*, ela tivesse feito um favor a todos nós — o arcanista respondeu de forma mais incisiva. — Não seja ingênuo, arqueiro. Nada do que ela fez foi de graça. Sempre há uma troca. É assim na maior parte das vezes com todos os homens. Comigo não é diferente, embora o que eu deseje em troca não pode ser retirado de mim, diferentemente do que Chikára deseja — Victor fitou Roderick, que demonstrava estar confuso. — Embora construções sociais podem servir a muitas pessoas, como família e amigos, elas não me dizem respeito algum. A vida é uma busca constante por algo que nos identifique, algo que os homens vulgares costumam chamar de vocação. E é exatamente essa busca que nos leva às virtudes das quais me refiro. Você me perguntou o que faço aqui, eis a minha resposta: eu busco minha vocação. O conhecimento, o estudo, a erudição, não fazem Chikára melhor, não fazem pessoas melhores, apenas as tornam mais eficientes, e você pode usar dessa eficiência para criar ou destruir algo, para curar ou para matar. Eis a diferença entre virtude e conhecimento.

— Então... você condena Chikára? – Roderick perguntou, exaltado.

— Se você entendeu o que eu disse, já sabe a resposta — o arcanista penetrou o íntimo do arqueiro com seu olhar verdejante profundo.

Roderick engoliu em seco, sentindo que havia perdido uma batalha sem que retirasse uma flecha de sua aljava. Os dizeres daquele homem misterioso o atingiram com uma dura verdade. Não havia muito mais o que falar, apenas se silenciar e refletir. Salvar o povo de Sieghard era o seu objetivo maior e ele achava que deveria ser o de todos que se juntaram e chegaram ao templo do Oráculo do Norte. Como acreditar que alguém entraria em uma perigosa aventura apenas para buscar identidade? O arqueiro queria recriminá-lo, mas não conseguia. Victor não fazia mal a ninguém, pelo contrário: já ajudara os companheiros várias vezes. Era indiferente, apenas, no que se tratava do convívio com o grupo. Uma indiferença que incomodava, mas não o suficiente para julgá-lo.

Os devaneios de Roderick foram interrompidos por um cutucão de Braun, que lhe chamou atenção, apontando para o corpo da maga em frente à entrada do salão do templo. Chikára moveu suas pernas, abriu os olhos e espreitou as paredes e o teto, tentando resgatar as últimas lembranças. Percebendo que estava sendo observada, ela ficou constrangida, mas depois, ainda desorientada, apoiou-se e ficou de pé. Ninguém a ajudou, perplexos como estavam. Voltando a si, ela olhou para as portas de bronze do Oráculo e, enfim, reconheceu onde estava e o que havia acontecido.

— Aquele verme já saiu lá de dentro?

Sem o cobertor para o proteger das baixas temperaturas, Sir Heimerich seguia com rapidez por um corredor formado por duas imensas paredes de rocha. Felizmente, a neve já havia sido deixada para trás, e o calor da tocha que segurava próxima ao rosto, embora tímido, acalentava seu corpo o suficiente para que prosseguisse com esperança.

— Estou chegando, companheiro. Aguente firme — balbuciou para si.

A passagem estreita na escuridão não lhe era estranha e não demorou para que ele reconhecesse que se tratava da mesma que havia passado ainda com a luz do dia junto a Roderick e Petrus. À noite, entretanto, as sombras davam ao lugar um aspecto muito mais aterrorizante e claustrofóbico. O paladino logo estremeceu ao pensar que encontrar um troll ou qualquer animal selvagem agora o colocaria em graves problemas. Visto isso, ele adotou um passo mais cauteloso, com um olhar focado à frente e ouvidos atentos à sua retaguarda. A proximidade das paredes fazia com que qualquer som emitido, por mais distante que fosse, ecoasse pelo extenso corredor de pedra. Sua mente vagava por todos os perigos que ele poderia encontrar e a única certeza que tinha que o deixava aliviado era saber que, enquanto estivesse no corredor, estava protegido dos lagartos alados.

A luz da tocha não era forte, mesmo assim, Sir Heimerich não pôde deixar de observar um brilho metálico refletido ao longe. Levantando a tocha, o nobre certificou-se de que não havia perigo e identificou um pequeno objeto em pé logo depois de uma massa escura próxima à parede. Aturdido com aquela visão, o nobre tratou de se apressar e ficou curioso ao descobrir que a massa escura se tratava de uma coberta. *A mesma que Formiga utilizava quando o abandonamos*, refletiu, antes de puxar o tecido e jogá-lo por sobre seu corpo, revelando uma série de manchas de sangue no solo. *Pela Ordem, ele estava exatamente aqui*, constatou ao inspecionar o local. *Para onde ele teria ido? Por qual razão teria deixado sua coberta aqui?* O nobre se perturbava, principalmente depois de perceber que não havia resquícios de algum combate, rastros ou pegadas no entorno.

As dúvidas martelavam sua cabeça, mas foi ao ver o objeto metálico logo à frente que seu sangue gelou de uma só vez. Fincada com a ponta no chão, uma adaga – a mesma que Petrus havia deixado com o ferreiro – encontrava-se sobre um desenho de um símbolo feito, provavelmente, à mão ou com a lâmina da arma à sua frente. Um símbolo já conhecido pelos peregrinos, porém indecifrável, descoberto oculto atrás do poema escrito por Ume. O que o desenho significava e qual a relação que ele tinha com o ferreiro, Sir Heimerich não poderia saber. O fato era que seu colega havia desaparecido.

E talvez, até mesmo tenha sido vítima de algum tipo de ritual.

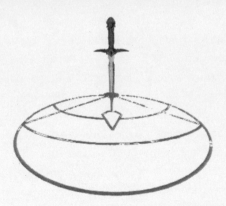

X

O Oráculo do Norte

Petrus havia acabado de entrar no salão do templo quando o portão de bronze se fechou abruptamente atrás dele com um forte tremor. À sua frente, uma luz âmbar brilhava por detrás de um enorme bloco comprido de pedra. O pastor tinha as pernas trêmulas e não conseguia dar um passo, tamanho o seu temor. Ele não queria admitir, mas estava petrificado. De repente, um forte perfume adocicado, como jasmim, invadiu suas narinas, deixando-o mais leve e aliviado.

Diferente do templo anexo, o teto do salão era baixo e seu interior não possuía colunas, no entanto, apesar de sua simplicidade, as paredes de mármore possuíam runas em baixo relevo e passavam a impressão de sacralidade. Por ser um espaço pequeno e confinado, a temperatura se elevava e deixava a atmosfera do local reconfortante.

Seduzido pelo cheiro inebriante, Petrus conseguiu tirar coragem de onde não existia e dar seus primeiros passos em direção à fonte da misteriosa luz. Tomado pelo medo, ele começou a falar consigo mesmo, balbuciando palavras que nem mesmo ele ouvia, enquanto apertava com força a ponta do cinto de corda em sua cintura. Seu caminhar estava um pouco alterado, talvez mais solto, talvez mais etéreo, e seus olhos azuis estavam vidrados para absorver qualquer luminosidade que viesse daquele ambiente.

O bloco de pedra era, de fato, muito maior do que ele supôs inicialmente, e tinha um formato peculiar: ele parecia representar uma figura humana. Petrus não saberia dizer ao certo, já que sua visão estava inexplicavelmente embaçada. Mesmo assim, após esfregar suas vistas, ele conseguiu identificar a nuca, ombros e costas da estátua. A figura era imensa e nunca em toda sua vida ele tinha visto uma obra de arte tão surpreendente.

Ao dar a volta, passando ao lado da cabeça, Petrus se deparou com uma tocha que queimava no centro do espaço sobre um pequeno pilar retangular de mármore branco. Aproximando-se do objeto, o pastor percebeu que não havia mais nada para além daquele pilar exceto paredes. Decepcionado, ele se virou para a estátua e ao olhar para ela, inclinando sua cabeça, sentiu-se pequeno, como um broto em meio a uma floresta de sequoias. A figura era de um velho nu deitado de lado, apoiado sobre seu cotovelo direito e com o tronco levemente erguido. Seu braço esquerdo segurava uma balança acima de seus joelhos unidos, que, dobrados em um ângulo reto, pareciam abraçar a pira como se a protegessem de um vento que não existia. A barba descia de seu queixo como uma cortina e repousava ao chão, lembrando um colchão de nuvens.

Seu medo, então, deu lugar a uma certa curiosidade infantil, mas logo o temor o engoliu novamente ao perceber que o rosto da figura não lhe era estranho. Havia uma certa familiaridade distante em seus traços. Infelizmente, porém, Petrus não teve muito tempo para observá-la, pois sua visão perdia a capacidade de distinguir formas e cores. Receando estar sonhando acordado e prevendo que, a qualquer momento, poderia perder os sentidos, o pastor esfregou mais uma vez as vistas e beliscou o próprio braço — confirmando, para seu desalento, que seu corpo gozava de plena saúde.

Sem ver nada, a mente de Petrus foi levada para infindáveis lembranças de rostos que passaram em sua vida: o de sua mãe e o de seu pai, os de seus irmãos enquanto pescavam no rio Nakato, os de amigos de sua juventude. Nada, porém, o fazia lembrar a quem pertencia aquele rosto de expressão melancólica, e ao mesmo tempo, determinada da estátua, de feições severas e nobres.

— Fique tranquilo, pequena alma.

O camponês se assustou ao ouvir uma voz despretensiosa ecoar no salão, falando de forma tão pausada que parecia estar medindo as palavras.

— Vamos conversar sobre o assunto de nosso mútuo interesse.

A voz ecoou novamente, perturbando Petrus. Dessa vez, ela tornou-se factível, concreta, reconhecível, porém impossível de se observar os detalhes de sua entonação, pois se modificava por completo a cada instante. Sua forma firme e ecoante estava bem evidente e agora chegava ao camponês como se falasse ao pé do ouvido. Ele, por sua vez, passou a mão sobre a testa e viu que estava molhada com um suor frio. *De onde veio essa voz? Estou imaginando coisas?* Não sabendo o que pensar, Petrus entrou em parafuso. As perguntas sem respostas se multiplicavam, bem como todas as lembranças que tinha sentido momentos antes.

— Você não está imaginando coisas, pequena alma. Não deixe que a dor que acabou de sentir ao se beliscar seja em vão — disse a voz, ligeiramente grave, clara e menos impessoal.

Petrus, sentindo-se um pouco mais confortável com o que ouvia, respirou fundo e tentou se acalmar. *Eu consigo fazer isso*, ele se encheu de confiança.

— Ótimo, pequena alma, pois do contrário, também em vão teria sido sua vinda aqui. Sua resposta para o enigma de meu guardião foi o que poderíamos chamar de... — a voz pareceu parar para pensar. — Capricho de Destino. Você saberá meu nome daqui a pouco, mas, em primeiro lugar, é preciso se convencer de que, além do seu mundo e das coisas em que sempre acreditou, com as quais sempre lidou, existe um outro nível, outra dimensão, ou o que queira chamar. Muito pouco lhe ajudariam as leituras que, porventura, a senhora de Keishu passaria para você. Às vezes, a simplicidade é melhor do que as coisas complexas. Simplicidade que seus pais lhe ensinaram. Lembra-se, pequena alma? Lá se vão muitos *verões*, não é verdade?

O pastor titubeou frente à fala do Oráculo, entendendo que ele sabia um pouco de seu passado e de Chikára. A voz mantinha-se firme e pausada, porém ela nem sempre vinha da direção da estátua. Petrus pareceu ouvi-la às suas costas, embora tivesse iniciado a conversa à sua frente.

— Agora você aprenderá sozinho, como homem suave que é, algumas coisas que não conseguiram ou conseguiriam lhe ensinar. Sei que a pergunta que tem a me fazer, a única que é possível para ajudar seus amigos, está praticamente pronta na ponta de sua língua. Devo dizer que essa pergunta também é de meu particular interesse.

Um novo silêncio se fez na câmara e Petrus caiu em uma nova tentação. Sua mente tentava projetar um rosto para a voz que ouvia, como se ele pudesse dar uma identidade à estátua e livrá-lo do desespero. Várias vezes o rosto se remodelou, sempre se baseando na figura de um velho, entretanto, parecia que quanto mais ele tentava, mais seu desespero aumentava.

— Q... q... quem é... — frustrado, ele buscou uma resposta mais direta.

— Muito cuidado com suas perguntas, pequena alma — a voz, sabiamente, o interrompeu. — Não foi para isso que veio aqui. Mas eu entendo sua angústia. Deixe-me que eu me antecipe: para você e apenas para você, meu nome é Cam Sur, ou Amc' Rus, o que no fim das contas não faz diferença; ou Oráculo do Norte nas línguas vulgares. E estou certo de que esse nome não lhe é desconhecido. Embora sua memória ainda esteja um pouco perturbada.

— Como soube que...

— Cale-se, pequenino! Você não prestou atenção no que eu disse?

Petrus arfou, se dando por vencido. Por um momento, ele pensou na mulher que fugiu da Casa de Cura em Alódia. *Acho que estou ficando como ela.*

— Não se preocupe com sua sanidade, ela está intacta e posso lhe garantir. Também estava a daquela mulher. Porém, há entre nós forças mais relevantes que aquelas que acontecem dentro da mente humana.

Pelos últimos dizeres de Cam Sur, se é que era esse mesmo o seu nome, o camponês estremeceu ao supor que ele estava lendo os seus pensamentos. Quase que como um teste, então, ele pensou em Rurik.

— Falaremos do seu amigo lupino depois – disse a voz, confirmando as suspeitas. — Primeiramente, vamos tratar de sua pergunta, pequena alma, e não pense que eu não sei o que você está pensando. Não há nada que você não consiga esconder de mim. Você sabe agir bem quando necessário, não há dúvida, e seu lugar diante de mim é merecido. Seria deplorável que quisesse apenas saber o meu nome com essa oportunidade. Posso lhe dizer onde procurar informações importantes, especialmente dentro de si e acerca de si. Enfim, proponho-me ajudá-lo a buscá-las. Se aceitar, sairá daqui não apenas como alguém que cruzou as portas de bronze do Topo do Mundo, mas como um novo homem.

A troco de que? Petrus estremeceu ao refletir no primeiro pensamento que lhe ocorreu. Em seu saudoso Velho Condado, muitas eram as histórias sobre homens que subiam o Topo do Mundo e não retornavam pelos mais diversos motivos.

— Bem... essa questão exige o uso de toda a sua simplicidade. De início, devo dizer que não quero o seu sangue, pequena alma, ou alguma parte de seu corpo. Já tenho um imenso número de servidores e, sendo franco, não sei o que poderia fazer com eles. Ademais, você não dispõe de um vigor atraente, ao contrário, é preguiçoso e frágil. Seu pobre corpo em nada me convém.

— Estou perdido... – Petrus balbuciou, confuso, não sabendo se Cam Sur estava falando sério ou se o que ele acabara de dizer seria uma grande brincadeira de mau-gosto.

As palavras do camponês ecoaram no salão em meio a um breve silêncio. O peregrino se sentia exausto com toda a situação e, inspirando profundamente, desejou voltar para sua fazenda de ovelhas.

— Em troca das preciosas informações que você receberá – o Oráculo retornou quando Petrus soltava o ar —, inclusive a minha singular sabedoria, você deverá revelar a seus semelhantes que um deles está para trair a todos os outros. Isso será muito duro, em especial para você. Porém, quando chegar a hora, terá que aprender a perdoar esse traidor.

— Eu... eu não estou entendendo – Petrus franziu a testa.

— Está entendendo sim — retorquiu Cam Sur, sem se irritar. Sua voz agora vinha da direção da estátua. — O traidor será revelado em breve e minha contribuição aqui é elementar. Ordem e Caos irão se encontrar nesse ser, assim como Ieovaris e Sethos. É um ciclo. Aconteceu com outros mortais no passado, e está para acontecer mais uma vez. No entanto, nessa oportunidade, você tem a obrigação de perdoá-lo. Você sabe, pastor do Velho Condado, que a realidade é a mesma para todos os homens, mas os componentes emocionais não o são. O que quero dizer é que ninguém é totalmente bom ou mau. Um mesmo homem é capaz das maiores atrocidades e dos gestos mais desprendidos e altruísticos. É capaz de amar e matar a quem ele ama. Nesse último caso, as emoções morrem, pois elas têm a duração de quem as possui, mas a realidade, você sabe, ela permanece.

Petrus arregalou os olhos, demonstrando que o acompanhava.

— Vamos ser práticos e falar de coisas concretas e objetivas: em caso de falha, não haverá espaço em Exilium para perdão, nem o seu, nem o de quem quer que seja. O perdão deixará de existir, e em consequência, a Ordem que tanto preza.

A frase final bateu como um martelo pesado em sua consciência. Era difícil acreditar que toda a grandiosidade existencial da Ordem e seus deuses estava ligada a um único e simples ato humano de boa-fé. O camponês tentou entender as circunstâncias em que se via inserido. Sabia perfeitamente que o Oráculo era a entidade mais poderosa de Sieghard, e que acabara de confirmar que se fartava com o corpo e o sangue dos que se atreviam a pôr os pés em sua casa. Ele era Petrus, um pastor, um insignificante peregrino errante que vagava desde que sua terra fora invadida por homens de Além-Mar, e havia feito vários amigos desde então. Um deles os trairia. A menos que estivesse sendo iludido por um feitiço poderosíssimo, encontrava-se face a face com aquele que poderia mudar todo o curso de sua vida, e a de todos ao seu redor.

Cam Sur não poderia estar exagerando.

— Isso mesmo, Petrus. Sua composição de tempo, lugar e circunstância está correta.

— Eu tenho medo de não conseguir. Toda essa responsabilidade só me deixa ainda mais nervoso... – o pastor abaixou a cabeça, entristecido.

— Você é manso e simples de coração, lembre-se disso. Torne-se aquele que você nasceu para ser.

— Mas eu...

— Não direi mais nada, pequena alma. Apenas responderei à pergunta de que tanto necessita.

A voz se calou abruptamente e Petrus recobrou a visão. À sua volta, não havia nada fora do incomum. A estátua retinha um único rosto e a pira continuava queimando – apesar de que, estranhamente, sua chama não emanava algum calor. *Eu estava sonhando o tempo todo?*

Ele se indagou, ainda em dúvida do que acabara de acontecer. Porém sua lucidez o dizia que ele havia, de fato, estado em contato espiritual com o Oráculo e seu estado sóbrio só podia ser justificado pela importância da pergunta que ele teria que elaborar agora.

Novamente, ele sentiu as pernas voltarem a tremer. O destino de Sieghard dependia de apenas uma pergunta. Como a faria? Como um simples homem do campo poderia carregar este fardo? Ofegante e prestes a desmaiar, ele se abaixou, colocando um joelho no chão. Seu mundo rodava e ele parecia não ter ar. Em uma crise de ansiedade, começou a temer receber uma resposta insuficiente, não importando qual fosse a pergunta. Ele poderia perguntar como salvar o reino, como vencer os inimigos ou como restituir a Ordem; e todas elas poderiam ser respondidas com "nada disso pode ser feito", tornando sua presença ali inútil.

"As emoções morrem, mas a realidade permanece", lembrou-se das palavras do Oráculo.

Esforçando-se para manter-se são, Petrus voltou-se para dentro de si e para a realidade ao seu redor. Ele era um homem simples que morava afastado da capital, Askalor, e, por consequência, bem longe das intrigas políticas que lá repousavam. Mesmo considerando a política irrelevante, nunca havia duvidado da capacidade de liderança do rei de Sieghard. Considerava-se um homem fiel ao seu soberano e à Ordem, assim como grande parte do povo siegardo – talvez nem tanto os sálatas. Ele não sabia se era por causa do rosto nobre da estátua, ou de seu segundo nome, Amc' Rus, digno dos nomes de importantes casas askalorianas, mas...

Algo naquele salão o fez pensar no rei.

Sua mente se virou para Marcus II, o Ousado, morto em batalha. Depois, ele refletiu em Marcus I, o Velho, que fora dado como desaparecido – pelo menos, assim falavam. Ele não conhecia a história e nunca teve curiosidade em saber. Contudo, pensava ele, se tinha alguém que podia e merecia salvar a Ordem, esse alguém teria que pertencer à linhagem real – e a salvaria com a sabedoria que apenas um herdeiro do trono teria. Portanto, ele não seria digno de tal ato. Nem ele, nem seus amigos. Mas, se de alguma forma esta sabedoria tivesse sido repassada a alguém externo como um meio de proteger a Ordem para que ela não fosse extinta? Definitivamente, os segredos dos reis não poderiam ser confinados apenas à linhagem real. A sabedoria dos herdeiros dos tronos não podia morrer.

Petrus se exaltou e levantou-se de maneira firme e impetuosa. Tinha na ponta da língua a pergunta a ser feita ao Oráculo.

— Cam Sur! – gritou, surpreso consigo mesmo com tal atitude.

— Sim, pequena alma? – a voz retornou.

— Eu tenho uma pergunta para lhe fazer.

XI
A chama da eternidade

— Bem, senhora — Roderick hesitou ao responder Chikára, que tinha acabado de acordar com um mau-humor bastante ofensivo. — Se a senhora se refere a Petrus, ele ainda não voltou..

A maga preparava mais uma pergunta quando um estalo às suas costas chamou a atenção de todos. As portas de bronze se abriram com um rangido longo e agudo, enquanto um brilho intenso surgira da fresta recém-aberta. Por um momento, a luz ofuscou os peregrinos, e quando suas vistas se acostumaram, eles observaram que ela provinha de uma tocha, segurada por ninguém menos que aquele que entrara no salão do Oráculo: Petrus de Bogdana.

Os olhos vidrados do camponês rapidamente denunciaram de que ele estava fora de si. Parado à frente da porta, ele parecia procurar alguma coisa, ignorando os colegas. Quando tentou retomar os passos, logo tropeçou nas próprias pernas e desabou sobre a maga, que estava mais próxima da entrada do salão. Chikára tentou segurá-lo, contudo, a queda foi inevitável — e, embora o episódio tivesse trazido um tom cômico e peculiar, a diversão logo tornou-se preocupação no que a tocha que Petrus segurava caiu por debaixo das vestes compridas e pesadas da mulher, sem que ela percebesse.

— Pelas barbas negras do dragão — Braun balançou a cabeça em negação frente à trapalhada.

Prevendo o desastre, Roderick correu para evitar o pior.

— Chikára, a tocha! – ele fez sinal para que ela saísse de sua posição.

Alheia ao perigo, a maga rolou de lado em um ato-reflexo, porém suas roupas estavam intactas. Não havia marcas de queimadura ou mesmo de tecido queimado. No chão, a tocha continuava em seu crepitar constante sem perder seu brilho. O arqueiro estancou, olhando para a maga, tentando entender o que acabava de acontecer. Estariam as suas roupas protegidas com magia? Desde quando? O relâmpago que a atingira antes teria alguma coisa a ver com isso?

— O pastor não se mexe – Victor alertou, atento.

— Herói! – Roderick deixou suas especulações de lado para acudir seu companheiro. Ao se aproximar, ajoelhou-se e apoiou a cabeça de Petrus sobre suas mãos. — O que fizeram com você? Diga alguma coisa, vamos, qualquer coisa! – suas tentativas foram inúteis. Petrus continuava imóvel, com os olhos azuis arregalados contemplando o vazio, como se estivesse sob efeito de alguma força mística poderosa. *Seria a Pestilência?* Supôs o arqueiro. — Petrus, pela Imaculada Ordem! Você não! – ele se lamentava em desespero.

Braun apareceu logo em seguida, tocado pela insistência de Roderick ao querer acordá-lo e sentido pela situação de Petrus. Ainda nas Colinas de Bogdana, ele havia se posicionado contra a entrada do camponês no grupo e lembrou-se de sua ira e rispidez. Com o tempo, porém, aprendeu a tolerá-lo e, até mesmo, a gostar dele quase como um irmão mais velho. Ele não falava nada, obviamente, pois considerava que seus punhos falariam por si. No entanto, em seu íntimo, estava triste de verdade e, também, indignado por ver Petrus nessas condições. Se o camponês acordasse a qualquer momento, ele seria capaz de abraçá-lo e, ao mesmo tempo, dar-lhe uns bons cascudos.

Momentos antes e um pouco afastado da cena, Victor Dídacus ajudou Chikára a se levantar e assim que o fez, a maga o deixou, ignorando-o sem dizer nada, e foi ao encontro de Braun e Roderick.

— Creio que ele não pode te ouvir, Roderick – ela analisou o semblante de Petrus. — Sua essência está fora desse mundo. Nesse momento, ele deve estar em algum lugar no plano espiritual. Se o seu coração ainda bate, ele não entrou na Morada dos Deuses. Pode ser que esteja caminhando por ilhas, planícies, florestas, pântanos ou montanhas... Resta saber se alguém o acompanha.

— Ainda bate – Victor se intrometeu, assustando todos.

Roderick sentiu-se mais aliviado.

— Entendo, senhora, mas, ainda assim, essa expressão em seu rosto me preocupa. O que será que ele viu lá dentro?

Chikára demonstrou uma ligeira irritação com a pergunta do arqueiro e não respondeu. Braun, por outros motivos, também começou a se irritar até não se aguentar e socar uma coluna de mármore ao lado.

— Viemos até o fim do mundo e quase morremos subindo essa montanha dos infernos para tentar salvar o reino, e o que ganhamos? - ele blasfemou, chamando a atenção para si sob expressões curiosas. — Não adianta me olharem assim, Petrus não vai falar tão cedo. Esqueçam! Ele já não gostava de falar antes e duvido que ele vá falar alguma coisa quando acordar, se acordar. Pouco me importa o que ele viu, magricela, e pouco isso importaria a vocês agora. Se não são capazes de ver o que está em jogo aqui, deixem-me que eu lhes adianto. Até quando vamos ficar esperando? Como sairemos daqui e para onde raios devemos ir? Eu exijo uma frase inteira, porque isso não está nada bom! Minhas bolas estão congelando aqui em cima, não temos provisões suficientes e o exército do Caos continua lá embaixo.

Os peregrinos se silenciaram frente ao rompante de Braun. Eles sabiam que o guerreiro estava correto, porém como continuar? A condição do grupo nunca estivera tão fragilizada, nem mesmo quando se dividiram ainda no sopé do Pico das Tormentas. Chikára, embora sadia, tinha seu caráter posto à prova; Petrus, ou pelo menos seu espírito, não estava mais entre eles; Sir Heimerich e Formiga, membros importantíssimos da comitiva, estavam desaparecidos já há algum tempo. Os que restaram estavam sem uma liderança e precisavam muito se apegar a alguma esperança, qualquer que ela fosse.

— Petrus ficará bem, Roderick. Sei que irá cuidar dele, disso não tenho dúvidas - disse a maga enquanto o arqueiro acariciava os cabelos do pastor. Depois ela se voltou ao intempestivo guerreiro. — Você quer uma frase inteira, Braun? Quer saber como vamos sair daqui? Pois bem. Ázero nos advertiu a respeito de um objeto, uma relíquia, que seria entregue a quem entrasse no salão do Oráculo e que, desde que usado com sabedoria, tal artefato nos seria de grande auxílio. Acaso se lembra disso? - perguntou, não obtendo resposta.

— Aonde quer chegar, senhora? Petrus está aqui na nossa frente, ele não trouxe nada de especial consigo - Roderick interrompeu.

— É aí que você se engana, arqueiro - a maga rebateu. — Petrus entrou na sala do Oráculo de mãos vazias, e embora vocês pensem que ele tenha voltado com uma tocha que achou no caminho porque encontrou trevas intermináveis atrás daquela porta, este objeto pode não ter tido este propósito. Nenhum de vocês faz a mínima ideia do que ou de quem Petrus encontrou do outro lado. E, pelo visto, vamos ficar sem saber por um bom tempo, até que ele desperte. Aliás, mesmo despertando, nada garante que ele estará plenamente são de suas capacidades físicas e mentais. Ele pode ter sido tomado por algum mal obscuro ou apenas perdido a memória e a noção das coisas.

— Quer dizer que aquela simples tocha é a tal relíquia? — Roderick ergueu uma sobrancelha.

Imediatamente, todos se viraram para a pequena e misteriosa tocha não muito longe dali. Sua chama continuava resistente e heroica perante o vento frio que castigava os peregrinos. Sem pestanejar, Chikára foi o encontro do objeto. A tocha era feita de um pedaço de galho oco de carvalho, em formato cônico. Via-se que não tinha sido muito trabalhada e nada indicava ser ela um artefato místico tradicional. Ela não possuía runas, nem pedras, nem desenhos em baixo-relevo. Era uma "simples tocha", como havia dito Roderick. O fogo gerado tinha origem dentro do galho, no entanto, não havia sinais de azeite ou palha, ou qualquer coisa que a fizesse queimar daquela forma insistente.

Atenta à cabeça de dragão na porta e entendendo que não havia perigo, a maga se abaixou, sem tirar os olhos da estátua, e apanhou a tocha pela sua base. Ela estava fria, tal qual uma barra de ferro, incólume ao fogo que ardia.

— Há algo estranho aqui — disse ela para si mesma, erguendo o objeto e colocando a chama diante dos olhos, como se quisesse se comunicar com ela. Sabia que estava lidando com um artefato de beleza rara e feições únicas em toda Sieghard, e só de pensar nisso, ela riu um sorriso de satisfação, ainda que quase pérfido.

Aquele objeto, segundo Chikára, por mais simples que fosse deveria dar alguma pista sobre o que ele seria, o que ele representava, por que ele havia sido entregue e quem ele deveria guiar. Se ele fosse realmente o que ela supunha, então teria uma boa ideia de todas essas respostas. Mesmo acabando de se recuperar de um ataque atroz, tinha em seu raciocínio um importante e poderoso aliado. Sabia que só ela poderia adiantar-se ao silêncio de Petrus, podendo deduzir, a partir da tocha que estava em suas mãos e de todas as advertências que haviam sido proferidas por Ázero, o que deveria ser feito dali em diante.

Todavia, a maga deveria provar suas suspeitas. Então, com convicção, ela pousou a mão sobre o fogo e ali a deixou, sem demonstrar dor ou agonia. A chama estava fria como o ambiente.

— Presenciem, senhores, o poder do artefato — ela proclamou, vendo que os outros a encaravam como se ela tivesse enlouquecido.

Exceto por Victor, os peregrinos, um a um, puderam comprovar, espantados, o efeito mágico do objeto. Ao contrário do que Roderick havia pensado, não era a maga que havia adquirido imunidade ao fogo, e sim, o fogo da tocha que se mostrava inócuo à pele ou a qualquer outro material. Além disso, ele não podia ser extinguido. Nenhum deles, nem mesmo Chikára, havia visto nada igual em toda a vida, só ouvido histórias fantásticas a respeito de artefatos e objetos de grande poder – algumas de Eras mais antigas, outras de *auroras* mais recentes, embora todas envoltas em mística e perigos.

— "O segredo da realidade está nas chamas da eternidade" – Chikára levou sua mão ao bolso, retirou um pequeno pedaço de papel e começou a ler o texto escrito por Ume. — "Os desígnios de Destino revelados pelo fogo divino. Nem sempre o fogo incendeia ou inicia uma reação em cadeia. A mesma chama que pode destruir revela por onde Exilium vai seguir. E se seguir por um rumo diferente será o fim de todo ser vivente." – concluiu a leitura e encarou todos. — Percebem? Não, vocês não percebem. Senhores, o que está escrito aqui nesta folha não é um mero poema, é um mapa.

Roderick e Braun se entreolharam, confusos.

— Mapa, senhora? – o arqueiro perguntou.

— A tocha que Petrus trouxe consigo carrega a "chama da eternidade", porque ela não se apaga nunca – a maga tratou de explicar. — Outra prova que temos aqui é a expressão "nem sempre o fogo incendeia". O que dizer desta frase quando pensamos em nossas mãos intactas depois de pô-las sobre o fogo? – ela fitou as expressões curiosas dos colegas. — E vejam, segundo o poema, "o segredo da realidade está nas chamas da eternidade", isto é, a chave para entender a nossa condição e, portanto, modificá-la, se encontra neste objeto.

Chikára adotou sua velha postura didática deixadas há *auroras*, sobretudo após a desconfiança que seus companheiros haviam pousado sobre ela. Porém, todos os seus raciocínios e deduções, assim como a maneira como os expressava, digna de um orador ou de um sábio venerável, eram como uma chuva que molha os campos à noite e deles retira todas as sementes da seara.

— Eu continuo não vendo mapa nenhum – Braun foi direto ao ponto.

— Em Alteracke, na *aurora* em que saímos da aldeia, vimos uma estátua de Ieovaris segurando uma tocha. Quando Agar percebeu que estávamos curiosos com ela, ele nos disse algo sobre esta tocha representar "a Verdade de Ieovaris que queima com..."

— As chamas da eternidade – Roderick lembrou,

— Obrigado, Roderick. Portanto, senhores, ouçam-me bem – ela falava com exultação, sentindo-se muito bem com isso. — O que temos em mãos é algo muito mais singular do que qualquer coisa que encontramos até a atual *aurora* desde que começamos tudo isso, é uma relíquia única. Trata-se da mesma tocha de chama perpétua que, muitas Eras antes, quando Sieghard ainda nem sonhava em existir, Ieovaris trouxe para as nossas terras.

O campeão de Adaluf ficou boquiaberto diante das deduções improváveis da maga; Victor, como sempre, escutava atento olhando para qualquer outra coisa, exceto para quem falava; e Braun ainda mantinha a mesma expressão de impaciência.

— E a que isso nos leva, Chikára? Que raios de mapa é esse que ninguém está vendo?

— Isso significa, sevanês, que se Ieovaris retornou para o norte e deixou a sua tocha aqui, é coerente que nós devamos devolvê-la ao seu possuidor.

— Em outras palavras... — Roderick já sabia da resposta, mas, dessa vez, deixou para que Chikára completasse.

— Que devemos ir para o extremo norte, para as Terras-de-Além-Escarpas. Eis o mapa escondido nas entrelinhas do poema — concluiu ela, enquanto os outros ainda mastigavam as informações. — Lá encontraremos algo que nos conduza diretamente a Ieovaris ou à sua própria morada, a morada de um deus. Vejam o que uma mente bem-preparada consegue fazer. A razão é a chave de todas as coisas e a arma para todos os embates onde impera a ignorância.

— Minhas mais sinceras congratulações — Victor a elogiou.

As informações de Chikára eram, de fato, relevantes. Ela poderia ser dona de um temperamento reprovável, contudo, as afirmações que acabara de fazer poderiam devolver ao grupo a peça de quebra-cabeça que, à semelhança de Formiga, havia sido retirada por ela mesma: sua legitimidade.

— Isso é maravilhoso, não consigo crer que seja mesmo real — surpreendeu-se o arqueiro, alegrando-se com as conclusões da maga que acabavam por confirmar que ele estava certo quanto à continuidade dela no grupo. — Que pena que você não está acordado para ouvir isso, meu amigo — ele se virou para Petrus.

Graças a um artefato divino — algo que jamais teria sido dado a eles se não fosse por todas as desgraças que assolavam há *auroras* as populações do reino —, os peregrinos tinham um norte em suas buscas para derrotar o exército do Caos.

— Bah! Pensei que ficaríamos para sempre neste inferno gelado — resmungou Braun, convencido, mas não querendo demonstrar. — Gostaria que o velho Bahadur estivesse me vendo agora. Com certeza, meu pai não acreditaria em nada disso, mas daria o sangue para que fosse verdade. Acredito que isso seja mais significativo que do que vencer uma dura batalha — concluiu, levemente emotivo. Os outros se silenciaram perante o raro e breve momento do guerreiro. — Vamos para o norte — de súbito, ele jogou sua espada sobre o ombro. — Não podemos esperar mais.

— Não tão rápido, Braun – Chikára interveio. — Morei muitos *verões* em Keishu, conheço bem os caminhos para as Terras-de-Além-Escarpas e sei que você seria o primeiro a apodrecer naquelas idas – falou, recebendo olhares fulminantes do guerreiro. — Creio que nenhum de vocês tenha a mínima noção do que é o Egitse, o corredor mortal que divide Sieghard das regiões inconquistáveis. Um rio congelado, traiçoeiro, vizinho às Escarpas Geladas e situado entre uma cadeia de montanhas. Um passo sem pensar, Braun, e sua morte é inevitável.

— E vocês, porventura, esperam chegar a algum lugar sem mim? – perguntou uma voz distante que ecoava junto ao som de passos firmes no piso de pedra.

— Heimerich! – Roderick gritou. — Os deuses, pelo visto, não cansam de nos agraciar.

Envolto em um cobertor espesso, Sir Heimerich caminhou até o grupo, revelando uma expressão abatida com vários ferimentos no rosto, inclusive uma queimadura. O pesar se abateu sobre seus colegas, pois perceberam que ele havia passado por sérios apuros.

— Sir lordezinho, já o vi em *auroras* melhores – Braun riu, tentando quebrar o gelo.

O nobre ignorou o guerreiro e olhou para Chikára, surpreso.

— Minha senhora, pelo visto, os bons deuses a trouxeram de volta. Eu não pensei que fosse encontrá-la de pé.

— Saudações, paladino – a maga o cumprimentou. — É bom vê-lo de volta. Embora eu não saiba muito bem por onde você andou, nem o que fez para voltar nesse estado. Eu mesma não estava aqui agora há pouco. Aconteceram tantas coisas desde que acordei que ainda não tinha notado sua ausência.

Sir Heimerich franziu a testa.

— Bom, as notícias não são boas. Eu... – ele ia completar a frase quando viu Petrus no chão com os olhos vidrados. — Por Destino, é o camponês? Por que ele está assim?

— Não se preocupe, lordezinho – disse Braun, antes de olhar para Petrus. — Ele apenas dorme. Fez isso a vida inteira, ou ainda não percebeu?

— Mas... ele disse alguma coisa ou vocês o encontraram assim?

— Acalme-se – Victor se intrometeu em tom decisivo. — Todas as suas perguntas serão respondidas, mais cedo ou mais tarde. Antes nos diga o que o trouxe aqui de volta.

— E por que todos esses ferimentos – Roderick complementou.

— Caríssimo, meus ferimentos não importam – respondeu ao arqueiro. Depois, virou-se para os demais. — É mais importante que vocês saibam que eu não pude encontrar Formiga. Ele desapareceu.

XII
Virtude em alta, suspeitas ainda mais

Ao mesmo tempo em que todos se sentiam apreensivos pelo desaparecimento de Formiga, a chegada de Sir Heimerich trouxe novas esperanças para o grupo. Após explicar as condições do local onde supostamente deveria ter encontrado o ferreiro, seus companheiros não conseguiam crer que ele havia simplesmente levantado e ido embora, como um menino de Kemen que deixa a família para se tornar um guerreiro. O paradeiro de Formiga era uma grande incógnita, todos tinham consciência disso, e o sentiam em todos os ossos de seus corpos cansados. Porém, o que e por que o levara eram dúvidas atrozes — que morderiam seus calcanhares como verdadeiros cães selvagens até que, por fim, encontrassem o amigo vivo, ou morto.

Era verdade que o Pico das Tormentas estava envolvido em algum tipo de mágica poderosa, lançada por algum ser ainda mais poderoso, e se esse ser não fosse amistoso, isso significaria que o grupo ainda corria perigo e precisava sair dali o mais rápido possível. Não só por isso, mas os suprimentos se esgotavam e o frio não cedia.

Sabendo que poderia não mais encontrar Formiga, a memória dos momentos agradáveis junto ao alodiano na taverna dos Bheli fez Roderick chorar um choro contido, como se quisesse esconder sua dor. Os demais se resumiram a abaixar as cabeças, tristes e resignados. Apenas Petrus prosseguia em seu sono de paz.

Tão importante quanto o retorno do cavaleiro foi a informação do símbolo encontrado por ele desenhado sob a adaga.

— Seja lá quem foi que o desenhou – Chikára refletiu —, está seguindo os nossos passos e usando este símbolo como se dele fosse propriedade. É como uma marca, uma insígnia, uma identidade, e pode ter relação com o sumiço de Formiga.

A senhora, então, mais uma vez pegou o papel de seu bolso, desta vez para se concentrar em seu verso, nas linhas queimadas com o ácido do limão exposto ao calor.

— O mago Ume fez questão de esconder este símbolo para nos avisar sobre algo que não sabemos ainda — ela colocou a mão no queixo. — E, agora que ele está sendo usado, é urgente que vasculhemos a sua torre na Abadia de Keishu em busca de mais respostas.

— Então, não vamos mais para as Terras-de-Além-Escarpas? Era só o que me faltava – Braun se irritou.

— A abadia fica no caminho para o nosso destino, Braun – explicou Roderick. — Além do mais, soube que os monges de lá acolhem visitantes de braços abertos.

— Monges? – o guerreiro parecia não concordar. — Eu prefiro uma boa taverna com uma boa cerveja à companhia de monges abstêmios.

— E com que moeda vai pagar a estadia? – o arqueiro lembrou o guerreiro que ninguém carregava algum valor consigo.

— Chikára está certa – Sir Heimerich surgiu em apoio. — Não temos provisões suficientes para uma viagem longa como essa. Com o apoio dos habitantes da abadia, poderemos nos reabastecer e descansar enquanto ela faz suas investigações. Quem sabe descobrimos o paradeiro de Formiga e como acordar Petrus. De qualquer forma, temos que ser rápidos, pois não acho que alguém vai querer passar mais uma lua aqui. Estão todos de acordo?

Os peregrinos aquiesceram. Para onde quer que fossem, sabiam que precisavam descansar em um local quente e seguro. Exceto por Victor, suas forças se esvaíam mais e mais. Sentiam o peso de várias *auroras* ininterruptas caminhando de Alteracke até o Topo do Mundo, enfrentando os mais diversos perigos e dormindo ao relento sob ameaças mortais. Pareciam que estavam esperando apenas a chegada das notícias — boas ou más — de Sir Heimerich para deixarem-se abater sem resistência. O insucesso do cavaleiro em achar a ovelha que havia se perdido foi como o último suspiro de um moribundo que já se encontrava de mãos dadas com a morte. Os membros de cada um ali, sobretudo suas pernas, doíam, e seus olhos quase não se mantinham abertos. As olheiras e feições de cansaço cresciam, tal como a irritação entre eles devido à privação de sono. Não era só Petrus que tinha o direito de dormir, pensavam — alguns, inclusive, com inveja. Não foi difícil para que, sem palavras, individualmente o grupo chegasse à conclusão de que organizar uma excursão em busca de Formiga através do Pico das Tormentas seria um erro grosseiro.

Acatando a sugestão de Chikára e Braun em dormir no túnel subterrâneo de onde vieram, o grupo decidiu partir. O guerreiro jogou Petrus tal qual um saco de batatas por cima dos ombros, Sir Heimerich pegou o cesto de suprimentos e a maga ficou responsável por carregar a tocha de chama perpétua.

Juntos, eles deixaram o templo com mais incertezas do que quando chegaram ali.

A fria madrugada caía sobre a grossa camada de terra acima das cabeças dos peregrinos e o amanhecer não tardaria a surgir. Os arredores já eram conhecidos por parte do grupo, tratava-se do mesmo local repleto de espetos de ferro e esqueletos de desafortunados que morreram em busca de uma maçã — e que, por pouco, Chikára também não se juntou a eles. Roderick terminava de recolher os últimos gravetos da macieira que encontrara no chão para acrescentar à fogueira anteriormente preparada. Petrus havia sido deixado em um canto por Braun e o arqueiro o cobriu com um cobertor. O pastor dormia sem emitir qualquer ruído — o que tornava o fato inédito. Aliás, seu sono etéreo parecia até mais tranquilo do que aquele em condições normais.

Um pouco antes, Braun havia tentado acender a fogueira com a tocha mágica e decepcionou-se com o resultado. Roderick observou, frustrado, que o fogo servia apenas para iluminar.

— Serve para muito mais que isso, Roderick. Não subestime o poder desse artefato. Ainda não sabemos o que ele realmente faz, porém tenha certeza de que iremos nos surpreender — ressaltou a maga.

Sentados em volta do fogo, o cavaleiro pegou o cesto e ofereceu uma porção de frutas e carne seca para Chikára, e, em seguida para Braun e Roderick — com este último reservando sua parte para Petrus para o momento de seu despertar. Por fim, separou os últimos mantimentos para ele mesmo, saboreou um pouco do que tinha em mãos e, percebendo o desânimo do grupo, chamou a atenção para si.

— Saibam o significado da palavra "partilhar", meus amigos. É uma honra poder exercer o dom da caridade ao lado de pessoas valentes como vocês. Sabemos, desse modo, que Ieovaris está entre nós. Assim nos ensinaram em Alteracke. E é esse o legado que devemos transmitir às gerações vindouras, quando tudo isso estiver acabado. Por mais que possa parecer o contrário, Destino nos tem agraciado com uma fortuna desde muito tempo. Tivemos perdas? Sem dúvida. Meu pai, o rei, Anna, Fearghal, Nikoláos, o pequeno Rurik, e, mais recentemente — ele suspirou —, Formiga. Mas a morte não é a maior perda da vida. É aquilo que morre dentro de nós enquanto vivemos — ele bateu no peito.

Seu discurso, entretanto, não havia surtido o efeito que desejava. O grupo comia e ouvia sem lhe dar a atenção necessária. Estavam cansados, exaustos, mas o cavaleiro sabia que precisava manter o ânimo da comitiva para que ela continuasse unida, e só com a união eles poderiam manter-se vivos e mentalmente saudáveis.

— Perdemos comunidades inteiras diante de um exército invasor movido pelo ódio e pela ganância — ele continuou após mastigar um pedaço de carne seca e tomar um gole de água do cantil da maga. — Temos estado cansados, famintos, longe de nossas casas e de nossos entes queridos. Porém, acreditem, tudo isso está sendo compensado agora. Aqui mesmo. Vejam, sabemos de nossa herança e de nosso vínculo com o grandioso Peregrino do Norte, por isso a moléstia estrangeira não nos atingiu, e temos um artefato em nossas mãos que está nos dando a oportunidade de elevarmos nossos nomes às alturas, glorificados eternamente por termos sido partícipes da salvação de nosso reino. Enquanto tivermos esperanças, nós viveremos — concluiu, enfático.

Braun recostou-se em um amontoado de trapos junto à parede, preparando-se para dormir.

— Me acordem quando esse lordezinho terminar com suas caraminholas — ele bocejou e fechou os olhos, abrindo-os logo depois, incomodado com a intensa luz da tocha. — De quem foi a ideia besta de trazer esse negócio? — resmungou e cobriu o artefato com seu próprio cobertor. Confortável, ele se recostou novamente. — Eu só queria poder ir para casa e comer um javali com minha família. Que Ieovaris conseguisse outros para servir a ele.

— Suas palavras são muito bonitas e verdadeiras, meu amigo — disse Roderick. — Mas não posso censurar o Braun. Também sinto falta das florestas verdes e cheias de vida de Everard. À aurora com a Ordem — triste, ele se despediu para acompanhar o sono do guerreiro.

Em silêncio, Sir Heimerich comeu seu último pedaço de carne e fez uma prece em tom de súplica, pelo reino e por Formiga, cujo paradeiro era tão desconhecido quanto o amanhã, e finalizou-a com o sinal dos Cavaleiros da Ordem. Assim que terminou, ele se cobriu, recostou-se na parede e adormeceu.

A esperança é uma coisa perigosa. Pode deixá-lo perdido ou mesmo enlouquecido, refletia Victor Dídacus, em um canto do ambiente, sem um pingo de sono ou cansaço.

— Victor! Ei! — um sussurro ecoou no escuro. — Sei que está acordado.

Quando escutou alguém o chamando, o arcanista estava sentado com a cabeça baixa e pequenas linhas verdes lampejavam de sua roupa, quase imperceptíveis, absorvendo a energia de larvas e insetos que passavam perto dele.

— Sim, Chikára — ele levantou a cabeça.

A maga se levantou e se aproximou de Dídacus enquanto todos os outros dormiam profundamente — talvez, nem o grasnado de um lagarto alado poderia acordá-los agora.

— Não finja que o que aconteceu lá em cima não o incomoda — disse, baixinho.

— O que quer dizer? — Victor levantou a sobrancelha.

— Que nem aqui, nem nas terras do dragão de barba negra, alguém como Petrus poderia ter acertado aquela charada — ela insinuava um assunto delicado.

— Ele parece ter sorte.

— Sorte? — ela levantou a voz sem querer, depois olhou para os lados e certificou-se de ninguém havia acordado. — Não esperava essa conclusão. Logo de você, que passa mais tempo observando os outros do que respirando para se manter vivo.

— Aonde quer chegar, Chikára? — o arcanista ficou intrigado.

— Não se faça de desentendido. Você conhece a história de cada um aqui no grupo. Todos nós sabemos que Heimerich é um nobre de Askalor; sabemos quem é seu pai e que se comporta como tal. O mesmo pode-se dizer sobre Braun e Roderick, que eles são um reflexo de seu próprio povo. Formiga, por Destino, é o homem mais simpático que já conheci. Mas... e quanto a Petrus? O que sabemos dele?

— Continue... — embora despretensioso, Victor mostrava curiosidade.

— Ele nos disse que é um pastor do Velho Condado, que foi capturado pelos inimigos e que eles o fizeram de escravo. Não sei como, mas ele escapou e, de repente, apareceu no meio de nós, sem correntes ou qualquer coisa do tipo. Eu não sei se acredito nisso, mas, vamos ao que importa: como um camponês iletrado poderia ter acertado a charada do dragão cuja resposta era uma vogal?

Victor pôs a mão em seu proeminente queixo, pensativo.

— E digo mais — Chikára prosseguiu. — Heimerich nos falou do símbolo que achou no local onde Formiga fora deixado, e ele estava desenhado onde? Debaixo da adaga que Petrus entregou ao ferreiro.

— Nada disso faz sentido — Dídacus refletiu. — Tudo é muito obscuro. Você não estaria vendo apenas o que você quer ver?

— Vamos lá, outra prova — a maga continuava tentando persuadi-lo. — Foi Petrus quem achou esse mesmo símbolo escondido na folha atrás do poema, como se ele realmente soubesse que estava lá.

— E o que isso tem a ver?

— O símbolo são rastros deixados para trás. Se estamos sendo seguidos, a culpa é dele. Ele não é nenhum pastor, nem mesmo nasceu no Velho Condado. Posso até supor que ele não é natural de Sieghard. Ele fala como se fosse um homem do campo, mas é inteligente, perspicaz, letrado, talvez seja até um nobre, e tem uma habilidade assustadora. Quem dirá se ele já não a usou conosco para nos encantar?

— Você é conhecedora de magia, deveria saber disso — o arcanista concluiu com uma lógica simples.

— Não se a magia é originada de terras desconhecidas.

— Muito bem — Victor demonstrou impaciência. — Então, por que Petrus estaria conosco até agora?

— Para nos espionar. Para conseguir entrar no salão do Oráculo e descobrir os segredos da Ordem.

— Você delira, Chikára — ele a moderou. — Petrus é um simples homem, de argúcia invejável, porém apenas isso. Definitivamente não é um nobre. Aliás, se um título de nobreza significasse sabedoria, segundo sua lógica, teríamos muitos nobres na função de pastor. E Petrus seria rei.

A maga se irritou, percebendo que suas investidas seriam inúteis.

— Guarde minhas palavras, maniqueu*. Petrus sabe de todos os nossos segredos agora. Quando ele acordar, com seu objetivo cumprido, fará de tudo para semear a discórdia entre nós e voltará triunfante para as forças de Linus — ela alertou.

— Você já tentou dormir um pouco? – o arcanista cortou a discussão.

Frustrada, Chikára voltou para o seu canto, amaldiçoando o ceticismo do companheiro e a precipitação de si mesma em querer convencê-lo. Se quisesse fazer-se ouvida, ela precisaria utilizar uma estratégia diferente. Deitou-se e tentou pegar no

---

* Maniqueu: diz-se da pessoa que despreza o mundo material. Para os magos, é um apelido pejorativo.

sono, mas não estava tão exausta quanto os colegas e, somente após um longo tempo revolvendo-se de um lado para o outro, finalmente adormeceu.

Dídacus, que até então segurava às escondidas o seu bastão – pronto para usá-lo, caso a maga quisesse levar até as últimas consequências a concepção que havia criado há muitas *auroras* sobre o pastor –, ainda esperou um tempo antes de relaxar, para se certificar de que não haveria mais acontecimentos extraordinários naquela madrugada.

XIII
Aos vitoriosos, a clausura!

Os primeiros raios de sol invadiram o buraco por onde Chikára caíra e pincelaram de amarelo a gruta úmida e escura onde os peregrinos descansavam. Apesar da noite de sono, nenhum deles tinha repousado confortável e suficientemente para poder recuperar as forças — mesmo a pior taverna do mundo traria um pouco mais de afago a seus corpos. Sem perder tempo, e como já sabiam o que fazer para saírem dali, um a um, se levantaram, coletaram algumas maçãs — suas últimas e únicas provisões — e, em silêncio, retornaram para o túnel com a maga sempre à frente e Braun carregando Petrus.

Os declives acentuados e escorregadios do trajeto se provaram desafiadores. Com o pastor sobre seus ombros, o guerreiro tropeçava e se desequilibrava com frequência. Roderick o acompanhava de perto, pronto para intervir e assegurar que o corpo de Petrus não caísse no chão e se machucasse. Sir Heimerich e Chikára escorregaram algumas vezes nas pedras lisas, mas sem que o tombo causasse a eles algum dano grave. Victor prosseguia resoluto em sua agilidade magistral. Sem a participação de Formiga e Petrus, todos andavam a um mesmo passo e muito mais rápido que o de costume, portanto, estimava-se que em pouco mais de meia *aurora* de caminhada eles estariam na base da montanha.

Quando seus joelhos cansaram e seus pés doíam, a luz da tocha iluminou à frente o que poderia ser a maior frustração de toda a jornada: uma parede de rocha. O túnel terminava de maneira abrupta e não parecia haver nenhuma outra saída a partir dali.

— Raios! — Braun deu um pontapé na parede. — Quem foi o estúpido que disse que a saída era por aqui? — perguntou, vermelho de raiva.

— Acalme-se, Braun. Deve haver outro meio de sairmos daqui — Chikára ponderou, tateando as paredes em busca de algo que poderia revelar uma saída.

— O diário de Sir Nikoláos não revela tal passagem ao subir por este túnel — Victor intermediou a conversa. — Nós não erramos o caminho, afinal não há como errar. Quem quer que tenha feito esta passagem, sabia que ela poderia ser descoberta por qualquer pessoa e criou um artifício para proibir que desçamos por ela. Como Chikára a descobriu por pura sorte, estamos pagando o preço dessa descoberta.

— Considerando a atmosfera mística que envolve essa montanha, o mais certo é que fomos selados magicamente — a maga arriscou um palpite.

— Selados magicamente? — Roderick estranhou.

— Quer dizer que, se alguém de grande poder deixou seus rastros por aqui, não será possível encontrar o caminho por meio naturais, apenas com uma solução de mesma natureza — ela explicou.

— E você é capaz disso? — o arqueiro cruzava os dedos.

A maga revirou os olhos, achando a pergunta desaforada, e não o respondeu. Mais do que sair dali, ela queria provar a todos que seus conhecimentos arcanos poderiam ser tão úteis quanto fora Petrus na charada do Oráculo — quem sabe até mais útil.

— Se ao menos houvesse alguma inscrição ou código aqui — Sir Heimerich aproximou-se da parede e colocou seu ouvido contra ela. — Não consigo ouvir nada. Acho que estamos mesmo em um beco sem saída.

— Tudo isso é inútil, vamos voltar! — Braun resmungou, já se virando para tomar o caminho de volta.

— Ei! — Roderick interveio. — Se quiser ir embora sozinho, ao menos deixe Petrus aqui. Você não sabe para onde está indo, nem o que pode encontrar se voltar.

— Bah! Não me amole — o guerreiro o ignorou.

No entanto, Chikára, que assistia à patética cena concentrada, sabia exatamente como lidar com a situação. Mais importante ainda: ela sabia como utilizar o seu próprio conhecimento a fim de se firmar outra vez como a única detentora de um saber extraordinário.

— Pensem comigo — disse ela, sem pressa. — O que viemos fazer aqui?

Sir Heimerich e Roderick se entreolharam, receosos em errar a resposta, sabendo que ela era óbvia demais.

— Encontrar o tal Oráculo, não está claro para todos? — rebateu o kemenita com um ar de sabedoria.

— Sua resposta está correta, mas incompleta, guerreiro – explanou Chikára. — Viemos aqui para descobrir os segredos que o Oráculo do Norte revelou. Mais do que isso, estamos partindo com uma relíquia que simboliza a essência de todos esses segredos.

— Foi o que eu disse. Embora não com essas palavras – Braun tentou se defender, sendo ignorado pela maga.

— O que tem em mente, senhora? – o cavaleiro indagou. — Seria sobre algo que desconhecemos?

— O que quero dizer é que, se viemos aqui em busca de segredos e estamos deixando esse lugar em posse deles, quem quer que tenha construído essa armadilha a fez com a intenção de que os segredos permanecessem para sempre aqui. Em outras palavras, aqueles que deixaram o Topo do Mundo de mãos vazias, voltaram para casa sãos e salvos. Esse não é o nosso caso. Nós *não* temos nossas mãos vazias.

Roderick olhou para a tocha, naturalmente, ao entender a lógica da senhora.

— Então temos que deixar a tocha se quisermos sair daqui? – perguntou ele, entristecido, recebendo olhares similares de Sir Heimerich e Braun. — Ora, assim não poderemos seguir os passos de Ieovaris e nossa busca irá fracassar.

— Engana-se, jovem de Adaluf – Chikára retorquiu. — Você pode entender muito de caça e costumes silvestres, já que fez isso durante toda a sua curta vida, mas o ato de usar os dons da razão é o maior talento de quem estudou e se esforçou tanto para consegui-lo. A cada um, o prêmio pela dedicação ao que se propõe a fazer, não acha? Agora, observem.

A maga não esperou resposta de seus colegas, também não se importava com que reação teriam frente ao seu discurso. Triunfante, ela se aproximou do fim do túnel segurando a tocha e pôs a mão na frente da chama, revelando por entre as sombras formadas, ainda que de forma turva, a continuidade da passagem. *Eu sabia*, comemorou. Depois, sem falar nada, a senhora caminhou em direção ao cavaleiro e puxou o cobertor sobre seus ombros.

— Me permite? – ela trocou um breve olhar com o nobre e voltou para a frente das pedras.

Com um leve sorriso de satisfação, ela virou-se de costas para o fim da passagem, deu um passo para trás e cobriu a tocha com o tecido, deixando todos na escuridão.

— Chikára! – o paladino tentou tocá-la sem sucesso. — Ela não está mais aqui.

— Pelas grandes barbas negras do Dragão – Braun estava sem palavras. — Ela nos abandonou neste maldito túnel.

— Não – Roderick se negava a aceitar a conclusão do guerreiro. — Chikára? Senhora?

— Ainda que pensem que ela tenha nos deixado — Victor Dídacus, como de costume, não estava surpreendido. Aliás, ele era o único que se mantinha calmo e com a voz impassível. — Posso sentir sua centelha de vida vibrando a alguns passos à frente de Heimerich.

O cavaleiro duvidou do arcanista, pois se fosse verdade o que ele dizia, Chikára havia passado por dentro da rocha, como se ela fosse algum espectro.

— Victor, antes que eu desse dois passos, eu bateria minha cabeça nessa...

De imediato, a luz voltou, cegando os peregrinos com sua intensidade, e a maga estava de novo entre eles, carregando a tocha em uma mão e o cobertor pendurado na outra.

— Venham por aqui — ela ordenou. — Essa parede, cavaleiro — ela demonstrou que ouvia a conversa —, só existe na luz dessa tocha. Não quero que ninguém pense em nada, apenas me acompanhem e confiem em mim — disse, e cobriu a tocha novamente.

Dando de ombros, um após o outro, os peregrinos seguiram adiante na escuridão. Era espantoso poder caminhar com naturalidade por onde, até então, um maciço e espesso bloco de pedra existia. Quando todos atravessaram a suposta parede, Chikára removeu o cobertor e iluminou um extenso e suave declive que seguia por várias milhas. Curiosamente, ao olharem para trás, não havia sinais de que algo os havia bloqueado, comprovando que a ilusão só existia para quem queria sair.

A senhora de Keishu se reafirmava dentro do grupo mais uma vez. Em menos de uma *aurora*, ela já havia feito duas importantes deduções que devolveram seus companheiros ao destino que os aguardava. Eles, inclusive, já conseguiam enxergar nessas importantes e excepcionais atitudes uma forma de redimi-la pelo episódio do relâmpago. Tudo o que haviam discutido até ali, enquanto ela se encontrava desacordada, parecia ter sido inútil e desaparecido na mesma escuridão deixada no subterrâneo.

— Então foi a essa conclusão que chegou sobre o embuste? — perguntou Victor.

— Que apenas alguém sábio o bastante poderia, ao mesmo tempo, obter a relíquia do Oráculo e retirá-la da montanha?

— Sim, você entendeu bem — a maga aquiesceu. — Muitas vezes enxergamos melhor com os olhos fechados.

XVI

Uma singela homenagem

Assim como estava escrito no diário de Sir Nikoláos, a saída do túnel do Topo do Mundo se encontrava próxima ao rio Kristallos, oculta em meio a arbustos. Ter deixado aquele ambiente claustrofóbico serviu como uma poção da juventude, e os peregrinos nunca se sentiram tão livres.

Às margens do rio e ao som de suas águas correntes, em volta de uma fogueira, o grupo se reuniu de forma confortável. Era noite e o céu de verão estava nublado. Um vento morno do sul presenteava os espíritos com um clima bem mais ameno do que aquele sentido – e doído – no alto da montanha. Roderick havia providenciado o jantar, caçando algumas aves ribeirinhas típicas da região. Embora os aventureiros tivessem o coração ainda pesado pela ausência do companheiro Formiga – tão mais sentida agora em uma farta refeição –, todos estavam felizes por respirarem de novo o ar fresco.

Ao longe, delimitando o norte do reino, o cume branco do platô das Escarpas Geladas esnobava sua portentosa silhueta. Tal vista era possível graças a um aspecto peculiar da região, demonstrado pelo fluxo setentrional das águas de Kristallos – o único rio de Sieghard que não desembocava no sul. Portanto, o relevo que subia de forma gradativa desde Véllamo até Tranquilitah, ou "Refúgio dos Reis", a cidade mais elevada do reino, enfim encontrava um declive que se estendia até Keishu.

Vindo do Pico das Tormentas, Kristallos era um rio de águas tão frias quanto o extremo norte siegardo. Não à toa, nenhum dos peregrinos ousou se banhar por completo. Eles se resumiram a fazer uma meia-sola, lavando mãos, pés e pescoços – e, ainda assim, com certa cautela.

— Ei, e se a gente jogasse o camponês no rio? Será que ele acordaria? – Braun teve uma ideia pouco simpática.

— Você acha mesmo, Braun? – Chikára o ironizou. — Não se deve acordar alguém dessa forma, anda mais nesse estado. O susto pode terminar de matá-lo.

— Bah! Então vamos só molhar a cara dele! – o guerreiro insistiu, tentando descontrair e sendo ignorado pela maga.

O único que poderia entrar na sua brincadeira seria Formiga. Ninguém tinha o humor ou o coração bom o bastante como o dele para compreender Braun e engatar uma conversa desinibida – exceto talvez Petrus por sua ingenuidade. O guerreiro sabia que o ferreiro entendia seu jeito – o jeito "Braun de ser" – de encarar os problemas e que muitas vezes ele era mal-interpretado pelos outros, talvez pelo seu estopim curto.

— Se mestre-almôndega estivesse aqui – o guerreiro falou, enquanto mastigava uma coxa da ave assada —, o magricela do meu lado teria muito mais trabalho caçando esses míseros canarinhos para encher aquela pança-louca.

Roderick olhou para o cesto vazio ao lado de Sir Heimerich e lembrou da coragem do colega ao arriscar sua vida ao enfrentar o Graouli para resgatar as provisões.

— Senhor Formiga foi um herói – disse o arqueiro. — Sempre foi, apesar de sua gula desenfreada. A verdade é que somos uma mistura de adjetivos bons e ruins. Formiga nunca desejou para si o destino de nos prejudicar. Pelo contrário.

— De fato – Sir Heimerich apoiou. — Nunca me esquecerei do quão bravo ele foi se jogando na frente daquela seta e me salvando da morte certa. Assim como eu, Formiga perdeu sua família, sua casa. Seu pai foi consumido pela peste e sua cidade destruída. Sabe-se Destino o que aconteceu com a maravilhosa Aalis, Calista e senhora Bheli. Mesmo assim, ele conseguiu forças para continuar. Temos muito o que aprender com sua diligência – concluiu, olhando para as chamas reflexivo enquanto todos faziam silêncio. — Fui muito duro com ele durante nossa passagem no Pico das Tormentas. Ele estava passando por uma fase difícil.

Os peregrinos abaixaram as cabeças. Mesmo Victor, que sempre carregava um semblante inabalável, dessa vez, deixava transparecer certa tristeza. A perda de Formiga para o grupo era inestimável.

— Proponho um brinde ao Formiga esta noite – Roderick quebrou o gelo. — Vamos comer e beber e festejar como ele gostaria que fizéssemos. Tenho ótimas e alegres canções de versos e prosas sobre a história de Wilbur, o menino nobre que perdido na Mata dos Viventes, foi adotado por uma javalina, unificou as tribos e fundou Everard.

Braun se levantou de ímpeto.

— Então pode começar a cantar agora, magricela! Três vivas para o pança-louca!

Um coro de vozes em comemoração reverberou próximo às águas do rio iluminado pela luz alaranjada da fogueira. Sir Heimerich, Braun e Roderick comeram, cantaram e conversaram alegremente, tal como o velho ferreiro gostaria. Estavam revigorados mais uma vez, como se o espírito de Brogan Bheli estivesse com eles, também comendo e participando da festa.

Calada e sentada em um tronco de árvore, Chikára olhava com relutância para Petrus. Apesar de ele estar há mais de uma *aurora* em transe, sua aparência ainda era boa. Sua barba escura e fechada havia crescido bastante, tapando todo o rosto, e seu cabelo, antes rente à testa, já cobria os olhos e os finos fios começavam a ondular nas pontas. Contudo, não era o bem-estar do camponês que preocupava a maga. Em seu íntimo, ela temia o que ele ouvira dentro do salão do Oráculo, motivo pelo qual não conseguiu entrar no ritmo dos mais jovens.

Victor, longe das festividades, observava Chikára, receoso com o que ela podia estar tramando.

Momentos antes do pequeno banquete, Roderick caçava às margens do rio à companhia de Chikára, que justificou sua presença dizendo estar em busca de novas perícias. Com sua visão aguçada de caçador, o arqueiro conseguira enxergar aves se entocando em ninhos na densa vegetação aquática — fato que passou despercebido pela maga.

— O que está procurando? – perguntou a senhora.

— Não sei bem. Em Everard eu estaria caçando frangos d'água everardos. Espero que os encontre aqui também.

— Eu só tenho conhecimento das galinhas cristalinas. Não seriam elas? Aves escuras de bico vermelho?

Roderick aguçou sua visão e confirmou a informação.

— A senhora está certa. Inclusive, nossa primeira refeição está logo ali à frente. Agora, faça silêncio – ele pediu gentilmente. Depois, sacou seu arco e, com os olhos fixos em algo que só ele podia ver naquele momento, disparou uma flecha. O tiro emitiu um baque surdo ao encontrar abrigo no alvo. — Venha! Vamos pegá-la – falou o arqueiro, contente. — Deve haver muito mais por aqui.

Enquanto Roderick prosseguia em busca de mais presas, Chikára não saia de seu lado, postando-se sempre perto aos seus ouvidos, como uma conselheira da nobreza askaloriana.

— Boa arremetida, arqueiro — ela o elogiou em um de seus disparos. — Mas será que você é tão habilidoso quanto em matéria de raciocínio?

— Ora, o raciocínio rápido me ajuda na habilidade com meu arco — Roderick respondeu com naturalidade, ainda focado.

— Será mesmo? — ela o incitou. — Diga-me o que acha de Petrus.

— Não conheço alguém entre nós que tenha um coração mais simples e puro — ele disparou uma flecha e acertou outra ave.

— Já imaginou a possibilidade de estar equivocado?

Roderick recolheu o arco e encarou a keishuana, incomodado com sua indagação.

— Eu sei que você o inveja, Chikára. Seja lá o que você disser, eu não vou acreditar.

— Você sabe a origem dele? — ela tentou outra estratégia.

— Não seja obtusa! Ele veio do Velho Condado, de onde mais?

— Ele disse que veio de lá, mas todos nós contamos um pouco de nossas origens e temos evidências o bastante para prová-las. Sua habilidade com o arco diz de onde você veio, assim como o equilíbrio de Sir Heimerich, a força de Braun, os truques engenhosos de Formiga, mas e quanto a ele?

— Ele apascenta lobos — Roderick respondeu, irritado. — Necessário a quem trabalha com ovelhas.

— Quantos outros pastores você conhece com essa habilidade? — Chikára insistiu, conseguindo o silêncio de Roderick. Sua investida havia surtido efeito e ela deveria aproveitar a chance. — Ele não apascenta só lobos, Roderick. Como explicar que alguém tão simplório e ignorante consiga ser tão querido por todos? Não poderia ele ter usado sua técnica em nós?

— Seja qual for esta técnica, vejo que ela não funcionou em você — ele rebateu com uma lógica rápida. — E já pensou que nós gostamos dele exatamente por sua simplicidade?

Chikára engoliu em seco. Roderick era, de longe, o mais fiel ao camponês e, se ela quisesse convencê-lo da não inocência dele, teria que se esforçar um pouco mais. Sem desistir, ela o acompanhou em silêncio até o local onde o arqueiro se abaixou para coletar a ave abatida.

— Roderick, você sabe ler?

— Se você se refere à escrita oficial, não. São poucos em Adaluf que sabem ela — ele respondeu, achando que o assunto sobre Petrus havia se encerrado. — Usamos e interpretamos nossos próprios símbolos e gestos quando queremos nos comunicar. Vivemos em uma cultura em que artifícios escritos não são necessários. Conseguimos nos virar muito bem sem ela. Nossas histórias, leis e costumes vêm de uma forte tradição oral, passada através dos sábios de cada aldeia em Everard.

— Veja você, que entende muito bem de sua arte sem precisar saber a escrita oficial – ela o lisonjeou. — Agora, veja Petrus, que sabe ler e é um mero camponês. Para que ele precisaria desse tipo de conhecimento?

— Chega, Chikára. Por que *você* não pergunta para ele? Tenho certeza de que há uma explicação simples – Roderick desconversou, tentando focar em achar sua próxima presa.

— Eu até posso perguntar, mas não vou receber uma resposta satisfatória, pois Petrus não é siegardo. Ele é um ator – ela se justificou, preocupando o arqueiro com sua afirmativa leviana. — É um espião das forças inimigas que se passa por um pastor. Repare como ele tem dons incomuns, e que, sendo um típico homem do campo, não poderia acertar a charada do Oráculo, pois só quem sabe ler e escrever a acertaria. Acaso não se lembra que a resposta era uma letra? – ela, enfim, deu o seu golpe final.

O arqueiro fez que iria esbravejar, todavia, após um longo suspiro, ele reconheceu que não valeria a pena.

— Pense o que quiser – ele disse em tom manso. — Petrus pode esconder mais mistérios que imaginamos. Destino conhece o coração de cada um e eu conheço o dele, e sei que não faria mal a ninguém. Sendo ele um inimigo ou não para o reino, o que importa é que ele é meu amigo. E isso já me basta para confiar nele. Nessa ocasião, faço das palavras de Heimerich as minhas: o mal está nos olhos de quem o vê. E você só enxerga o mal nele, quando na verdade existe a mais pura bondade. Não seria ele um espelho refletindo a sua imagem feia, Chikára?

A maga arregalou os olhos e estagnou, sentindo um gosto amargo na sua língua. Imediatamente, por algum motivo enraizado em seu inconsciente, ela se lembrou de *auroras* longínquas em sua querida Keishu, quando ainda era uma jovem noviça nos mistérios do ocultismo e das artes mágicas. Roderick, certo da nobreza e do elevado caráter de Petrus, voltou-se aos seus afazeres de caçador e deixou-a para trás.

Como suas flechas, sua pergunta havia sido certeira e, da mesma forma que elas, havia encerrado rapidamente a questão.

XV
Estrada sem volta

Quando o sol despontou ao leste e pintou de vermelho as montanhas de Vahan Oriental, os peregrinos já haviam iniciado sua caminhada às margens de Kristallos rumo ao norte siegardo, recuperados das adversidades anteriores.

Pensar que voltaria ao local onde cresceu inundou a mente de Chikára com memórias e fatos ocorridos trinta *verões* atrás. A Abadia de Keishu dominava um extenso vale por onde o Kristallos serpenteava. Situada em uma escarpa quase inacessível talhada na rocha pelos ventos incessantes de Vahan, era ali onde versados monges e monjas, detentores de conhecimentos antigos, passavam sua ciência aos estudantes do *Iluminato* — crianças e jovens, em sua maioria, que almejavam alcançar os graus mais elevados de poder com o intuito de servir a nação siegarda. Na ocasião, Chikára era uma aluna brilhante, que poderia facilmente alcançar estes graus.

O estudante típico do *Iluminato* iniciava seus estudos aprendendo alquimia e, após isso, podia escolher cursar as matérias de Alteração, Restauração ou Encantamento. Apenas depois de um árduo e longo período de aprendizado que os grandes mestres escolhiam, por merecimento, quem poderia atingir os graus superiores e cursar as matérias de Destruição, Conjuração e Ilusão. Havia quem dizia que o Grão-Mestre tinha poderes ainda superiores ao último grau, como a Materialização, Animação e outros que estavam além da compreensão de simples mortais.

Lendas, a maga riu pensando nas conjecturas de seus antigos colegas.

O trajeto entre o planalto tranquilitenho e as planícies vahanianas transcorria em um suave declive entre pinheiros, prados e córregos que, com alegria, buscavam o Kristallos. Em certos trechos da paisagem, inclusive, era possível avistar, pequenino na vastidão do planalto, o Refúgio dos Reis.

Apesar do verão siegardo ser inclemente, aqui, o sol não mostrava sua força, e quando o caminho se abrigava entre sombras das árvores, não era surpresa que um ou outro peregrino — em especial, Braun que era oriundo das quentes terras kemenitas — reclamasse do frio. Os *tuaregues** costumavam dizer quando atravessavam o norte "Você não pode estar perdido no verão se a manteiga que carrega endurecer. Digo isso pois que é mais que mera opinião, em Vahan você viu o amanhecer."

Chikára! Chikára!

Uma lembrança emergia das brumas do passado da senhora de Keishu, ressoando como os sinos dos templos da Ordem que se espalhavam por todo o reino.

Chikára!

A voz chamou mais uma vez a jovem que lia os pergaminhos da biblioteca da abadia. A moça ignorou o chamado da zeladora, que prosseguiu não se importando com sua indiferença.

— Você vai se atrasar para as vésperas[†] de novo? Será que vou ter que fechar a biblioteca? – perguntou, mas ela continuou sendo ignorada. — Não é possível que eu tenha sempre que lhe censurar. Lembre-se que, além do conhecimento, a disciplina é um dos mais importantes dons de um grande mestre — repreendeu-a, ciente da ambição da noviça por informações proibidas que quebravam as regras do internato.

Além da zeladora, o mentor de Chikára também havia notado esse traço em sua personalidade. Para ele, comportamentos como o da jovem aprendiz não condizia com a filosofia da escola, que visava, sobretudo, promover o bem comum — e não servir a quem os apresentasse.

Com as *auroras* se sucedendo com rapidez, Chikára se tornou a melhor aluna do *Iluminato*. Sempre perdendo as vésperas, e aproveitando esse tempo para estudar

---

* Tuaregues: os mercadores de sal da Salácia.
† Vésperas: orações realizadas ao entardecer.

pergaminhos e tomos arcanos proibidos ao seu grau, ela tentava desvendar segredos que apenas os grandes mestres conheciam. A futura maga nem se daria conta de que sua conduta era observada pelo Conselho dos Magos, que logo decidiria quem era digno de passar para os graus superiores.

Quando a tão esperada *aurora* chegou, Chikára, cheia de si, apresentou-se ao conselho com a certeza que seria escolhida. Dentre sua turma, que se dedicava ao estudo da Alteração, apenas um naquele *verão* ascenderia aos graus superiores. Após uma oração invocando Destino e todos os deuses da Ordem, o Grão-Mestre se pronunciou ante o espanto dos presentes que, pela primeira vez, tiveram a honra de vê-lo.

— Jovens – soou uma voz paternal e firme. O Grão-Mestre tinha a cabeça perfeitamente raspada e olhos negros tão profundos que os tornava impossíveis de serem contemplados, como se fosse algum tipo de encantamento. Acima disso, uma aura branco-azulada ao seu redor brilhava e bruxuleava ao ritmo de seus movimentos. Pelo bem que emanava de si e pelo aparente poder que detinha, ele era uma figura, ao mesmo tempo, tranquilizadora e aterrorizante. — Vós aqui presentes são a fina flor da juventude deste reino. Almejais não a glória e o poder para vós, mas para serdes instrumentos de Destino semeando o bem em Exilium. Ainda que a gnose seja importante, para Destino é um detalhe; uma vez que Ele é detentor de todo conhecimento. O mais importante é o que vai na alma de cada um. Este é o escolhido. Pelo poder que me foi concedido há muitas *auroras*, e após a análise feita pelo Conselho dos Magos, decidi escolher entre vós quem é digno de prosseguir nas veredas dos mistérios da magia.

Ao ouvir a última frase, o coração de Chikára acelerou ao antever sua ascensão.

— Ume, adianta-te! – disse o Grão-Mestre, tirando a jovem aprendiz de seu devaneio. — Tuas qualidades de bondade, humildade e discrição tornaram-te, dentre todos vós, aquele que terá a honra de prosseguir nesta senda.

Ume? A jovem noviça ficou perplexa. Ume? Aquele mosca-morta que sempre se mantinha calado nas aulas? O idiota que jamais se alterava e parecia se preocupar mais com os outros do que com sua carreira? Ele, o escolhido?

— Chikára, o que tu vês como fraqueza é força. E o que pensas que é tua força, nada mais é que debilidade – parecendo ler seus pensamentos, o Grão-Mestre a fitou com veemência e desnudou sua alma. — Tudo que se passa nesta casa é de nosso conhecimento. Tuas incursões aos setores da biblioteca que te eram vedados não passaram despercebidos. A tua ânsia de ter agora o que tu não podes controlar foi a tua perdição. Sendo assim, declaro que tu deves deixar temporariamente este monastério e vagar por todo reino em meio às dores, às alegrias, às vitórias e às derrotas, para aprimorar o teu caráter e exercitá-lo. Quem sabe Destino a traga de volta renovada e digna de galgar todos os degraus aqui contidos.

"Declaro que tu deves deixar temporariamente este monastério"

As palavras do Grão-Mestre continuavam voltando e assombrando Chikára. Agora, ao regressar para o local de seus fantasmas, a maga ainda não sabia se era digna de colocar os pés na abadia.

XVI
Elucidações interrompidas

Na mesma passada, Sir Heimerich e Roderick lideravam a comitiva com Braun logo atrás carregando Petrus. Victor e Chikára vinham na retaguarda, afastados entre si e do trio. A viagem seguia sem percalços e, neste momento de paz cercado pela beleza natural sul-vahaniana, os três guerreiros à frente se descontraíram e iniciaram a canção entoada por Roderick na noite anterior.

Das matas se ouve um rugido
Mais alto que o trovão
Wilbur desce as montanhas
Unindo toda a nação
Wilbur, Wilbur, Wilbur o destemido

O pequeno abandonado,
Pelos javalis adotado
Cresceu forte, aguerrido
Audaz e irreprimido
Wilbur, Wilbur, Wilbur o destemido

> *Afrontou inimigos vis*
> *Venceu fortes batalhas*
> *Com dentes como navalhas*
> *E a força de um javali*
> *Wilbur, Wilbur, Wilbur o destemido*

Apesar de não ser um everardo, a canção caiu ao gosto do guerreiro que adotou o refrão como um mote, justificando que lembrava dele mesmo ou de seu pai, Bahadur. Não foi à toa que, durante toda a jornada, de quando em vez, um assovio tímido e ritmado invadia os ouvidos dos aventureiros.

Em certo momento da caminhada, percebendo que Sir Heimerich se afastara da liderança, Chikára tratou de apressar o passo para se aproximar dele e incutir em seu espírito o germe da desconfiança em relação a Petrus. Também Braun foi abordado da mesma maneira. Para desespero da maga, ambos, de uma forma condizente com suas naturezas, se negaram a crer que o pastor poderia ser um traidor: o primeiro disse que Petrus, sendo de tão baixa estirpe social, não conseguiria enganar um nobre de tão alta linhagem; o segundo, apenas se resumiu a dizer que, se o camponês tentasse qualquer traição, torceria seu pescoço como se faz com uma galinha.

O cavaleiro, muito embora tenha encerrado a questão rapidamente, não deixou de se sentir aborrecido e confuso com as tentativas da maga de degenerar a imagem de Petrus, afinal de contas, um simples pastor não mereceria tanta atenção. Porém, a insistência da maga o incomodava e ela poderia ter suas razões. O guerreiro, por sua vez, não deu mais atenção e não tornou a lembrar do caso.

Em um momento de descanso do grupo, Victor Dídacus cofiava sua barba rala quando Braun percebeu que ele tinha uma expressão mais séria do que de costume. Na verdade, o arcanista substituíra sua expressão de indiferença por um grave semblante de preocupação.

— Que te atormenta, queixo-de-quiabo? Desembucha! – o guerreiro o inquiriu, com sua crueza habitual.

— Estou pensando – respondeu Victor, depois olhou para Braun. — Coisa que não pertence aos seus hábitos.

O sevanês, surpreso com a réplica do arcanista, ficou sem palavras até Sir Heimerich se aproximar dos dois.

— O que te aflige, sábio companheiro? Que cara é essa? — o cavaleiro percebeu o rosto tenso de Victor.

A estranheza da conversa também chamou a atenção de Roderick e Chikára. O arcanista demorou um tempo ponderando suas suposições e não respondeu Sir Heimerich de imediato.

— Há um motivo para termos sobrevivido ao ataque do Thurayya na taverna — declarou. — Nós não éramos o alvo dele.

Os peregrinos se entreolharam rapidamente.

— Se não éramos o seu alvo, por que, então, ele quase me matou? — Roderick questionou.

— Quase, pois se quisesse, ele o teria feito. Não só você, mas todos nós — respondeu o arcanista. — Desde que ele entrou na taverna ele só queria chegar aos aposentos particulares da família Bheli. Por um acaso, nós estávamos o impedindo.

Novos entreolhares surgiram.

— O que seria tão importante a ponto de ele nos ignorar e perder a vida fazendo isso? — Sir Heimerich indagou, criando uma atmosfera de tensão entre o grupo.

— Primeiro, devo lembrá-los que ele só perdeu a vida pois tivemos um golpe de sorte — Victor explicou, encarando Chikára e lembrando-a de que foi ela quem descobriu o símbolo no pé da criatura. — O Thurayya em questão tinha uma missão, dada pelo próprio Linus. No diário de Sir Nikoláos, está escrito que o general das forças inimigas prometeu que iria curar todos os doentes. Afinal, o que havia de incomum nos aposentos dos Bheli se não o pai de Formiga, o único com a Pestilência Cega?

A princípio, as informações de Dídacus soaram inacreditáveis. Como uma nação que havia gerado tanto mal para Sieghard poderia se mostrar tão generosa? Mais uma vez, foi impossível não se recordar da discussão sobre a verdadeira essência dos inimigos. Teriam eles intenções nobres? E se a Pestilência não tivesse sido gerada pelas forças do Caos, e eles tivessem surgido exatamente para curar os siegardos deste mal? Se este fato fosse verdadeiro, toda a jornada heroica, desde o Velho Condado até agora, não faria mais sentido nenhum.

— Pouco me importa o objetivo deles. Invadiram nossa pátria, e iremos combatê-los até a vitória ou a morte — Braun bufou.

— Não seja guiado pelo coração, guerreiro — Victor o repreendeu. — Conheça, antes, seu inimigo e deixe que seu raciocínio o ajude a discernir. Seja mais raposa e menos javali.

— O que Victor disse compete a todos nós, não só a Braun — Chikára entrou na conversa. — Se o Thurayya estava atrás do senhor Bheli, algo importante ele queria demonstrar. Suponhamos que aquele ser, aquele monstro, tivesse se aproximado do pai de Formiga e, de fato, o curado. Como agiriam as pessoas à nossa volta naquele momento? Todo aquele pavor que presenciamos na taverna teria dado lugar a, talvez, quem sabe... gratidão? Onde estaria o "monstro" depois?

— Mas por que logo o senhor Bheli? — Roderick questionou, intrigado.

— Ele poderia estar buscando um enfermo qualquer, não o senhor Bheli em específico — a maga deduziu. — Ao que me parece, a missão dos Thurayyas é curar os acometidos pela moléstia. Eles cumprem ordens. Não raciocinam. Aquele, em particular, pode ter curado vários outros alodianos antes de chegar à taverna.

— A senhora pode estar correta — o arcanista mostrou apoio. — Contudo, se a cura dos enfermos não estiver objetivando misericórdia ou benevolência, como Chikára supôs, por qual outro motivo Linus estaria atrás deles?

Antes que alguém pudesse refletir na resposta que poderia se tornar a chave para elucidar as verdadeiras intenções de Linus, ouviu-se um gemido. Absortos com o assunto, ninguém percebeu muito bem de onde ele provinha. Um segundo gemido, mais alto e angustiante, veio à tona, e um silêncio repentino tomou conta do ambiente. Todos se viraram para a origem do som com os olhos arregalados de perplexidade.

Petrus, enfim, acordara de seu longo sono.

XVII
Bem-aventurado

Para a alegria do grupo, não tanto para Chikára, mas, em especial para Roderick, Petrus havia acordado e estava consciente. Quase que em um instante, o arqueiro se ajoelhou próximo ao camponês para lhe dar as boas-vindas.

— Como se sente, herói? Deu-nos um belo susto. Pensamos que não acordaria mais!

— Bah! Não seja dramático, magricela – Braun amenizou. — Dormir é o que ele faz de melhor.

À volta do pastor, as expressões silenciosas dos peregrinos diziam muito sobre cada um. Chikára, preocupada, temia que o conhecimento adquirido por Petrus em seu transe pudesse ofuscá-la. Sir Heimerich, aliviado – pois havia incentivado o colega a entrar no salão do Oráculo –, retirou o peso da culpa de suas costas e sorriu com o retorno do humilde companheiro. Apesar de ele pertencer a uma classe inferior, merecia seu respeito e admiração, tendo em vista as ações que já realizara. Victor, ressabiado, havia sentido uma poderosa força sobrenatural, talvez divina, escapando do corpo do pastor e se espalhando pelos ares. Ainda que curioso, ele nada disse, preferindo a introspecção até que entendesse o que havia ocorrido – mesmo porque ele não sabia se essa energia provinha de Petrus ou se de algum ente externo.

O camponês sentou-se com as mãos apoiadas atrás do corpo e seu olhar atônito parecia que tentava entender onde estava e quanto tempo havia se passado desde que entrara no Oráculo.

— Algum problema, amigo? - Roderick estranhou o comportamento, colocando a mão no ombro do camponês.

Com a ajuda do arqueiro, Petrus se levantou e, entre os peregrinos, deu alguns passos desequilibrados, embotados por duas *auroras* de inatividade. Enquanto isso, todos estavam ansiosos para saber o que ele teria para falar. Embora o assunto fosse urgente e muito esperado, outra questão assombrava os pensamentos do camponês.

— Onde está Formiga? – ele perguntou.

— Não sabemos, herói. Heimerich foi resgatá-lo, porém não havia sinal de nosso ferreiro – Roderick explicou. — Mesmo assim, não perdemos a esperança de reencontrá-lo. Ele já demonstrou de que metal é feito. É mais duro que o aço que ele forja, não é verdade? Apesar de todos esses pesares, ficamos felizes em saber que você recuperou os seus sentidos.

— Conte-me mais – pediu Petrus em tom sereno.

Através da narrativa de Roderick, Petrus obteve conhecimento de grande parte das informações e eventos que perdera nas *auroras* em que estava em transe. Ele ficou surpreso ao escutar sobre o símbolo desenhado deixado sob a adaga e também com a informação de que o poema no papel, contendo esse mesmo símbolo, poderia ser um mapa – e ainda mais intrigado quando soube que eles precisariam devolver a tocha de Ieovaris para o próprio deus no extremo norte de Sieghard.

— É sinal de que temos um longo caminho a percorrer – Petrus refletiu, confuso, tentando absorver os fatos.

— Petrus, amigo do campo – Sir Heimerich se adiantou. — É louvável sua preocupação com Formiga. Porém, nenhum de nós por si só tem importância quando se pensa no objetivo maior que é restaurar e preservar a Ordem. Bem sabe os sacrifícios e os riscos pessoais que passamos. Sendo assim, urge sabermos a orientação do Oráculo para o sucesso de nossas jornadas – o cavaleiro falava por todos, mostrando o imediatismo da situação, afinal, o objetivo, que tão duramente fora atingido com o risco das próprias vidas, fora o próprio Oráculo.

O pastor colocou a mão na cintura e abaixou a cabeça. Depois, levou a mão à testa e olhou para cima, como se forçasse a pensar.

— Eu... eu... eu não me lembro – Petrus se engasgou.

— Estão vendo como deveria ter sido eu a entrar naquele salão? – Chikára repreendeu todos com rispidez.

— Contenha-se, Chikára! — Sir Heimerich bradou em tom de advertência, demonstrando que não estava mais a fim de aguentar contendas. Em seguida, ele se acalmou e respirou profundamente. — Dê-lhe um tempo para recuperar sua memória — concluiu com a voz pacífica, recebendo o silêncio da maga.

— Vamos, herói! Contamos com você — Roderick o incentivou.

O camponês fechou os olhos, tentando resgatar suas memórias e, logo, ele foi tomado por lembranças de vultos em movimento, que o transportaram para a festa anual da colheita durante sua infância junto aos seus pais e irmãos. A ocasião era uma ótima oportunidade para que sua família trocasse as ovelhas por cereais, frutas, vinhos, joias e indumentários. Após o dia trabalhoso de escambo, ao fim da festa, eles se reuniram para assistir os espetáculos de bardos, menestréis, acrobatas e, principalmente, o Festival de Formas Animadas — um teatro encenado por sombras de mãos em um jogo de luzes, o preferido do pequeno Petrus. Lá no palco, entre os protagonistas da história fantástica, uma mão forte de dedos grossos formou um rosto familiar. *É Amc'Rus*, ele reconheceu, se lembrando imediatamente do nome do Oráculo. Tudo o levava a crer que sua memória voltaria com o passar do tempo, e ela só estava embaçada pelo seu sono — ou, quem sabe, pelo poder do próprio Oráculo.

Enquanto Petrus continuava no labirinto de sua mente e a atenção dos peregrinos focava-se nele, uma larga silhueta se movimentava entre os pinheiros de forma sorrateira. Chikára, mais afastada do grupo, estava impaciente e andava de um lado para o outro de braços cruzados, em nada parecendo aquela senhora decidida e altiva das Colinas de Bogdana. Novamente, a exemplo de Ume, uma pessoa mais simples e ingênua do que ela poderia passar à sua frente. Mas isso não ficaria assim, pois a maga tinha fortes motivos para acreditar que Petrus era um espião do Caos e, mais cedo ou mais tarde, todos descobririam a verdade.

O que ela não poderia prever, entretanto, foi o aparecimento de uma forma robusta e maciça às suas costas. De constituição compacta — uma verdadeira massa de músculos e fortes tendões —, a fera avançou, pronta para apanhar o seu próximo alimento com uma única e mortal patada. Nem mesmo Braun, com todo o seu porte, poderia suportar o ataque surpresa de um hemikuon, uma criatura com corpo de urso e cabeça de cão, tão forte quanto o primeiro e tão ágil quanto o segundo. Mesmo que este não fosse um dos maiores exemplares, um hemikuon medindo seis pés de comprimento ainda era considerado o predador mais voraz das terras baixas de Vahan — e Chikára sabia muito bem disso.

De repente, o silêncio sereno do local foi substituído por um urro amedrontador seguido pelo grito desesperador da maga. Os peregrinos se voltaram imediatamente, sentindo o gelar da espinha ao preverem um fim cruel para a senhora.

— Chikára! Não! — lamentou-se Roderick.

No entanto, por ação de Destino ou não, a senhora tropeçou em uma pedra e caiu para trás, escapando por um triz do golpe fatal.

Aproveitando-se da oportunidade, Roderick sacou seu arco e disparou uma flecha contra a face do hemikuon, que a desviou em um ato-reflexo com sua pata grossa e peluda. Nesse meio tempo, Chikára se levantou, apenas para receber um novo golpe, dessa vez defendido de forma eficaz com seu cajado. O impacto da unha no bronze produziu um som agudo e dilacerante e foi forte o bastante para lançá-lo ao longe junto com a maga.

— Pelas barbas negras do dragão! — Braun ficou boquiaberto com os movimentos rápidos da fera, que não coadunavam com a robustez de seu corpo. Vendo que ela partira em velocidade com a intenção de aniquilar a senhora antes de ela se recompor, tal qual um touro, o guerreiro correu na direção da criatura e se chocou lateralmente contra ela.

Homem e animal rolaram no chão.

Porém o adversário recuperou-se muito mais rápido.

Urrando em tom ameaçador, o hemikuon postou-se sobre suas pernas, mostrando toda sua envergadura, na tentativa de intimidar os peregrinos. Roderick, mais uma vez, tirando vantagem da situação, não esperou e colocou duas flechas na barriga do predador, que, apenas sentiu um leve incômodo, porém o suficiente para irritá-lo ainda mais. Em uma corrida desenfreada, a criatura avançou contra Braun e deu-lhe uma cabeçada que o lançou ao longe e, por pouco, não o fez atingir Chikára — que, no momento, estava concentrada em tentar uma interferência mágica.

Obstinada em seu propósito, a fera retomou sua investida contra a maga novamente, só parando quando seu focinho encontrou o metal duro e frio do escudo de Sir Heimerich, que se interpôs entre eles.

— Besta dos infernos — bradou o cavaleiro.

Atordoado, o hemikuon demorou alguns instantes para se recompor, porém, logo, seu próximo ataque removeu com facilidade a proteção do escudo e deixou o paladino vulnerável. O golpe sucessivo veio como um raio e, sem alternativas, Sir Heimerich pulou para se desviar, deixando Chikára novamente de cara com o animal.

Apesar de todos os esforços, não havia como vencer o hemikuon. O único que poderia fazer alguma coisa era Victor Dídacus, entretanto, ele sabia que sua funda não infligiria nenhum dano na fera, muito menos seu bastão. Inclusive, ele havia pensado em usar seus poderes, mas seus colegas acabariam sendo afetados devido à proximidade com o inimigo.

Então, parecendo um truque, a criatura se conteve antes de atacar Chikára e, soltando um gemido lamentoso, interrompeu o ataque a contragosto e se embrenhou entre os pinheiros.

Roderick, que, sendo um caçador, se assemelhava ao predador em questão, imaginou que outra fera maior espreitava nas folhagens e, sem pensar duas vezes, levou sua mão à aljava. Percebendo que o arqueiro se preparava para um novo combate, Braun empunhou seu montante em posição de ataque, enquanto Sir Heimerich retomava seu escudo. Chikára não entendia muito de caça, mas achava que uma força mágica havia sido utilizada no hemikuon. Victor, pelo contrário, tinha certeza e já sabia de onde ela provinha.

A tensão se mantinha no ar após quase presenciarem Chikára ser aniquilada por uma fera ante seus olhos sem que nada pudessem fazer. Enquanto se entreolhavam, ainda não recuperados do susto, um dos peregrinos guardava-se calmo e silencioso.

Volte para a floresta, volte para a floresta, ele comandava em pensamento.

Petrus acabara de salvar a vida de sua maior opositora, colocando em xeque tudo o que ela tinha falado sobre ele nestas fatídicas duas *auroras*.

XVIII
O Impasse

Após certificarem-se de que não haveria um novo perigo depois do susto com o ataque do hemikuon, os peregrinos se aliviaram, e as atenções, novamente, se voltaram para Petrus. O camponês, depois de ordenar ao animal que retornasse à floresta, mostrava-se espantado, uma vez que seu poder até então se resumia a apaziguar, no máximo, lobos.

— Um de nós irá nos trair — ele pensou alto após sentir-se pressionado pelos seus colegas a relembrar das palavras do Oráculo. A sentença veio de súbito e sem um juízo prévio.

Os aventureiros sentiram como se a lâmina de uma espada tivesse trespassado seus corpos e sido retirada lentamente deles. A punhalada veio através da informação que não esperavam; seguiu-se, então, a dor lancinante do atrito do aço contra a carne, osso e nervos. Afinal, seria possível que, depois de tantas *auroras* juntos, alguém seria capaz de tal ato? Dadas as prévias repreensões de Chikára sobre o pastor, existia agora uma possibilidade de que o que ela dissera até então pudesse ser real.

Petrus, desinformado sobre as maquinações da maga, não poderia saber que sua ingenuidade lhe poderia custar caro. Claro que, se ele fosse mesmo o traidor, guardaria essa informação para si. De qualquer forma, sua afirmação já colocava o grupo em uma situação delicada.

Sir Heimerich, Braun e Roderick se entreolharam como se estivessem procurando o tal traidor. Chikára fitou-os com um ar de superioridade, afinal, já os havia prevenido. Nem mesmo Victor foi poupado de sua olhadela. O arcanista, por sua vez, cobriu seu rosto com o capuz e virou-se de costas, demonstrando que o assunto não era importante para ele.

— Me desculpem se não era isso o que esperavam — Petrus ficou envergonhado, pesando, enfim, o que dissera. — Entre muitas coisas discutidas, essa foi uma delas. O Oráculo me disse para avisar que teremos um traidor entre nós.

— Não precisa se desculpar, amigo — Roderick minimizou, colocando a mão sobre o ombro do camponês e tentando ser simpático. — São informações valiosas e estou certo de que você conseguirá se recordar do restante.

Para Braun, o assunto em questão se resolveria muito facilmente. Na sua terra natal, traidores só tinham um destino: decapitação. A técnica e a arma utilizada para tal poderia variar com o status do condenado. Se ele fosse membro do conselho ou algum familiar, usava-se uma espada bem afiada e aplicava-se um único golpe — uma morte digna, diriam os sevaneses. Para os plebeus, entretanto, a arma utilizada poderia ser um machado ou uma foice, não sendo garantida a aplicação de um só golpe.

— Ora, ora, se temos um traidor neste grupo, é melhor matá-lo antes que sejamos de fato traídos. Não é mesmo? Que ele apareça agora mesmo! — ele parecia pronto para atacar alguém.

De repente, Roderick entrou na frente de Petrus, imaginando que Braun havia sido convencido por Chikára de que o pastor era o traidor.

— Guarde sua espada, brutamontes — comandou o arqueiro. — Não será assim que as coisas irão se resolver. Não há traidores aqui. Como podemos confiar nessa informação?

— Veja a lógica, magricela. Se o Oráculo quis nos advertir sobre isso, é nosso dever evitar que isso aconteça. Para que mais serviria essa informação?

— O que disse pode fazer sentido, Braun. — Sir Heimerich postou-se entre os dois. — Mas, pelo que me lembro, foi você quem disse que não acreditava em profecias.

— Bem... É... — o guerreiro atrapalhou-se ao tentar se defender.

— Veja bem... – Sir Heimerich continuou. — Enquanto a traição não for consumada, não temos traidores aqui. Somos um grupo unido em prol de um objetivo. O traidor poderá ser até mesmo você.

— Rá! Faz-me rir, lordezinho — Braun gargalhou. — Não é apenas a sua honra que está em jogo aqui. Nós, sevaneses, só empunhamos a espada a favor da Ordem!

Conforme as tensões cresciam, fazendo crer que a discussão seria levada até as últimas consequências, Sir Heimerich pousou a mão no cabo de sua espada e ergueu seu escudo. Da mesma forma, Roderick se posicionou à direita do cavaleiro, com uma de suas flechas em posição para rechaçar qualquer ameaça. Chikára observava com surpresa enquanto a situação se desenrolava de uma maneira completamente diferente do que ela havia imaginado. Não obstante, ela sabia que não poderia ficar indiferente.

— Sua flecha não atingirá Braun, Roderick. Criei um escudo de ricochete em volta dele. Se atirar, sabe muito bem onde ela irá parar — ela alertou.

Roderick demorou um instante, mas acabou por relaxar o braço que segurava a corda do arco. Se Chikára estivesse blefando, ele não poderia saber; porém, em sua mente, se ele atirasse e a flecha voltasse, estava claro que ela só tinha um alvo: Petrus. O impasse, entretanto, continuou entre Sir Heimerich e Braun, que se encaravam sem piscar.

Arrependido, Petrus pensava em uma forma de amenizar a situação. Ele sabia que a integridade do grupo dependia do que ele iria fazer a seguir.

— Esperem! – gritou. — Eu me lembro melhor agora. Não será um do grupo que irá nos trair. Será um de nossos irmãos siegardos.

Ele não mentiu, pois sabia que todos os seus colegas eram siegardos. Entretanto, falando desta forma, ele desfocou a atenção em cima do grupo e expandiu a amostragem de possibilidades. Em outras palavras, qualquer um nascido em Sieghard poderia ser alvo de suspeitas — até mesmo Agar Sa'arogam, o Venerável.

Ouvindo as palavras do camponês, o conflito se desfez rapidamente, com ambos guardando suas armas.

— Sorte a de vocês — o guerreiro quebrou o gelo. — Quase que alguém aqui não veria a próxima *aurora* — bufou.

— Todos verão a próxima *aurora* — Sir Heimerich respondeu. — Equilíbrio, Braun. É isso que difere os nobres guerreiros dos simples guerreiros — ele tentou dar uma lição de moral no companheiro, que se resumiu a dizer um ignorável "bah". Depois, virou-se para todos. — Basta de contendas inúteis. Estamos nos comportando como chacais dividindo uma presa e essa divergência faz bem apenas ao caos. Se abandonarmos esta missão, sabendo que somos os únicos capazes de restaurar a Ordem, por causa de nossas diferenças, como quase aconteceu agora, seremos todos traidores. Sigamos em frente, Keishu está a quase uma *aurora* de viagem.

Os peregrinos prosseguiram, cabisbaixos. Apesar do impasse ter sido resolvido, a tensão permaneceu por algum tempo.

— Heimerich tem razão — refletiu Petrus, de forma tímida, ao lado de Roderick e Chikára. — Nosso objetivo é garantir a sobrevivência da Ordem. Se nos separarmos agora, podem ter certeza de que isso será muito importante para os nossos inimigos.

— Sim, nossos inimigos são poderosos, tanto no plano físico quanto no espiritual — a maga o respondeu, meio a contragosto, para não parecer tão interessada na desgraça de Petrus. — De qualquer forma, estamos às portas de Keishu, e isso já é uma boa notícia.

— Como a senhora se sente? - Roderick perguntou.

— Ansiosa para voltar aos meus — ela disse, nostálgica.

Ao crepúsculo, depois de uma jornada inteira descendo montanhas e encostas, uma ampla planície cortada por Kristallos se abriu. Imensos campos cultivados com os mais diversos cereais e frutas formavam um tapete multicolorido que encantava a quem o via deste ponto da paisagem. Ao fundo, uma colina de encostas suaves abrigava Keishu, a Guardiã do Norte, com suas altas torres de pedra cinza que se estendiam aos céus e milhares de casas baixas com telhados em 'V'. No centro da cidade, do alto de uma escarpa tão inclinada quanto os penhascos da costa bodganiana, a famosa Abadia de Keishu imperava de forma magistral, avisando a todos os viajantes, hipnotizados pela vista, que a magia não se encontrava apenas na aplicação das artes mágicas, mas também nos olhos atentos daqueles que a contemplavam.

Com a atmosfera mística se desnudando, os peregrinos foram obrigados a suspender a marcha. Os olhos da maga se encheram d'água ao lembrar-se da esperança que ela mantinha acesa em seu coração de se tornar uma grã-mestre. Mesmo Victor mostrou um certo brilho no olhar sem que ninguém percebesse.

— Lordezinho! — bradou Braun. — Veja que planície esplêndida para uma batalha! Seria glorioso morrer lutando em um lugar como este!

Na Abadia de Keishu, a vida seguia seu curso de maneira pacífica, guiada pelas rígidas regras do monastério. Em um pequeno aposento arejado e limpo, um monge de aparência jovem e calma, de olhos negros que pareciam trazer a severidade de convicções profundas, conversava com um hóspede próximo ao seu leito.

— Vejo que Ieovaris o tem em alta conta, senhor Formiga. Na noite em que fora aqui deixado, nossos irmãos estavam convictos de que não resistiria aos ferimentos. As garras de um lagarto alado além de serem afiadas como navalhas tem uma pestilência que contamina o sangue e é capaz de matar um boi em poucas *auroras*. Não foi preciso mais que duas para você estar em sã consciência! Olhe só para você!

— Qual o quê, amigo Harada! De tanto forjar o aço, ele foi entrando em meu sangue. Não vai ser um lagartinho daqueles que vai me matar — Formiga caiu no riso, mostrando que, apesar de ainda sentir dores, não perdia seu espírito jovial.

Pela primeira vez, o ferreiro de Alódia despertava plenamente para o mundo — antes, ele não saberia dizer com segurança o que era delírio e o que era realidade. Apoiado sobre os cotovelos, ele finalmente havia conseguido observar, surpreso, o local onde estava. Além da cama onde repousava, havia no quarto um velho armário de madeira maciça e uma escrivaninha com uma pena e um livro aberto sobre ela, levando a crer que Harada, quando não estava tratando de seu paciente, se dedicava à cópia de manuscritos.

— Fique tranquilo, bom senhor. Você está seguro e em ótimas mãos aqui – o monge se adiantou, percebendo a confusão do pequeno homem. — Sei que tem dúvidas e, se for de sua vontade, comprometo-me a respondê-las.

— Diga-me, jovem – Formiga sentou-se —, agora que podemos ter um diálogo satisfatório, como cheguei neste quarto? Me lembro vagamente de estar na montanha ferido e congelando – ele colocou a mão sobre a testa. — Não sei se foi real ou sonho Recordo-me de um vulto se aproximando de mim. Mas... eu não senti medo. Pelo contrário, a sensação foi de alívio. Pensei que tivesse morrido e estava na Morada dos Mortos.

— Meu caro Formiga, você está na Abadia de Keishu – respondeu Harada. — Aqui cultuamos as ciências do espírito, nos dedicamos às artes mágicas, ao estudo da história arcana de Sieghard, a fazer o bem ajudando nossos irmãos e a semear a cultura vahaniana entre todos os homens. Quando disse que Ieovaris o tem em alta conta não é apenas porque sobreviveu ao ataque de um lagarto alado. O ser que o deixou aqui era um Servo de Destino, e se ele o confiou a nós é porque você é um escolhido. Significa que Destino conta com você nesta hora difícil para Ele. Sendo assim, como servidores d'Ele, faremos o que nos for possível para ajudá-Lo a atingir seu objetivo.

— Eu... escolhido? Por Destino? – Formiga arregalou os olhos, espantado. — Por que eu, um simples ferreiro?

— Meu senhor, quanto mais aprofundamos nossos estudos, mais nos convencemos que os caminhos de Destino são inescrutáveis – Harada explanou. — Não tente entendê-Lo. Ele ditará o caminho a seguir. Uma pedra bruta pode ser a base de um grande palácio. Se Ele o escolheu, quem somos nós para retrucá-Lo?

Formiga entrou em êxtase. Desde sua infância, sonhava em ser um herói e, agora, seu sonho podia se tornar uma realidade factível. O diálogo com o monge fez seu coração pulsar mais forte, avivando-o e mexendo com seu íntimo. Independentemente de quais fossem os planos de Destino, ele estava incluído, e sua responsabilidade, ele pressentia, seria ainda maior. De súbito, ele pensou em seus amigos. Estariam vivos? Por onde andavam? Chegaram ao Oráculo? Inúmeras perguntas saltavam de sua mente eclipsada, multiplicando sua ansiedade.

— Você disse que um Servo de Destino me trouxe aqui – o alodiano relembrou, trazendo o assunto para mais próximo de si. — Como ele era?

— Um homem grande, negro e...
— Ázero! — Formiga afirmou em um sobressalto e interrompeu Harada.
— Você o conheceu? — o monge levantou uma sobrancelha.
— Sim — o ferreiro parecia não se conter. — O meu primeiro encontro com ele foi em uma aldeia no sul às margens de Nakato, depois aos pés do Pico das Tormentas e... — ele contou com o indicador e o dedo médio, mas mostrou-se receoso em contar com o dedão. — Bom... acho que eu posso contar com um terceiro encontro, mesmo que eu estivesse próximo da morte.
— Poucas pessoas tiveram a honra de vê-lo, muito menos conhecê-lo — explicou Harada. — Nossos pergaminhos mais antigos se referem a ele como um servidor a quem Destino lança mão nas grandes ocasiões ou nas grandes necessidades. Sem dúvida, sua missão é de extremo valor para a realização de Seus planos.

Formiga deixou cair o queixo.

— Eu sabia que ele significava algo muito importante. Eu sabia! Mas nunca que eu poderia imaginar o tamanho dessa importância.
— E tem mais, nobre amigo — Harada continuou, com seu semblante sempre tranquilo. — Ele recomendou que cuidássemos bem de você e que o ajudássemos em tudo o que fosse preciso. Ao Seu devido tempo, Destino mostraria os caminhos a serem seguidos.
— Pelas barbas, estou me sentindo um rei – ele riu. — Só está me faltando o banquete!

O monge sorriu com o coração alegre de seu novo hóspede. Nem mesmo o fato de Formiga ter estado cara a cara com a morte esmoreceu a sua vontade de viver. Entretanto, apesar do clima de descontração dentro do pequeno quarto, uma questão fundamental se fazia ainda mais importante que todas as outras, uma reflexão que ainda não estava ao alcance de ninguém. Não, agora. Afinal...

Quais seriam os desejos de Destino?

XIX
A filha à casa torna

O macarrão com legumes borbulhava dentro de um caldeirão e levava o calor da cozinha para o refeitório. As espessas paredes do recinto eram grossas e deixavam o ambiente confortável, mas não o suficiente para deixar a comida quente por muito tempo em cima da bancada. Batendo o queixo, mesmo enrolado em um grosso cobertor, Formiga trazia sua tigela à boca e bebia – com deleite e arrepio – o líquido que esquentava seu corpo. Experimentar uma boa comida fez-lhe recordar de sua família e da falta que ela fazia naquele momento, sentado em uma mesa que lembrava as de sua querida taverna.

— Por todos os deuses, Harada, eu preciso desta receita – Formiga se jubilava. – Este macarrão ao caldo de carne está uma delícia. E estes legumes, então! Tenho certeza de que será um sucesso em minhas terras. Sinta o cheiro! Sinta o cheiro! Estou sentindo pontadas no meu coração. Seria felicidade? – o pequeno homem parecia não se conter com todos os movimentos de mão.

— Se assim define, então, creio que seja a felicidade o melhor tempero para qualquer prato – Harada sorriu, bem mais contido que o alodiano.

— Gosto de você, Harada – o ferreiro declarou. — Ázero não poderia ser mais feliz em me deixar em sua companhia.

De repente, um punhado de monges, recém-saídos das Completas*, emergiu na entrada do refeitório e ocupou os bancos, deixando a grande parte deles vazia.

Um detalhe que não passou despercebido pelo ilustre hóspede.

— Uma construção colossal como essa não deveria abrigar mais pessoas? – Formiga perguntou, expressando pesar. — Não é só aqui, mas percebi quartos e salas vazios.

— A realidade da guerra atingiu a nós todos, meu amigo – explicou Harada. — Alguns postos nestas mesas eram de magos que se apresentaram na Batalha do Velho Condado e nunca retornaram; outros, dos que contraíram a Pestilência Cega e estão sendo cuidados em seus quartos. A administração carece de gente e as aulas estão suspensas. A verdade é que a Abadia de Keishu nunca vira antes tempos tão solitários entre seus longos corredores. E temo que ainda possa piorar – concluiu, sempre com o tom de voz calmo.

As vozes no refeitório ecoavam em quase todo o mosteiro, como em um poço seco e profundo. As últimas palavras de Harada ativaram a memória de Formiga, até então inerte em um abrigo, supostamente seguro em suas grossas paredes de pedra. Foi inevitável não pensar na queda de Alódia e no avanço das tropas de Linus pelo interior de Sieghard. Sem perceber, o ferreiro tomou um gole profundo e quase se engasgou ao pensar que os inimigos poderiam, neste instante, estar às portas da cidade.

— Harada – o ferreiro, compenetrado, fitou o monge. — Temos que sair daqui o mais breve possível. Esta cidade se tornará mais um alvo dos desejos de nossos algozes.

— Acalme-se e pense melhor – pediu o monge. — Lembre-se que estamos nos confins do reino e, para além daqui, há apenas gelo e uma imensidão branca interminável.

Na escuridão da noite, enquanto os habitantes de Keishu se entregavam aos seus leitos, uma chama fria ziguezagueava pelas estreitas vielas da cidade, acompanhada de seis almas cansadas e quase moribundas.

— Se pelo menos essa chama esquentasse! — Braun reclamava, esfregando e soprando suas mãos. — Como alguém pode tomar banho neste fim de mundo?

Exceto por Chikára, que já estava acostumada com o clima típico da região, as reclamações do guerreiro encontravam eco no restante do grupo. Roderick conferiu

---

* Completas: orações realizadas antes de se retirar ao leito.

se Petrus estava confortável, contudo, sua preocupação se voltou para a maga assim que ele percebeu lágrimas em seu rosto.

— Chikára, está tudo bem? – perguntou.

— Não é nada – ela enxugou os olhos com a manga da vestimenta. — Apenas lembranças de minha infância e adolescência. Há muitos *verões* não ponho os pés nessa cidade.

— Pensávamos que a senhora morasse aqui – o arqueiro insistiu na conversa.

— Eu cresci na abadia, fui criada pelos monges e... fui banida de lá – sua última frase saiu entre os dentes. — Depois de minha expulsão, eu retornei para Chiisai, minha cidade natal.

— Não queria ser inconveniente, mas, por qual razão você foi banida? – Roderick ficou intrigado. Também Sir Heimerich, Braun, Petrus e Victor se mantinham atentos à conversa. Apesar de surpresos, preferiram respeitar o momento de sua companheira.

— Não queira entender, arqueiro – a maga desconversou, evitando se abrir. — Não queira entender.

Os peregrinos cruzaram uma ampla ponte de madeira sobre o rio Kristallos. Na escuridão da noite, os detalhes da ponte não eram tão visíveis, porém percebia-se que sua estrutura era nova e robusta. O aroma da madeira ainda pairava no ar. As tábuas utilizadas em sua construção não exibiam sinais de desgaste, sugerindo que a ponte fora recentemente erguida ou substituída.

— Agora estamos em Vahan Ocidental – disse a maga, assim que chegaram ao outro lado do rio.

Algumas poucas luzes se acenderam nas modestas casas e rostos curiosos apareceram nas frestas das janelas – abertas com cautela e o suficiente para que o vento gélido não esfriasse o interior dos lares.

— Muitas crianças vahanianas são deixadas por seus pais aos cuidados da abadia a fim de serem educadas pelos monges que lá residem – Chikára decidiu continuar a conversa com Roderick. — Eu fui uma delas. Lembro, inclusive, da viagem de quando meus pais saíram de Chiisai comigo ainda criança para me trazer aqui. O choro de minha mãe ainda inunda meus sonhos desde aquela fatídica *aurora*.

— Entendo – Roderick se compadecia.

— Com o tempo, esta memória se torna parte do seu ser – ela falava, emocionada. — Eu nunca aceitei o fato de ser deixada, principalmente depois que descobri que meus pais haviam falecido. De fome, talvez. Eles não tinham condições de me criar e queriam que eu tivesse uma melhor situação que a deles – novas lágrimas brotaram de seu rosto. — Eu queria tê-los visto ao menos uma vez – desta vez, Chikára não se conteve e caiu em prantos, chorando como uma criança. O fato de voltar à sua cidade natal trouxera histórias amargas demais. Mais do que poderia suportar.

Roderick a abraçou e a caminhada se interrompeu.

Por trás da rígida carapaça da maga, uma pessoa humana e verdadeira se revelava. Petrus, comovido, sentia a dor de sua companheira e tinha os olhos já umedecidos.

— É muito nobre de sua parte compartilhar esses sentimentos conosco, Chikára. Tenho certeza de que eles a observam da Morada dos Deuses — Sir Heimerich frisou.

— Seus pais foram corajosos — Braun elogiou. — Exceto por uma grande necessidade, eu não conseguiria pensar em meus filhos crescendo sem o meu exemplo.

— A mais triste das mortes é aquela do homem que viveu sem coragem de morrer pelo que é certo — Victor tentou ajudar, porém sua frase soou incerta, especialmente porque ele olhava para o céu, de forma indiferente e fria.

Apesar do estranhamento, o que Victor falara serviu para que os aventureiros, exaustos e abalados, refletissem nas mortes que haviam se confirmado. Como guerrear sem o pulso firme de Sir Nikoláos, sem o entusiasmo heroico de Sir Fearghal? Como ter esperança na sobrevivência da Ordem sem Marcus II, o rei? Sendo formado por pessoas comuns, o grupo sentia-se insignificante diante de tantos notáveis heróis vencidos. Faltava-lhes um estímulo, algo que os fizessem acreditar que eram muito mais que simples homens.

— Eu queria ter mais, ser mais... — após os soluços diminuírem, Chikára sentiu-se confortável para se abrir um pouco mais. — Ter poderes que eu não podia controlar. Ser a única maga capaz de controlar todas as escolas de magia. Foi por isso que eu fui expulsa. Aquele homem... — ela pensou em Ume. — Como eu o odeio! — disse com o punho fechado.

— Quem, minha senhora? — Roderick se espantou com a reação da maga.

— O mesmo homem que nos deixou este poema, que nos guia através de suas palavras. Como posso ser tão tola em acreditar nelas? — ela tremia de raiva.

— Controle-se, senhora — pediu o arqueiro. — Nada disso irá adiantar. Aliás, o mago a quem se refere está morto agora.

Chikára refletiu nas palavras de Roderick e, após um longo suspiro, sua consciência pareceu voltar ao estado normal.

— Não só ele — ela disse, com um pesar que surpreendeu a todos. — Muitos que estudaram comigo na Abadia de Keishu também estão mortos. Eu não pude estar com eles. De onde eu estava, no alto das colinas de Bogdana, vi suas vidas serem ceifadas pelos poderes intermináveis dos Thurayyas.

— Tenho certeza de que não foi em vão — Roderick completou.

Os peregrinos seguiam a caminhada em silêncio quando, de forma inesperada, Victor se aproximou da keishuana e suavemente retirou seu capuz, revelando pela primeira vez seus cabelos negros e finos, que se espalhavam pela cabeça em uma dispersão considerável – com um pouco de paciência, podia-se, inclusive, contar os fios. A maga se sobressaltou ao sentir os olhos verdes penetrantes do homem, que pareciam sondar sua alma. Com delicadeza, o arcanista tomou as mãos da maga e aproximou seu rosto do dela, intensificando ainda mais o drama do momento.

— Quem luta com monstros deve velar para que, ao fazê-lo, não se transforme também em monstro – ele sussurrou em seu ouvido. — E se você olhar, durante muito tempo, para um abismo, o abismo também olha para dentro de você. O abismo... atrai o abismo.

— Tome conta da sua vida, maniqueu – a maga respondeu, visivelmente incomodada. Em um ato impulsivo, ela soltou sua mão da dele, como se a sentisse queimar.

Victor recolocou o capuz e afastou-se do grupo com seriedade. O grito de advertência de Chikára intrigou os colegas, que trocaram olhares confusos, percebendo a tensão entre a maga e o arcanista. Felizmente, para o alívio e a distração de todos, o penhasco íngreme no qual se encontrava a Abadia de Keishu surgiu após a virada de uma esquina. Uma escada esculpida na rocha subia em espiral pela estranha formação, entrando e saindo do bloco de pedra, que parecia ter sido cortado abruptamente pelas mãos afiadas da mãe-natureza.

— Dragões me chamusquem! – Braun olhou para cima, sentindo que, a qualquer momento, a parede rochosa poderia despencar sobre ele.

— Medo de altura? – Sir Heimerich cutucou.

— Não, lordezinho. Só não estou acreditando que, depois de tanto andar sem sequer ter sacado minha espada, ainda terei que subir escadas. Que, pelo menos, sejamos recebidos com flechas e golpes de machado para isso valer a pena – o kemenita desconversou, dando um tapa nas costas de Petrus. — O que acha, camponês?

— Ah – o pastor suspirou. — Eu só consigo pensar em um bom banho quente, uma sopa de legumes e uma cama larga e confortável.

— Ora, bah – o guerreiro girou os olhos, inconformado. — Vamos, verme!

Escorado por Harada, Formiga retornava com dificuldade para seus aposentos. Ele repuxava um pouco a sua perna devido a um corte em sua coxa, e andava curvado para aliviar as feridas nas costas feitas pelo Graouli. Seu ombro, atingido por uma seta, também doía e a dor limitava o movimento de seus braços. Apesar dos curativos estarem fazendo efeito, Harada sentia que seu hóspede ainda não estava tão bem quanto ele gostaria que estivesse.

— Vai precisar de pelo menos uma *lunação* para se recuperar totalmente, senhor Formiga — o monge disse, consternado.

— Não vai chegar a tanto, Harada. O velho Formiga aqui não é tão sopa assim — o ferreiro minimizou o drama, enquanto era posto cuidadosamente de volta à cama pelo seu anfitrião. — Agradeço muito a sua hospitalidade, mas temo que ela não dure o tempo necessário para que eu me recupere. Quando chegar a hora, terá que me largar aqui. Você sabe, sou apenas um velho e pequeno homem gordo.

— Fique tranquilo, amigo — Harada sorriu. — Quando vier a hora, estarei preparado. Todos nós estaremos — ele lançou um olhar misterioso. — Agora, tente dormir e repousar — o monge sugeriu e apagou a chama da vela em uma bancada de pedra.

— Destino tem que estar com um senso de humor muito inflado — Formiga disse na escuridão, deitando-se de bruços e soltando um "ai". — Eu não posso nem me mexer direito. Escolhido de Destino? Eu? Conta outra — balbuciou para si.

E assim, entretido com a animação do colega, Harada deixou o recinto com o ferreiro ainda conversando sozinho.

— Visitantes! Muitos visitantes! — exclamavam os monges.

Não se sabia que horas da madrugada era quando uma intensa movimentação alardeou o sossego do mosteiro. Tochas voltaram a ser acesas e os corredores iluminados. De dentro do quarto do ilustre hóspede apenas ouvia-se os gritos desesperados.

Linus está atacando mais uma vez. Formiga abriu os olhos, assustado e com coração palpitando forte. Enfim chegara a hora que ele tanto temia. Silhuetas passavam diante do alçado de seu pequeno cômodo, criando sombras na parede do corredor, que se agitavam de modo frenético de um lado para o outro, gerando formas das mais grotescas possíveis e só imaginadas em suas piores noites de pesadelos. O ferreiro começou a tremer de desespero ao perceber que não conseguiria agir por conta própria.

— Harada! Harada! — ele chamou o monge quase como se uma criança chamasse pela mãe.

Para seu alívio, Harada surgiu em instantes, esbaforido.

— Permaneça em sua cama, senhor Formiga. Eu vou averiguar quem acabou de chegar.

Os momentos que se seguiram atormentaram o ferreiro de uma forma inimaginável. Formiga fechou os olhos, e começou a orar a Destino, suplicando-Lhe para que poupasse sua vida, pois tinha prometido à mãe que voltaria para salvar a família. Mas sua oração foi perturbada por terríveis lembranças. Tremia só de lembrar no projétil que atingira sua caravana na batalha do Velho Condado, lançada de forma eficaz por um dos Thurayyas. Aquelas criaturas, em si, já eram amedrontadoras o bastante para o sufocar. De imediato, chamas começaram a se alastrar em seus pensamentos e espalharam-se pelo assoalho de madeira da taverna. As grandes pedras disparadas pelos trabucos inimigos se chocavam contra a superfície acima dele, causando um barulho ensurdecedor e fazendo desabar o túnel em que estava. Aalis e Calista foram deixadas para trás, assim como toda esperança do velho ferreiro. A guerra o havia traumatizado, talvez para sempre.

— Senhor Formiga? — Harada estava novamente à porta do quarto e o trouxe de volta à realidade. O ferreiro permaneceu de olhos fechados com medo do que iria ver. — Senhor Formiga, não se preocupe. Não são os homens de Linus. São apenas seis viajantes cansados e ansiosos.

Imediatamente, Formiga abriu os olhos e seu peito se encheu de esperança.

— Seis?! Harada, leve-me até eles, depressa! Se forem quem estou pensando, talvez eu me convença que Destino está ao meu lado.

Sempre prestativo, o monge amparou o ferreiro, guiando-o até o salão de entrada da abadia. A ansiedade de Formiga transformou cada passo pelo corredor em uma jornada interminável, mais longa até do que toda a caminhada no Pico das Tormentas.

Foi então que o pequeno homem vislumbrou algo que mal podia acreditar.

Os sete peregrinos estavam reunidos mais uma vez.

XX
Junte-se aos bons e seja uma exceção!

Em Vahan, os mineradores da região costumam dizer que "Todas as minas de *aurumnigro* não valem uma boa amizade". E, com razão, a descoberta de um veio deste tão precioso metal não seria capaz de criar um clima de comemoração comparável à do reencontro entre Formiga e os demais peregrinos na Abadia de Keishu.

Em fila, um por um, todos abraçaram o amigo perdido, tão excitados estavam em revê-lo — com exceção de Victor, que se resumiu a apenas um aceno de cabeça. Harada, ignorado por completo, observava a cena em meio a piadas, gargalhadas e choros contidos, com um misto de admiração e surpresa. Surpresa essa compartilhada depois por Formiga, ao ser informado que seus companheiros traziam, curiosamente, uma tocha de fogo inextinguível e incombustível.

— Posso vê-la? — o alodiano perguntou.

Chikára puxou o cobertor que cobria seu braço e revelou o artefato mágico. Harada, às margens da cena, ergueu uma sobrancelha e aproximou-se do grupo, duvidando de que estava vendo.

— Sua luz é tão forte que nos incomoda, então ela está quase sempre escondida – explicou a maga.

— Pelas barbas negras do dragão! – Formiga pegou a tocha com cuidado, ficando extasiado ao comprovar seus exóticos atributos. — É incrível!

O monge arregalou os olhos, ainda incrédulo, mas convencido da autenticidade do artefato diante dele. Dezenas de magos da Abadia de Keishu se aventuraram em expedições em busca da tocha sagrada de Ieovaris, seguindo instruções de pergaminhos antigos e secretos, descobertos apenas nas seções mais esquecidas da biblioteca. Muitos que retornaram de mãos vazias estavam enlouquecidos, enquanto outros sucumbiram rapidamente a doenças misteriosas. Acreditava-se que a tocha detinha o poder de resolver crises, como guerras e disputas políticas, levando a maioria dessas expedições a acontecerem durante o período de unificação. Com o tempo, a necessidade de encontrá-la diminuiu, até que a crença em sua existência se dissipou completamente. Era aceito que nenhum homem a encontraria sem ser por vontade divina.

— Permitam-me, senhores – Harada coçou a garganta e chamou a atenção de todos em voz alta. — Desculpem-me a intromissão, pois sei que estão bem entrosados. Meu nome é Harada e sou o monge responsável pela administração deste mosteiro quando na ausência do Grão-Mestre. Para quem não sabe as regras deste estabelecimento, saibam que apenas um mago de grau superior pode substituir as tarefas de um Grão-Mestre, e, como tal, é meu dever informá-los sobre o que vocês têm em mãos.

Chikára estremeceu com a revelação de Harada ao constatar que estava diante de um mago de extremo poder, versado em conhecimentos antigos. Entre os peregrinos, apenas ela e Victor sabiam realmente com quem estava lidando. Enquanto a maga o sabia por já conhecer bem o que é um mago de grau superior, Victor percebeu analisando a energia que emanava de seu corpo. Para Formiga, entretanto, aquele era apenas o "amigo Harada".

— A tocha que trouxeram consigo — continuou o mago — é chamada na língua comum de tocha sagrada de Ieovaris, um artefato mencionado por pergaminhos arcanos que diz conter a sabedoria do próprio deus. Para quem a estuda, entretanto, nós a chamamos pelo seu nome original: Ner Tamid.

— Ner... o quê? – Braun se engasgou.

— Ner Tamid – repetiu Harada, mais pausado.

— Vejo que você conhece bem este objeto, Harada – Chikára observou.

— Sei alguma coisa, mas não tanto, senhora, pois são ciências muito profundas. Quem poderia lhe dizer com mais detalhes seria o nosso prior, mestre Ume, que, infelizmente, tombou lutando pela Ordem – respondeu o mago.

— Ume, Grão-Mestre?! — Chikára não pôde conter a contrariedade e decepção.

— Sim, senhora – respondeu Harada. — Muito me honra ter sido aluno desta formidável mente e só o acaso foi capaz de me colocar como seu substituto, dado que meus conhecimentos não chegam a uma fração dos dele. Mas, são tempos de guerra e restou a mim essa dificultosa missão. A propósito, a senhora o conheceu? Vejo que carrega um cajado de poder.

— Quando éramos jovens, sim. Inclusive, estudei com ele. No entanto, em algum momento da minha vida, preferi buscar outro caminho – a maga encurtou sua história.

— Entendo – Harada sentiu um leve distúrbio, afinal, não era por qualquer motivo que alguém deixava o *Iluminato*.

— Senhor Harada – Sir Heimerich entrou na conversa —, meu nome é Heimerich, filho de Sir Heinrich, barão de Askalor. Diga-me, qual o poder dessa tocha além do que já nos foi revelado? Em que ela pode ser útil em nossa jornada?

— Seus poderes são vastos, cavaleiro, mas apenas ela sozinha não fará efeito – o monge explicava em tom didático. — O que eu sei é que, para ativá-los, é necessária uma combinação de palavras, ditas em voz alta e firme.

— Quais palavras? – Roderick perguntou de supetão.

— Como disse, meu conhecimento é limitado. Apenas Mestre Ume saberia.

Mais uma vez, Chikára se mostrou assertiva em montar o quebra-cabeças originado no templo do Oráculo. Aliviados, os peregrinos se entreolharam, e encararam a maga, que sorriu com o canto de sua boca. Estavam exaustos, era verdade, mas, pelo menos, sabiam que não estavam andando às cegas. Ela conduzia seus companheiros tal qual um pastor que cuida do seu rebanho. Suas intuições não poderiam ser menosprezadas – inclusive aquelas relativas a Petrus. Sendo sábia e astuta, restava saber se a proficiência adquirida através de seus estudos estava sendo usada para o bem ou para o mal.

Chikára, então, puxou de seu bolso um papel dobrado e o abriu, revelando a Harada o símbolo e o poema escrito de próprio punho por Ume.

— É para isso que estou aqui – ela disse em tom decisivo. — Com essa folha, esta tocha, e as anotações particulares de Ume, eu irei descobrir, de uma vez por todas, a mensagem real por trás desse símbolo e esse texto.

Chikára entregou a folha suja de sangue e terra à Harada, pois sabia que ele era o guardião da biblioteca particular de Ume — onde era certo que suas respostas seriam encontradas. Enquanto o monge analisava o texto, a maga observava Formiga de cima a baixo. O ferreiro estava, sem dúvidas, em sua pior forma: seu rosto estava inchado, suas costas tinham imensos curativos, as pontas de seus dedos estavam arroxeadas e ele mancava.

— O que foi, senhora? — Formiga reparou que estava sendo analisado.

— Em nenhuma hipótese você conseguiria ter chegado aqui nestas condições com seus próprios meios — ela colocou a mão na cintura. — Alguém o trouxe aqui, e juntando ao fato de que este símbolo que Harada vê agora neste papel também estava desenhado no local onde você foi deixado no Pico das Tormentas, tudo me leva a crer que, quem quer que fosse esta pessoa, está relacionada com este poema e este símbolo — ela concluiu com uma lógica que era dela, atiçando a curiosidade dos peregrinos que aguardavam ansiosos a resposta do ferreiro.

— A senhora está certa — ele balançou a cabeça. — No Pico das Tormentas, eu já tinha entregado minha alma a Destino e, quando acordei, me peguei ao lado de Harada em um dos quartos deste monastério. Depois, ele me informou que quem me trouxe aqui, foi nada mais, nada menos... — ele fez um suspense — que Ázero.

Uma discussão acalorada estourou entre os peregrinos, tomando contornos parecidos com as longas assembleias de nobres em presença do rei. Ázero, o azaleno, salvara Formiga. Contudo, que relação ele tinha com todas as peças do quebra-cabeça organizadas até então?

— Senhores, senhores, por favor... — Harada interrompeu a conversa para que os ânimos se acalmassem. — Escutem-me bem, pois é algo respeitoso. Segundo os tomos mais antigos de nossa biblioteca, Ázero é um Servo de Destino, que é acionado quando grandes questões se impõem. Este símbolo, desenhado nesta folha e no local onde Formiga foi resgatado, é a sua marca. Simples assim. Porém, esta tocha só é dada a quem recebeu uma missão superior — o monge fez uma pausa, encarando os peregrinos com seriedade, como se certificasse que eles entenderiam o peso de sua próxima afirmação. — Quando Formiga me revelou que foi salvo por Ázero, minhas suspeitas sobre ele ter sido escolhido por Destino se fortaleceram, porém, juntando ao fato de vocês terem aparecido aqui, portando o Ner Tamid...

— Vamos, Harada, deixe de enrolação — Formiga incentivou.

— A cada Era, Destino escolhe um número limitado de pessoas para que cumpram uma missão de restabelecer o equilíbrio de Exilium. A estas pessoas, os pergaminhos arcanos as chamam de Enviados — ele explicou. — Significa, prezados, que vocês não são um simples grupo de fugitivos. Longe disso, vocês são Enviados de Destino em quem Ele deposita Suas esperanças, ou melhor, Sua certeza de que cumprirão os Seus planos.

— É verdade, meus amigos – Formiga complementou. — Sabe-se lá o que Destino está planejando, nós estamos incluídos. Isso não é maravilhoso? Eu sabia desde o princípio que estávamos fadados a sermos grandes!

Um silêncio profundo reinou absoluto. Os peregrinos se entreolharam em silêncio, cada um com uma expressão distinta diante de tão chocante revelação. No primeiro momento, não houve reação visível. No instante seguinte, Roderick e Petrus deixaram escapar sorrisos, tal qual crianças que acabavam de dar seus primeiros passos. Sir Heimerich permaneceu sério, consciente não só da gravidade da notícia, mas também do peso de sua missão divina, fosse ela qual fosse. À parte do grupo, Victor demonstrava uma preocupação oculta enquanto observava Chikára em devaneios maquinadores.

— Plano divino, profecias... Bah! – o guerreiro resmungou, irritado. — Quanta estupidez! Minha vida não é um teatro e eu não sou um fantoche. Destino embaralha as cartas, mas somos nós que as jogamos.

— Não fale assim, Braun – Sir Heimerich o repreendeu. — É uma honra sermos escalados para uma missão como essa. Significa que Destino nos tem em mais alta estima, entretanto, ainda podemos falhar.

— Pense na recompensa que teremos se obtivermos êxito, Braun – Roderick adicionou. — Em Sieghard, os nobres nos dão algumas moedas de ouro. Imagine o que Destino nos dará.

— Armaduras gloriosas! – Formiga se exultou. — Lâminas divinas! Armas indestrutíveis! Uma forja mágica, capaz de forjar o aço dos deuses, o lendário Lithon! O que me diz, Petrus?

— Eu... – o pastor se acanhou. — Eu só queria voltar à paz das minhas colinas. Apascentar meu rebanho.

Enquanto Petrus, Braun, Formiga e Roderick travavam um debate sobre as recompensas de uma missão divina, Chikára refletia sobre as palavras de Harada. Em seu íntimo, ser uma Enviada para cumprir os planos de Destino parecia uma ótima maneira de se realizar. Poderia enfim ter os poderes que tanto almejava e se tornar uma grã-mestre, ser o que Ume outrora se tornara. Um sorriso de canto de boca surgiu, ao mesmo tempo em que ela começou a se incomodar com o olhar suspeito de Victor.

— Por que está em silêncio, Victor? – ela perguntou, aproximando-se dele e afastando-se dos demais.

— O silêncio é um amigo que nunca trai – Dídacus respondeu.

— Diga-me o que acha de fazer parte de uma missão dada por Destino — a maga persistiu.

O arcanista não respondeu de imediato.

— Todos nós fazemos parte Dele, viemos Dele e para Ele iremos, inclusive nossos inimigos.

— Pode ser mais explícito? – Chikára cruzou os braços.

— O olho de Destino paira sobre Exilium sem preferências. Dia ou noite, claro ou escuro, luz ou trevas. Cada qual em seu tempo. Não importando o que escolher, os opostos fazem parte do mesmo todo, anulando-se e completando-se. Os opostos são filhos de Destino. Nós... e todos os habitantes de Exilium... somos Seus instrumentos.

A maga se aproximou ainda mais do arcanista, interessada na visão que ele compartilhava. Ficara óbvio para ela que Victor queria guardar este conhecimento para si, pois falava em metáforas, evitando dizer sua real opinião.

— Não me venha com seus misteriozinhos, Victor. Não para cima de mim — ela demonstrou não estar disposta a cair nos truques do arcanista. — Eu sou uma maga de...

— Olhe bem nos meus olhos e não me diga que não sabe disso, Chikára — ele a interrompeu, fazendo-a estremecer com sua rígida expressão penetrante. — As mortes em Alódia poderiam ter sido evitadas se Sir Fearghal tivesse entregado a cidade. O pai de Formiga poderia ter sido curado se não tivéssemos eliminado o Thurayya. Os planos de Destino não necessariamente podem significar salvar a Ordem, pois Ele é o criador do Caos do mesmo modo. Talvez Destino tenha determinado que o Caos saísse vitorioso desta guerra. O que significa que, aceitando esta missão, estejamos, sem pensar, caminhando para ajudar na derrota da Ordem. Talvez até já estejamos contribuindo para a vitória dos inimigos — concluiu.

O que o arcanista acabara de expor carregava consigo uma profundidade intrigante, desencadeando questionamentos que ecoavam nos alicerces do universo. No epicentro desse embate transcendental, a dicotomia cósmica se revelava em toda a sua magnitude. Chikára, embora ciente da veracidade das palavras de Dídacus, optou por se silenciar, evitando a prolongação de um debate que se avizinhava de uma complexidade extrema. Um suspiro escapou-lhe dos lábios, enquanto o peso da *aurora* recaía sobre suas costas.

Não só a maga, mas também os demais peregrinos com suas feições abatidas e olheiras profundas denotavam cansaço em excesso.

— Senhores — disse Harada em tom educado e firme, após constatar a exaustão física e mental dos forasteiros. — Humilho-me perante vocês e peço a honra de ajudá-los no que meus escassos conhecimentos permitirem. Vejo que temos muito o que conversar e fazer. Porém, por hora, penso que seria prudente nos recolhermos para descansar o corpo e permitir que nossos espíritos se harmonizem. Já ordenei que sejam preparados os aposentos em que cada um se recolherá. Peço que me perdoem pela modéstia, mas, em se tratando de um mosteiro, é o máximo que podemos oferecer.

A interrupção do mago tornou-se providencial. De repente, todos sentiram o peso das inúmeras provações e desafios enfrentados ao longo de suas jornadas — até mesmo o incansável Victor. A necessidade de repouso se impôs, já que suas mentes estavam turvas e incapazes de formular pensamentos coerentes.

— Bom, eu estou quase meio-morto. Para dormir, falta-me pouco — Formiga comentou, sempre piadista. — Não se preocupe, Harada, eu guiarei os novos hóspedes até os dormitórios — ele apontou o corredor.

— Ainda bem que esta *aurora* monótona terminou — Braun resmungou, sendo o primeiro a tomar o caminho apontado pelo ferreiro. —Venha, Formiga, eu o carregarei até a sua cama — o guerreiro colocou o colega sobre os ombros. — Tomara Destino que o amanhecer venha acompanhado de alguma ação.

Um a um, os demais acompanharam Braun, rendidos pelo sono e antevendo as delícias de um quarto aquecido. Para o estranhamento de Harada, mas não tanto para os peregrinos, Victor entrou em uma passagem próxima dali e foi para os adarves no alto das muralhas da abadia, de onde se avistava um magnífico céu estrelado.

Em silêncio, ele se sentaria em uma posição de meditação durante toda a noite, enquanto os astros teriam uma testemunha fiel de seu trajeto até o nascer do sol.

XXI

Uma aurora na Abadia de Keishu

O primeiro clarão matutino ainda não havia iluminado as paredes da Abadia de Keishu, mas já dourava os cumes gelados que ao longe protegiam as Terras-de-Além-Escarpas, como sentinelas de um mundo enigmático. O lendário mosteiro era uma construção datada de *verões* há muito esquecidos — há quem diga que de outras Eras, porém, certamente de antes da unificação. Suas paredes, constituídas de pequenos blocos de pedra, foram levantadas da própria rocha em que repousava, como se a edificação fosse uma continuidade dela. Das janelas de algumas câmaras, ao olhar além, podia-se ver as pequeninas casas vahanianas vários pés abaixo em meio à neblina da manhã, perfurada pelos campanários dos templos da Ordem espalhados pela cidade. O complexo arquitetônico do mosteiro era composto por quatro setores e quatro torres ao redor de um verdejante pátio central. O salão de entrada do templo e os refeitórios se localizavam em contraposição ao templo sagrado, enquanto o prédio onde ficavam as salas de aula, a biblioteca de Keishu e os dormitórios, se posicionava em oposição ao espaço de banhos. As torres, localizadas em cada ângulo do complexo, se chamavam Nishi, Kita, Minami e Higashi, sendo que as três primeiras eram reservadas a magos de níveis superiores, e a última pertencia, especificamente, ao Grão-Mestre vigente.

    O frio da madrugada ainda persistia quando os monges iniciaram as Laudes[*]. Victor Dídacus deixara sua comunhão com os astros e voltou sua atenção aos mortais que o cercavam. Por outro lado, Chikára não conseguira dormir como havia desejado, tamanha era sua ansiedade frente à missão a ser cumprida e às recordações de sua juventude sempre procurando por um conhecimento que agora poderiam estar a um passo de distância. Não foi por acaso que ela acordou primeiro que seus companheiros, com o rosto marcado por olheiras e uma expressão profunda de uma noite mal dormida. Não querendo incomodá-los, deixou-os como estavam e dirigiu-se ao refeitório para o desjejum. O calendário posto sobre a mesa de entrada do recinto marcava "A11L1, verão de 477aU". *Passaram-se doze auroras desde a batalha no Velho Condado*, refletiu. A refeição já estava servida e constituía-se basicamente de frutas da região, como pêssego, ameixas e framboesas, e pão preto, acompanhado de leite. *Nada mudou*, pegou-se rindo enquanto se sentava solitária no banco.

    Neste meio tempo, os monges que estavam no templo realizando as Laudes entraram no refeitório. Harada os acompanhava, e Victor Dídacus surgiu, curiosamente, na retaguarda da comitiva.

— À aurora com a Ordem, senhora — saudou o monge, percebendo a presença de Chikára e aproximando-se dela.

— À aurora, Harada.

— Vejo que a noite não a agradou — ele observou a expressão irritadiça da maga.

— E não irá, até eu descobrir o que Ume nos deixou aqui — Chikára rebateu.

— Vocês têm o Ner Tamid e um poema deixado por ele. O que a faz pensar que ele deixou mais alguma coisa? Isso já não seria suficiente? - ele perguntou, sereno.

— Não seja ingênuo, Harada. Não se lembra? Você mesmo disse ontem, que o Ner Tamid só funcionaria com palavras específicas ditas em alto e bom tom.

— E...?

— Ora, nós não temos essas palavras! Como pode, você, o substituto do Grão-Mestre não perceber? - ela o desdenhou, não pensando muito bem em suas palavras.

Harada aguardou um tempo para respondê-la.

— E o que você quer? - perguntou, sem modificar sua voz.

---

[*] Laudes: liturgia da manhã.

— Sendo você quem é, tenho certeza de que possui a chave dos aposentos de Ume. Preciso de acesso a eles. Se existe um lugar onde encontraremos essas palavras, este lugar é na torre Higashi.

O mago não disse nada. À princípio, ele se espantou com a requisição de Chikára e refletiu, pensando nos modos da peregrina e como eles poderiam se relacionar com seus intuitos. Contudo, logo ele decidiu que, se aquela pessoa à sua frente era, sem dúvidas, uma enviada de Destino, com certeza sua decisão havia sido guiada por Ele.

— Muito bem, acompanhe-me – disse Harada, tomando o corredor em direção ao lar do finado mago Ume.

Deixando metade do pão em cima da mesa, Chikára não pensou duas vezes e se levantou para seguir o mago.

Victor, oculto em um dos cantos do refeitório, fez o mesmo sem que ninguém o percebesse.

Depois de uma reconfortante noite de sono, sobre o gramado bem-cuidado do pátio central da abadia, quatro figuras conversavam entre si. Três delas postavam-se rígidas diante de uma menor e tímida, que realizava alguns movimentos.

— Segure esse cabo firme, pastor – comandou Sir Heimerich em tom solene.

Petrus apertou com a mão direita o cabo de uma espada curta de madeira. O objeto havia sido encontrado nos dormitórios e provavelmente era usado pelos monges em treinamento.

— Não acha melhor voltarmos para a cama? Eu sou contra a violência – o camponês reclamou.

— Deixe de moleza, verme. Empunhe essa espada como um verdadeiro homem! – Braun tentava incentivá-lo ao seu modo.

— Quem dera todos tivessem seus pensamentos, Petrus – o cavaleiro o aconselhava. — Mas não se engane, caríssimo, a diplomacia sem armas é como a música sem instrumentos.

— Eu não poderia resolver isso com um pouco de bom senso e boas intenções? É mesmo necessária a espada? – o camponês insistiu.

Braun inflou as bochechas para não cair no riso, porém, em instantes ele explodiu em uma longa e infame gargalhada. Sir Heimerich olhou para o kemenita em desaprovação.

— Veja bem, amigo do campo – o nobre tomou a palavra. — É louvável que você queira tratar a todos com bom senso e boas intenções. O grande Ieovaris ensinava que o olhar de uma criança enternece os corações mais duros, mas não todos; contra esses a espada ainda é o melhor remédio.

— Discutir com Petrus é inútil, lordezinho. Por que ainda insiste? – Braun se irritou. — Sabe o que é isso? Preguiça! E Petrus só conseguirá ser dono de seu próprio destino quando conseguir superá-la. Veja bem, ele não é capaz de acordar primeiro que ninguém, e só pensa em tosar suas ovelhas! Ele não vê sentido em nada na sua vida! Estamos andando por Sieghard há sabe-se lá quanto tempo, e ele não foi capaz de aprender nada por conta própria. É tedioso! É como viver em um luto eterno! Bah! – desabafou.

Enquanto o guerreiro andava de um lado para o outro, suas veias no pescoço saltavam de nervosismo. Sir Heimerich, Petrus e Roderick o olhavam com medo. No entanto, não demorou muito tempo para que ele se acalmasse e se direcionasse a Petrus com um semblante de culpa pelo que falara.

— O lordezinho aqui disse que em alguns casos a espada é o melhor remédio. Neste caso, sou o melhor curandeiro para aplicar tal remédio. Não se preocupe, com a teoria do cavaleiro de "capa e espada" aqui do lado e a *minha* prática, vou transformar você, um mísero cordeirinho, em um lobo!

— Não tão rápido, Braun – Roderick o censurou. — Deixe-o escolher. Um lobo é um lobo quando está junto à presa. Mas... – ele olhou para o pastor — o homem que porta um arco e flecha é como uma águia. Antes que o lobo saiba onde está o perigo, seu destino já foi traçado. Largue essa espada, Petrus, que eu farei de você um arqueiro. O mais mortal dos guerreiros. O que acha?

— Bah! – Braun bufou. — Guerreiro... guerreiro... guerreiro. Bla bla bla. Faz-me rir. Deixe-me dizer uma coisa, magricela, o *verdadeiro* guerreiro olha no olho do inimigo, não combate protegido pela distância – ele argumentou.

— O leão é valente, mas se vale das sombras para atacar, e por isto é o rei dos animais – Roderick se defendeu.

A discussão começava a tomar ares de uma guerra de argumentações, denunciando um grave problema que não fora resolvido desde a formação do grupo: a falta de liderança. Petrus, em silêncio, tentava em vão absorver tudo aquilo, desviando seu foco do cavaleiro para o guerreiro, e deste para o arqueiro e retornando-o para o primeiro. Não foi difícil perceber que seus companheiros discutiam futilidades, ao menos para ele.

— Deixe de tagare... — Braun ia falar, mas foi interrompido.

— Vocês falam em lutar, matar... – o pastor se revoltou. — Será que este é o único caminho? Os homens não são mais que lobos, águias e leões? Admiráveis animais, sem dúvidas, mas animais. A Tradição diz que Destino nos criou à semelhança deles ou de Ieovaris, de cuja boca jamais se ouviu uma palavra de ódio? Não podemos ser como animais! Somos filhos de Ieovaris! O sangue divino corre em nossas veias! Ou já se esqueceram?

As palavras de Petrus calaram fundo nos presentes. Todos eram homens duros, forjados na luta e nas perseguições da caça – onde não se sabia quando o predador se transformaria em presa. Porém, todos foram criados sob os princípios da Ordem e os ensinamentos da Tradição; e as verdades ditas pelo pastor os transportaram às suas mais tenras infâncias quando suas mães os levavam ao leito e, em meio às orações noturnas, incutia os princípios mais nobres dos conhecimentos ancestrais. Até Braun, apesar das severas condições em que fora criado, apartado do amor materno em seu Exílio, ouviu-o em silêncio. No fundo, era verdade que o guerreiro era uma alma sensível, porém ninguém tinha coragem de dizer isso a ele.

XXII

O treinamento

Um feixe de luz atravessou a longa janela vertical da torre Higashi e clareou o tapete de pele de urso no chão de um quarto circular. Uma velha escrivaninha de carvalho repousava próximo à parede, com uma pilha de tomos sobre ela. Acompanhando o formato do recinto, duas estantes repletas de documentos antigos, organizados de forma delicada, deixavam o ambiente menos solitário. Na morada do Grão-Mestre não havia adornos, cadeiras, e a cama se resumia a um colchão posto sobre um estrado de pinho vahaniano. De fato, nada podia relacionar o lugar a qualquer riqueza material.

— Isso não parece estar certo — disse Chikára, intrigada, logo ao chegar ao aposento. — Tudo está muito organizado. A princípio não há nada aqui que prove que Ume estivesse pesquisando algo. Os livros estão fechados e sem marcações, os pergaminhos enrolados e a mesa limpa. Talvez, ele fosse apenas muito organizado?

— Se Ume obtivesse informações que não poderiam cair em hipótese alguma nas mãos dos inimigos, é certo que ele as esconderia. Não acha? - perguntou Harada. — Basta saber se ele as esconderia aqui ou em algum outro lugar. Humm... — ele colocou a mão em seu queixo.

— O que foi, Harada? - a maga percebeu a inquietação do monge.

— Existe um encantamento que, entre os monges, damos o nome de Revelação da Verdade, que também pode funcionar como uma contra-mágica. Uma pessoa sob o efeito de Revelação da Verdade, se ela for mentirosa, vai dizer a verdade achando que continua mentindo; no caso de objetos escondidos por algum tipo de magia, como a ilusão, Revelação da Verdade anula o efeito mágico e os objetos reaparecem.

— E é claro que você pode realizar este encantamento — Chikára o incitou.

— Não sem usar o que você tem em mãos com as devidas gemas — Harada fitou o cajado da maga.

— Este não é um cajado para realizar encantamentos. É um cajado de alteração — Chikára estranhou.

— Posso? — com muita educação, o monge pegou, sem resistência, o cajado da mão da senhora e o olhou de cima a baixo. — Onde você estava na aula sobre cajados? — ele a alfinetou. — Não existem cajados de alteração, Chikára. A alteração nada mais é que a recitação de um mantra.

— Mas...

— Este cajado potencializa seus poderes, pois possui um cristal de quartzo energizado nele. Está vendo aqui? — Harada apontou para uma pedra translúcida que se distinguia das demais na cabeça do item. — O seu cajado possui várias pedrinhas, são elas que fazem o encantamento, mas todas elas juntas não farão efeito algum. Precisa-se, primeiro, saber quais delas usar. Aliás, um belo cajado você possui. Onde o conseguiu?

Chikára sentiu um leve incômodo ao ser desmascarada quanto ao uso de um dispositivo auxiliar para realizar sua magia. Em outras palavras, Harada soube através dele que ela era fraca. Porém, sua última pergunta a deixou envergonhada.

— Isso não é importante agora, Harada. Você consegue fazer o encantamento? — a maga foi ríspida, fugindo do assunto.

— Um momento — ele respondeu, pacífico.

Harada retirou, primeiro, o cristal do cajado e, com cuidado, também mais algumas pedras, a fim de deixar apenas a quantidade necessária para obter o efeito mágico. Após a retirada de uma delas, imediatamente, um brilho azulado surgiu da cabeça do objeto de bronze e banhou as paredes do quarto com uma intensa claridade azul-celeste. A luz diminuía à medida que as pedras iam perdendo sua cor, até que, em poucos instantes, se extinguiu por completo, assim como a beleza das gemas.

— E então...? — a senhora perguntou.

— Como pode ver, ou não ver, não havia nada escondido ou oculto — disse o monge.

— Não é possível! *Tem* que ter alguma coisa aqui! — ela gritou.

— Sinto muito, Chikára.

— Deixe-me ter acesso aos documentos de Ume — ela apelou, denotando que possivelmente havia sido afetada pela Revelação da Verdade.

— Infelizmente estes documentos são negados a outros magos, mesmo aos da ordem superior. Não posso deixá-la tê-los — ele explicou, frustrado.

— Você não entende, Harada.

— Claro que entendo, senhora, e levo o que você disse muito a sério — ele foi educado. — Por isso ficarei aqui o tempo que for preciso para me assegurar disso. Agora, por gentileza, deixe-me e retire-se às áreas comuns.

Mesmo inconformada, Chikára assentiu, fitando Harada por um momento para se certificar que ele iria realizar o seu trato. A expressão firme do monge deu-lhe um alívio fugaz, mas providencial.

— Se descobrir algo, lembre-se de que fui eu quem tomou essa iniciativa — alertou ela, e tomou a saída do quarto, descendo com impaciência a escada espiral que corria rente às paredes da torre.

Victor, nas sombras, fez o mesmo antes que Chikára o pudesse encontrar.

Formiga, ainda muito debilitado, porém mostrando um poder de recuperação pouco comum, surgiu no pátio amparado por um monge, a tempo ainda de ouvir o resmungo de Petrus para Roderick, Sir Heimerich e Braun.

— Bravo, pastor! Estes tempos difíceis nos fazem esquecer os princípios mais nobres da Ordem e se não nos cuidarmos nos transformaremos em feras — o ferreiro olhava para todos, sorrindo de tal modo que quebrou por completo o gelo da discussão anterior. Se havia uma unanimidade no grupo, era o carinho que nutriam pelo simpático alodiano. — Mas, deixemos a filosofia um pouco de lado e vamos haurir esta brisa matinal e estes raios de sol maravilhosos.

— Tem razão, senhor Formiga — Sir Heimerich disse. — Vivenciamos muitas batalhas e horas difíceis nas últimas *auroras*. Está na hora de harmonizar nossos espíritos e fortalecê-los para as duras jornadas que ainda estão por vir. A propósito, como levantou esta manhã?

— Pior... que amanhã — ele gargalhou, rindo de si mesmo. — Mas, sem dúvidas, melhor que ontem. Permitam-me, pois vou me sentar em um desses bancos. Não sou sopa, mas também não sou de aço.

— Deixe-me ajudá-lo — pediu o nobre, acompanhando o ferreiro ao banco em um dos cantos do pátio e se afastando de todos.

Enquanto isso, sem perceber, Braun foi abordado por Petrus, que se aproximou de mansinho.

— Eu não te julgo, Braun — o pastor revelou. — E até entendo por que você está furioso comigo. Hoje eu descobri. Você se doa demais à causa da Ordem, que prega a paz e a compreensão, e se irrita quando não vê essa mesma doação nos outros. Você considera a Ordem como uma criança frágil e pura, e por isso precisa de qualquer braço que seja forte para a defender dos que querem prejudicá-la. Não é mesmo? Nesse caso, eu te apoio e eu serei o seu braço.

— Não me diga que... pelo que estou entendendo... ora, o que quer dizer com isso? – o kemenita estava desconcertado, como se Petrus houvesse, em poucas palavras, dito tudo o que ele acreditava e não conseguia se expressar.

— Isso mesmo, Braun. Treine-me – o pastor revelou, entusiasmado. — Quem sabe amanhã precisarei de uma espada para defender a Ordem. Além do mais, preciso me distrair um pouco e esvaziar a cabeça para me lembrar dos acontecimentos no salão do Oráculo.

De tão anestesiado, o guerreiro demorou para entender a situação que se apresentava diante dele. Não demorou, no entanto, para que seu arrebatamento se transformasse em contentamento.

— Hurra! – ele deu um tapa de emoção nas costas de Petrus e o deixou sem ar. — Eu sabia que por baixo dessa casca mole existia um verdadeiro guerreiro! Mas não se engane, moleirão, eu não vou pegar leve com você!

Petrus riu e olhou para Roderick, que assistia a tudo com brilho nos olhos.

— Sem ressentimentos, cavalheiros – Roderick congratulou Petrus e Braun. — Aprenda as artes da espada, herói, que depois o apresentarei aos segredos do arco. Você é jovem e o tempo junto à nossa técnica o fará um formidável defensor da Ordem.

O dia terminara e as Vésperas se aproximavam mais uma vez. O jantar, como sempre frugal, porém nutritivo e saboroso, já tinha sido servido na hora habitual. Até então não se tinham notícias de Harada, recluso na torre Higashi. Chikára passara a manhã e a tarde na biblioteca da abadia na esperança de encontrar alguma pista que esclarecesse suas dúvidas, no entanto, a vastidão do local e o grande número de tomos mostravam que seriam necessários vários *verões* para uma pessoa lê-los. Por outro lado, Roderick, Braun, Petrus, Formiga e Sir Heimerich tiveram uma jornada produtiva. O camponês – não às custas de algumas contusões – começava a aprender os rudimentos da esgrima, e como era de se esperar, exausto, foi o primeiro a se recolher. Durante este tempo, Braun e Roderick trocaram provocações amigáveis sobre o novo discípulo. "Ele será o melhor arqueiro de

Sieghard", dizia Roderick. "Não sem antes de ser capaz de me enfrentar com uma espada na mão", retrucava Braun. "Já estou com medo deste novo guerreiro do qual tanto falam. De certo que a Ordem estará em boas mãos", Sir Heimerich se divertia, debochando. "Se ele manejar uma espada tão bem quanto maneja um travesseiro, podem ter certeza, de que não haverá ninguém que o possa derrotar", Formiga complementava com mais graça.

No final da noite, Chikára caminhava para o seu leito pelos corredores da abadia, quando uma sombra, projetada pela luz das tochas, emergiu na direção da torre leste. A sombra se alongava à medida que se aproximava da maga. Pelo jeito tranquilo e despreocupado com que a silhueta se movia, Chikára logo reconheceu de quem se tratava e, com um misto de ansiedade e curiosidade, apressou-se ao seu encontro.

— Mestre Harada, como foi a busca?

O monge abaixou a cabeça e a balançou negativamente.

— Nada. Não achei nada que comprove que Ume nos tenha deixado alguma orientação.

— O tempo não admite mais demora! — Chikára se desesperou. — Ume tem que ter deixado algo para nós. Ele *tem*! Temos que encontrar, do contrário arriscaremos partir daqui com um mistério não solucionado. Pior, se os inimigos vierem e descobrirem antes de nós, não se sabe o que poderá acontecer.

— Calma, Chikára — ele sugeriu, de forma pausada. — Destino tem o seu tempo. É hora das Vésperas. Vamos orar para que Ele nos ilumine. Amanhã voltaremos às buscas.

— Amanhã, Keishu talvez não exista mais! — ela ameaçou e virando-se, indignada, partiu.

— Que a Ordem a guie, senhora – o monge se despediu, voltando seu passo para o templo.

Nos dormitórios adjacentes, Sir Heimerich, Braun, Formiga, Petrus e Roderick repousavam como há muito não faziam. Desde o encontro nas colinas de Bogdana, não haviam tido a oportunidade de desfrutar de um sono tão tranquilo e reconfortante — exceto, talvez, nas acomodações da taverna do Bolso Feliz. Era chegada a hora de descansar e recarregar as energias para a próxima aventura, possivelmente maior do que todas as enfrentadas até então.

Uma jornada que, talvez, não permitisse retorno.

XXIII
Iluminação

Por três vezes o sol se pôs e retornou por trás das montanhas sem sinal das forças de Linus, contrariando as previsões de Chikára. O tempo passava enquanto Formiga se recuperava e Petrus seguia com seu treinamento. Bem mais descontraído, o pastor sentia que sua memória retornava. Como relâmpagos, pensamentos fugazes o assaltavam, fazendo-o voltar ao interior do salão do Oráculo. Em um desses episódios, ele quase foi atingido por um rápido ataque de Braun. Porém, em uma reação surpreendente, aparou o golpe e o devolveu com destreza, tendo sua espada atingido o peito do kemenita.

— Cuide-se, Braun – Sir Heimerich soltou uma breve gargalhada. — Se essa espada não fosse de madeira, você estaria se unindo aos seus antepassados nos campos etéreos dos guerreiros.

— Deixe de bobagens, lordezinho. Se essa espada não fosse de madeira, não iria acontecer nada. Se você acha que Petrus teria coragem de matar, então que os dragões me chamusquem! Há um grande abismo entre ameaçar a vida de alguém e tirá-la de fato. Mas, mesmo assim... – o guerreiro se virou para o pastor. — Isso não vai ficar barato! Verme!

Agora sob orientação de Harada, Chikára prosseguia em sua busca, que se mostrava infrutífera. Acompanhando a maga em segredo, Victor Dídacus não perdia qualquer de seus movimentos. Ele sabia que ela estava ansiosa e preocupada, não conseguindo, no entanto, saber exatamente por qual motivo. Em um dos seus raros encontros à revelia, o arcanista conseguiu, finalmente, a oportunidade para abordá-la.

— O que a aflige, Chikára? – ele perguntou, no que a senhora passou apressada ao seu lado no corredor. — Sinto muito medo em sua essência.

— Obrigado por se intrometer na minha "essência" – ela demonstrou desconforto. — Obviamente, você não está com medo.

— Toda a cidade de Keishu está com medo – Victor forçou uma simpatia que não era próprio dele. — Você não é a única.

— Não estou nem aí para o que os keishuanos estão sentindo. Os únicos que precisam sentir medo, o medo *real* e tangível, somos nós – Chikára rebateu. — Toda a Keishu está esperando que um exército venha atacar a cidade. Mas isso não vai acontecer. Eles não têm o que temer.

— Não estou a acompanhando – o arcanista foi verdadeiro.

— Pense bem, Victor, seria um desperdício de forças investir contra os keishuanos. Eles são, em sua maioria, pacíficos mineradores e não oferecerão nenhuma resistência – ela explicou, voltando à sua postura didática.

— E...?

— Nós estamos em um local isolado e elevado, e toda a força da cidade capaz de lutar está aqui. Nós, além dos monges noviços, somos os únicos que podem oferecer resistência, Victor!

O arcanista cofiou sua barbicha, intrigado com a teoria de Chikára.

— Para tomar Keishu, basta nos eliminar – ela continuou. — Mas, para isso, não há necessidade de um exército; e, mesmo se estivéssemos em um número razoável que forçasse Linus a enviar uma tropa, estamos em uma posição privilegiada e veríamos com facilidade a chegada dela, conseguindo nos preparar ou fugir. Esse não é o caso. Linus não precisa disto para tomar este mosteiro, ele vai preferir entrar na cidade sem chamar atenção. E só é preciso de um elemento nesse tabuleiro para isso, e você sabe do que estou falando.

— Um Thurayya – ele arriscou um palpite.

— Um Thurayya, Victor – ela frisou, fitando-o com um olhar pesado. — E eu posso até arriscar que ele já esteja entre nós. Agora, você entendeu meu medo, que deveria ser o de todo mundo aqui?

O arcanista olhou para o teto.

— Se um Thurayya estivesse entre nós, eu saberia – ele tentou amenizar a situação. — A essência negativa daqueles seres não me passaria despercebida. De todo modo, sua preocupação é legítima. Ficarei mais atento aos sinais de sua presença.

A noite do terceiro dia de estadia dos peregrinos na abadia chegara. Como de costume, a campainha soou convocando os noviços para as Completas. À essa hora, o jantar já estava pronto e Formiga, bem recuperado e por seus próprios meios, foi o primeiro a chegar. Em breve, e desta vez apenas, Harada surgiu com o restante do grupo que, pela primeira vez, jantariam juntos.

— Como está a busca, Chikára? – Sir Heimerich perguntou, enquanto enchia sua tigela com um caldo de raízes e tubérculos variados.

— Já consultei mais pergaminhos nessas três *auroras* do que em toda minha vida. E, até agora, nada – respondeu a maga, já embebendo o pão na sopa.

— Meus prezados, preciso me retirar para acompanhar as orações da noite – Harada informou. — Ao final das Completas, estarei à disposição – concluiu, com o consentimento de todos, saindo do refeitório.

O silêncio e a fome caíram sobre o grupo de peregrinos, principalmente sobre Petrus, devido ao treinamento, e Formiga, porque ele quase sempre estava assim. Victor, sem comer, observava Sir Heimerich, que rodava seu dedo na tigela, inquieto, e prestes a desabafar.

— Caríssimos – o nobre não seu aguentou. — Creio que devemos nos concentrar em tudo que vimos para tentar esclarecer este mistério. Três *auroras* se passaram e encontramo-nos ainda à deriva, sem saber como prosseguir. Uma coisa é certa: devemos rumar para o norte e cruzar o Egitse, mas, segundo Chikára, falta-nos um item que irá nos auxiliar na viagem. Um item que foi escondido por Ume, o finado Grão-Mestre da abadia.

— Deve haver alguma passagem secreta na qual Ume se valeu para esconder este item — Roderick intuiu.

— Não há – Victor disse enfático, sem maiores explicações, deixando um mistério no ar.

— Nosso amigo está certo – Formiga falou de súbito, prevendo a reação estranha de seus companheiros. — Durante estas *auroras*, com minha ajuda, Victor investigou todos os locais suspeitos que poderiam ter uma porta falsa ou um bloco solto.

Constatei que não há nenhum mecanismo nesta abadia que possa nos levar a uma passagem secreta.

— Chikára, está segura de que Ume teria nos deixado algo aqui na abadia? — Sir Heimerich a inquiriu, encarando-a, e todas as atenções se voltaram para ela.

A senhora de Keishu não respondeu. Pela primeira vez, estava em dúvida sobre a existência de qualquer coisa que os pudesse ajudar e que teria sido deixada pelo seu ex-colega de *Iluminato*. Um pesar desalentador pairou sobre os presentes, enquanto o cavaleiro, desiludido, abaixou a cabeça, seguido por Roderick e Formiga. Braun e Petrus, apesar disso, mantiveram seus olhares alertas: o primeiro, por estar ainda em busca de compreensão do que se desenrolava, e o segundo, talvez, por observar atentamente o desenrolar dos acontecimentos. Victor, embora aparentemente distante, não estava totalmente alheio à situação.

— O que temos em mãos que nos liga a Ume? — o arcanista perguntou, discreto.

— Um poema e um símbolo — Chikára respondeu.

— Uma tocha também — Petrus deixou escapar um pensamento, deixando seus colegas curiosos.

— O que o levou a isto, pastor? — inquiriu a maga. — O que a tocha tem a ver com Ume? Dê-me uma boa razão para a sua afirmação — concluiu, ríspida, tentando encerrar a questão.

Em outros tempos, Petrus preferiria se manter calado diante do azedume de Chikára. Mas desta vez, impulsionado pelas *auroras* de treinamento e seu convívio mais estreito com Braun, ele sentiu que deveria largar sua habitual postura e retrucar no mesmo tom.

— Você, com toda sua sabedoria, poderia ter decifrado o enigma do Oráculo. Por que não o fez?

Chikára foi pega de surpresa com aquela nova atitude de Petrus. Pela primeira vez, se viu desarmada pelo pastor e não conseguiu proferir uma resposta. Apenas engoliu em seco e se calou.

— Não se sinta mal, Chikára — o guerreiro quebrou o clima desconcertante com uma gargalhada. — Minhas aulas de etiqueta estão transformando essa ovelhinha em lobo.

— Continue, herói — aconselhou Roderick.

— A tocha não nos liga a Ume, mas ele sabia dela — Petrus prosseguiu. — Ume sabia que ela estava lá no salão do Oráculo. Não foi à toa que o papel foi deixado nas tendas inimigas. Por favor, senhora, leia o poema outra vez.

A contragosto, Chikára colocou a mão em seu bolso, retirou o papel, e em voz alta leu para todos:

O segredo da realidade
está nas chamas da eternidade
os desígnios de Destino
revelados pelo fogo divino
nem sempre o fogo incendeia
ou inicia uma reação em cadeia
a mesma chama que pode destruir
revela por onde Exilium vai seguir
e se seguir por um rumo diferente
será o fim de todo ser vivente

— Não perceberam? — Petrus perguntou em tom ingênuo, achando que seus colegas conseguiriam entender o que ele queria dizer.

— Petrus, todos nós sabemos que isso é um mapa — Chikára disse, irritada. Ela queria dar um desfecho à conversa, percebendo que mais uma vez o pastor poderia superá-la em perspicácia. — E é por causa dele que estamos indo às Terras-de-Além-Escarpas.

— Não é só isso, Chikára — ele adicionou uma observação. — Desde que encontramos o papel amassado, mais e mais coisas são observadas nesse poema. Isso não é só um mapa. É muito mais que isso. É um... um... — Petrus gaguejou em busca da palavra.

— Um códice de sobrevivência? Um guia de sabedoria? — Sir Heimerich tentou completar.

— Exato! — Petrus confirmou. — Ume deixou nesta folha tudo o que precisamos para cumprirmos nossa missão, quem sabe até mais. Se não fosse por Harada, não saberíamos que as propriedades mágicas ocultas da tocha são ativadas por palavras. Mas agora sabemos, e é claro que Ume tinha certeza de que, em certo momento, descobriríamos essa informação. Vamos ao templo chamar o mestre Harada, eu tenho uma ideia — o pastor levantou-se da cadeira, deixando todos atônitos com sua segurança. — Venham, vamos. O que estão esperando? Ah sim, peguem a tocha, precisamos dela.

Dando de ombros, os peregrinos seguiram Petrus. Chikára pensou a respeito se deveria fazer o mesmo e, sem esconder a contrariedade, decidiu acompanhá-los — mais por querer ver o fracasso do pastor do que na esperança de encontrar uma solução para o mistério.

Um vento frio soprava das montanhas do norte e envolvia a torre Higashi, oculta pelo nevoeiro noturno, fazendo enregelar até os ossos dos peregrinos. O profundo sossego do ambiente associado ao abandono do local, criava um ar fantasmagórico e sombrio. Mestre Harada, envolto em um espesso casaco de pele e movido por uma urgência que ainda não compreendia, franqueou a entrada do aposento do Grão-Mestre, permitindo que o grupo adentrasse. Petrus, à frente, já segurava o Ner Tamid, enquanto o poema de Ume repousava em sua outra mão, pronto para desvendar seus segredos.

— O que pretende fazer, herói? — Roderick indagou.

— Observem... — ele estendeu o braço com a tocha sob sua cabeça e ergueu o poema à frente dos olhos. — A chama que pode destruir revela por onde Exilium vai seguir! — exclamou com voz firme e alta.

Nada ocorreu.

— Que bobagem! — Chikára disse com desdém.

— Cale-se, Chikára — comandou Braun. — Tem alguma ideia melhor?

Apesar da interrupção da maga, Petrus não se intimidou e fez uma nova tentativa, erguendo a tocha com o poema à sua frente.

— A realidade está nas chamas da eternidade! — bradou.

Mais uma vez, nada aconteceu. O pastor, no entanto, não se dava por vencido. Com a cabeça baixa, ele refletiu, balbuciando palavras como se fosse uma meditação, após o que, com uma dose extra de fôlego, ergueu a tocha com ímpeto.

— Que os desígnios de Destino sejam revelados pelo fogo divino!

Uma explosão de luz vindo do Ner Tamid pintou as paredes do recinto com um brilho tão ofuscante que, imediatamente, e por um instante, cegou todos. Os peregrinos protegiam seus olhos como podiam, contudo, seus esforços foram em vão, pois a claridade parecia atravessar suas mãos e pálpebras. Nem mesmo a imensidão branca das Escarpas Geladas sob o luar da meia noite poderia se comparar à brancura revelada pela tocha.

— Pelas barbas negras do dragão! — Formiga exclamava, maravilhado, em meio ao violento e fulgente ataque.

— Por Destino, o Imutável! — mesmo Harada não pôde acreditar.

Então, assim como surgiu, a luz retornou à sua intensidade habitual.

— Todos estão bem? – Sir Heimerich perguntou, tateando os objetos, enquanto suas vistas se adaptavam à claridade padrão.

— Pergunte aos meus olhos, lordezinho – Braun brincou.

— O que foi isso? – Roderick estava intrigado.

Assim como no quartel em Alódia, e depois ao adivinhar a charada do Oráculo, o pastor se firmou como peça-chave para o grupo. Como se nada tivesse feito de extraordinário, Petrus, desapressado, esperou seus amigos se recuperarem para admirar o que tinha sido revelado diante deles. Ali estava um simples homem que, mais uma vez, mostrava seu valor entre notáveis.

Ao contrário do que a maga imaginava, Ume não escondeu as palavras para ativar a tocha: elas já estavam todas escritas há muito tempo.

— É claro – afirmou Victor — que o Ner Tamid só poderia ser obtido por um defensor da Ordem e este só chegaria aqui, na Abadia de Keishu, se tivesse lido o poema. Petrus estava certo – o arcanista concluiu.

Para desespero de Chikára.

XXIV
O pergaminho

A milhas de distância de Keishu, um feixe de luz intenso atravessou as trevas noturnas e iluminou o terreno em declive entre o planalto de Tranquilitah e a planície vahaniana.

Ao ver o rápido clarão, uma sinistra figura vestida de negro com ar lúgubre interrompeu sua caminhada e olhou para o céu. A lua era apenas uma fina lâmina avermelhada. Agora, com mais certeza de seu objetivo, a criatura retomou seus passos lentos e firmes por entre esparsos pinheiros, sendo acompanhado por uma decúria de soldados a cavalo. Sem portar estandartes ou tochas, a pequena tropa se movimentava sem chamar a atenção. Mesmo não sendo numerosa, ela se constituía de homens rígidos, moldados por *verões e verões* de batalhas. Nove deles vestiam cotas de malha de anéis e portavam armas leves e curtas, o que lhes conferiam velocidade na luta; e um era robusto e intimidador, e, além de trajar uma armadura completa, trazia em mãos um enorme machado de guerra.

Acreditava-se que nem mesmo o maior do trolls era páreo para o escol trazido por aqueles combatentes.

Na Abadia de Keishu, em meio à estupefação geral dos peregrinos, Dídacus observava o gélido olhar de inveja de Chikára, bem como os lampejos malignos de ódio emanados de sua essência. Embora preocupante, o arcanista optou por manter o silêncio em relação à maga; afinal, ele reconhecia que sentir era uma coisa e agir era outra. De qualquer forma, estava ciente da necessidade de planejar com mais cautela seus próximos passos.

Após o espetáculo de luzes presenciado nos aposentos de Ume, ali, onde antes não havia nada, dois documentos surgiram sobre a escrivaninha, envoltos em auras brilhantes que se extinguiram lentamente.

— Vocês veem o que eu vejo? – Braun perguntou, incrédulo.

— A ilusão foi anulada – Harada explanou. — Só um artefato divino poderia anular uma ilusão tão forte, o que atesta o poder de um Grão-Mestre.

Chikára se aproximou da escrivaninha primeiro que todos, apressada em não deixar que os documentos caíssem em mãos indesejadas.

— Hum... — ela ergueu uma das folhas e a analisou sob a luz do Ner Tamid. — É uma carta com a caligrafia de Ume. "Ao que aqui chegou pelas mãos de Destino" – ela leu em voz alta. — Vejamos.

Ao que aqui chegou pelas mãos de Destino,

Se você está lendo estas palavras, significa que não faço parte deste plano de existência e que meu dever de as conservar foi cumprido. Há verões, sinto uma energia exótica, bastante diferente das emanadas pelos monges, vasculhando a biblioteca de Keishu. Uma energia que se tornou cada vez mais constante nessas últimas auroras. Ela não provém de uma pessoa comum, pois se a fosse, ela seria revelada pelos meus poderes. É alguém poderoso o bastante para ser imune a qualquer mágica de meu conhecimento, e sábio o suficiente para não deixar rastros; o que me levou a crer que isso só pode ser algum tipo de feitiço de outras terras, estranho à energia etérea da Ordem. Ao mesmo tempo, esta pessoa é deveras autêntica para desaparecer entre os siegardos. Os setores vasculhados eram sempre os que continham os documentos mais antigos, datados de Eras anteriores. Se eu estiver correto, temo que esta pessoa, ou este ser, estivesse em busca de um pergaminho em específico, designado para ser lido e utilizado apenas ao fim da Era por homens designados por Destino. Eu nunca imaginei que este momento chegaria durante minha curta vida, porém, o aparecimento de inimigos desconhecidos de Além-Mar provou-me que as leituras das profecias estavam erradas. Ciente de que eu seria convocado tão logo para a guerra, tomei a decisão de retirar o pergaminho do sagrado solo da biblioteca e o esconder sob uma forte ilusão, ilusão esta que seria removida apenas pelo poder do Ner Tamid, a tocha sagrada. Estou certo de que a segura agora, enquanto lê estas palavras sob a luz do fogo que não incendeia. Junto a esta carta, o que você vê sobre esta escrivaninha é o próprio pergaminho do qual eu falo, e é sua obrigação, agora, mantê-lo a salvo, custe o que custar, até o seu uso. Devo alertá-lo, sobretudo, que não o deixe cair em mãos erradas, do contrário, não conseguirá evitar o fim do mundo como você o conhece. Não tema, porém. Aliás, encha-se de esperança e confie na tocha sagrada, pois será através dela que o seu caminho será revelado.

Que a Ordem o guie.

Subitamente, assim que Chikára terminou a leitura da carta, todos olharam para o item em cima da escrivaninha. À princípio, nada de mágico havia nele ou à sua volta. Medindo apenas um palmo, era um simples rolo de pergaminho envelhecido pelo tempo. A maga o tomou e retirou seu selo, abrindo-o devagar.

— Chikára, também estamos aqui — apressou Roderick, vendo que ela demorava.
— Vamos, minha senhora, mostre para nós — Formiga exigiu.

Um pouco relutante — e tentando evitar que Petrus o visse —, Chikára mostrou o conteúdo do pergaminho aos demais. Tratava-se de um novo desenho emoldurado em suas quatro laterais por frases escritas na caligrafia antiga — semelhante àquela da espada de *aurumnigro* com algumas variações. Desta vez, entretanto, as linhas desenhadas eram mais sólidas e pareciam não se referir a algum tipo de símbolo, mas, talvez, a algum dispositivo, local ou combinação. Doze retângulos adornavam a periferia de uma área circular dividida em quatro seções. A área apresentava três círculos menores e concêntricos e, entre eles, um losango e um quadrado.

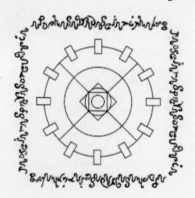

— Não acredito que estou vendo uma roda de carroça — Braun desdenhou. — De quem mesmo foi a ideia de vir até aqui?
— Pare de reclamar, Braun, deixe os que usam a cabeça pensar — Sir Heimerich rechaçou o guerreiro, que lançou-lhe um olhar torto.

— Chikára? Harada? Alguém? — Formiga interrompeu a dupla de encrenqueiros, direcionando a conversa para o que realmente interessava.

Harada achegou-se ao pergaminho, lendo com atenção as palavras contidas nele.

— "A tocha sagrada seja minha luz, não sejam as trevas o meu guia". Há uma oração contida na moldura — explicou o monge.

— Uma oração guardada, sabe lá Destino por quanto tempo — Braun resmungou. — De que uma oração nos adiantaria? Lá vamos nós outra vez — ele revirou os olhos, sendo ignorado pelos colegas.

— E quanto ao desenho, Harada? — Roderick questionou.

— É difícil saber. Contudo, todo o conjunto me remete a algum tipo de selo mágico — ele respondeu.

— Para selar o que? — o arqueiro insistiu, em tom apressado.

— Primeiramente, sugiro que fiquem calmos — Harada pediu, percebendo os semblantes desesperados de seus hóspedes. — A paciência e a perseverança têm o efeito mágico de fazer as dificuldades desaparecerem e os obstáculos sumirem. Aquele que tiver paciência terá o que deseja. Não nos apressemos. Tenham em mente que o objetivo foi cumprido. Não foi para isso que vieram aqui? O que queriam para continuar sua jornada já está em suas mãos. Pelo que está na carta, a pessoa escolhida saberá o que é, no momento e local certo.

— Paciência, paciência, paciência — Braun se irritou. — Agora tudo há de se ter paciência. Dessa forma não chegaremos a nenhum lugar. E já não há o porquê ficarmos aqui.

O guerreiro expressava uma frustração que não era só dele, mas que só ele conseguiria ser honesto o bastante para dizer. Outro desenho desconhecido voltava a assombrar os peregrinos que, apesar de descansados, demonstravam um pesado desânimo pela sensação gerada por mais um mistério — que não se resolveria tão cedo.

— Por que não tenta desvendar esse mistério, herói? — Roderick se voltou para Petrus, que até então não tinha se manifestado.

— Não! — Chikára soltou um grito espontâneo, tal qual um brado de advertência, e, de maneira impulsiva, pegou a carta e o pergaminho e os abraçou, como se dela pertencessem. Depois, vendo que olhares de reprovação eram direcionados a ela, a maga inspirou e se acalmou. — A carta e o pergaminho ficarão comigo durante esta noite para que eu possa pesquisá-los. Amanhã, de qualquer forma, partiremos para as Terras-de-Além-Escarpas com eles, já que nosso objetivo foi cumprido — falou e tomou a direção da saída dos aposentos.

— Espera um momento, senhora, e quem deu permissão para sair assim, sem mais nem menos, com estes documentos? — Roderick desconfiou.

— Ora, arqueiro – à porta, Chikára se interrompeu e virou-se. — Quem, a partir dessa tocha, descobriu qual seria nosso próximo objetivo? Quem decifrou como sair daquele maldito túnel subterrâneo no Pico das Tormentas? Afinal, quem os trouxe aqui? Está dizendo que não sou digna de tê-los para que eu mesma possa inspecioná-los depois de tudo o que fiz por vocês? Esta é a casa onde eu cresci. Estou em débito para com a abadia. Agora é o momento para expiar todos os meus erros e, de uma vez por todas, sair com o mérito que deveria ter sido dado a mim há vários *verões*. Portanto, se me derem licença, vou para meus aposentos. Aconselho a todos prepararem suas provisões e dormirem porque, na próxima *aurora*, iniciaremos uma longa jornada – concluiu, e sem aguardar reações, desceu as escadas.

Não era a primeira vez que Chikára se comportava daquela maneira. Entretanto, a história de sua vida – exposta um pouco antes dos peregrinos chegarem à abadia – havia tocado o coração de alguns. Mesmo que ela não estivesse com a razão, pensava Roderick, a senhora merecia sair da Abadia de Keishu vitoriosa. Por um instante, o arqueiro desejou não ter sido tão irônico na sua pergunta. Petrus, da mesma forma, sentiu o peso das palavras da maga, acabando por refletir que, em seu ímpeto de desvelar mistérios, acabou sem querer não se importando com os sentimentos dela. Quanto aos outros, percebendo os dois colegas cabisbaixos, se solidarizaram frente ao ocorrido.

Exceto Victor Dídacus.

XXV
Abadia sob ataque

O canto agourento das aves noturnas quebrava o silêncio sobre a abadia, como se elas quisessem alertar acontecimentos nefastos. Nos adarves da muralha, um vulto se esgueirava furtivamente pelas escadas próximas ao prédio onde ficavam os dormitórios. A passos curtos e cautelosos, ele entrou pela porta da frente e seguiu por um longo corredor. Ao virar a esquina, sons de roncos, suspiros, engasgos e bocejos inundaram seus ouvidos. Ainda mais atento e silencioso, ele percorreu um novo corredor até virar em outra esquina, chegando à distante e isolada cela onde Chikára dormia. A maga parecia estar em um sono tranquilo, porém, de tempos em tempos, sua respiração ofegava e ela movia-se com brusquidão, mostrando o conflito que ia dentro de si. Com as trincas enferrujadas, seria difícil abrir a grade de sua cela sem fazer algum ruído, no entanto, Victor Dídacus o fez com efetivo sucesso e, tateando pelas sombras, buscou os pertences da maga.

Com um aceno de mão, o líder da decúria interrompeu a marcha para observar a gigantesca massa de rocha na qual se erguia a abadia. Vendo que ele demorava, o guerreiro mais robusto da tropa se aproximou pelo seu lado direito.

— Senhor – ele o chamou, em tom baixo e respeitoso. O Thurayya se virou, para que lhe falasse em seu ouvido esquerdo. — Devemos atacar com ímpeto ou tentar uma abordagem silenciosa?

— Pouco importa o silêncio. Eles não têm outra saída. Vamos irromper no local e tomar o que precisamos.

Saindo do prédio dos dormitórios, e ainda não tão convencido pelo que acabara de fazer, Victor, de repente, sentiu seu corpo formigar. Temendo o que podia ser, ele parou por um instante, concentrando-se nas energias que emanavam no ambiente.

E, então, ele estremeceu.

Apressado, o arcanista deu meia-volta, e passando pelos mesmos corredores onde esteve momentos atrás, acordou todos os peregrinos – mesmo Petrus, ainda bastante sonolento, levantou-se com moderada rapidez.

— Precisamos sair daqui imediatamente! – dizia Victor.

Reunidos no corredor dos dormitórios, os peregrinos se prepararam, vestindo, de qualquer jeito, suas roupas e equipamentos. Enquanto isso, Mestre Harada surgiu nas sombras segurando uma tocha.

— Você também sentiu? – Victor perguntou a Harada, que aquiesceu com gravidade.

— Está próximo, mas ainda temos tempo – o monge explanou, e sua voz já não estava tão calma como antes. — Preparem-se. Vou acordar os noviços – ele se retirou, subindo as escadas para o segundo andar do prédio

— Victor, pode nos dizer com mais detalhes sobre o que vamos encontrar? – Sir Heimerich procurava pensar em alguma estratégia para lidar com a situação.

— Um Thurayya seria detalhe suficiente? – rebateu o arcanista, arrancando olhares de medo e preocupação. — Caos se aproxima.

Na quietude dos corredores de pedra, os peregrinos começaram a murmurar ensandecidos com a informação de Dídacus. No meio da turbulência, Roderick percebeu que uma peça-chave para lidar com a criatura, e que tanto fez diferença no primeiro encontro com uma delas, não estava entre eles.

— Onde está Chikára? – perguntou. — Ela deveria estar aqui.

— Mulheres, bah! Deixem que eu vou atrás dela – disse Braun, que, já com seu montante sobre o ombro, partiu para resgatá-la.

— Precisamos traçar um plano para fugir daqui – Formiga sugeriu.

— O caminho em que viemos já está ocupado – Dídacus avisou.

— Então, vamos achar uma rota de fuga alternativa – Sir Heimerich adicionou.

— Acho que só se for voando – Formiga gargalhou de nervoso. — O que...

Antes que o ferreiro pudesse continuar falando, o som de uma explosão vindo do salão de entrada da abadia chamou a atenção. Petrus, ainda sonolento, pulou com o susto e seu coração bateu forte, dando-lhe uma descarga de adrenalina. O ruído de madeira se estilhaçando deixava claro que o portão da abadia havia sido destruído.

— Petrus, fique atrás de mim – Roderick pediu ao amigo.

— Eu... – o pastor lembrou-se dos treinamentos de Braun e o quanto o guerreiro ficaria orgulhoso se pudesse vê-lo em ação — acho que, desta vez, ficarei ao seu lado.

O arqueiro sorriu, retribuindo o olhar de Petrus com uma piscadela.

— Muito bem, herói, apenas aja com cautela.

Os peregrinos ouviram vozes no final do corredor. Pelo tom delas, notava-se que os invasores não estavam preocupados com uma resistência mais acirrada.

— Para onde vamos? – Formiga perguntou, sussurrando, enquanto sentia seu pulso acelerar.

Imediatamente, Sir Heimerich entrou em um quarto ao lado, cuja janela dava para o gramado central da abadia, retornando logo em seguida sob olhares ansiosos.

— A situação nos jardins está tranquila – disse o nobre. — O pátio está vazio. Vamos entrar em um dos quartos nos fundos dos dormitórios e, de lá, cruzamos o vão central até os banhos.

Para chegar aos aposentos de Chikára, Braun teria que seguir o corredor até o outro lado da edificação, virando duas esquinas. Ouvindo vozes que se aproximavam, pôs-se em alerta, segurando com as duas mãos o punho de seu montante sobre os ombros. De modo furtivo, dobrou o corredor, esgueirando-se pelas paredes e relaxou por um momento, certo de que tinha evitado o seu encontro com pelo menos quatro inimigos. O misto de excitação pela proximidade da batalha e da incerteza do número de inimigos alegrava sua alma de guerreiro.

Ele não teve, entretanto, tempo de pensar muito sobre isso.

Pressentindo o perigo imediato, Braun viu o brilho de uma lâmina que iria ao encontro de seu pescoço. Contudo, os longos *verões* de experiência em combate faziam seus movimentos quase que involuntários e, dessa forma, ele conseguiu recuar um passo — o suficiente, inclusive, para sentir o ar, criado pelo movimento do golpe de um imenso machado de guerra, esfriar sua pele. O guerreiro ouviu seu algoz praguejar, enquanto recolhia sua arma ao som estridente de aço contra pedra, produzindo faíscas. Só então, Braun se deu conta do inimigo que enfrentava: ele era enorme, maior até do que ele próprio, e estava coberto da cabeça aos pés com uma armadura completa, nunca antes vista em Sieghard. O kemenita contra-atacou de imediato, porém, o golpe atingiu o vazio. Seu oponente, além de forte, tinha uma agilidade impressionante, mesmo dentro de sua exuberante proteção de metal.

O novo golpe do oponente veio em direção ao peito de Braun, que sentiu a pancada, batendo seu corpo contra a parede. O grosso gibão de couro que usava amorteceu um pouco o impacto, contudo, por dentro de suas vestes, sua pele esquentou devido ao sangue que escorria do corte feito. O guerreiro redobrou sua atenção e ferocidade, e atacou o inimigo como um urso. Os golpes se sucediam, com ataques e defesas de ambos os lados. Vez ou outra, Braun conseguia um ataque eficaz, batendo com força sua espada contra o corpo do gigante, causando arranhões em sua armadura e o tonteando. Porém, isso não era o bastante para liquidá-lo. Dado o estreito espaço onde combatia, o uso do montante ficava bastante prejudicado — assim como a arma de seu opositor.

Para o azar do kemenita, ao recuar de um soco de seu adversário, ele tropeçou em um dos bancos de madeira que repousavam no corredor e perdeu o equilíbrio. O imenso homem girou seu machado e desferiu um ataque, que, se não fosse por um ágil salto de Braun, o teria partido ao meio. O banco, todavia, não foi poupado. Tendo largado sua espada para conseguir se desviar do golpe, o guerreiro não tinha mais como contra-atacar ou mesmo se defender. Seu inimigo, obviamente, não perdeu a oportunidade e, com um gargalhada sinistra e abafada dentro de seu elmo, executou uma série de ataques que fizeram Braun sentir a morte próxima. Estava claro que ele brincava com o guerreiro, como um gato fazia ao dominar um rato, e estendia o prazer do abate ao máximo.

— Tolo! Pensou que me venceria? — perguntou o gigante, erguendo seu machado para um golpe final. — Este é o prêmio de sua ousadia.

Ouviu-se um grito e um esguichar de sangue.

O soldado cambaleou e, sentindo o sangue jorrar, deixou sua arma cair. Cada vez mais tonto, ele não sabia o que era realidade ou não. Braun havia sacado uma pequena adaga de sua bota e a cravou na virilha de seu oponente, em uma das poucas regiões vulneráveis de sua armadura. Fez-se valer um antigo ensinamento das terras de Sevânia que dizia "Se quer eliminar um homem fortemente protegido, acerte-o fundo por dentro de suas coxas". Finalmente, aproveitando a estupefação e fraqueza do inimigo, o guerreiro retirou a adaga ensanguentada e, com um golpe rápido e violento, enfiou-a através das frestas do elmo do gigante.

— Quem é o tolo aqui? — Braun exultou ao ver seu inimigo tombar. — Eu sou filho de Bahadur Mata-Trolls. Não é qualquer soldado de merda que vai me vencer!

Findada a peleja, o guerreiro recuperou seu montante e seguiu apressado para os aposentos de Chikára, desta vez, sem interrupções. Contudo, para sua surpresa, ao chegar à cela, encontrou-a vazia.

— Raios, Chikára!

XXVI
Uma noite de luzes

— Sigam-me e mantenham a calma..

No segundo pavimento, Harada alertava os monges sobre o que ocorria e a necessidade da fuga. Uma dúzia de jovens, homens e mulheres, ainda iniciantes no *Iluminato*, o acompanhou, ainda sonolentos e assustados. Juntos, desceram as escadas a passos largos e uniram-se aos peregrinos no primeiro andar.

— Chegou a tempo, Harada — disse Sir Heimerich. — A saída deste prédio está bloqueada. Há pelo menos quatro homens próximos à porta. Nossa única opção agora é cruzar o pátio e atingir os banhos.

— E, dos banhos, seguimos para o salão principal de entrada — Roderick complementou.

— Podemos fazer isso, sim, Roderick. No entanto, não sabemos quantos homens invadiram o mosteiro – Harada advertiu. — Tenho certeza de que vocês dariam cabo de dois ou mais inimigos, entretanto... — ele parou, refletindo. — Aquela energia que senti antes nos abateria como se fôssemos ovelhas.

— Você fala como se tivéssemos opção — Formiga brincou.

— E temos, amigo Formiga — Harada disse. — Eu sei o que você está pensando. Não se preocupe, ninguém sairá voando daqui — o ferreiro se envergonhou, sendo desvelado. — Há um caminho que, se conseguirmos alcançá-lo, evitaremos um confronto direto com as forças que nos atacam. Ele é íngreme e difícil, contudo, vai nos conduzir de forma rápida e segura aos estábulos no pé desta rocha.

— E onde fica este caminho? – Sir Heimerich perguntou.

— Atrás da edificação dos banhos – respondeu o monge. — Encoberto por urzes entre uma fenda estreita na pedra.

— Então, de qualquer forma, devemos atravessar o pátio – concluiu Roderick. Harada aquiesceu.

— Esperem, e quanto a Braun e Chikára que não chegaram aqui ainda? – Petrus estava afoito.

— Eu voltarei para resgatá-los – Harada o encarou, recebendo olhares duvidosos. Percebendo o ceticismo e desesperança do grupo, o monge abriu a palma de sua mão e, subitamente, uma bola de fogo nasceu acima dela de forma instantânea. — Confiem em mim, senhores. Há muito mais nesta mão do que vocês imaginam. Estão prontos? – um coro de vozes o respondeu, positivamente. — Então, vamos, vamos, vamos!

Harada, Petrus, Sir Heimerich, Roderick, Formiga e os noviços dirigiram-se a um dos cômodos e, um a um, pularam pela janela para deixar o prédio. No pátio, Harada avistou uma figura sombria à entrada do refeitório, solitária e imóvel. O medo logo tomou conta dos noviços, fazendo-os estremecer diante da visão da criatura. Aqueles que ainda não haviam saído do prédio vacilaram, enquanto o monge fazia sinais desesperados para que se juntassem ao grupo o mais rápido possível.

Os quatro soldados que estavam no prédio irromperam pelo cômodo onde os demais noviços estavam e, com pouco ou quase nenhum esforço, massacraram os jovens, enquanto eles tentavam, desesperados, escapar pela janela. Vendo a morte de seus colegas de *Iluminato*, os noviços no pátio entraram em pânico e, na esperança de conseguirem fugir da situação por conta própria, se adiantaram no trajeto até os banhos – mesmo perante os avisos insistentes de Harada para não cruzarem o vão central antes dele.

O Thurayya, percebendo a movimentação à sua frente, estendeu o braço e, em uma fração de tempo, uma tempestade de raios emanou de seus dedos e aniquilou os noviços, que caíram queimados, com seus corpos emanando uma fumaça escura e fétida.

— Não! – Harada, pela primeira vez, deixou que a cólera aflorasse dentro dele e partiu para cima da criatura.

Então, um espetáculo de luzes azul-arroxeadas e brilhos explosivos tomou conta do pátio da abadia naquela noite, com o monge parando seu ataque de bolas de fogo até que uma fumaça de cinzas e poeira cobrisse por inteiro o pátio, causando caos, incêndios e destruição sobre um jardim que antes era verdejante.

No prédio dos dormitórios, Braun voltava para encontrar seus companheiros e acabou se deparando com quatro soldados em um cômodo cheio de corpos no chão. De costas para o guerreiro, o inimigo mais próximo, alheio à inesperada presença, teve seu pescoço instantaneamente decepado. A cabeça rolou nos pés dos outros três, que se assustaram e partiram, avançando contra o kemenita com adagas em mãos. Valendo-se da maior envergadura de sua arma — e um espaço maior que os corredores — Braun cortou a perna do primeiro na altura da coxa em um golpe rápido. Depois, desviou-se do ataque do segundo, e o contra-atacou com o pomo da espada, atingindo-o na testa. O terceiro vacilou frente à força de Braun, porém, como um lavrador que ceifava os campos, o kemenita continuou seu trabalho macabro. O golpe do oponente veio veloz e em direção à sua cabeça. Braun o aparou, girou seu corpo e, ainda de costas para o atacante, passou sua espada por cima do ombro e fincou-a no pescoço do inimigo. O soldado gorgolejou e soltou um grito rouco.

— Venham, covardes! E chamem mais dos seus — gritou e, de repente, ao olhar pela janela, espantou-se com o embate de luzes que acontecia no pátio, destruindo tudo à sua volta. — Mas... que raios!

Dito isso, e bastante banhado de sangue, Braun pulou a janela e foi ao encontro de seus companheiros. Cinco soldados haviam sido eliminados apenas por ele.

Faltavam mais cinco e um Thurayya.

O ataque de rajadas elétricas do Thurayya foi retomado logo após a investida mágica de Harada. Ciente do perigo pelo qual seus visitantes passavam, em um movimento protetivo, o monge criou uma parede de ar seco à sua frente e bloqueou os ataques do inimigo, gerando uma região segura pela qual os peregrinos poderiam cruzar. Os raios atingiam a barreira com violência, espalhando-se por todo o seu comprimento. *Por hora, isso deverá resolver, mas não por muito tempo*, Harada se preocupava.

Os peregrinos esgueiravam-se pelas paredes externas do templo sob forte bombardeio quando, de repente, os ataques foram anulados. Percebendo a trama do monge, Sir Heimerich liderou o grupo a toda velocidade em direção aos banhos. Contudo, e para sua frustração, foi surpreendido por mais cinco soldados que surgiram por detrás da porta da edificação.

— Protejam-se – alertou o nobre.

Sir Heimerich, Roderick e Victor tomaram suas posições de ataque à frente de Petrus e Formiga. Enquanto os adversários se estudavam, Braun surgiu para reforçar o grupo. A visão da chegada do guerreiro ensanguentado serviu para lembrar aos inimigos que seus colegas estavam mortos, e acabou gerando alguns olhares perplexos.

— Roderick, leve Petrus e Formiga consigo enquanto damos cabo desses aqui – Sir Heimerich comandou.

— Mas, vocês vão ficar em menor número – arguiu o arqueiro.

— Nós temos Braun, Roderick. Agora, vá! – rechaçou o nobre, sem tirar os olhos dos inimigos.

O campeão de Adaluf obedeceu e chamou Petrus e Formiga para o acompanharem. Ao mesmo tempo, alguns raios atingiram o chão próximo aos seus pés, demonstrando que a barreira mágica de Harada estava se extinguindo.

— Pelas barbas negras do dragão! – o ferreiro dava pulos, como se seus pés queimassem. — Vamos morrer aqui!

— Não vamos, não, senhor Formiga – Petrus tentava manter seu otimismo. — Tenha fé! Roderick vai nos proteger.

Enquanto contornavam a edificação, os três peregrinos se depararam com um precipício imponente. Uma lufada de vento ascendente soprou os longos cabelos de Roderick, antes que ele desse mais um passo em direção ao abismo iminente. Como uma águia perspicaz avistando sua presa ao longe, o arqueiro de Adaluf escrutinou as trevas em busca das urzes mencionadas por Harada, até finalmente encontrá-las além da construção, seguindo por uma estreita trilha de pedra

— Venham. É por aqui! – chamou-os, afastando a vegetação do rosto.

Um combate sem precedentes eclodia no pátio, entre explosões e tufos de grama arremessados ao céu. Com os corpos dos noviços espalhados por um terreno em chamas, cheio de buracos, fuligem e cinzas, o cenário ganhara contornos desoladores e aterrorizantes. Mesmo assim, o espetáculo de luz e movimento prosseguia freneticamente, sem trégua. Enquanto sua energia se esvaía, Harada abandonou a defesa da parede de ar para criar uma proteção ao seu redor, enfrentando o Thurayya em igualdade de condições. No entanto, a força de seu oponente era avassaladora. A criatura parecia uma entidade divina, visto que suas energias não se esgotavam. Enquanto isso, o monge sucumbia a cada esfera flamejante lançada por suas mãos.

Em outro canto, Victor, Sir Heimerich e Braun brandiam suas armas, lançando investidas e mais investidas contra os soldados inimigos, que se mostravam extremamente ágeis e bem-treinados. Braun, em particular, sentia a crescente dificuldade em comparação com seu embate anterior. Acuados, o trio recuava cada vez mais, aproximando-se perigosamente do monge, empurrados para uma provável armadilha mortal. A tensão aumentava a cada passo, pois se Harada vacilasse, os quatro seriam pulverizados com apenas um ataque do Thurayya.

— Onde está Chikára? — o monge gritou para o guerreiro, vendo que ele já estava às suas costas.

— Ela ainda não apareceu. Deve ter sido capturada — respondeu, enquanto defendia um golpe, contra-atacando seu adversário com um chute.

Harada balançou a cabeça.

— Preciso do cajado dela para ampliar meus poderes. Do contrário, isto aqui não vai acabar bem para ninguém. Sugiro que fujam imediatamente.

— Como, Harada? — Sir Heimerich se intrometeu na conversa. — Estamos cercados por cinco soldados e um Thurayya!

— Cheguem bem perto de mim — o monge ordenou. — Eu tenho uma ideia.

Naquele momento, Harada e os peregrinos se encontravam no centro do jardim ao lado de uma fonte de água ainda intacta. Com rapidez, o monge criou uma redoma de ar seco sobre todos.

— Agora, afastem os soldados daqui, como puderem — pediu. — Meu plano só surtirá efeito se permanecermos dentro desta barreira.

Com empurrões e pontapés, Braun, Victor e Sir Heimerich repeliram os inimigos. As investidas elétricas do Thurayya continuavam atingindo com força o escudo invisível quando, de súbito, a água da fonte se elevou, formando uma cortina suspensa no ar. Harada abriu os braços de uma vez, e todo aquele volume de água flutuante se dispersou pelo ambiente em minúsculas gotas.

— Protejam-se! — o monge advertiu.

A próxima descarga elétrica que saiu das mãos do Thurayya correu por cada uma das gotículas, e a eletricidade foi dissipada em todas as direções. A energia atingiu o metal das cotas de malha dos soldados, e passou através de seus corpos até o chão. Uma grande explosão de vapor envolveu a área do pátio. A água ferveu em instantes, e a temperatura subiu de repente, escaldando a pele dos presentes. Surpreendido, o Thurayya também foi afetado pela manobra estratégica de Harada, que com essa ação, reafirmou sua competência como sucessor do Grão-Mestre da abadia. Com uma combinação de poder e sagacidade, ele neutralizou os adversários e cessou os ataques implacáveis do emissário do Caos. O Thurayya, atordoado e envolto em fumaça branca, jazia no solo, mas, num revirar de expectativas, começou a erguer-se lentamente, desafiando o tempo e a derrota.

— Enquanto não encontrarmos a tatuagem que identifica seu ponto fraco, seus ataques serão inúteis contra ele — Victor advertiu.

— É uma informação importante — Harada estava ofegante e suava frio. — Porém, não temos mais tempo para encontrá-la sem que eu abdique de vossa proteção. Suas vidas são mais importantes que a minha. Vocês são os Enviados de Destino, portanto, corram, pois que eu vou segurá-lo o quanto puder.

— Harada... — o nobre se compadeceu.

— Corram, vão! — o monge comandou em voz alta, sem mais delongas.

Os três peregrinos restantes correram apressados em direção aos banhos. Contornando a estrutura, e da mesma forma que seus colegas, foram surpreendidos abruptamente pelo precipício. Depois, com cuidado, afastaram as densas urzes, revelando uma estreita trilha de pedra que serpenteava precariamente pela borda da rocha da abadia. Ao chegarem ao fim do trecho, encontraram uma solução engenhosa, que, sem dúvida, só poderia ser fruto da astúcia de Formiga: uma corda amarrada com um nó elaborado a uma raiz robusta, que brotava com vigor entre os blocos de pedra da parede adjacente.

Entreolhando-se, surpresos e esperançosos, Braun, Sir Heimerich e Victor iniciaram sua descida pela fenda.

XXVII

Traídos e Traidores

Cautelosos, mas sem perder o ritmo, Victor, Braun e Sir Heimerich desceram pela corda através da fenda na rocha, pisando nos escassos degraus formados de forma natural na parede. A largura da abertura mal podia comportar os ombros do guerreiro, que esbarrava frequentemente nos ângulos rochosos, arranhando-se. Ao contrário, Dídacus, esguio e leve, movia-se com facilidade, enquanto o cavaleiro, não muito acostumado com este tipo de atividade, demorava mais que o restante do grupo.

— Vamos, lordezinho! Não seja tão moleirão! É só não olhar para baixo – Braun o incentivava.

— Seria mais fácil se eu visse no que estou pisando – Sir Heimerich se justificava, o que, de fato, na ausência da lua na madrugada, era impossível distinguir um palmo à frente, ou abaixo.

Exceto pelas escorregadas que se tornaram corriqueiras durante a descida, o trio chegou sem mais problemas ao pé da rocha da abadia, onde Petrus, Formiga e Roderick o aguardavam.

— Onde está Harada? – Roderick perguntou, preocupado.

— Ficou para trás para nos dar cobertura – Sir Heimerich respondeu. — Dos que estavam lá, restou apenas ele e o Thurayya.

— Não duvido que Harada consiga dar cabo dele — o arqueiro mostrou-se esperançoso. — O seu poder é tão assombroso quanto o daquela criatura.

— Não esteja tão certo, Roderick – Victor discordou. — Harada não conseguirá vencê-lo sem antes descobrir o seu ponto fraco. Foi assim que vencemos um deles no Bolso Feliz. Com este não será diferente. Os ataques de Harada podem refreá-lo, mas não o matará.

Com a observação do arcanista, e cada um de seu jeito, os peregrinos lastimaram pelo monge. Na taverna do Bolso Feliz, Chikára, em um raro momento de oportunidade, conseguira ver o ponto fraco do Thurayya. Contudo, teria Harada a mesma sorte?

— E agora, o que fazemos? – Petrus perguntou, inseguro.

— Não podemos avançar sem Chikára — Roderick frisou.

— Nem a tocha... – lembrou Formiga.

— Ou o pergaminho – Sir Heimerich concluiu. — Não será prometedor se continuarmos. Devemos esperar o desenrolar da luta.

— Esperar? – Braun se irritou. — Você ouviu Victor. Se Harada não descobrir o maldito ponto fraco daquele malnascido, as próximas vítimas seremos nós. Eu que não vou ficar aqui esperando virar churrasco.

— Pensei que era um guerreiro destemido – Sir Heimerich o cutucou.

— Eu tenho meu valor dentre aqueles que são iguais a mim, lordezinho – o kemenita aumentou seu tom de voz. — Isso exclui magos, feiticeiros e qualquer um que não saiba o que é empunhar uma espada.

— Acalme-se, Braun – Formiga interveio. — Por qual razão ele viria atrás de nós? Não temos nada de valor para que ele nos persiga. Somos apenas homens comuns.

— Como assim? Não somos os Enviados de Destino? – Petrus recordou.

— Mas o Thurayya não sabe disso – o ferreiro retrucou, incerto, recebendo olhares de ceticismo. — Bom, ao menos eu acho – ele acariciou sua careca e deu um sorrisinho descarado.

F raco e abatido, Harada se arrastava no chão, com seu corpo completamente queimado pela fúria provinda das mãos de seu maior inimigo. Seus poderes não puderam se equiparar aos de seu oponente, que, mesmo sob seguidos e destrutivos ataques, insistia em se levantar. O Thurayya, também muito debilitado, aproximou-se do monge, enquanto suas forças pareciam se recuperar a cada instante que passava. A passos vagarosos, ele atravessou a zona de combate, destruída pela violência do duelo travado entre os dois titãs. Embora os inúmeros rasgos de seu manto revelassem uma pele pálida de cor cinza, nenhuma tatuagem fora exposta. O capuz era a única peça de seu vestuário que permanecia intocável, com seu rosto sempre às sombras.

Entorpecido pelo sopro da morte, Harada testemunhou a chegada triunfal do Thurayya, que se postou sobre ele e ergueu as mãos para o golpe final.

— Não! Espere! — uma voz feminina gritou, vinda por entre os destroços das edificações.

Surpreso com a intervenção, o Thurayya voltou-se para a origem do alerta, reparando uma silhueta em meio à fumaça segurando um cajado.

— Apresente-se, intrusa! Como ousa me interromper? — a voz aguda e metálica da criatura ecoou de forma perturbadora.

— Sou Chikára, maga que pertenceu a esta abadia — ela se revelou. — Venho aqui oferecer minhas habilidades e conhecimentos para a glória da Liberdade.

— O que tem a oferecer além de palavras, mortal? — o Thurayya perguntou, fazendo um estranho movimento de cabeça, denotando que ele parecia não ouvir bem de um ouvido.

— Eu tenho exatamente o que você veio procurar — ela lançou um ar de suspense. — Se Linus me aceitar e me honrar com um cargo à altura da minha importância, os revelarei e, com isso, sem dúvidas, a Liberdade vencerá.

— Mostre-me — ordenou a criatura.

— Aqui dentro — ela puxou um saco de couro. — Não tente se aproximar. Um passo em minha direção e o queimarei — avisou, enquanto uma luz incandescente brotava da cabeça de seu cajado.

— Vejam bem — Formiga continuou —, pelas minhas contas, o Thurayya tinha dez homens o seguindo. Ele podia ir para qualquer local de Keishu, mas escolheu a abadia. Por quê? Assim como na taverna de minha família, seu propósito não era nos atacar, e sim, chegar aos aposentos da casa. Por mais forte que seja, este ser também está acatando ordens e, de novo, estávamos entre ele e seu objetivo.

— E este objetivo seria o pergaminho? — Petrus indagou.

— Exato, meu caro! – o alodiano se satisfez. — Enquanto o pergaminho estiver na abadia estaremos a salvo aqui.

— Excelente, Formiga – Sir Heimerich o elogiou. — Porém, se este pergaminho é tão importante assim para as forças do Caos, e como o Ume ressaltou em sua carta, não seria conveniente que o tivéssemos em mãos e protegendo-o com unhas e dentes? – perguntou, e os demais se sentiram nus. — Senhores, penso que a realidade é muito pior do que estas ligeiras conjecturas. Traímos a confiança de Destino e pusemos o futuro da Ordem em grave perigo; nosso objetivo era conseguir a tocha e o pergaminho. Apenas com eles seríamos capazes de nos desincumbirmos de nossa missão. Oremos a Destino para que Chikára consiga sair dessa, junto com o pergaminho e a tocha. Se estes artefatos não estiverem mais em posse dela, a Ordem já não mais triunfará, mas o Caos. O prêmio desta aventura estará em mãos inimigas.

Um silêncio lúgubre se abateu sobre os peregrinos. A angústia opressiva pesava como se as paredes escarpadas que os rodeavam estivessem se fechando e tirando o ar de seus pulmões.

— Que Destino nos perdoe – Formiga suspirou.

Exceto por Victor, todos abaixaram a cabeça, com alguns cruzando os braços e outros colocando as mãos na cintura. Contudo, o arcanista sorria com o canto de sua boca, incólume aos sentimentos gerados pelo momento difícil.

— Não deixem que a desesperança os aflija – disse ele, sereno. — Há ainda muito a se fazer. Pelo menos por agora, Destino não terá motivo para nos recriminar – concluiu, retirando de suas roupas um saco de couro cujo interior emanava uma luz extremamente brilhante.

— Você? Não...não pode ser – Roderick ficou atônito ao identificar a luz e reconhecer de onde vinha. — É o...

— Ner Tamid, o pergaminho e o poema de Ume – o arcanista completou. — Estão todos aqui.

— Dragões me chamusquem! Você os afanou! – Braun gargalhou com alegria. Petrus e Formiga também foram contagiados pela exultação do guerreiro.

— Como isto veio parar em suas mãos, Victor? – Sir Heimerich inquiriu em tom sério, cortando o barato de todos.

— Desde o Pico das Tormentas, venho observando a todos, não só o aspecto físico, mas as auras que emanam de vocês e, apesar de todos terem seus defeitos, percebia em Chikára algo que me assustava – ele explanou. — Ontem, quando se recolheram às suas celas, senti que a posse da tocha e do pergaminho fizeram surgir nela um desejo de poder muito forte; não o poder que almejam, emanados de Destino para fortalecer a Ordem, mas sim um poder pessoal, sem limites. Senti que tais instrumentos não estariam seguros em suas mãos. Assim, esperei ela adormecer, entrei em seus aposentos e os encontrei dentro de um saco de couro, substituindo-os por um pergaminho sem valor e uma tocha comum.

— Maldita, Chikára! — Braun demonstrava um ódio profundo. — Ela, então, era o traidor do qual Petrus nos alertou. Ela nos traiu, traiu a Ordem, e por isso, não descansarei até torcer aquele pescoço.

— Calma, Braun — Roderick tentava ponderar. — Não temos provas de que ela nos traiu. Antes, pense que a decepção de ter sido passada para trás nos graus mais avançados do *Iluminato* e de ter visto Ume ascender na hierarquia pode ter tido um efeito devastador em seu caráter. É muito fácil denunciar um malfeitor. Difícil é entendê-lo.

— Bah! Filosofia barata. Você é muito frouxo, magricela. Eu já disse. Ela que mantenha o pescoço longe de minhas mãos.

— Nunca pensei que um moralista como Victor pudesse dar uma escorregadela como essa – Formiga brincou. — Neste caso, uma santa escorregadela. Imaginem a cara de pão amassado do Thurayya quando ele descobrir o engodo! – ele não se aguentava de rir. — O Thurayya... pão amassado – com o rosto vermelho, ele enxugava as lágrimas ao perceber que todos o olhavam, preocupados, franzindo a testa. — O que estão olhando?

— Formiga, quando o Thurayya descobrir o engodo, ele virá como um louco atrás de nós — explicou Sir Heimerich. — Vamos imediatamente para os estábulos – ordenou.

— E quanto a Chikára? — Roderick perguntou, aflito.

— Em uma guerra, soldados podem morrer – o paladino lamentou. — A missão é nossa prioridade. Quando for possível, voltaremos para resgatá-la... ou puni-la, se for o caso.

— Se for este o caso, deixem que eu reivindico esta honra – Braun relembrou.

Petrus, por trás da roda de discussão que havia se formado, refletia em seu canto, aliviado pela ausência da maga, mas, ao mesmo tempo, culpando-se por esse sentimento. Formiga, um pouco tocado, já havia passado por uma situação semelhante e, por isso, entendia muito bem a decisão de avançar sem Chikára. Braun, Victor e Sir Heimerich lideravam a comitiva sem arrependimentos, enquanto Roderick, dividido, ainda levou um tempo para juntar-se a eles.

XXVIII

Fuga de Keishu

Assim como o Harada havia informado, o estábulo não se encontrava muito longe do pé da rocha da abadia. O odor dos animais praticamente guiou os peregrinos até as portas da estrutura, que se abriram com a aproximação do grupo, e dela surgiu um jovem moreno, certamente de origem sálata, de bom porte físico e trajando roupas de couro.

— Sou Eachann, o cavalariço – ele deu as boas-vindas. — Mestre Harada enviou um mensageiro algumas *auroras* atrás me pedindo para que eu preparasse cavalos para sete estrangeiros. Arrisco-me dizer que sejam vocês. Venham — ele pediu, com impressionante cordialidade, conduzindo o grupo para dentro de uma longa e fechada construção de madeira. Nas baias, cavalos baixos e corpulentos, de longos pelos, descansavam em um ambiente agradável e acolhedor. — Deixei-os arreados e prontos para partir. Deixei também em cada sela, algumas provisões

— Magnífico, Eachann! - Sir Heimerich estava impressionado. — Que Destino o recompense abundantemente. Apresente-me o seu melhor garanhão. Tenho saudades de uma boa cavalgada. Me faz sentir jovem outra vez e afasta a aflição que há tanto tempo nos persegue.

— Claro, permita-me, sir – sem demoras, o cavalariço levou o cavaleiro à última baia e indicou um cavalo branco, não muito alto, como todos ali, porém com uma compleição óssea e muscular bem mais robusta. — É o meu predileto. Chama-se Feibush, que quer dizer fulgor.

— Feibush – o paladino balbuciou. — O fulgor da neve que ofusca o opositor. É, de fato, um...

De repente, ouviu-se o som de cascos nas imediações. Instintivamente, Sir Heimerich virou-se para Victor, lançando-lhe um olhar decisivo.

— É ele — o arcanista confirmou.

— Seria o sétimo integ... — Eachann ia falar.

Com o dedo, Sir Heimerich pediu silêncio ao cavalariço. Um suor frio percorreu a nuca de todos, que estavam rígidos como troncos de árvores, entreolhando-se assustados. Era como se estivessem presos em uma jaula com o leão do lado de fora — e a chave sob sua posse.

Os olhares passavam de um ao outro, tensos, quando o paladino acariciou Feibush, apresentando-se a ele em silêncio, e montou-o. Depois, pediu aos colegas que fizessem o mesmo. Os cavalos, entretanto, começaram a se agitar, sentindo a energia do ser do lado de fora. Braun, Victor e Roderick se ajeitaram nas selas com apenas um salto. Já no caso de Formiga e Petrus, que não eram grandes cavaleiros e quase caíram, os animais já estavam em marcha antes que eles tivessem seus pés firmes nos estribos — e o ruído do metal dos arreios e dos cascos batendo na pedra foi o suficiente para que o Thurayya soubesse que eles estavam ali.

Então, o portão sul do estábulo explodiu em lascas frente a uma nova descarga elétrica produzida pela criatura. O feno, armazenado na parede próxima, se incendiou e os cavalos relincharam em pânico.

— Depressa! Cavalguem! — Sir Heimerich ordenou aos brados. — Eachann, esconda-se, nos veremos em breve. Trarei este campeão são e salvo de volta — disse isso e incitou a montaria. — Vamos, Feibush! Para o Egitse!

Rapidamente, os peregrinos saíram do estábulo pelo portão livre. Atrás deles, o cavalariço abriu as baias do estábulo e deixou os cavalos livres, que, assustados, lançaram-se para o corredor em polvorosa e impediram, mesmo que momentaneamente, as intenções do Thurayya.

Keishu ainda dormia, exceto por um ou outro habitante que iniciava sua lide diária mais cedo, quando a paz de suas ruas desertas foi quebrada subitamente pela explosão do estábulo e o tropel desenfreado dos cavalos dos peregrinos que seguiam em desabalada corrida através dos becos frios e vielas da cidade.

— Como está, herói? — Roderick perguntou a Petrus em meio à correria. — Segure-se firme.

Petrus tinha seus olhos azuis arregalados pelo desespero. Nunca antes em sua vida havia se acelerado tanto como agora.

— Meu coração parece que vai sair de minha boca – o pastor respondeu. — E quanto a você?

— Apenas esta sela me é estranha – o arqueiro respondeu.

De repente, montado em um cavalo baio com o dobro do porte da montaria dos peregrinos, o Thurayya irrompeu pela esquina de uma ruela, causando terror a todos que presenciaram sua chegada triunfal.

— Roderick, ele está aqui – Petrus gritou. — Ele está aqui!

— Mantenha a marcha até eu voltar – ordenou o campeão de Adaluf.

— Aonde vai? – o pastor franziu a testa.

— Cuidar da retaguarda – disse Roderick. Dito isso, ele diminuiu a velocidade, deixando que seus companheiros o passassem.

— O que está fazendo, magricela? Quer morrer? – Braun perguntou.

— Observe, brutamontes, e verá do que um arqueiro é capaz.

Em um movimento presenciado por poucas pessoas em Sieghard, Roderick executou uma técnica típica dos cavaleiros de Everard. Com uma agilidade sem igual, ele girou seu corpo, ficando de costas na sela, e efetuou vários disparos contra o inimigo em seu encalço. Obviamente, sem encontrar o ponto fraco do Thurayya, seus ataques seriam ineficazes, contudo, a montaria da criatura provavelmente não gozava do mesmo benefício. Com uma das flechas passando rente às orelhas do animal, o Thurayya foi obrigado a refrear a perseguição e repensar sua estratégia, dando aos perseguidos mais algumas braças de vantagem.

— Bravo, Roderick! – exclamou Formiga. — Assim vai convencer Braun a aprender a usar este brinquedinho.

— Deixem de papo furado – Braun fingiu indiferença.

A cavalgada desenfreada percorreu a cidade, entre templos e prédios públicos, e já na periferia norte – onde Keishu tomava ares mais rurais –, alcançou um largo onde um keishuano tocava inúmeras vacas para um curral a fim de serem ordenhadas. Vendo a oportunidade única, Sir Heimerich, aos gritos, provocou um estouro no gado, que, em instantes, não só tomou a estrada, mas correu em direção ao Thurayya, impossibilitando sua passagem. A fúria do inimigo só aumentava, porém, ele foi sábio o bastante para não aniquilar os animais, sabendo que poderia piorar a situação.

Os primeiros raios de sol douravam os ângulos mais altos das Escarpas Geladas quando o grupo avistou os rebordos do desfiladeiro onde o impetuoso Egitse serpenteava, contido por uma instável cobertura de gelo. Sem saber do perigo, os peregrinos incitaram seus cavalos a avançar impetuosamente.

— Ao Egitse! — Sir Heimerich bradou. — Pela Ordem e pela glória de Sieghard!

— Ao Egitse! — Roderick tomou a frente do nobre na cavalgada.

Adiante, uma imponente garganta com paredes abruptas de rochas cortantes, coroadas por uma cobertura de neve, margeava a crosta branca e fina do rio congelado. Todos os vahanianos sabiam que esta placidez aparente escondia correntes subterrâneas traiçoeiras e criava uma armadilha mortal e intransponível para qualquer incauto que ousasse se aventurar por aquele caminho.

— Roderick, tenha cuidado! — vendo que o chão à sua frente não merecia confiança, Sir Heimerich tentou alertar o arqueiro sem sucesso, visto que o cavalo de Roderick já afundava em uma rachadura aberta na crosta do rio. Antes, porém, que fosse abocanhado pelo rio, o arqueiro saltou do cavalo e pousou intacto, com o gelo rangendo sob seus pés. — Refreiem seus cavalos! — o nobre comandou a todos, pesaroso. — Não podemos avançar mais.

Os peregrinos, então, frearam suas montarias, temendo o mesmo destino do cavalo de Roderick. Arrastando-se na superfície do gelo, enquanto pequenas trincas surgiam por debaixo dele e à sua volta, o arqueiro voltou à companhia do grupo. Sentindo a pressão, e mesmo com o frio penetrante, Roderick suava a conta-gotas.

Contudo, seu desespero não foi maior quando viu a silhueta do Thurayya se aproximando ao longe.

— Por Destino! — Formiga se exasperava, percebendo a urgência da situação. — O que podemos fazer agora? Não temos saída.

Os fatos se precipitavam e não havia tempo para planejar os passos. Os próximos, com certeza, se fossem à frente, seriam fatais. Os aventureiros encontravam-se como em um campo de areia movediça: se não tivessem ajuda externa, qualquer movimento os levaria à morte.

— Enquanto vocês pensam como sairemos daqui, eu retardo o Thurayya — Roderick se antecipou, mostrando que já havia se recuperado do susto.

O arqueiro voltou-se para trás, abaixando-se e apoiando-se no joelho para melhor equilíbrio. Focado, retirou uma flecha de sua aljava, beijou-a e ergueu seu arco. O Thurayya estava já a umas cem braças quando um disparo em uma elegante parábola riscou os céus e passou raspando a anca de sua montaria. Enlouquecido pela dor do corte, o possante corcel deu um pinote e desequilibrou o Thurayya, que teve um árduo trabalho para controlar o animal. Apesar do ataque, entretanto, ele continuou avançando — agora, inclusive, com ainda mais determinação.

— Rapazes, seja lá o que forem fazer, façam logo! Ou digam-me onde posso colocar uma flecha neste maldito Thurayya! – avisou o arqueiro.

De repente, os ataques elétricos do Thurayya se iniciaram. Felizmente, os peregrinos ainda estavam fora do alcance dos raios, mas isso seria por pouco tempo.

— Dragões me chamusquem! – Braun bufava, irritado com todos e consigo mesmo. — Onde está Chikára neste lugar onde mais precisamos dela? Raios! Alguém pega essa tocha e... e... sei lá! Façam alguma coisa! Por que estamos carregando essas coisas se elas nos são inúteis?

De maneira inesperada, Victor Dídacus pegou o Ner Tamid e, com o poema de Ume em mãos, ergueu a tocha, apontando-a na direção de onde pretendiam seguir. Sob a luz potente do artefato, ele apertou os olhos para que enxergasse melhor as letras miúdas, buscando desesperadamente sentido nos versos.

— Que a chama que pode destruir revele por onde Exilium vai seguir! – falou em tom firme, quase como uma ordem.

À frente do arcanista, o gelo começou a adquirir uma tonalidade mais branca e opaca. A escassa luz da manhã refletiu nos cristais recém-formados, sugerindo que, entre a delicada camada glacial, um caminho seguro havia se formado – talvez, seguro o bastante para os peregrinos avançarem com suas montarias.

Enquanto todos vacilavam tentando entender o que havia se passado, Formiga seguiu seus instintos e lançou-se primeiro às incertezas.

— Juntem-se aos bons – disse, incitando seu cavalo.

— Formiga, não! – Sir Heimerich não estava totalmente convencido. Porém, logo ele testemunharia o inimaginável. Ali, onde Roderick quase fora levado, o ferreiro cavalgou na superfície do gelo como se fosse em terra firme. — Pela Imaculada Ordem! – ele deixou cair o queixo, tomando um instante de decisão para seguir o colega.

Braun também não perdeu tempo e partiu sem delongas.

— Finalmente – ainda atacando o Thurayya, Roderick olhou para trás, vendo que encontraram uma solução. Guardando o arco, ele pulou rapidamente na garupa da montaria de Petrus. — Importa-se, herói?

— Seja bem-vindo, Roderick – o pastor respondeu.

Victor foi o último a partir, segurando o Ner Tamid. Seu sentimento de dever cumprido só não era maior pois sabia que ainda havia um inimigo a vencer. Contudo, à medida que o arcanista percorria o trajeto com a tocha, a superfície do Egitse às suas costas voltava à configuração original. Quando o Thurayya alcançou os limites do rio, sua investida foi subitamente interrompida: o primeiro passo de sua montaria trincou o gelo, lançando cavaleiro e cavalo nas águas frias do Egitse.

PARTE III

O Legado das Eras

Sobre como os agentes de Destino são surpreendidos por eventos que podem mudar toda a realidade em que vivem.

XXIX

O homem do campo

Os peregrinos continuaram seguindo a trilha de gelo denso formada pelo Ner Tamid. À sua volta, as paredes das montanhas se elevavam abruptamente a alturas estonteantes com pedras pontiagudas que pareciam rasgar os céus — algumas projetadas com ângulos absurdos, parecendo que se precipitariam a qualquer momento. Aqui e ali, por entre as fendas, um raquítico pinheiro insistia em viver, absorvendo suas energias das migalhas de sol que, por breves instantes do dia, clareavam a paisagem sufocante.

Montado em Feibush, Sir Heimerich abria o cortejo com Formiga à sua cola, seguidos logo atrás por Braun, Petrus e Roderick. Victor, na retaguarda, cavalgava com a tocha em mãos, observando o gelo se fragilizar à medida que avançava.

Após a investida fracassada do Thurayya, os peregrinos reduziram a marcha para poupar seus cavalos, refletindo em silêncio sobre seus próximos passos. O eco dos cascos batendo no gelo ressoava pelas montanhas egitsianas ao norte e alodianas ao sul. O ocasional pio de uma ave de rapina quebrava a monotonia, enquanto pequenas avalanches de neve se desprendiam das alturas, formando cortinas brancas que, embora não representassem perigo imediato, evidenciavam a instabilidade do local. No ambiente cerrado, onde o sol apenas penetrava quando estava a pino, as temperaturas eram gélidas. Mesmo os animais adaptados às condições severas se ressentiam, eriçando seus pelos em busca de calor.

— Que saudades da minha forja — Formiga suspirou. — O que eu não daria por um pedaço de carvão em brasa.

Exceto por Petrus e Victor, todos aquiesceram com o alodiano. Atento, Roderick sabia, em seu íntimo, que o fato de Victor não corresponder não era surpresa, porém, a falta de reação do pastor demonstrava que algo estava errado com ele.

— Herói, algum problema? Sinto que está distante, um pouco ensimesmado, talvez? – ele usava um tom delicado.

— Não é nada, Roderick.

— Confie em mim, amigo. Sei que está passando por alguma dificuldade.

Petrus se silenciou por um momento.

— Estou pensando no Oráculo... – ele resolveu se abrir. — Relembrando suas palavras sobre a pessoa que iria nos trair. Sabe, não consigo acreditar que Victor esteja certo sobre Chikára. E, também... – ele abaixou a cabeça — que a deixamos para trás.

— Esqueça isso, Petrus — Roderick disse. — Não é hora para se lamentar. Eu sinto a falta de Chikára... de sua sabedoria. Acho que todos nós sentimos. Talvez não tivéssemos passado tanto aperto lá atrás se ela estivesse conosco. No entanto, ela achará seu próprio caminho, tenho certeza. Pense que não fizemos por mal, temos uma missão. Isso significa que ainda enfrentaremos muitas perdas – justificou. O pastor se calou, inconformado. O arqueiro sabia que ele não entenderia por agora. Lembrou-se das reprimendas da maga sobre o perigo de mantê-lo no grupo, sob suspeita dele ser o traidor enquanto ele estava em estado inconsciente. "Um simples homem do campo não saberia a resposta da charada do Oráculo", afirmava ela. Petrus não sabia de suas maquinações, mas ainda assim mantinha-se disposto a defender Chikára. — Mudando de assunto, que tal falarmos sobre coisas boas? Por exemplo, seu sucesso em resolver o enigma do Oráculo. Como você soube que era uma letra? Ninguém imaginava que você sabia ler.

— Ah... é uma longa história, Roderick — o camponês sorriu, tímido e perdido em memórias nostálgicas.

— Conte-me, serei só ouvidos — insistiu o arqueiro.

Petrus inspirou profundamente e inclinou sua cabeça, buscando um ar perdido na história.

— Minha mãe me ensinou a ler e escrever — ele disse. — Ela era pequena, mas tinha uma força... nunca a ouvi reclamar da vida. Seus olhos eram negros e brilhantes, como penas de corvos, e seus cabelos ondulados como o mar revolto.

— Mas, sua mãe deve ter aprendido de alguém a ler e escrever — Roderick observou.

O pastor continuava olhando para frente, sorrindo e perdido em memórias felizes.

— Quando criança, minha mãe foi dama de companhia e amiga de brincadeiras da filha de um nobre de Bogdana, um dos últimos remanescentes da falida família que tinha a posse das minas de *aurumnigro* na região. Minha mãe foi educada em seu palacete, porém ela não tinha a linhagem nobre e a *aurora* chegaria em que ela não seria mais necessária. Quando ela conheceu meu pai, um pastor, não demorou para que eles se casassem e ela foi morar no campo. Meus irmãos nasceram, depois eu, e enquanto a gente vigiava o rebanho, ela se achegava com um livro de orações na hora do meu descanso e me ensinava a escrita e os ensinamentos de Ieovaris e Govin.

— Govin? — Roderick levantou a sobrancelha.

— O deus protetor dos rebanhos, Roderick — o pastor encarou o amigo, incrédulo ao saber que ele não conhecia o nome.

— É uma bela história, herói — Roderick o elogiou, emocionado. — Vejo que sua mãe era uma grande mulher e seu pai, com certeza, foi um homem afortunado. Me fale um pouco sobre ele.

— Assim como meu pai, e o pai do pai dele, era um pastor — Petrus sorriu. — Amava seus rebanhos e cuidava deles melhor que a si próprio. Penso que nas atuais *auroras*, está feliz pastoreando nos campos dos deuses junto a Govin. Tudo que sei sobre os animais, aprendi com ele. Sobretudo a amá-los como irmãos menores e mais fracos, que precisam de nossa proteção.

Na desembocadura do rio Kristallos com o Egitse, uma figura negra emergiu de súbito das águas. Frustrada e encharcada, dirigiu-se à Abadia de Keishu, aparentemente ileso pelo contato com o rio gélido e turbulento. Sua montaria, no entanto, foi arrastada pela correnteza e desapareceu.

Sua missão havia falhado.

Inabalável, o Thurayya avançou com passos firmes através da cidade, espalhando terror entre os cidadãos, que abandonaram suas atividades diárias para se refugiarem em ruelas e becos. Pais mantiveram suas crianças dentro de casa e mesmo os mais corajosos se limitaram a observar timidamente pela janela a passagem do misterioso ser. O espetáculo de luzes no mosteiro foi testemunhado por quase metade da população de Keishu, e não seria difícil relacionar os eventos da noite anterior com a figura que agora cruzava suas ruas.

Nas proximidades da rocha da abadia, Chikára aguardava o Thurayya, visivelmente abatida e preocupada.

— Não sei como roubaram meus pertences — ela procurou se explicar. — Aquele maldi...

— Cale-se! – o ser ordenou. — Lamentações não vão ajudar agora. Diga-me, a luz que vi... era o Ner Tamid?

— Sim – a maga respondeu.

— E o pergaminho, foi através dele que o encontraram?

— Sim – a senhora tentava não enfrentar seus olhos.

— *Rash'al kal!* – o Thurayya rosnou palavras ininteligíveis. — Isto não deveria ter acontecido.

— Foi tudo culpa minha, contudo, eu sei como contornar essa situação – ela quase implorava, temendo ser castigada.

— Eu devo voltar e reportar a Linus que falhei em minha missão. Há ainda um assunto mais importante a tratar. Você vem comigo – o Thurayya comandou ríspido.

— E quanto ao grupo que fugiu? – a maga perguntou.

— Eles não são importantes. Não têm ideia do que têm em mãos – ele deu de ombros.

— Você está enganado – Chikára retrucou. — Eles são os Enviados de Destino e, mesmo que não saibam agora como o Ner Tamid funciona, existem grandes chances de descobrirem – alertou, enquanto ganhava confiança. O Thurayya estremeceu ao ouvir "Enviados de Destino", demonstrando que compreendia o peso da alegação da maga. — Deixe-me que eu lido com eles, enquanto você cumpre com o assunto mais importante. Dê-me poder e os farei desaparecer deste mundo – insistiu, percebendo o momento de indecisão do Thurayya.

— E por que acha que eu tenho como dar-lhe poder, mortal?

— Eu vi o ritual em Askalor, nas tendas. A cabeça do chacal, os nomes Itzal e Sethos, as velas... se aquilo não for uma magia caótica de infusão de poderes, do seu mestre para seu pupilo, eu não sei o que poderia ser. E não me diga que não é, pois conheço de antigos tomos proibidos que li em minha juventude – ela surpreendeu o Thurayya. — Seja o meu mestre e eu serei sua pupila – dito isso, ela se ajoelhou perante a criatura.

O misterioso ser sorriu com o canto de sua boca, deixando aparecer a ponta de dentes afiadíssimos. A maga parecia agradá-lo, porém, ele não estava completamente satisfeito.

— Como confiarei em você?

A indagação soou como música aos ouvidos de Chikára.

— Não há nada mais em Exilium que não me faça querer vê-los derrotados. Fui subjugada e humilhada. Tive meus pertences roubados. Meus mestres nunca valorizaram meu potencial.

— E uma vez com este poder? – perguntou o Thurayya.

— Garantirei o legado da Liberdade enquanto Linus reinar em Sieghard!

Petrus — continuou Roderick —, uma vez você me disse que sua aversão à riqueza vem de acontecimentos trágicos em sua família. Lembro-me, também, que disse que Destino havia reservado para você o simples pastoreio. O que houve, se me permite perguntar?

O pastor não respondeu de imediato. Todas aquelas lembranças o reportavam a acontecimentos por demais trágicos, fatos que queria esconder no seu íntimo e soterrá-los sobre uma pesada pedra.

— A gente levava uma vida bem tranquila no Velho Condado – ele suspirou. — Não éramos ricos, mas nossa fazenda prosperava com a proteção de Govin – parou, de repente, e suas mãos começaram a tremer.

— Continue, herói – Roderick incentivou.

— Vi... vi... vivíamos bem com os vizinhos – ele gaguejou, pautando as palavras. — Frequentávamos sempre os cultos da sétima *aurora*, íamos às feiras, onde a gente vendia a lã e o excesso de animais. Meu pai conseguiu algumas moedas, eu comecei a controlar as finanças da família e senti que algo mais me esperava. Eu já sabia ler e escrever, e percebi que uma vida de pastor já não era suficiente para mim.

— Dizem que muitos homens iniciaram uma nova era na sua vida a partir da leitura de um livro – Roderick disse, com a concordância de Petrus.

— Quando decidi iniciar meus estudos no templo, minha mãe me encorajou. Mas, em certa *aurora*, tudo mudou. Em uma noite de tempestade, mamãe foi ao aprisco ver se estava tudo bem com os cordeirinhos quando um raio a atingiu, matando-a instantaneamente – o pastor começou a engasgar.

— Está tudo bem, herói. Você está indo bem. Não precisa continuar, se não quiser.

— Para meu pai – Petrus tomou um tempo antes de continuar —, o golpe foi devastador. A partir daquela *aurora*, não se alimentava, pouco falava e foi definhando até que uma moléstia misteriosa, se aproveitando de sua fraqueza, o levou. Meus irmãos, em vez de se unirem na desgraça, passaram a brigar pela magra herança.

Tentei com todas as forças trazer a harmonia de volta à nossa casa, mas eu era muito jovem. O ódio entre eles cresceu até que suplantou tudo o que tinham aprendido sobre tolerância e amor fraternal, resultando na morte de um deles. Meu outro irmão foi preso e condenado às masmorras. Nunca mais tive notícia. Não sei nem se ainda vive.

Roderick encontrava-se cada vez mais cativado pela pureza de Petrus, uma luz que não se ofuscava com o passar dos *verões* ou as marcas do destino. A cada história compartilhada, a cada revelação de seu passado, a curiosidade do arqueiro não apenas se aguçava, mas se transformava em uma fome voraz por entender sua alma. Com um ardor que beirava o palpável, ele desejava trazer Petrus para mais perto, envolvê-lo em seu abraço em uma necessidade visceral de proteção.

— Restei sozinho com a casa e o rebanho — Petrus tomou fôlego para um último desabafo, tirando Roderick de suas introspecções. — O dinheiro que muitos julgam ser fonte de felicidade foi, na verdade, a nossa desgraça. Vi-me, de repente, ainda um simples rapazote diante de uma decisão difícil. Pensei em largar tudo e recolher-me ao templo. Porém, a fazenda e os animais haviam sido a razão de viver dos meus pais e, também, por amor àqueles animais, minha mãe havia morrido. Não tive coragem de deixá-los. Doei aos mais necessitados a causa da morte e desgraça dos meus irmãos e decidi dedicar minha vida ao pastoreio e à paz do campo.

— Você passou por provas terríveis, Petrus — o arqueiro colocou a mão no ombro do amigo. — Poucos suportariam tal fardo sem se tornarem amargos ou serem tomados pelo mal. Isto mostra o quanto você é especial. Sua jornada é uma manifestação do que está escrito em nosso livro sagrado, que diz: "Destino prova aqueles a quem ama como um ferreiro tempera o aço no fogo" — concluiu.

Após o diálogo, os dois amigos prosseguiram em silêncio, imersos em pensamentos. Para Petrus, aquele momento representava um marco: finalmente ele havia encontrado coragem para compartilhar a dor que carregava sozinho há tanto tempo. Embora sentisse um misto de tristeza e alegria, a sensação de alívio ao dividir seu fardo era indescritível. Era como se um peso tivesse sido retirado de seus ombros, permitindo-lhe respirar mais livremente pela primeira vez em muito tempo.

XXX
O Corredor da Morte

A temperatura caía abruptamente à medida que o entardecer se aproximava. Sem descansar desde a fuga da abadia, os peregrinos haviam passado quase uma *aurora* cavalgando por entre as montanhas, acompanhados pelo constante som das águas abaixo da fina casca de gelo, sem chances de retornarem. Estava claro para todos que aquela era uma viagem só de ida. Ao longo de seu percurso, alimentaram-se das provisões guardadas nos alforjes: frutas secas, nozes e avelãs, além de alguns embutidos de fabricação vahaniana. Suas montarias, por sua vez, ficaram à margem desse modesto festim, embora seus olhares revelassem um desejo silencioso por compartilhar do alimento. Todos os membros da expedição estavam exaustos e suas feições clamavam por um lugar quente e seguro onde pudessem deitar e adormecer em paz. Mesmo Victor denotava cansaço, uma vez que a passagem se encontrava livre de pequenos animais e insetos.

Na tranquilidade da cavalgada, Formiga assoviava uma cantiga de roda chamada "O Troll Maluco", que, em contraste com "O Dragão de Barba Negra" — também outra canção popular —, não utilizava tons menores, mas tons maiores em conjunção com um ritmo alegre, que tirava a monotonia de qualquer ambiente. Não bastou muito tempo para que Petrus e Roderick entrassem em harmonia com o ferreiro, animados, e, então, como se o próprio Corredor da Morte estivesse bravo com a ousadia dos intrusos, de repente, o chão balançou com violência.

Os animais penderam de um lado para o outro e quase caíram fora da trilha de gelo espesso. Os aventureiros, tomados por uma sensação de pavor totalmente nova e aterrorizante, se agarraram às rédeas com força redobrada. Desde que partiram de Bogdana, haviam enfrentado o medo e o desespero em diversas ocasiões, mas nunca antes se viram tão pequenos diante de uma força da natureza tão implacável. Por um mísero instante, sentiram-se como meras formigas na presença de gigantes.

— Por Destino! O que foi isso? — Braun perguntou, atônito.

— Parece que todo Exilium se moveu sob nossos pés — disse Formiga.

— Silêncio! — Roderick requisitou. — Estão ouvindo isso?

Ouviu-se um estrondo no alto das montanhas seguido pela visão de uma fina poeira de neve em formação. Alguns dos peregrinos sequer sabiam do que se tratava, visto que nunca tinham ido tão ao norte. Porém, o olhar de pânico daqueles que conheciam a realidade das encostas nevadas nunca fora tão claro.

— Avalanche! — Braun bradou.

— Avante, rápido! — Sir Heimerich incitou Feibush.

Novamente, a cavalgada tomou ares dramáticos. Desta vez, entretanto, o adversário era a mãe-natureza. À frente da comitiva, o nobre observava a massa de gelo que se precipitava, trazendo consigo pedras e restos de árvores. *Se ela atingir o rio, abrirá um buraco intransponível no gelo*, desesperou-se.

— Temos que ir mais rápido — no final da fila Victor, era quem mais corria perigo, e ele já previa que a avalanche iria o atingir.

Parecendo entender o recado, as montarias dispararam com mais velocidade e, por muito pouco, não suplantaram a avalanche. Com a força da massa de neve atingindo o Egitse, a crosta gelada se rompeu logo atrás de Victor e uma extensa rachadura foi criada à sua frente. O bloco de gelo se desprendeu e inclinou-se com violência, quase derrubando o arcanista nas águas do rio.

— Victor! — Petrus gritou, temendo o pior, sabendo que nada podia fazer.

Sábio e com serenidade, Victor controlou o animal e o incitou adiante, levando o bloco a retornar à posição inicial. Depois, com um salto digno dos caçadores de raposa de Everard, enfrentou o vão de rio nu e voltou para a segurança da trilha.

Agora, mais do que nunca, só havia uma direção a seguir.

Com os corações acelerados perante a possível perda de mais um integrante, os peregrinos descansaram para tomar fôlego. Com uma sensação de alívio, entreolharam-se, pensando que não era só Victor que quase sucumbira, mas com a perda do Ner Tamid, também toda a jornada.

— Senhores, não podemos passar a noite em meio a esta trilha em campo aberto — Sir Heimerich observava a paisagem. — Vamos morrer de frio. Não temos sequer como fazer fogo.

— Quem dera se fosse só pelo frio — Formiga riu de nervoso.

— Essas encostas já demonstraram que são perigosas. Eu, particularmente, preferia morrer soterrado.

— Ou afogados... – Petrus completou. — Se o poder da tocha acabar, ou perdermos a tocha, como quase aconteceu, e o gelo ceder.

O cavaleiro franziu a testa, preocupado, olhando para a tocha que Victor segurava.

— De qualquer modo, vamos nos apressar – disse. — O Caos não dormirá enquanto repousamos.

Durante um tempo, e em meio a estas preocupações, o grupo seguiu adiante pelo Egitse e, ao vencer uma curva acentuada do desfiladeiro, Sir Heimerich viu uma área à direita coberta de seixos — estreita, porém suficientemente larga para montar acampamento. O cavaleiro se aproximou da região e desmontou Feibush, encontrando terra firme. Em seguida, seus companheiros fizeram o mesmo e, com prazer, passaram a se alongar para relaxar a musculatura, tensa após tão longa cavalgada.

— Sinto-me um galo velho malcozido — Formiga riu de sua situação.

Mais afastado do grupo e perto dos cavalos, Petrus tocou a cabeça de sua montaria e aproximou o rosto, fechando os olhos em seguida. Ficou ali por um tempo, como se fossem amigos e, depois, com passos decididos, achegou-se aos colegas.

— Precisamos alimentar os cavalos. Eles estão com fome!

— Não se exaspere, Petrus — Sir Heimerich desapertava as peças de sua panóplia com a ajuda de Formiga. — Teremos que dividir as tarefas. Por que não chama Roderick e tentem encontrar um pouco de comida para os animais? E, se houver alguma caça para nós, também seria interessante.

— Sim, senhor — Petrus respondeu, de prontidão.

— Ora, ora. É a primeira vez que Petrus não reluta em fazer algo. Em pouco lembra aquele pastorzinho que achamos perdido nas colinas de Bogdana! – o ferreiro gozou.

— Você – o nobre falou para Formiga ao seu lado — vai encontrar uma pederneira para fazermos fogo. Estamos às margens de um rio, acredito que não será tão difícil.

Enquanto isso, eu e Braun tentaremos encontrar lenha. Se terminar sua tarefa antes, desencilhe os cavalos.

Sem reclamar, e cada um em seu devido tempo, o grupo cumpriu suas tarefas. Roderick e Petrus, após escavarem a neve no sopé da montanha, encontraram tufos de ervas ressequidas para os cavalos; Braun e Sir Heimerich organizaram a fogueira com pedaços de madeira atiradas por avalanches e tempestades do cume da cordilheira; e Formiga, não só encontrou a pederneira, quanto tratou do conforto das montarias. Victor, sentado sobre uma pedra, observava tudo sem nada comentar.

— Vai ficar só olhando, queixudo? — perguntou Braun com azedume.

— Deixe-o Braun — disse Formiga, ajeitando os últimos gravetos na fogueira. — Ele já mostrou seu valor quando foi preciso. Ou se esqueceu do que ele fez na abadia?

Braun não respondeu. Apenas resmungou algumas palavras em voz baixa.

Com educação, Roderick tomou a pederneira de Formiga e puxou uma faca do seu cinto de utilidades.

— Permite-me? — perguntou, assustando o ferreiro. — Você é minucioso demais, Formiga. Estamos morrendo de frio e você continua acariciando a fogueira como se ela fosse sua mulher — ele bateu a pedra contra a lâmina e as faíscas incendiaram um punhado de líquens secos. Em breve, uma acolhedora chama convidou os peregrinos para se aproximarem.

— Por pouco, esse fogo de Adaluf quase não serve para aquecer nossos estômagos — Formiga zombou do trabalho de Roderick.

— Para aquecer seu estômago, mestre-almôndega, precisaríamos do fogo de Bakar — Braun retrucou com uma risada.

Todos caíram na gargalhada. O refúgio aquecido havia trazido de volta a alegria, afastando, mesmo que por uma noite, as preocupações que tinham sido suas companheiras nas últimas *auroras*.

— Toda essa paisagem me fez lembrar de um dos mais prodigiosos eventos da primeira dinastia dos Drausus — Sir Heimerich olhou ao longe, juntou suas mãos e apoiou seu queixo sobre elas. Ele parecia perdido em algum lugar do passado. — Contava meu pai, que ouviu de seu avô, que por sua vez ouviu de seu avô, e assim sucessivamente por várias gerações até nosso patriarca, Sir Helmfried, que...

— Enrolando assim, Petrus vai dormir — Formiga brincou.

— Que durante o reinado de Grystan I — o nobre prosseguiu, ignorando o ferreiro — Sieghard passava por um dos períodos mais serenos depois de guerras e mais guerras pela unificação. Grystan I era um devoto de Tula, e, como um fiel da deusa da imparcialidade, ele administrou o reino buscando ser o mais justo possível. Com sua mão, ele conseguiu paz para o povo e amor pelos seus súditos, até que... no último *verão* de seu reinado, começaram a surgir rumores de que algumas tribos de Vahan Oriental, lideradas por um jovem e impetuoso guerreiro, se insurgiram e ameaçavam irromper no reino e pôr em risco a unificação.

"Com a consciência limpa, e, confiando que sua liderança seria suficiente para domar a revolta, Grystan seguiu para as famigeradas Terras Abandonadas com sua guarda pessoal, composta apenas de dez campeões. No entanto, em uma área montanhosa onde havia apenas uma estreita passagem espremida entre rochas, chamada de Portões de Ferro, ele se deparou com uma grande força inimiga e, malgrado seus esforços diplomáticos para pacificar os revoltosos, seu chefe era irredutível: sua única razão era a força — e só a força os dobraria."

"Sentindo que nada restava a fazer, senão enfrentar o desafio, o soberano despachou rapidamente um de seus campeões para buscar reforços, e, junto aos restantes, fechou a passagem. O inimigo, em grande número, não podia desfrutar desta vantagem, pois o espaço era estreito. O rei e seus "Noves" resistiram por três *auroras*. Um após o outro, os campeões foram caindo, porém, sem recuar um passo, venderam caro suas vidas."

"Os cadáveres dos atacantes dificultavam seu próprio avanço e, ao fim do terceiro dia, exausto e sozinho, Grystan soou sua trombeta de guerra. Ele já não tinha mais esperança, só queria mostrar que ali tombava um guerreiro com honra e valor."

"Porém, em meio ao fragor da luta, ouviu de volta o som da trombeta de seu irmão, Brystan, que chegou em marcha forçada com suas tropas, lutou lado a lado com o único sobrevivente da decúria de heróis, e salvou o reino unificado. Todavia, apesar da vitória, devido aos ferimentos sofridos durante a batalha, Grystan morreu não muito tempo depois, não deixando herdeiros. Brystan, o Grande — como ficou conhecido após este evento —, autoproclamou-se rei e mandou erigir no local um templo a Tula, para lembrar o heroísmo do rei e seus campeões. Desde então, dentro do templo, há uma chama mantida acesa eternamente pelas tulais*, e todos os *verões*, na *aurora* em que a vitória foi alcançada, uma corneta é soada do amanhecer ao anoitecer pelas sacerdotisas."

— Pela Ordem! Daria de bom grado minha vida para ter estado ao lado do rei — Braun enxugava as lágrimas, não conseguindo esconder a emoção.

— Eu também, Braun — o paladino concordou. — Acredito que este seja o sonho de qualquer guerreiro fiel à Ordem, mas não podemos esquecer que o maior legado

---

* Tulal, uma mulher virgem, geralmente jovem, consagrada à deusa Tula.

de Grystan foi ter mantido o reino unificado e trazido a paz e a justiça. O sangue foi derramado para que a lei se impusesse e a espada fosse embainhada de novo.

Com o fim da história de Sir Heimerich, os aventureiros saciaram sua fome e trataram de se deitar o mais confortavelmente possível para passar a noite. Dídacus se acomodou em um nicho rochoso, alimentando-se da energia de pequenos insetos que eram atraídos pela fogueira.

Em seu canto, próximo do fogo, Petrus pegou-se cativado pelo heroísmo dos reis do passado. *O sangue foi derramado para que a lei se impusesse e a espada fosse embainhada de novo*, refletiu, admirado, antes de pegar no sono.

XXXI

Além das Escarpas

A noite transcorreu sem percalços, e quando as primeiras luzes do amanhecer banharam o Egitse com seu brilho amarelado, trazendo a energia matinal, os peregrinos já haviam feito seu desjejum e alimentado os animais. Formiga, muito comedido desde sua estadia na abadia, alimentava-se sem exageros. Nesta manhã, seu novo hábito, porém, havia finalmente chamado a atenção dos colegas, que murmuravam entre si sobre a mudança dramática do ferreiro com ceticismo. Após a refeição, em passo acelerado, eles arrearam seus cavalos e partiram a favor do sol pelo desfiladeiro.

Já havia se passado meio dia quando as paredes do corredor montanhoso começaram a se afunilar e um eco insólito invadiu os ouvidos dos seis aventureiros. De repente, uma forte ventania assoprou seus cabelos com um ar úmido e morno.

— Estão sentindo este perfume? — Roderick perguntou. — São de folhas caídas, em decomposição, galhos, terra! Enfim, um maravilhoso cheiro de floresta! O primeiro aroma que senti em minha vida depois do da minha mãe. Quão intenso o sinto na minha alma — ele se exaltou, lançando-se à frente com velocidade e passando Sir Heimerich e Feibush.

O restante do grupo o acompanhou no mesmo ritmo, ansiosos em saber o que os esperava mais à frente. Enquanto isso, mais atrás, o vento incidia no Ner Tamid e a sua chama balançava com fúria na mão de Victor. Quando o desfiladeiro se tornou uma passagem estreita e as montanhas ao sul se debruçaram sobre as do norte, o Egitse desapareceu nas entranhas da terra e uma larga passagem surgiu à frente dos peregrinos. Tal qual um quadro de moldura grossa, uma floresta de abetos e grandes árvores de folhas largas apresentou-se imponente sob uma vegetação rasteira constituída de musgos e liquens. Os raios do sol cruzavam o espaço entre os galhos e iluminavam a floresta formando um caleidoscópio de luz. O orvalho da madrugada ainda não tinha se desfeito por completo, e pontos luminosos nas bordas das folhas reluziam em meio à bruma matinal, ponteando a paisagem como estrelas em um céu sem lua.

— Pela Imaculada Ordem! Seria aqui a terra dos deuses? — Sir Heimerich levou seu dedo indicador direito à testa e fez o sinal dos Cavaleiros da Ordem.

— Não, sir. Para quem não conhece, permita-me apresentar uma floresta — Roderick respondeu, rindo, e, sem mais delongas, entrou nos domínios das Terras-de-Além-Escarpas primeiro que todos.

Exceto por Victor, a animação do arqueiro contagiou todos, que comemoraram, eufóricos, mais uma etapa vencida. O ar puro do ambiente em consonância com o canto dos pássaros aliviou a opressão que sentiam desde a entrada no desfiladeiro frio e sem vida. A impressão era de que tinham, de fato, entrado em Pairidaeza. Os aventureiros desceram dos cavalos e se saudaram de modo efusivo, alguns com abraços, outros com apertos de mão.

— Caros e nobres amigos — Sir Heimerich, ao lado de Feisbush, se posicionou adiante de todos —, esta *aurora* é de júbilo para nós, simples mortais escolhidos por Destino, para cumprir tão nobre missão. Só Ele sabe por que nos escolheu, mas essa jornada mostrou que, apesar de nossas fraquezas, temos sido capazes de fazer a vontade Dele. Sinto-me orgulhoso de fazer parte deste grupo e digo que poucos homens de linhagem nobre seriam tão dignos quanto vocês. Vamos recompor nossas forças em meio a esta natureza tão viva e sigamos em frente, pois o objetivo, apesar das etapas até aqui vencidas, ainda está longe, e o nosso futuro é uma incógnita — ele retirou sua espada da bainha e a ergueu. — Que a Ordem nos guie! — bradou.

— Que a Ordem nos guie! — Braun repetiu, seguido pelos outros.

Após descansarem e acostumarem-se com o novo ambiente, Roderick se prontificou para caçar, pois há tempos não comiam uma refeição completa. Não somente isso, mas caçar era algo que lhe dava prazer e ele estava curioso para saber que animais rondavam por ali.

— Se eu puder escolher, pegue um javali, Roderick – sugeriu Formiga. – Encontrei ingredientes nos alforjes que podem servir para uma ótima receita que estou concebendo. Nem mesmo os melhores cozinheiros de Véllamo poderiam imaginar o que vou preparar.

Quando o arqueiro estava para deixar o grupo com o arco em mãos, Petrus aproximou-se dele para uma advertência.

— Muito cuidado Roderick... São terras estranhas.

— Não se preocupe, herói. Não vou muito longe.

Leve como uma pluma, com movimentos delicados e suaves, Roderick pisava evitando levantar folhas e quebrar galhos no chão. Ao mínimo sinal de movimento, agachava-se e esperava oculto, aguardando a confirmação visual de sua caça. Levantava-se outra vez, e espreitava-se por trás das árvores. Logo, sua vista experiente percebeu pegadas de um animal no solo úmido. *Pode ser um gamo**, pensou, analisando o formato do casco. *Não faz muito tempo que passou por aqui. Se eu tiver sorte o encontrarei em pouco tempo*, deduziu e seguiu a direção das pegadas, procurando se posicionar contra o vento.

Enquanto seguia por um terreno em aclive, entrecortado por um riacho repleto de pedras, Roderick captou um som familiar. *Uma cachoeira. Minha presa deve estar bebendo água*, ele concluiu. Concentrado nos sinais da caça, avançou até vislumbrar uma fina cortina de água, quase como um véu branco, que despencava das alturas, produzindo um som tranquilizador. Embora de pouco volume, sua singeleza era de uma beleza sem igual, no que os raios de sol incidiam na névoa e criava deslumbrantes arco-íris.

Embriagado pela cena, o caçador parou em um momento de reflexão espiritual.

Confirmando suas suspeitas, o gamo bebia à margem do poço formado abaixo da queda d'agua. Porém não foi o animal que havia atiçado a atenção de Roderick, mas uma caverna que se abria por detrás da cachoeira.

Ignorando a caça e deixando sua curiosidade falar mais alto, o campeão de Adaluf avançou cautelosamente pelas pedras escorregadias até alcançar a boca da caverna. Naquele instante, a luz do sol penetrava a escuridão e iluminava seu interior. Com uma flecha à disposição, Roderick adentrou, com seus sentidos alertas para qualquer sinal

---

* Gamo, um tipo de cervo com chifres em forma de mão e longa cauda.

de perigo iminente. Ao não perceber ameaças imediatas, relaxou um pouco e dirigiu seu olhar para o chão, onde avistou um crânio humano à sua frente. *Terei entrado no covil de algum predador?* Rapidamente, ele inspirou o ar da caverna, procurando sentir o cheiro de alguma fera, não detectando nada que apontasse a presença de animais ali por várias *auroras*.

Sentindo-se seguro e mais confiante, Roderick voltou sua atenção para o crânio e sentiu um choque ao perceber que, junto a ele, havia também uma ossada e uma ponta de flecha quebrada ao seu lado. *Pobre homem, há quantos verões seus ossos ornamentam esta gruta escura?* Ele lamentou. No entanto, sua tristeza foi dissipada por uma luminosidade fugaz que captou seus olhos, direcionando-os para uma mão esquelética próxima à parede. Um dedo desgastado, reduzido a uma simples falange, ostentava um anel; mas não um anel comum. Sua pedra de centro era vermelha e continha um brasão cuidadosamente esculpido. Ao pegá-lo, Roderick foi surpreendido pelo peso em sua palma. Mas não era apenas o peso que o impressionava; o metal negro do aro reluzia com a luminosidade de estrelas multicoloridas. Era uma peça verdadeiramente magnífica, digna de nobres das casas mais abastadas.

Isso é aurumnigro.

— eimerich! Heimerich! — Roderick chegara afoito ao acampamento, não muito tempo depois que deixara o grupo.

Sir Heimerich largou a lenha que carregava e interrompeu seus afazeres para ir ao encontro de seu companheiro. Vendo a ansiedade do arqueiro, também Braun, Formiga e Petrus deixaram suas tarefas a fim de saber o que acontecia.

— Diga-me, Roderick, o que o aflige? — quis saber o cavaleiro.

— Veja por si mesmo — respondeu, entregando o anel.

O cavaleiro examinou com atenção o objeto e empalideceu ao ver uma águia negra estampada na pedra central.

— Por Destino! Este é o símbolo da... não, não poder ser. Este anel só poderia ser de um rei de Sieghard.

— Mas... como?! — perguntou Braun.

— Os registros oficiais narram um episódio de grande relevância para a história de Sieghard. Cerca de duzentos *verões* após a unificação, sob o monarca Cledyff I, uma expedição liderada por Sua Majestade rumou para o norte, almejando expandir nossos domínios. Naquela época remota, reza a lenda que um inverno implacável assolou nossas terras, criando condições excepcionais que possibilitaram a travessia além do Egitse. É possível que o gelo tenha se tornado espesso o suficiente, oferecendo uma oportunidade única. No entanto, como é de se esperar em narrativas tão antigas, os detalhes do desfecho desse empreendimento foram tragados pela brancura infinita do norte, perdendo-se para sempre nas brumas do tempo. Roderick, sua descoberta é de uma magnitude ímpar para a história de Sieghard. Onde o encontrou?

— Em uma caverna, não muito longe daqui, junto a uma ossada, que deve ser do rei, e uma flecha quebrada, que suponho o tenha matado — Roderick respondeu.

— Precisamos dar a ele uma sepultura decente, com as honras que um rei merece — o paladino sugeriu. — Vamos até lá.

— Esperem! — Braun os conteve. — Magricela, você disse não muito longe daqui?

— Sim, é bem próximo. Não vamos demorar. Por que? — Roderick perguntou, estranhando.

— Seja quem for que matou o rei duzentos *verões* atrás, não passou pelas suas cabeças que seus descendentes continuam nesta região? — ele mal havia acabado de falar e uma flecha passou rente à sua cabeça, cravando-se em uma árvore atrás dele. — Mas que raios! Preparem-se!

Os peregrinos se entreolharam, assustados, enquanto ouviam o farfalhar das folhas causado pela movimentação dos guerreiros ocultos. Um por um, emergiram das sombras da vegetação circundante, como espectros surgindo da penumbra da noite.

XXXII
O batismo de sangue

Um, *dois, três*. Roderick contava o número de homens que portava arcos à sua volta. *Quatro, cinco, seis*. Felizmente, o número de arqueiros era muito menor que os guerreiros de combate corpo-a-corpo. *Sete. Não são tantos*. Braun ainda retirava o montante do alforje de sua montaria quando, em um giro de corpo, o campeão de Adaluf retirou sete flechas da aljava e, com três disparos, eliminou os sete arqueiros inimigos. O guerreiro, já com a espada em mãos, franziu a testa, boquiaberto.

Da mesma forma que Braun, Sir Heimerich correu para pegar sua espada deixada no alforje de Feibush e aproveitou para retirar a de Petrus.

— Petrus, lembre-se do seu treinamento! — ele lançou a arma para o pastor. — Precisamos de todos lutando desta vez!

Os atacantes vestiam roupas comuns de coloração amarronzada, feitas com peles de animais, e poucos deles traziam elmos e corseletes mais adaptados para o combate. Quase todos usavam barbas escuras fechadas e malfeitas sobre rostos pálidos de olhos claros. A constituição física de seus corpos, entretanto, variava: uns eram esguios, outros mais corpulentos. Rápidos como um enxame que tentam defender sua colmeia, eles se dividiram em grupos e avançaram em direção aos peregrinos, correndo com um forte ímpeto. *Não são treinados na arte da guerra*, avaliou o paladino. *São bárbaros*.

Os aventureiros também se dividiram em três frentes: Sir Heimerich e Roderick, Formiga e Victor, e Braun e Petrus — mestre e pupilo. Na primeira delas, o cavaleiro protegia o arqueiro com seu escudo, enquanto ele atirava contra os oponentes em fila. Os que conseguiam se desviar, eram imediatamente abatidos por golpes de espada. Em certo momento, porém, o nobre não conseguiu prever o ataque de uma machadinha arremessada à distância, que resvalou em sua cintura e rompeu alguns anéis de sua cota de malha. Um segundo arremesso veio como um raio, encontrando-se com o metal do escudo de Sir Heimerich em um movimento de agilidade. O terceiro arremesso viria se Roderick não colocasse uma flecha certeira na cabeça do atacante.

Na segunda frente, Dídacus atirava pedras ininterruptamente usando sua funda com eficiência e agilidade. Quando não atingidos, os adversários acabavam tendo suas cabeças atingidas pela forte pancada do bastão de bambu que o arcanista havia emprestado para Formiga. Embora a sintonia entre os dois parecesse quase natural, um dos bárbaros conseguiu se desviar do golpe que selaria seus movimentos e se jogou por cima de Formiga, levando-o ao chão. O inimigo ergueu sua adaga para cravá-la no peito do alodiano, que, de forma sagaz, jogou terra nos olhos do atacante, retirou a faca de seu cinto de ferramentas e o apunhalou na barriga antes que ele se recompusesse.

Na terceira frente, Braun intimidava com seu montante e seu tamanho, ao passo que Petrus, pequenino ao lado dele, tal qual um cão pequeno, apenas os ameaçava. Os inimigos mais próximos foram executados com o primeiro giro da longa espada do guerreiro, sem chances de defesa ou esquiva. Os que vieram atrás refrearam sua corrida, temendo o homem que se postava adiante que grunhia e bradava.

— Venham, covardes!

Ao contrário do kemenita, que em batalha se sentia tão confortável quanto um peixe na água, o pastor estava quase paralisado de medo. *"Há um grande abismo entre ameaçar a vida de alguém e tirá-la de fato"*, ele se lembrou do que Braun dissera, enquanto um suor frio percorria sua espinha e ele sentia o coração no pescoço.

Mas a ele não havia sido dado uma escolha.

Petrus se encontrava no epicentro do caos. Os golpes ressoavam à sua volta, o aroma metálico do sangue impregnava suas narinas, e os gemidos dos feridos ecoavam como um som lancinante. Em meio a esse turbilhão de sensações, o camponês já não controlava suas ações de forma consciente; era o instinto que ditava seus movimentos agora. Um instinto primal, semelhante ao de um animal encurralado, guiando-o em uma dança frenética pela sobrevivência.

Sem perceber, e esquecendo-se do que aprendera em seu treinamento, Petrus empunhava sua arma com força. Não só isso, mas seu braço estava muito colado ao corpo e esticado demais. Um dos inimigos, percebendo a insegurança do pequeno homem à sua frente, lançou-se sobre ele. Ele cheirava a suor e couro, e sua barba crespa e desalinhada dava lhe um aspecto horrível. Bem mais alto e portando uma espada mais longa, estava claro que Petrus não lhe representava um adversário à altura. Com um grito, o inimigo desferiu um golpe assustador de cima para baixo. O camponês, sem saber como, abaixou-se ao mesmo tempo em que saltou para frente. Embora a acrobacia inesperada tenha desequilibrado momentaneamente o agressor, sua experiência em combate logo o permitiu recuperar o controle, prontamente retornando à ofensiva. Braun, ciente da situação de seu parceiro, nada podia fazer, pois já estava muito ocupado controlando um grupo na ponta de seu montante.

Julgando ser o pastor uma presa fácil, o bárbaro continuou seus golpes sem se preocupar com um contra-ataque. Petrus mostrou-se ser bastante ágil e, em certo momento, ele fingiu uma estocada, fazendo o oponente se desconcentrar por um instante. O agressor riu, zombeteiro, e o camponês, vendo que sua investida tinha tirado sua atenção, recuou e avançou ameaçando o inimigo repetidas vezes. Até que, de fato, ele encravou a espada no peito do adversário e o colocou para fora de combate.

Aquela era a primeira vida humana que Petrus ceifava.

— Bravo, camponês! Agora você é um dos meus. Um verdadeiro lobo! — Braun deu um grito de júbilo.

— Pela Imaculada Ordem! Pela Imaculada Ordem! — o camponês soltou a espada, observando o sangue que escorria de sua lâmina. Depois, caiu de joelhos, apavorado e com as mãos em concha sobre nariz e boca.

Enquanto isso, sozinho, o kemenita se esforçava com chutes, cotoveladas e pomeladas nos olhos e testas dos inimigos. Apesar do efetivo sucesso inicial dos peregrinos, o grupo atacante era maior e não parava de avançar.

— Raios! Eles são muitos! — Braun preocupou-se. — Victor, que tal usar esse Ner Tamid de novo? — o arcanista o ignorou, pois sabia da dificuldade que seria usar o artefato naquele exato momento. — Vamos, queixudo! — o kemenita falava enquanto lutava. — Diga... diga "que seja o fim de todos os seres viventes, ó Mer Damid!"

— Acho que se essa frase funcionasse, não daria muito certo — Formiga observou, logo após golpear o queixo de um adversário com o bastão.

— Minhas flechas estão acabando — Roderick anunciou, com um grave semblante.

Num momento crítico, um dos bárbaros arremessou uma corda que envolveu os pés de Braun, fazendo-o tombar para trás, levantando folhas aos ares. Com o susto, Formiga se distraiu e sua arma foi arrancada de suas mãos, deixando Victor sem retaguarda. O ferreiro, em desespero, tentou escapar dos golpes que vinham pelas suas costas, mas acabou tropeçando em Petrus, resultando numa sequência desordenada de tropeções que arrastou Sir Heimerich consigo. Dezenas de homens cercaram o grupo com sorrisos sádicos, mostrando dentes escuros e gengivas roxas. Vendo que guardar as armas seria a melhor opção, o paladino foi o primeiro a admitir a derrota e, com gestos, pediu para que todos fizessem o mesmo.

Entretanto, zunidos soaram por cima da cabeça dos peregrinos, e, de três em três, os inimigos foram caindo até que nenhum mais sobrasse.

— Mas... — Formiga ficou confuso.

Dos arbustos que anteriormente ocultavam os bárbaros, surgiram novos rostos, desta vez muito mais amistosos. Embora também adornados com peles de animais, suas vestimentas revelavam uma sofisticação superior à do grupo hostil anterior. A maioria exibia peças de couro cuidadosamente curtido, complementadas por botas, luvas e couraças robustas. Entre eles, destacava-se uma figura imponente adornada com um elaborado elmo de aço, evidenciando sua robustez física e uma barba aparada. À retaguarda, um estandarte dançava suavemente ao sopro de uma brisa leve.

— Por Destino! — Sir Heimerich estava estupefato. — Esse símbolo, mesmo que um pouco diferente... eu o reconheceria em qualquer lugar.

— É o símbolo da Ordem! - Roderick alegrou-se.

Os peregrinos se encheram de esperança, jamais imaginando que, em um lugar tão bárbaro e distante como as Terras-de-Além-Escarpas, encontrariam soldados que compartilhavam dos mesmos valores. *É como encontrar uma ovelha perdida entre os espinhos*, pensava Petrus. Lentamente, o pastor se ergueu, limpando a terra de suas mãos. Formiga, Braun e Sir Heimerich fizeram o mesmo, erguendo-se com determinação. O nobre endireitou-se, pegou seu escudo, embainhou a espada e removeu o capacete.

Em silêncio, o homem com o elmo aproximou-se de Sir Heimerich, inspecionando-o de cima a baixo. Apesar da sujeira e do desgaste, o rubro meio sol nascente estampado em seu uniforme ainda era discernível. A uma curta distância, o soldado retirou o capacete, revelando um rosto claro, quase pálido, cujos traços não se assemelhavam aos dos agressores anteriores. Seu nariz era reto, com uma pequena saliência entre as sobrancelhas, inclinando-se ligeiramente para baixo. *Um nariz de nobre linhagem*, examinou o cavaleiro. Os olhos dele eram profundos e escuros, assim como suas sobrancelhas, emoldurando seus cabelos encaracolados da mesma tonalidade. Seu rosto era largo, com um queixo firme e levemente pronunciado — contudo, bem menos que o de Dídacus. *Ele lembra pouco os homens de Askalor, mas há algo mais em seu sangue.*

— Que a Imaculada Ordem de Ieovaris vos guiem por Exilium, forasteiros! E especialmente, neste lugar abandonado pelos deuses. Perdoai a receptividade. Malditos

Libertários eles são! Pregam a liberdade, mas não conseguem se livrar de suas próprias fraquezas. Se não fossem tantos, dariam cabo deles tão fácil quanto um troll mastiga sua presa. Acreditem. Eles só assustam. Podei chamar-me Duncan, o Moreno. Sejais bem-vindos ao reino perdido de Dernessus!

XXXIII

Os Ordeiros do Norte

— Que a Ordem o guie, Sir Duncan. Sou Sir Heimerich, filho de Sir Heinrich, barão de Askalor — respondeu o paladino, um pouco receoso com suas palavras. — Viemos de Sieghard.

— Apenas Duncan, cavaleiro — o líder riu. — Nas terras de Dernessus não temos títulos como na de vós, siegardos. Apesar de as chamarmos de reino, na verdade não temos rei. Já foi, vos digo... já foi. Um reino, quero dizer. Há muitos e muitos *verões*. Antes de *Maretenebræ* cobri-las com suas impiedosas águas negras — Duncan jogou seus braços para trás e juntou suas mãos às costas, em uma postura militar. Devagar, desfilou na frente dos peregrinos, olhando nos olhos de cada um, parecendo interpretar seus semblantes. Sua voz era firme e sua expressão rígida contrastava com seus trejeitos silvícolas. — Vejo que não viestes tão preparados quanto pensastes. És um homem habilidoso, cavaleiro. Também o são teu arqueiro e teu infante. Sois duros e confiantes. Mas precisareis de mais. Muito mais nestas terras. Os Libertários guardam essa fronteira desde tempos imemoriais. Por agora, estamos seguros, mas ainda estamos em seu território e o seu uniforme é o maior dos chamativos — ele apontou para o símbolo da Ordem no peito do nobre. — Destes sorte, pois ouvimos o tilintar de suas armas, no entanto, nossa história é repleta de casos em que os viajantes não foram agraciados com a mão de Destino nessa ocasião.

— Refere-se à expedição de Cledyff I? – o nobre levantou a sobrancelha.

— Muitos vieram, cavaleiro. Muitos. Ordeiros como vós, como *nós* – ele gritava sem aparente sentido. — Não penseis que estais sozinhos. Assim como muitos intrépidos daqui desafiaram o vale da morte e nunca mais voltaram. Libertários, em sua maioria, que se infiltraram em seu reino durante *verões* e mais *verões*.

Libertários infiltrados? Sir Heimerich refletiu, intrigado. Se estes homens conseguiram de algum modo penetrar na sociedade e enganar os nobres, alcançando altos postos, poderia ser verdade que havia partidários do Caos infiltrados na política siegarda? Não seria difícil relacionar Sir Maya a estes homens das Terras-de-Além-Escarpas que atravessaram o Egitse. Um outro questionamento invadiu a sua mente: a espada de *aurumnigro*, que estivera em sua posse, também poderia ter vindo do reino de Dernessus?

— Afinal, o que viestes fazer aqui? – Duncan perguntou. — Certeza eu tenho que não foi por acaso, como se tivesses perdido algo. Não é verdade? Os colhões, seguramente não perdestes! – ele gargalhou, olhando para seus guerreiros, que riram em seguida.

Petrus adiantou-se, de forma tímida, surgindo por detrás do grupo.

— Primeiramente, agradeço sua ajuda, Duncan. E queria dizer que, de modo nenhum, queríamos invadir suas terras. Não somos exploradores e há poucas auroras nunca pensaríamos que estaríamos aqui. Viemos para encontrar respostas. E tudo nos indica que elas serão solucionadas por vocês, ou por alguém dessas idas.

À frente do pastor e fora das vistas de Duncan, Roderick acenava para Petrus balançando o dedo em sinal de negação. "Petrus, não", sussurrava. O arqueiro tentava alertá-lo para não contar abertamente tudo o que haviam passado. Eles tinham um artefato poderoso em mãos e objeto de cobiça por várias gerações, e falar sobre ele poderia ser um erro.

— És eloquente, simples homem. E não te culpes por aquele ao qual mataste. Ah... eu vi. Eu vi sim quando lhe trespassaste o peito e largaste tua arma como se fosse a última coisa que terias feito em Exilium – Duncan pôs a mão no ombro do pastor. — Lembre-se que só é um verdadeiro guerreiro aquele que entrega sua vida pela espada em prol de um objetivo comum. No momento em que a empunhaste, estavas defendendo tua vida, ou a Ordem?

— A... a... – Petrus titubeou. — A minha vida.

— Não, simples homem. Estavas defendendo a Ordem! – os guerreiros de Duncan gritaram "Urra!". — O homem que mataste defendia a Liberdade. Ele morreu como um guerreiro! Quando compreenderes isso, serás um líder, como Sir Heimerich. Ou preferes morrer como um verme, lutando por tua insignificante vida? Quando defenderes algo maior que apenas a tua cabeça serei teu irmão em armas. Agora, pega tua espada do chão e empunha-a com vigor!

Braun irritou-se com os modos de Duncan frente ao seu aluno. Instintivamente, firmou suas duas mãos no punho do montante, preparando-se para um possível embate, mesmo sabendo que estava em desvantagem numérica. Sem deixar de encarar Duncan, Petrus abaixou-se com os olhos arregalados e tateou o chão até achar sua arma e empunhá-la.

— Muito bem – continuou Duncan. — Queres respostas, simples homem? Venhais comigo todos. Aksel, Holger! Trazei as montarias de nossos visitantes!

Por um tempo, os peregrinos caminharam em silêncio junto a Duncan e sua caravana seguindo uma trilha na floresta. A simples existência de defensores da Ordem e do Caos coexistindo em uma região já colocava uma série de questões a mais em sua jornada. Até quase uma *lunação* atrás, o conceito de "nação do Caos" limitava-se ao exército invasor do Além-Mar. Agora, ele havia se expandido para terras vizinhas, muito mais perto do que imaginavam. Perigosamente perto.

A primeira impressão era de que as forças da Ordem no reino de Dernessus, lideradas por Duncan, sobreviviam com dificuldade em meio aos caóticos, ou Libertários – como ele próprio dizia. A sua origem teria a ver com a chegada do rei siegardo, Cledyff I, e seus soldados há quase duzentos *verões*? De algum modo, eles conseguiram sobreviver e implantar os princípios Ordeiros nas tribos locais? De qualquer forma, para Sir Heimerich, era muito importante saber que soldados em plena forma poderiam outra vez brandir suas espadas pela Ordem. *E pela glória de Sieghard.*

A marcha conduziu o grupo aos limites da floresta. De pouco em pouco, a paisagem se alterava: as árvores, sempre verdes, agora acumulavam neve em suas copas, ficando cada vez mais escassas, e a vegetação dava lugar a um imenso campo nevado. Alguns buscaram apertar seus olhos para se proteger do brilho ofuscante que pairava adiante, outros tapavam-nos com as mãos. Quando os peregrinos se acostumaram com a claridade, Duncan parou e apontou para frente.

— Estais vendo, forasteiros? Se me perguntardes qualquer coisa, eu não direi uma palavra qualquer, pois não sou sábio. Não tenho a resposta que procurais. Mas se existe algum lugar para encontrá-la, lá está.

Olhando através do manto branco que se estendia até o horizonte, não foi preciso se esforçar muito para notar estruturas emergindo da neve. Algumas tinham contornos angulares, outras formavam arcos, variando em altura e dimensão, mas todas construídas em pedra e emanando um vestígio de outrora grandeza. Pareciam ser os restos de muros antigos, torres desmoronadas e casas abandonadas, espalhadas por um território vasto, narrando uma história de esplendor e declínio

— Pela Ordem! – Formiga exclamou. — São ruínas!

— Ruínas, sim, velho homem – Duncan parecia abstraído. — Ruínas do que antes era um verdadeiro reino. Elas se estendem por distâncias incontáveis até o fim de Exilium. Ruínas de outras Eras. Jazem aqui, sabe-se lá Destino por quanto tempo. Quiçá desde a Era dos Deuses.

— Heimerich, está vendo lá no fundo, no alto da colina? – Roderick perguntou.

— Estou vendo... – o cavaleiro apertou as vistas para enxergar melhor — Uma ponta mais alta. Consigo ver uma luz passando pelo que parecem ser ameias... A julgar pela imponência da antiga construção, arrisco que teria sido...

— Um castelo – Petrus completou, afoito. — O castelo do antigo reino. Temos que ir até ele!

— Não tão depressa, homem incauto – de modo inesperado, Duncan desembainhou sua espada e posicionou a lâmina na frente do nariz do camponês, surpreendendo-o. — "Forte, forte, se vai à morte" é o que costumam dizer entre os nossos. Os Libertários guardam essa região. Escondem-se nos becos e nas brechas das ruínas. Um momento de distração basta para teres uma flecha encravada em teu pescoço. Um piscar de olhos cegos na escuridão e "zapt" – ele pressionou seu indicador contra o pescoço de Petrus, que deu um pulo de susto, tão absorto estava na história. Duncan gargalhou, sarcástico. Em seguida, endureceu suas feições como se nada tivesse acontecido e, em um tom sério, continuou: — Também existe um poderoso feiticeiro que habita este lugar, um invocador. Sim, forasteiros. Capaz de invocar criaturas em seu auxílio, que vos comeríeis vivos. Morcegos, abutres, vespas. Até trolls das neves, forasteiros. *Trolls das neves*. Para lá da colina, onde vós não enxergais, ergue-se Dror, a cidade dos Libertários. Se dermos um passo a mais para além dessa floresta, um farol é aceso. Vedes aquela construção estreita mais próxima à esquerda da colina? É lá onde ele fica. Basta uma faísca naquela pocilga que toda os malditos daquela cidade cairão em cima de nós. E dentro daquele castelo, aff... Eu não gostaria de saber o que se esconde por lá. Para todos os efeitos, é um local amaldiçoado. Vai em frente e veremos quanto tempo irás durar, simples homem – os guerreiros de Duncan riram neste momento. — Não passarás de uma manhã.

Victor examinou a paisagem com seus olhos espirituais, enxergando uma grande escuridão que pairava na esplanada de gelo. Ele podia praticamente ouvir o grito de várias pessoas sendo assassinadas. *Aqui não houve uma batalha, mas um massacre. Fogo. Eu vejo fogo. Teria sido esta cidade devastada da mesma forma que o Domo do Rei? Há quanto tempo isso aconteceu?*

Sir Heimerich, reflexivo, observava as ruínas, ávidas por contar uma grande história. Grande parte delas jazia oculta pela neve, com apenas as construções mais altas surgindo do subterrâneo. *Deveria haver uma cidade imensa aqui. Que segredos ela esconderia?* Não obstante seus devaneios, uma questão mais importante deveria ser esclarecida.

— Existe algum meio de chegar naquele castelo? – perguntou.

— Não sem antes se preparar para uma guerra, cavaleiro – Duncan respondeu sem encará-lo. — Não sem antes se preparar para uma guerra. Sei que estás esperando que eu te ajude, mas vós ainda não me convencestes sobre o que viestes fazer aqui.

— Não viríamos até aqui se não estivéssemos sob extrema necessidade – Sir Heimerich encarou o líder. — Sieghard, nosso reino e bastião da Ordem, foi atacado por um número infindável daqueles a quem você chama Libertários, vindos de Além-Mar. Em questões de *auroras* eles tomaram o coração de nossas terras. Nosso rei foi morto em batalha. Nossas tropas dizimadas e nosso povo enfraquecido por uma doença misteriosa. A Ordem está em xeque e não temos mais um exército para revidar. Para salvá-la, nossa missão depende das respostas que encontraremos aqui. Sendo assim, irá nos ajudar? – perguntou. Duncan relutou um pouco, retornando uma expressão incerta. — Você é um guerreiro da Ordem, como negar auxílio? – o paladino relembrou os dizeres do próprio líder.

Duncan colocou as mãos na cintura e, como se fosse a coisa mais certa a se fazer, voltou-se para os seus soldados.

— O que me dizeis?

Ao mesmo tempo, como em um movimento ensaiado, todos os homens sob seu comando desembainharam as armas e as apoiaram no chão, ajoelhando-se em seguida, indicando que a resposta havia sido dada.

— Nesse caso – disse o líder —, podeis contar com minha ajuda, forasteiros. Que seja feita a vontade da Ordem!

XXXIV
Vinho novo para um odre velho

O sol já alcançava o horizonte quando dois cavaleiros chegaram à periferia de Tranquilitah, uma região que se destacava pelo grande número de *villas** e seus magníficos casarões envoltos por vastos jardins de árvores frutíferas, agora banhados pelo vermelho rubro do crepúsculo. As folhas secas acumulavam-se na grama, formando um tapete verde-acinzentado sob o calor do dia, um sinal de que as habitações há *auroras* não recebiam cuidados. Entre as *villas*, a estrada de terra batida cedia lugar aos blocos ajustados da Estrada Real, que conduzia até o contrastante centro da cidade — uma área cheia de vitalidade e energia devido às festas e algazarras promovidas pelos cadetes imberbes do CAAMP, o Centro Acadêmico de Artes Militares Paternigro, coração de Tranquilitah. Fundado pelo grande general do reinado de Drausus I, Aitor Paternigro, o CAAMP tornou-se um centro de referência onde nobres e burgueses enviavam seus filhos para serem iniciados na arte da guerra. Como consequência, a região desenvolveu um comércio especializado em atender às necessidades da academia e de seus jovens alunos, enquanto as áreas mais distantes mantinham-se como refúgios de paz, dedicadas ao "doce fazer nada", longe da agitação política do Domo do Rei, lugar onde até mesmo o rei buscava seu retiro de verão.

---

* Villa, casa de veraneio dos nobres de Askalor.

A canção siegarda "Vou pra Tranquilitah", tema de quase todos os fins de festa nas tavernas do reino, resumia bem o espírito de descontração que havia na cidade, afinal era aí que a nobreza descansava e os jovens festejavam.

> *Cachorro, mendigo, de mão a abanar*
> *Artistas, cantores aqui e acolá*
> *A festa é infinita, o rei vai chegar*
> *Vou pra Tranquilitah*
> *Esfrie a cerveja, x'o vin'decantar*
> *Afiem as gargantas, pois vamos cantar*
> *Aos mestres, às armas e ao seu tilintar*
> *Vou pra Tranquilitah*

Após passar pela região das *villas*, os cavaleiros chegaram ao centro da cidade. Com a chegada do exército do Caos na costa siegarda, todos os cadetes recém-formados, ou quase formados, foram para Bogdana lutar na guerra, restando apenas crianças ainda no início de sua carreira militar, velhos soldados e alguns professores. Chikára seguia o Thurayya por entre as vielas, reparando que seus cidadãos se movimentavam de forma incomum. Ninguém pareceu se dar conta da criatura à frente da maga. Ninguém correu, gritou ou se assustou. Além disso, o clima do local estava sombrio. Existia algo na fisionomia de muitos tranquilitenhos que chamava a atenção da senhora, e em todos os lugares que havia passado, um sentimento de estranheza imperava. Em Alódia e Keishu, as pessoas estavam dentro de casa, cuidando de seus entes queridos afetados pela Pestilência Cega, contudo, em Tranquilitah, elas estavam nas ruas. Mas ainda que a região estivesse bem mais vazia que o habitual, tudo era muito frio, pálido e monótono.

— Ali – a voz de um garotinho chamou a atenção de Chikára após ela dobrar uma esquina. Na ocasião, em meio a outras crianças, ele apontava para um poste de luz que acabara de ser aceso. — O dragão.

— Por Sethos – disse uma outra criança.

— Os Enviados não vão nos impedir – frisou uma menininha.

Chikára franziu a testa, vendo o grupo atravessar a viela à sua frente. As crianças pareciam simular uma batalha, porém falavam sem emoção e se moviam sem exaltação, como uma tropa em marcha. Apesar de diferentes, suas expressões e tom de voz eram os mesmos, até o caminhar.

Ao deixar as crianças, uma sensação de lugar comum acompanhou a maga. Vendo os semblantes dos tranquilitenhos, seus pensamentos se voltavam imediatamente a Petrus. *O que tem neles que me transportam à presença daquele maldito camponês?* Ela refletia. A resposta, porém, estava na ponta da língua, e demorou um tempo para que ela chegasse à conclusão. *Os olhos, eles estão como os dele! Estão azuis como o céu!*

Apalpando os bolsos, a maga retirou deles o único item que não havia sido roubado por Victor, a profecia encontrada na Biblioteca Real, e concentrou-se em um trecho dela.

"[...] Porém, muitos serão poupados. Inocentes não serão liquidados. Sua misericórdia não conhece limites. A esses será entregue o brilho celeste no olhar. Servirão sem intenção a um propósito maior. Antes disso sofrerão os divinos males.[...]"

Brilho celeste no olhar, ela refletiu, concluindo que as crianças foram atingidas pela Pestilência Cega. Não só elas, mas quase todos os tranquilitenhos.

A primeira estrela apareceu no céu e Chikára entrou pelo portão principal do CAAMP à companhia do Thurayya. Mesmo ao lado de um servo do Caos, os soldados que guardavam a entrada, portando longas alabardas, encararam a maga com expressões inamistosas para lembrá-la de que não era bem-vinda.

A área da academia era enorme. Por dentro de uma alta muralha com torres em cada esquina, um extenso gramado contendo bonecos e alvos de treino, armeiros e arenas de luta, circundavam uma estrutura retangular fortificada de quatro pavimentos, onde ficavam as salas de aula, dormitórios, refeitórios, a parte administrativa e a prisão da cidade.

A criatura dirigiu-se à edificação principal e conduziu Chikára por entre os corredores de pedra até uma sala espaçosa ao fundo, na qual jazia uma mesa comprida com duas cadeiras, uma em cada cabeceira. Para o espanto da maga, em uma ponta, outro Thurayya se sentava, e, na sua ponta oposta, um homem de rosto anguloso e cabelos prateados em trajes de seda, acompanhado por seis soldados em pé às suas costas. Chikára não sabia quem era, porém, sua magnanimidade já o havia denunciado: Linus. Os dois travavam uma discussão que parecia já estar chegando ao fim.

— ...muitas mulheres e crianças esconderam-se na floresta. O local está cheio de armadilhas – o Thurayya concluiu seu resumo.

— E quanto à Sevânia? – Linus perguntou.

— Nosso irmão está tendo dificuldades em achar os doentes.

— Por Sethos! – o líder do Caos socou a mesa. — Leve uma tropa consigo. Não podemos avançar enquanto nosso efetivo estiver assim. Se houver imprevistos, não estaremos seguros. Achem os doentes. Quero Kemen pacificado e lutando ao nosso lado o mais rápido possível. A profecia não pode e não deve se cumprir — comandou em tom firme.

— Sim, mestre — o Thurayya levantou-se para partir.

— Ah, mais uma coisa — Linus o interrompeu. — Já acharam os Enviados?

O Thurayya não deu resposta. O general do Caos apenas consentiu aborrecido, enquanto seu liderado saía do recinto. Um momento de silêncio se fez quando Linus virou-se para os recém-chegados que esperavam ao lado da porta da sala.

— E você? O que me traz? — ele mostrava tranquilidade agora.

— Mestre, eu...

— Desculpe-me a intromissão — a maga deu um passo à frente, surpreendendo todos. — Eu não pude deixar de ouvir a conversa de vossa excelência. Sei o que está procurando e sou capaz de pôr um fim a todas as suas preocupações.

— Quem é ela? — o general do Caos perguntou ao Thurayya, em tom calmo.

— Sou Chikára de Keishu, maga da abadia — a senhora se antecipou, aproximando-se ainda mais de Linus. Depois, ajoelhou-se e abaixou sua cabeça. — Ponho-me a serviço da Liberdade com meus conhecimentos e habilidades. A hierarquia fria da Ordem não me convém.

— Vejo que é bastante segura de si. Agora, levante-se! Em nosso país, somos todos iguais. Não há razão para ajoelhar-se — ele ordenou, sendo prontamente atendido.

— Então, diga-me, o que estou procurando? — ele a fitou com uma expressão serena.

Esperando um homem cruel e frio, a maga se surpreendeu com o tratamento de Linus. O general do Caos parecia íntegro, calmo, mas, ao mesmo tempo, dominador. Seu olhar, quase hipnótico, reforçou a certeza de Chikára da decisão que havia tomado.

— Os Enviados de Destino — ela respondeu. — Conheço-os e sei onde estão. Eles têm em mãos o Ner Tamid e o pergaminho com a oração sagrada. Seu bravo militante lutou com valentia contra o maior mago de nosso reino. Apesar de ter vencido a batalha, os Enviados conseguiram fugir para o norte portando os itens dos quais necessitava.

— E por que eles não foram perseguidos? — parecia que ele a testava.

— O Egitse, o corredor da morte, por onde eles foram, não é uma passagem qualquer — ela falava rápido. — Com o Ner Tamid em mãos, os Enviados puderam avançar por ele. Sem o artefato em mãos, porém, apenas os Guardiões do Norte conheciam um modo de superá-lo.

— E você conhece? — Linus pôs a mão em seu queixo.

— Conheço, mas não tenho os poderes necessários para fazer o que tem que ser feito.

O general do Caos inclinou-se para frente em sua cadeira, mostrando interesse.

— Sente-se, por favor – pediu, com educação. Chikára agradeceu e procedeu como o pedido. — Os enviados de Destino – ele continuou — deverão ser eliminados, caso contrário eles serão responsáveis por um grande mal que se alastrará por essas terras. Uma força brutal será libertada de seu sono profundo e ela não distinguirá nem Ordeiros, nem Libertários. Viemos preparados para combatê-la, porém a resistência da Ordem nos ceifou muitas vidas. Não esperávamos que tantos fossem imunes à doença que infligimos. Infelizmente, tivemos que resgatar os doentes para lutar ao nosso lado; não sem, digamos... um pequeno efeito colateral. Para podermos avançar sem medo, teremos que dobrar nosso efetivo, e garantir que os Enviados estejam mortos — nesse momento, Linus levantou-se, pegou um colar de pedras brancas em cima da mesa, e foi até a senhora, colocando-o em seu pescoço. Depois, voltou para sua cadeira enquanto falava. — Este colar está enfeitiçado, Chikára. Ele a estrangulará se estiver dizendo inverdades. Lembre-se que a mentira ou a mera tentativa de traição lhe custará a vida.

A maga colocou seus dedos nas pequeninas e frias pedras no cordão e sentiu um arrepio no corpo. *Quantas vezes ele teria sido usado?* perguntou-se. Ela podia quase sentir as vidas que ele ceifou com seu aperto fatal. Por um momento, quase se arrependeu de ter se encontrado com Linus, mas uma leve pressão no pescoço, talvez até fruto de sua imaginação, a fez rapidamente se conformar que não havia mais retorno para ela. A sombra da morte a acompanharia até que ela provasse, de fato, sua lealdade a Linus.

— Então – o general do Caos continuou —, agora, vamos voltar ao assunto. Se eu lhe conceder tais poderes...

— Garantirei a morte de todos os Enviados – Chikára respondeu sem pestanejar enquanto se atentava, aflita, ao aperto do cordão, que não se alterou. Seu alívio só não foi maior, pois Linus ainda lhe daria uma nova e última advertência.

— Se decidir mudar de ideia, não tente retirá-lo. O colar sairá apenas pelas minhas mãos.

XXXV
Nordward

Na floresta fria, nos largos vãos entre as copas de suas árvores, um céu estrelado enfeitava a noite. A temperatura, apesar de baixa, era agradável para as pessoas habituadas a essas latitudes; os peregrinos, porém, mesmo que estivessem bem agasalhados, estavam frequentemente esfregando e assoprando as mãos enquanto revezavam tochas para manterem-se próximos ao calor. A essa altura, já exaustos depois de uma intensa marcha de pouco menos de uma *aurora*, o grupo avistou a entrada de uma aldeia protegida por uma extensa paliçada de troncos. Esse conjunto fortificado situava-se em uma delicada colina, rodeada por um fosso, em meio a uma larga clareira, proporcionando uma visão ampla às sentinelas que se postavam em torres estrategicamente posicionadas. Com essa configuração, ninguém se aproximaria sem ser percebido. Apesar de este ponto ser o fim da jornada, segundo Duncan, os domínios dos Ordeiros do Norte eram bem mais vastos: a oeste, seus confins se confundiam com as ruínas e as terras do Caos; e a leste, eram bem delimitados pela conjunção do Cinturão das Pedras com *Maretenebræ*.

Após o tumultuado encontro dos seis aventureiros com os homens de Duncan naquela tarde, a caravana seguiu a direção do sol nascente para o interior das terras ordeiras. O trajeto foi percorrido sem maiores complicações, e a paisagem diversificada de taiga e tundra dera aos siegardos um motivo a mais para ficarem atentos: atravessaram densos bosques, descampados verdejantes e pequenas vilas. Também os animais típicos daquela região chamaram a atenção. Nas fazendas, os proprietários criavam imensos bois, de longos pelos escuros, que ostentavam chifres curvados como o de uma cabra e, apesar da aparência de poucos amigos, exalavam um persistente e delicado aroma almiscarado. Vez ou outra, porém, o grupo era surpreendido por tremores no chão que os faziam balançar sobre suas pernas. A princípio, os peregrinos acharam que esse movimento de terra fosse uma característica das Terras-de-Além-Escarpas, contudo, a reação de seus habitantes reforçava o ineditismo do fenômeno. "Nunca havíamos passado por algo assim antes. É como uma besta monstruosa se debatendo... presa em um calabouço sob nossos pés", disse um dos homens de Duncan.

Mesmo que de um início conflitante e desconfiança mútua, uma certa cumplicidade surgira durante a caminhada. O líder dos bárbaros, ainda que rude, era leal e desenvolveu um forte companheirismo com Braun quando se colocaram a conversar sobre cerveja e duelo de espadas. O guerreiro não se cansava de se gabar de seus feitos, e, da mesma forma, seu novo amigo não se cansava de ironizar o guerreiro.

— Braun, se tua espada tivesse sido usada metade do que falas, ela já seria um espeto — Duncan ria.

Não demorou para que os Ordeiros do Norte — e do sul — descobrissem que, afinal de contas, todos eram irmãos em armas. Esse sentimento se intensificava a cada parada que faziam para as refeições. Formiga, já na hora do almoço, seduziu de imediato o estômago dos homens de Duncan com seus conhecimentos culinários, misturando ervas e temperos à carne e a servindo com um molho de legumes. Ao entardecer, sentados em volta de uma fogueira sobre uma bela planície de pastagem amarelo-esverdeada, os nortenhos mostraram uma curiosidade sem fim sobre o reino de Sieghard: perguntaram sobre suas mulheres, seus soldados e como o rei exercia poder nas províncias. Tantas questões fizeram sentido depois que seu líder explicou a origem dos Ordeiros de Dernessus.

— Essa terra foi amaldiçoada por *verões e verões* até a chegada de homens do sul. Siegardos, certamente... Como vós. Toda essa região cheirava a Libertários, infestada de podridão — ele pigarreou e cuspiu. — Libertários que estiveram aqui desde a época das ruínas... Que sobreviveram à ira de *Maretenebræ* no Grande Dilúvio — empolgado, Duncan se levantou, desembainhou sua espada e começou a andar entre os homens, tal qual um menestrel contando suas histórias. *Então, eles também sabem do Grande Dilúvio*, Sir Heimerich reparou antes de voltar sua atenção às palavras do bárbaro. — Mas, em certa *aurora*, homens armados com nada além de sua própria visão atravessaram o Desfiladeiro da Morte e conquistaram os corações daqueles que não suportavam mais o flagelo do caos! Insatisfeitos, os líderes Libertários declararam guerra aos nossos antepassados... Àqueles que incutiram os princípios da Ordem nessas terras geladas. Há mais de duzentos *verões* que lutamos com dificuldade em Dernessus. Fugindo e entrando cada vez mais no interior destas florestas. Infelizmente, somos poucos, não podendo ir além, porém com nosso sangue e nossas espadas, daqui eles não passarão!

— um grito de guerra ecoou de suas fileiras, acompanhado por um brado espontâneo de Braun. — Chegará uma *aurora* que não precisaremos mais nos esconder.

Na rua principal da aldeia, alguns moradores com suas lanternas se espremiam para ver a comitiva de Duncan passar, com seus olhos sonolentos e indiscretos fixados nos peregrinos com um profundo interesse. Formiga, com seu jeito bonachão, despertava simpatia entre as pessoas, abrindo largos sorrisos e cumprimentando todos com as duas mãos. Sir Heimerich limitava-se a proferir a saudação da Ordem de forma séria, mas esperançosa. Braun estufou seu peito e ergueu a cabeça em uma postura heroica, assentindo a cada saudação, parecendo sentir-se invencível neste momento. Victor Dídacus afundou-se ainda mais em seu capuz, deixando apenas a ponta do seu queixo à mostra, não manifestando qualquer intenção de se socializar. Roderick e Petrus, lado a lado, caminhavam tranquilos, observando a tudo com uma curiosidade quase infantil.

— Aqui estamos, forasteiros! – gritou o líder dos bárbaros ao chegarem na praça central. — Nordward, a sentinela do norte!

— Nunca imaginaria tamanha organização no meio de uma floresta – Roderick analisou, lembrando da confusão de ruas e trilhas de terra batida de sua Adaluf.

— Já é quase uma cidade da forma como o concebemos em Sieghard – observou Sir Heimerich. De fato, à primeira impressão, Nordward em muito se parecia com antigos mapas do Domo do Rei na época dos primeiros soberanos. Faltava-lhe, entretanto, um castelo. — Vejo casas de pedras e ruas pavimentadas. Quantas pessoas vivem aqui?

— Tenho quase dois milhares vivendo sob minha guarda, nobre – Duncan respondeu. — E, muito mais, espalhados pelos campos fora da aldeia... Também alguns pescadores do extremo leste.

— E como você consegue conter a população? – Sir Heimerich estava intrigado.

— Nós, cavaleiro... nós. Ou pensais que ajo sozinho? – o bárbaro virou-se para o paladino. — Aqui as decisões emanam de um conselho, eu apenas me responsabilizo por aquelas de cunho militar – concluiu, com rispidez. Alguns passos depois, porém, Duncan pareceu pesaroso com seu tratamento e decidiu melhorar sua resposta. — Nossa comunidade é organizada numa rígida disciplina, cavaleiro. Ela é pautada pelos anciões do conselho e nosso sacerdote. Os pequenos são criados desde cedo nos princípios da Ordem, o que faz com que todos os habitantes daqui conheçam o seu lugar, suas obrigações e seus direitos. Não deve ser muito diferente das tuas paragens. Não é verdade? — perguntou, e o nobre aquiesceu, surpreso. — De qualquer forma, na manhã da próxima *aurora*, eu vos levarei à presença do conselho. Já está tarde e, por agora, acredito que vossos espíritos anseiem por uma refeição e um momento de descanso.

Após desmobilizar seus homens, Duncan levou os visitantes para uma edificação elevada no ápice da colina, localizada após vencerem alguns lances de escada entre casas de teto baixo. De formato rômbico, ela possuía largos torreões circulares, unidos por estreitos adarves, em cada ângulo de sua geometria singular. A passarela de entrada adentrava uma fenda, que dividia a estrutura do forte em duas seções de igual tamanho, e subia por escadas que levavam a um terraço gramado no patamar superior, onde a maioria dos aposentos e outras estruturas administrativas ficavam, inclusive uma área para plantio e uma ponte em arco para conectar as áreas separadas pela fenda.

Das ameias do forte, Victor Dídacus observava a aldeia de Nordward, uma obra diferente de tudo o que havia em Sieghard, digna de brilhantes construtores. À noite, ela parecia um gigante adormecido contemplando o céu, rodeado por uma imensidão verde coberta por um tapete estrelado.

Subindo as escadas entre a fenda da edificação, o líder militar parou em um dos patamares e apontou para os visitantes a porta onde ficava a caserna, conduzindo-os às suas camas. Antes de se retirar, porém, Duncan deixou o grupo em um pequeno recinto aquecido pelo vapor de uma piscina de água quente, entregando-lhes algumas vestimentas típicas de seu povo. "A receptividade dos Ordeiros do norte não poderia ser melhor. Não estamos em um castelo. Não ainda, mas em breve será.", Sir Heimerich analisou. Sem muitas conversas, depois de um curto e relaxante banho, imersos em águas mornas, os peregrinos fadigados seguiram para seus leitos e adormeceram.

No entanto, nessa noite, uma atividade eventual não aconteceu.

Petrus não roncava.

Em profundo transe, ele não sabia mais o que era realidade ou fantasia, o que era um pensamento consciente ou inconsciente. Muito longe de sua terra natal, pela primeira vez, ele havia se conformado que não voltaria a ver suas ovelhas. Sua propriedade, se ainda existia, não conseguiria mais trazer conforto em sua alma. De tão entorpecido pelos fatos, nem mesmo a lembrança do rosto do bárbaro que matara o incomodava mais. "Eu te entendo, herói. Tirar uma vida é sempre um grande fardo", a voz de Roderick se destacou na confusão de vozes em sua cabeça. "Mas não se entristeça. Lembre-se que ele era um guerreiro, e para ele a morte em combate é uma honra, a sua esperança maior. De mais a mais, ele queria lhe proporcionar esta mesma honra".

Seu passado bucólico estava ficando para trás em uma estrada abandonada. Porém, novas estradas, repletas de aventuras, se construíam. Aventuras que fariam parte do cotidiano de sua nova história, das quais ele não haveria de descansar enquanto elas não terminassem. A partir de então, o pastor de Bogdana passou a encarar sua atual realidade em paz. Contudo, como se a realidade não fosse o bastante, ele entrou em outro mundo, um lugar de linhas emaranhadas e de brilhos coloridos, suaves e serpenteantes. Nele, uma figura imponente surgiu, majestosa, em meio a uma luminosidade etérea. Ela estava de costas e usava uma capa vermelha estampada com a insígnia da Ordem, e sobre fartos cabelos grisalhos, repousava uma coroa dourada.

De repente, Petrus sentiu muita sede. Não somente isso, mas sua boca secou e sua garganta encheu-se de areia. Ele precisava desesperadamente de um gole d'água. Quando olhou para a estranha figura, ela tinha se voltado e o fitava com serenidade, segurando um cálice de cristal contendo o líquido que ele tanto queria. Mas, ao dar um passo à frente, a figura se distanciou o mesmo passo para trás. Ao dar um novo passo, o homem deu dois passos para trás e, assim, tal qual um peregrino perdido no deserto que via uma miragem, sua perseguição assumiu uma proporção fora do senso comum.

O pastor caminhava em direção ao que parecia a salvação para sua sede insuportável; porém, seu objetivo parecia inatingível. Em seu mundo onírico, ele corria muito mais rápido que os homens mais rápidos de Everard. Então, de modo inusitado, a figura estacou e Petrus, em uma inabalável corrida, foi de encontro ao homem. No momento do choque, os dois tornaram-se um; e o camponês se deu conta de quem ele era. Aqueles míseros instantes foram o bastante para que ele reconhecesse a identidade da enigmática figura, antes de acordar em um pulo na manhã de uma nova *aurora*.

Cam Sur!

Ensaiando um grito de terror, Petrus abriu os olhos de uma vez. Pingos de suor frio umedeciam suas roupas e sua garganta estava seca. Aquilo tinha sido mais que um sonho, era como se alguém estivesse tentando se comunicar com ele, para dizer-lhe algo que ele não conseguia interpretar, uma mensagem talvez, ou ecos de um passado muito distante. O sino do templo de Nordward retiniu ao longe, e junto a ele, uma frase incompleta invadiu a mente de Petrus.

"[...] [...] [...] o Aclamador Irrevocável"

XXXVI

Ótus-lúpus

Sentada na beirada de uma cama em um quarto do CAAMP, Chikára folheava um livro sem encostar os dedos em suas páginas, criando uma suave brisa que virava o papel de um lado para o outro. "Táticas de Cavalaria, por Berk", era esse o nome do volume achado pela senhora de Keishu, entretida com sua leitura enquanto aguardava suas primeiras ordens como correligionária do Caos, depois de recobrar a consciência perdida durante o ritual.

Antes de desmaiar, seu corpo ficara pesado e as pernas bambearam, a cabeça rodopiou e uma força descomunal parecia querer sair de dentro dela através dos ouvidos.

"Você pode não sobreviver", Linus a alertara, porém Chikára se mostrara irredutível.

— Não sou tão fraca assim.

A exemplo do cenário encontrado nas tendas inimigas, a cerimônia requereu o sacrifício de um chacal e sete velas. Após o nome da maga e do Thurayya, Karna, serem inscritos a carvão em um desenho disforme no assoalho, Chikára foi vendada e posta de joelhos, e Karna abriu o ventre do animal com uma faca ritualística, deixando o sangue pingar sobre os contornos da estranha insígnia.

A dez passos dos dois, Linus recitou algumas palavras em língua incognoscível e, enquanto falava, uma faixa de forte luz azul-esverdeada surgiu dos rabiscos de carvão e se arrastou até atingir os pés do Thurayya. Como uma serpente elétrica, o clarão envolveu o corpo de Karna e chegou à sua cabeça antes de explodir no ar em uma onda de energia que caiu violentamente sobre a maga e a levou ao chão em espasmos.

Impaciente com a demora, Chikára fechou o livro como em um tapa, observando os arredores. Seu cajado encontrava-se abandonado na parede perto da porta.

Imediatamente, lembrou-se de seu sono mais recente, povoado de pesadelos que não eram próprios dela. Sonhara com outras pessoas, rostos estranhos de vários habitantes do Domo do Rei. Nobres, plebeus. Vira as ruas estreitas apinhadas de gente, salões suntuosos, tavernas sujas e festas elegantes. Durante o ritual, a maga recebera uma fração dos poderes do Thurayya. *Teria alguma relação?* Ela refletiu, perguntando-se se era possível que parte das pobres almas estivessem compartilhando com ela suas memórias – e, também, seus medos e angústias.

Chikára sentiu seus dedos começarem a formigar, irrequietos, como se a chamassem para usá-los. Olhando para uma lanterna apagada na parede, ela apontou seu indicador para o objeto e se concentrou. Seu braço estremeceu, suas veias escureceram e várias tatuagens apareceram na sua pele, enquanto a lanterna começava a chacoalhar. De súbito, uma brasa floresceu e o fogo, de início tímido, cresceu com espantosa velocidade. Então, com um movimento de mão, Chikára conduziu parte da chama para outra lanterna na parede oposta. Em pouco tempo, todas as cinco lanternas do cômodo, antes apagadas, estavam acesas.

Levantando-se da cama, a maga aproximou-se de um espelho e observou seu reflexo. A órbita de seus olhos possuía um resquício de brilho que se extinguiu rapidamente, contudo suas tatuagens, não esmaeceram. Pelo contrário, tornaram-se mais vívidas. Ela riu. E em pouco tempo, sua risada se transformou em uma gargalhada sinistra que ecoou pelos corredores da academia.

— Finalmente! – disse a si mesma. — O poder supremo! Ninguém estará acima de mim! – ela se exultava quando sentiu um ligeiro aperto na garganta e se lembrou do colar em seu pescoço. *Exceto Linus*, ela apressou-se a se convencer disso, com um frio na espinha.

Do lado de fora, o som de passos se aproximava. Com um novo movimento de mãos, a maga criou uma lufada de vento e apagou as lanternas de uma vez só, deixando apenas a luz do sol clarear o quarto por entre o vão da estreita janela.

— Chikára – três batidas fortes soaram. A senhora prontamente abriu a porta, recebendo Linus. — Como está se sentindo?

— Não haveria como me sentir melhor. Quando começo a o servir?

O general do Caos franziu a testa, incomodado com a pergunta.

— Não existe servidão em nossa nação, senhora. Fazemos o que bem entendemos – explicou em tom sério. — Lutamos por uma nação livre, sem escravos, sem submissão. Peço, por gentileza, que reformule sua pergunta.

— Muito bem – intimidada, Chikára pensou um pouco antes de fazer sua próxima indagação. — Quando posso iniciar meus trabalhos?

Uma brisa entrou pela janela do quarto e trouxe o cheiro de fumaça ao nariz do general do Caos, que, olhando por trás da maga, reparou que as lanternas foram acesas.

— Não tão depressa, senhora – disse, ainda olhando para o interior do quarto. Em seguida, encarou-a. — Preciso certificar-me que sua competência faz jus àquilo que lhe foi entregue.

— Não confia em mim? – ela adotou uma postura prepotente.

— Confio em sua determinação. Só não confio que fará seu dever com responsabilidade – Linus contava suas palavras, como se lidasse com uma fera enjaulada.

— E por que não? – Chikára colocou a mão na cintura.

— A serpente, que tanto teme a águia, quando se transforma em águia, comerá serpentes – ele explicou sem dar uma resposta direta, contudo, mesmo assim, eficaz. — Se a senhora é uma exceção a esse provérbio, eu não sei agora. Portanto, terá que conquistar a sua reputação aos poucos. Por enquanto, preciso de você ao meu lado.

A maga abaixou a cabeça e, de forma inconsciente, fechou o punho. Seus olhos emitiram um brilho fugaz, mas ela não percebera.

— E quanto aos Enviados? – ela prosseguiu, recuperando a compostura.

— Usando seu poder, conseguirá passar alguém além de você através do Egitse?

— Ainda não o testei para saber ao certo. Segundo relatos, os Guardiões do Norte podiam passar até uma dezena.

— O que sabe sobre eles? – o general cruzou os braços, com a mão no queixo.

— Na verdade, o nome Guardiões do Norte é só uma fachada. Muito antes disso, eles eram chamados de *Ótus-lúpus*, uma ordem ultrassecreta de magos, identificados por uma tatuagem de um lobo com cabeça de coruja. Apesar de não se mostrarem, eles eram muito temidos na abadia.

— Eram? – Linus ergueu uma sobrancelha, intrigado.

— Ninguém sabe se eles ainda existem. O último Guardião do Norte que se tem notícia, citado pelos tomos da abadia, desapareceu há mais de duzentos *verões*, se não me engano no reinado de Cledyff I. Com ele, desapareceu também o poder de atravessar o Egitse, mas a técnica foi bem documentada. Muitos tentaram utilizá-la para domar o Corredor da Morte, até Grão-mestres, porém em vão.

— Se muitos falharam, por que acha que com você será diferente?

— Os *Ótus-lúpus* canalizavam um tipo de poder diferente daquele que os Ordeiros canalizavam. Uma outra essência. Por isso sua ordem era secreta. Dentro da abadia, falar sobre eles era motivo de punição. A própria história deles registra vários membros banidos por sucumbir ao outro lado da essência. O Grão-Mestre, inteiramente Ordeiro, nunca conseguiria utilizar a técnica. Por outro lado, eu, que acabo de receber os poderes de seu serv... digo, súdito, possuo agora a segunda essência necessária para executar o encantamento da travessia.

Linus se sentiu satisfeito com a explicação de Chikára, e esboçou um sorriso, que se desfez em um piscar de olhos.

— Muito bem – ele prosseguiu em tom de comando. — Você fará Karna atravessar o Corredor da Morte e retornará imediatamente para cá. Uma escolta de cinco homens a acompanhará. Precisa de mais alguma coisa?

— Eu não preciso de escolta – ela respondeu, cheia de si.

— Não se engane, senhora. Eu sei bem que você não precisa, contudo deverá trazer a escolta de volta sem nenhuma baixa. Compreendeu aonde quero chegar? – o general a fitava com um semblante grave.

Chikára engoliu em seco ao concluir que Linus parecia estar sempre um passo à sua frente.

— Os Enviados são perigosos – ela avisou.

— Você saberá lidar bem com os Enviados, tenho certeza. Ademais, Karna preparou uma pequena surpresa para eles.

XXXVII

O abalo dos incautos

"*Aclamador Irrevocável*", ecoou a primeira badalada..

O sol do alvorecer despontava sobre uma densa névoa que se estendia por toda a planície em volta do forte como um tapete de lã. Aqui e ali, a copa pontiaguda de uma conífera se destacava, lembrando da existência da floresta. Um aroma de folhas e terra molhada enchia o ambiente, trazendo uma sensação de frescor e comunhão com a natureza, que mostrava sua alegria através de um coral de dezenas de pássaros em seus cantos matinais.

"... o *Aclamador Irrevocável*", ecoou a segunda badalada.

Após o choque de um despertar abrupto, Petrus ainda demorou para voltar à realidade. Ele vagava em algum lugar da sua infância, alheio às brincadeiras dos companheiros que já haviam despertado a algum tempo. *Aquele rosto.* Tudo vinha e, tão rápido quanto, se desfazia. Nada fazia sentido. Então, a terceira badalada ecoou.

"... o *Aclamador Irrevocável*". *Por Destino! Estou ficando louco!*

— Algo o incomoda, herói? - Roderick se aproximou, tirando Petrus de seus devaneios.

— Ham... o quê? – o pastor se assustou. — Nada de especial, Roderick – ele mentiu. — Este som... lembra minha infância – desconversou, sem, no entanto, convencer.

— Que sons? O do sino?

— Os dos pássaros nas campinas.

O arqueiro suspeitou de que Petrus estivesse bem, mas entendeu, através do olhar simples de seu amigo, que ele estava confuso e precisava de um tempo para se situar.

— O desjejum está sendo servido. Não precisa se levantar agora, mas não demore tanto a se pôr de pé. Lembre-se que temos Braun e Formiga à mesa – disse isso e virou as costas, dirigindo-se à porta.

— Roderick! – o pastor gritou antes que ele saísse. O arqueiro se deteve e voltou sua atenção para Petrus.

— O que foi, herói?

— E se estivermos errados? E se Linus for realmente um messias como diz a profecia e nós estamos impedindo-o de desempenhar sua tarefa? Não seria mais fácil deixar que ele fizesse o que tem de ser feito? – perguntou exasperado.

Roderick, por pouco, não deixou cair o queixo. Sabia que, mais cedo ou mais tarde, as palavras da profecia iriam semear a dúvida nos mais fragilizados. Tratava-se de um plano ardiloso que, a exemplo de uma serpente, esperava pacientemente pela hora do ataque. *Mas, justo Petrus?* Lamentou-se. *Por qual motivo?* Sentia-se frustrado, na verdade, e a frustração cresceu dentro do seu peito. Logo, juntou-se ao rancor. Mesmo com todo o cuidado que dispensava pelo camponês, Roderick não conseguia admitir que ele caíra em tentação, a ponto de questionar a missão da qual todos se esforçavam em realizar. Era como uma criança que tentava convencer os pais a apoiar sua própria travessura. Seja como for, o arqueiro não poderia deixar que ele se entregasse facilmente, o mal teria que ser cortado pela raiz de uma vez.

— Fácil?! – ele endureceu a voz. — Fácil?! A sobrevivência da Ordem está em perigo e você procura o caminho mais fácil? É assim que você lida com a sua vida? Faça-me um favor... Pergunte isso a Sir Heimerich, ou a Formiga, cujos familiares estão perdidos ou mortos. Levante-se, agora, e vai lá – apontou para a porta. — Olhe nos olhos deles e faça estas mesmas perguntas. Eles podem ser feitos de pedra, mas por dentro choram. Ou você também acha que é fácil esquecer? Quantos *verões* serão necessários para que as feridas deles sejam fechadas? Eles não perderam uma porção de terra e algumas ovelhas, Petrus! – Roderick esbravejava. — Ou seria você capaz de voltar, se juntar aos nossos inimigos e aceitar a morte daqueles que nos acolheram? Do senhor e da senhora Bheli, Aalis e Calista e tantos outros. Da tão amada Anna de Sir Heimerich, que gritou seu nome em frente ao Domo do Rei em amargura. De Sir Fearghal, de Sir Nikoláos, Harada. Por Destino, de nosso rei! Nunca pensei que você fosse tão covarde!

Como uma flecha, as palavras do arqueiro penetraram fundo no âmago de Petrus. Imediatamente, ele se lembrou da última briga entre seus irmãos, que resultou na morte de um deles. *Eu poderia ter impedido, mas fui um covarde.* Sua expressão congelou em um misto de terror e incredulidade.

Roderick tremia e lágrimas tocavam os cantos de sua boca. No momento em que falara, uma gama de sentimentos invadira seu coração, motivando reações que ele não pôde controlar. Repassar os recentes acontecimentos sem deixar ser levado pela animosidade era uma tarefa impossível, que refletiu em seu discurso duro e no pesar exibido em seu rosto. Após um incômodo silêncio entre os dois, o arqueiro enxugou as lágrimas.

— Te espero à mesa – disse, saindo do aposento, sem mais delongas, e sem um pedido de desculpas.

Ainda na caserna, os peregrinos fizeram a sua primeira refeição. A comida era decente – pão com mel e leite gordo –, assim como o ambiente que, apesar de rústico, era limpo e confortável. Formiga alimentou-se de forma frugal, chamando a atenção dos colegas, que notaram sua perda de peso.

Quando estavam para terminar o desjejum, um soldado da guarda, acompanhado por Victor Dídacus, entrou no refeitório para levá-los diante do conselho. Com a pressa, acabaram por engolir de qualquer forma a comida e Formiga, não se esquecendo de suas origens, aproveitou para levar algumas fatias de pão no bolso.

Junto ao soldado, o grupo seguiu escada acima através da fenda do forte para o terraço, entrando em uma ampla construção circular. No corredor de entrada pendiam nas paredes escudos e flâmulas com o símbolo da Ordem e, ao fundo, em local de destaque, apenas uma grande flâmula estampada com uma águia negra em pleno voo – a mesma figura no anel de *aurumnigro* encontrado na caverna. *Cledyff I, de novo encontro sua marca*, Sir Heimerich reconheceu. *Você foi, de fato, um herói, trazendo a Ordem à terras tão estranhas. Com certeza, não morreu em vão.* O paladino não tinha mais dúvidas de que a expedição do antigo rei havia não só sobrevivido em Dernessus, mas como também durado o bastante para influenciar gerações.

Uma arquibancada de pedra de quatro lances acompanhava o formato da edificação e nela, espalhados pelos patamares, onze anciãos em trajes brancos, aguardavam os estrangeiros, objeto de suas curiosidades. *Como em Kemen*, Braun observou o número de conselheiros, que se justificava para que não houvesse empate nas votações.

— Salve, forasteiros! – Duncan, já no recinto, adiantou-se, recebendo os visitantes à porta. Assim como os peregrinos, também ele usava um traje de pele de lobo. — Uma boa *aurora* nasce em Nordward, meus camaradas! — depois, falou baixinho: — Espero que tenhais recomposto vossas forças, pois precisaremos de músculos e braveza para romper com os colhões daqueles malditos Libertários! — concluiu, mostrando o punho fechado. Dito isso, voltou ao tom de voz normal. — Por favor, acomodai-vos — com a mão, mostrou o espaço reservado para os seis, que cruzaram o salão em seguida. Seu aspecto rude, mesmo que por um instante, parecera ter dado lugar a uma cordialidade cavalheiresca. Seguramente, ele tinha um grande respeito pelos mais velhos.

Os anciões se ergueram e saudaram com educação os recém-chegados. Muitos carregavam as marcas de um passado de sacrifício, marcas de guerra, de lutas intermináveis. Alguns, ainda que com muitos *verões* de idade, mostravam-se lúcidos e ativos, fruto do que foi uma vez um corpo moldado pelo combate. Todos, entretanto, exibiam olhares firmes e atitudes nobres e serenas, característica de homens convictos de seus valores.

Após os siegardos acomodarem-se em seus lugares, uma figura usando uma túnica negra emplumada surgiu à entrada do salão, segurando um cajado de madeira com um cristal em sua ponta. Seus olhos claros eram pequenos e puxados, e lembrava um pouco os habitantes de Keishu, porém seu nariz era mais fino e levemente pontudo. Os finos cabelos longos e ruivos tremulavam ao vento. Ela já passava da meia idade, ainda que não aparentasse. Em seu rosto arredondado, via-se que os *verões* haviam sido muitos, porém não foram capazes de anular as marcas de sua beleza passada. No pulso que segurava o cajado, era possível enxergar uma tatuagem de um lobo com cabeça de coruja. O conselho se levantou em sinal de respeito, mostrando que se tratava de uma pessoa reverenciada.

— Essa é Nuha, nossa sacerdotisa — na arquibancada, Duncan sussurrou para Sir Heimerich ao seu lado. — Um tonel, cavaleiro... De sabedoria e formosura — completou e acenou para Nuha. O paladino fez uma reverência respeitosa, seguido por Roderick, Petrus, Braun e Formiga. Ela se acomodou em um banco de madeira próximo à entrada, de maneira que pudesse ver e ser vista por todos, mostrando que sua autoridade era facilmente reconhecida.

Após um curto silêncio, o mais idoso dos anciões levantou-se e se dirigiu ao centro da câmara. Ele era cego do olho direito e apresentava uma longa cicatriz no rosto do mesmo lado.

— Reverendíssima Nuha — trocou um olhar rápido com a sacerdotisa. Tossiu um pouco e depois se virou, abrindo os braços em acolhimento. — Senhores, membros do conselho e nobres forasteiros. Estamos aqui reunidos para presenciar um dos acontecimentos mais extraordinários da história de nossa terra. Desde a fundação da

Ordem em Dernessus, esta é a primeira vez que recebemos guerreiros do sul. Guerreiros estes que, atravessando o Corredor da Morte por, segundo eles, seus próprios meios, trazem notícias de seu reino e precisam de nossa ajuda — concluiu.

Nuha observou os peregrinos minuciosamente. Seu olhar desconfiado parecia procurar neles um indício que confirmasse a veracidade desta última informação.

— Como podemos ajudá-los, Cian? Já temos uma horda de Libertários para nos preocuparmos! — disse uma voz nervosa da arquibancada, interrompendo o interlocutor e incitando uma discussão entre os presentes.

— Não vos precipitais, não agora! — respondeu o orador antes que o bate-boca tomasse ares mais dramáticos. Tossiu mais uma vez e prosseguiu. — Escutais primeiro o que eles têm a dizer.

Um novo silêncio imperou na câmara. Cian olhou para os peregrinos. Sir Heimerich se levantou e se prontificou a tomar o lugar do velho sábio no centro.

— Perdoa nossos irmãos, forasteiro — disse Cian, quando o paladino se aproximou. — Primeiramente, sê bem-vindo. Agora, diz-nos, pois gostaríamos de ouvir o relato de vossa jornada e o que vos trouxe até nós. Estou seguro de que aqui estás por vontade de Destino, do contrário não terias vencido os perigos do grande desfiladeiro.

— Obrigado, Cian — Sir Heimerich agradeceu e Cian retomou seu assento. — Reverendíssima Nuha, nobre Duncan, veneráveis membros do conselho, eu e meus companheiros queremos agradecer a acolhida e o precioso socorro que nos brindaram que, de forma decisiva, salvou nossas vidas. Em outras circunstâncias, diria que aqui chego com o espírito transbordando de júbilo, porém acontecimentos nefastos me enchem o espírito de tristeza e põem em minha boca o gosto amargo da derrota e da desonra.

O tom sombrio do nobre impressionou a todos, mesmo a Duncan, que já tinha sido informado do trágico destino de Sieghard. Nuha se ajeitou no banco e inclinou-se à frente a fim de prestar mais atenção nas palavras do visitante.

— Nosso reino foi atacado, nossa pátria profanada por uma grande força vinda de Além-Mar. Não sabemos por que pecados *Maretenebræ* abriu suas portas a grandes naves que aportaram em nossas praias semeando a destruição e a morte. Em vão nossas forças lutaram contra aqueles a quem os senhores chamam de Libertários! Em vão nosso rei deu sua vida! — gritou. Os sábios pareceram fisgados pela energia calorosa do cavaleiro. Sir Heimerich tomou fôlego e continuou com a voz firme. — Nada pôde detê-los, senhores do conselho. Além das armas já terríveis, uma moléstia misteriosa os precedeu, roubando a visão de quem vitimava e debilitando suas almas. Muitos foram os afetados. Após a queda de nossa capital, seguimos cada vez mais para o norte em busca de conhecimento que nos permitisse retornar à luta e restaurar a Ordem, mesmo sabendo que o trono está vago e não temos um herdeiro para reivindicá-lo — uma onda de espanto contagiou os ouvintes e uma conversação rumorosa acabou por tirar a atenção do interlocutor.

— Silêncio! – Nuha interveio. Imediatamente a conversa parou. — Continua, cavaleiro.

Sir Heimerich agradeceu acenando.

— Em nossa jornada – reatou —, após grandes fadigas e perigos, fomos instruídos a seguir para as terras de onde Ieovaris provinha, e atravessar o ameaçador Egitse sozinhos. Não sabíamos o que encontraríamos aqui, porém, agora que não restam dúvidas, estou certo da nobreza de nossa missão e de que Destino está do nosso lado. Por isto não fraquejaremos. A Ordem vencerá! Tenho certeza, com a ajuda e heroísmo de todos os Ordeiros! – ao terminar seu curto discurso, o cavaleiro não escondia a emoção, assim como seus companheiros. Petrus, inclusive, apresentava os olhos marejados. Sir Heimerich havia omitido grande parte da história de propósito. Por algum motivo, e isso seria seu erro, sentia que alguns segredos deveriam ser mantidos apenas para seu grupo.

Os anciões se mantiveram calados, porém, pela expressão deles, o conselho estava confuso quanto à declaração do nobre e se o objetivo intrínseco dela era mesmo o que todos pensavam: um convite à guerra.

Visivelmente impressionada, a sacerdotisa se levantou e aproximou-se de Sir Heimerich, olhando-o de cima a baixo e contornando-o, como se o estivesse investigando.

— Pois bem, nobre cavaleiro – sua voz era doce, firme e melodiosa. Sir Heimerich recordou-se de Anna, e uma pontada de angústia inundou seu olhar. — Tua narrativa é deveras espantosa. Mas sei que há muito mais para ser contado. Há, por acaso, entre vós, um mago ou clérigo de grande poder?

O paladino olhou para seus companheiros procurando segurança em sua resposta. Nuha o fitava, constrangendo-o, e a demora de seu rebate aumentou a tensão entre os dois.

— Não, reverenda. Não há – uma gota de suor frio percorreu suas têmporas.

— Sabes bem que sem a ajuda de um deles é impossível cruzar o Corredor da Morte? – Sir Heimerich não respondeu. Nuha prosseguiu. — Onde está teu mago, cavaleiro de Sieghard? Onde o escondestes? – um silêncio doído tomou conta do recinto.

— Juro pela Imaculada Ordem, reverenda, que somos apenas seis – o nobre encarou-a com solidez, sem baixar a cabeça. Os Ordeiros do Norte tinham, de fato, uma personalidade muito forte, mesmo a mais delicada das mulheres poderia mostrar-se profundamente severa.

— Reverendíssima Nuha, o que o cavaleiro diz é verdade – Duncan se interpôs. — Não havia mais ninguém com eles quando eu patrulhava as terras libertárias.

A sacerdotisa encarou o líder militar e refletiu, juntando as mãos às costas e voltando a contornar Sir Heimerich. Ele, por sua vez, manteve a postura sem desviar o olhar de sua inquiridora.

— O que estás escondendo, cavaleiro?! Ou serias um mentiroso?

O nobre se fez de desentendido enquanto Nuha continuava a contorná-lo. A tensão aumentava a cada instante passado e gotas de suor surgiam na testa do cavaleiro.

— O Egitse – prosseguiu a sacerdotisa — só pode ser vencido por uma magia única conjurada por um grupo seleto de clérigos, a não ser que... — Nuha estremeceu, duvidando da própria conclusão de seu pensamento. — A não ser que... Não pode ser! – seu semblante mudou radicalmente, levando o nobre a crer que ela sabia sobre o objeto que o trouxera a Dernessus. — Por Destino e todos os deuses da Ordem!

O assombro da sacerdotisa provocou uma discussão acalorada entre os anciões. Sir Heimerich sabia que não havia mais como esconder. O olhar de sua interlocutora atingia seu íntimo. Em silêncio, nada pôde fazer além de aquiescer com a cabeça.

— És sábio, cavaleiro – mais calma, Nuha retomou a palavra enquanto a conversa no salão não cessava —, e prudente em não revelar o que trazes convosco. Tens a minha admiração. Porém não temas, teu segredo está bem guardado dentro dessas paredes. Tu podes te sentar.

Sir Heimerich agradeceu a confiança. A sacerdotisa colocou sua mão sobre o ombro do nobre e esboçou um sorriso de retribuição antes dele se acomodar. Então, virou-se para todos os presentes, com os braços levantados em sinal de atenção.

— Ouvi todos vós, senhores conselheiros! – disse em voz alta e novamente o silêncio reinou. — A chegada destes seis peregrinos em nossas terras não pode ser considerada uma mera coincidência. Quis Destino nos agraciar com a sua presença e nos confiar uma missão que remonta aos pais de nosso povo. Sim, senhores, estes viajantes foram guiados pelo próprio Destino até aqui e eu, como protetora da sabedoria ancestral que remonta ao início da Era, arrisco-me a dizer que eles são os próprios Enviados de Destino. O que significa que uma grande mudança está por vir, e se não os ajudarmos, o destino de Exilium será a destruição e a morte.

Mais uma vez, os anciões não se contiveram e o rumor tomou conta do recinto. "São apenas seis homens comuns!", uma voz se sobressaiu. "Não parece um guerreiro", outra pôde ser ouvida. O falatório não havia terminado quando se escutou um ruído surdo e o chão tremeu, desequilibrando alguns dos presentes e levando-os ao chão. Algo parecia se mover nas entranhas da terra como um feto no ventre materno. Um olhar de estupefação se estampou nas faces dos conselheiros, mas ninguém sabia do que se tratava. O tremor cessou rapidamente, entretanto, a sacerdotisa continuava com um semblante sério e preocupado.

— Este não foi o primeiro, nem será o último tremor! — Nuha falou enquanto alguns membros se levantavam com a ajuda de seus próximos. — Nunca em nossa história presenciamos tais eventos. O que isto prova? – ninguém respondeu. — O equilíbrio está rompido, senhores, como podeis ver. Em nossas mãos repousa não só nossa segurança, mas a de todo Exilium. Mesmo que quiséssemos não poderíamos nos furtar a obedecer a esta ordem. A partir desta *aurora* todos os nossos esforços e nossas vidas só têm um objetivo: levar a bom termo a missão que nos foi confiada, mesmo que isso signifique o holocausto de todo nosso povo. Se demorarmos demais a agir, os Libertários de Além-Mar podem cruzar o Desfiladeiro da Morte e se juntar aos Libertários do Norte. Se isso acontecer, nada mais nos restará fazer além de presenciar sentados a destruição de Exilium. Portanto, nobres senhores do conselho, deixo em vossas mãos a decisão: ajudar os Enviados e lutar, ou esperar sermos engolidos pela terra.

Por um instante, como estavam chocados demais com o terremoto que abalou as estruturas da edificação, ninguém reagiu ao discurso de Nuha. Contudo, gradualmente o conselho entrou em polvorosa. Os ânimos se exaltaram e de súbito explodiram em gritos. O ambiente fresco, agora se tornara quente pela intensa movimentação e muitos começaram a suar. Uma escolha teria que ser feita, e rápida, mas esse era um assunto delicado demais. Mesmo que as opiniões divergissem, o sentimento geral era o mesmo: medo. Em seus postos, os peregrinos nada falavam, quedavam-se assustados com toda a repercussão de sua chegada. Absorto em pensamentos, Petrus, solitário, parecia sorrir lembrando-se do poema de Ume.

E se Exilium seguir por um rumo diferente
Será o fim de todo ser vivente

XXXVIII

O cárcere de uma paixão

— Heimerich! — a exclamação provinha de uma voz sutil e fina.

— Anna — o cavaleiro à porta vestia uma túnica azul de seda sem mangas. Ele imediatamente pegou sua mão e a beijou com ternura.

— O que faz aqui? — perguntou, olhando para os lados em desespero. — Ainda não é a hora.

— Eu sei — ele a olhava com furor. — Vim te ver.

Os dois trocaram um longo olhar contemplativo. Ela sentia seu coração acelerar e um forte ímpeto em abraçá-lo. Havia uma tensão sufocante no silêncio, que por mais que fosse paradoxal, aliviava-a. Pensava que ele era o homem que toda mulher sonhava: educado, cavalheiresco e honrado. Sabia que, em pouco tempo, eles estariam compartilhando o leito, porém, segundo as leis do matrimônio, os noivos só poderiam se ver na cerimônia que uniria seus destinos.

— Destino não poderia ser mais misericordioso em cruzar nossos caminhos — ele finalmente disse.

— Foram nossos pais, Heimerich — ela brincou. Anna era bem menos religiosa que seu noivo.

O cavaleiro riu. Em seguida, mudou sua expressão.

— Hoje tive uma reunião com o rei e Sir Nikoláos — disse sério. — Entraremos em guerra.

— Quando? — ela sentiu um forte aperto no peito e sua voz tremulou.

— Já estamos nos preparando. Vim me despedir.

Ela baixou a cabeça e choramingou. Queria impedir, mas sabia que não poderia fazer nada. Heimerich era um Cavaleiro da Ordem. Além do mais, precisava superar a mancha na família causada pelo seu primo que conspirou contra o rei. Não demorou muito para que começasse a soluçar.

Heimerich passou os dedos com suavidade sobre sua nuca.

— Minha pequena corça... — lamentou-se, chamando-a por um carinhoso apelido de infância, que se referia aos seus grandes e profundos olhos.

— Você volta? — perguntou após uma longa inspiração, mesmo ciente que esta era uma pergunta sem resposta.

— Eu volto. E quando regressar, nos casaremos — ele respondeu, tentando amenizar a situação, mas ela voltara a soluçar. Heimerich apoiou os dedos em seu queixo e inclinou sua cabeça para assim a olhar intensamente em seus olhos. — Annalaura, preciso que seja forte como você sempre foi — disse em tom firme. — Lutarei por você e nossa futura família. Não deixarei que nossos inimigos cheguem aqui e destruam nossos sonhos. Está ouvindo?

Ela ouvia, mas preferia ficar calada. Seu choro diminuiu. Ela engoliu seus últimos queixumes e enxugou suas lágrimas. Heimerich reclinou-se e beijou sua testa. Ele era alto comparado a ela, e seus braços largos davam uma aura de proteção inigualável. Era o seu porto-seguro.

— Ore por mim, pela gente — disse o cavaleiro, ainda a encarando.

— Vou orar.

— Preciso ir agora, pequena corça — ele recolheu sua mão, e devolveu uma expressão esperançosa, sorrindo sem separar os lábios. — Eu te amo.

E essas foram as últimas palavras que ela escutou de Heimerich.

— Johan! O que me traz nesta *aurora*?

— Nobilíssima senhorita Anna! — o enérgico quitandeiro abriu um largo sorriso. — A geada da primavera perdura, mas a *aurora* nos trouxe uma surpresa incomum!

— Não me diga... — ela abriu um sorriso.

— Não fale nada, senhorita Anna, sei exatamente a fruta que vem à sua mente, ou não te conheço há vários *verões*? Pois bem, considere-se uma dama de sorte. Venha, por aqui — chamou-a, dirigindo-se ao outro lado da esquina. Ela o acompanhou, aproximando-se de uma bandeja de frutas de cor amarelo-esverdeadas. — Peras! Delicadas, macias e suculentas! – disse em voz alta para que os outros compradores ouvissem. O distrito comercial do Domo do Rei estava apinhado de gente naquela manhã.

— Ó! Iohan, você é mesmo uma dádiva de Destino!

— Sinta-se à vontade para escolher o que desejar, minha senhora. Leve também algumas mangas-espadas. Estão tão doces quanto um pote de mel, eu garanto! – concluiu com uma piscadela.

Ela se sentiu satisfeita e quando estendeu a mão para conferir a qualidade das peras, inesperadamente, um cidadão de passagem esbarrou na bandeja e a derrubou, espalhando o conteúdo no chão. O homem, de trajes altivos, caiu e ali permaneceu. Iohan tentou ajudá-lo, mas o nobre não se levantou, resumindo-se apenas a dizer "meus olhos" diversas vezes.

Procurando juntar os frutos espalhados, ela se abaixou e, ao tocar no primeiro deles, surpreendeu-se ao constatar pela textura da casca e consistência que se tratava de uma manga-espada, e não uma pera como havia pensado. Confusa, segurou-a diante de sua vista, enxergando apenas borrões verde-amarelados em sua mão. *Será possível que meus olhos me enganam?* Desesperou-se diante da sua incapacidade de identificar o óbvio. E eis que o som de várias bandejas se estatelando chamou sua atenção, colocando-a, enfim, a par da realidade: diante de um mundo cada vez mais embaçado, outros homens e mulheres também caíram com suas visões debilitadas. Os gritos de desespero podiam ser ouvidos em todas as partes do distrito comercial. Em pânico, os cidadãos puseram-se a correr em desordem.

E então, veio a escuridão.

O som do tilintar de armas e dos brados de coragem chegavam tímidos em algum aposento frio e desconhecido. Seus olhos estavam abertos, mas já eram inúteis frente à escuridão presente desde a *aurora* na feira; seu corpo já não respondia às suas intenções e sua pele queimava em febre. *Heimerich!* Ela lembrou súbito de seu amado. Quis gritar, mas sua voz não a obedeceu. O máximo que se escutou foi um grunhido lamentoso.

A guerra finalmente havia chegado ao Domo do Rei e, para Anna, saber que as tropas inimigas alcançaram a capital significava que o exército siegardo havia fracassado. Heimerich havia fracassado. Então, ela chorou como uma criança que se perde dos pais.

E em meio às suas lamúrias, uma mão segurou a dela.

Annalaura, preciso que seja forte como você sempre foi, a voz quase nítida de Heimerich soava em sua cabeça como um hino de esperança, contudo, ela sabia, aquele era o toque de seu pai a passar-lhe conforto. Também sua mãe estava no aposento, e padecia do mesmo mal que assolava filha e pai. A escuridão pairava sobre os três em seus leitos, escondidos em um beco oculto na cidade, onde um casal de amigos se responsabilizava pela guarda da entrada no lado de fora e uma *haeska** pela saúde dos enfermos no lado de dentro.

As mãos de pai e filha ainda estavam enlaçadas quando a porta abriu violentamente com um estrondo. O coração de Anna palpitou mais forte ao entender que algo havia acontecido com seus amigos. Sem soltar a mão do seu pai, encolheu-se na cama, antes de ouvir a voz de Emilia, a *haeska*. "Pelo amor de Destino através de Ieovaris, deixe essa família em paz!", ela implorava. "Em nome de Ieovaris, saia, criatura do Caos! Volte para Sethos!", comandou aos gritos. "Não há temor no que está para ser feito". Apertando ainda mais a mão de seu pai, Anna estremeceu ao ouvir uma voz aguda, metálica e assustadoramente calma, que ressoou maltratando os tímpanos dos que estavam ali.

De súbito, uma mão gelada tocou seu rosto, com os dedos abertos em uma garra. Naquele mísero instante, como se por iluminação, ou algum tipo de mágica, ela viu o rosto daquele que estaria, a partir de então, constantemente com ela.

Karna.

Chikára se levantou, sufocada e confusa, não sabendo onde estava. *Meus olhos, eu consigo enxergar*, reparou, aliviada. *Estou no CAAMP, mas...* Aquilo não tinha sido um sonho, pois havia sido detalhado demais. *Pai, mãe, será que estão todos bem? Heimerich, pelo amor de Destino, tragam-no de volta*, ela confundia sua identidade, afligindo-se com pensamentos que não eram seus. Olhando-se no espelho à frente da cama, ela tocou sua face, confirmando de que era ela mesma.

Após um longo suspiro, Chikára entendeu.

Naquela noite, ela foi Anna, a amada de Sir Heimerich.

E a alma de Anna estava dentro dela.

---

* Haeska, nome dado às irmãs consagradas dos templos da Ordem.

XXXIX

O Pêndulo de Destino

Nuha retirou-se do auditório junto aos peregrinos para uma sala mais reservada no bastião do forte de Nordward, deixando Duncan e o conselho debatendo entre eles. Doze cadeiras os aguardavam em volta de uma mesa redonda próxima a uma velha estante de canto. O grupo se acomodou enquanto a sacerdotisa trancava a porta do recinto com dez trancas, como se guardasse um segredo que jamais poderia ser revelado.

— Dizei-me, quem foi o iluminado que teve a suprema honra de entrar no salão do Oráculo e receber o Ner Tamid? — a pergunta de Nuha foi seca, direta e objetiva, e levava a crer que ela tinha muito mais conhecimento sobre Sieghard que todo o povo do norte.

Os aventureiros se espantaram com a impetuosidade da sacerdotisa e trocaram olhares suspeitos e fugazes. Nuha percebeu que havia sido ríspida demais e mudou sua postura.

— Não vos preocupais — ela suavizou a voz —, não sou digna de ter em mãos a tocha de fogo eterno. Esteja onde estiver, guardai o artefato para vós.

Petrus se levantou, satisfeito com o que ouvira.

— Eu acertei uma charada e fui aceito, nada de extraordinário — respondeu e voltou a se sentar, tal qual um aluno perspicaz.

Ao ver aquele homem simples, com um olhar tão puro, o semblante da sacerdotisa se modificou, dando lugar a uma expressão de doce admiração.

— Te enganas, bom homem. Só uma pessoa muito especial, por vontade de Destino pode ter o Ner Tamid a si confiado. Estou certa de que este grupo foi escolhido e é nosso dever apoiar-vos e agradecer a Ieovaris a honra de sermos designados para vos auxiliar. Vós viestes para o lugar certo.

Braun soltou uma gargalhada inesperada, cortando o clima da conversa. Sir Heimerich o fitava severamente, enquanto Formiga tentava segurar o riso causado pela estranheza da situação.

— Desculpe-me, reverenda – Braun finalmente falou, após se recompor —, mas eu escuto todas essas baboseiras de Enviados de Destino e planos de Destino e profecias, e seja lá o que mais, mas não consigo acreditar em nada disso. Petrus teve o seu mérito, ele é um verme, mas é bravo. Se por um acaso conseguirmos reverter essa guerra, isso será consequência de nossos esforços. Vocês, magos e sacerdotes e místicos, pensam que Destino tem um plano para nós, mas a verdade é que nós temos um plano para o nosso próprio destino. Nós temos o destino que buscamos.

— Tuas palavras são aliviadoras para quem já faz parte de um traçado e dele já não pode sair – Nuha retrucou com muita calma. — Contudo, há um fundo de verdade nelas, guerreiro, e certamente muitos de teus amigos já devem ter percebido – a sacerdotisa olhou para Petrus e Victor Dídacus, ainda que o primeiro não soubesse o motivo da olhadela.

— Bah! Vá ao ponto, reverenda. Eu não gosto de meias palavras – a deselegância de Braun lhe rendeu alguns olhares de repreensão por parte de Sir Heimerich, Roderick e Formiga.

A sacerdotisa suspirou enquanto o cavaleiro, com sinais, lhe pedia paciência.

— O que quero dizer – ele retornou —, é que tudo o que já aconteceu, ou está para acontecer, faz parte de um plano que depende de vossas vontades. Tu podes até duvidar, mas Destino está muito mais presente em vossas vidas do que imaginas.

— Eu duvido – o kemenita cruzou os braços.

— Pois bem, guerreiro, sabes que o Ner Tamid só está em vossas mãos porque vós soubestes da existência do Oráculo do Norte, e vós só chegastes ao Oráculo do Norte porque alguém vos informou sobre ele, não é verdade?

— Ázero – Roderick pensou em voz alta. Braun manteve o silêncio e o ceticismo.

— A vossa chegada aqui – Nuha continuou — só foi possível graças às instruções dadas por outra pessoa, um mago de certo, que vos guiou desde o Oráculo ao desfiladeiro da morte. Em outras palavras, ele sabia que vós encontraríeis o Ner Tamid, possivelmente porque esta mesma pessoa que vos informou sobre o Oráculo entrou em contato com ele antes da guerra.

— Ume — Petrus sussurrou para si e, imediatamente, como em um quebra-cabeça, sua mente começou a tentar encaixar inúmeras peças soltas, questões que ainda estavam para ser respondidas. *Será possível que foi o próprio Ázero quem colocou o Ner Tamid no salão do Oráculo e avisou Ume? E o incenso no salão, foi logo depois de sentir seu cheiro que a estátua falou comigo. Será que também foi obra de Ázero? Será que tudo não passou de uma ilusão criada pela minha própria mente? Será que eu estava delirando com o incenso e falando comigo mesmo? O Oráculo existe mesmo? Quem é Cam Sur? De onde eu conheço aquele rosto?*

— Senhores — Nuha colocou suas mãos sobre a mesa e encarou todos, um a um, com um olhar penetrante, enfatizando Braun, que girava os olhos procurando não a fitar. — Vós estais sendo guiados como peças em um jogo de tabuleiro. Neste jogo há apenas um jogador que desafia a si mesmo, controlando tanto Ordem quanto Caos. E esse jogador se chama Destino — concluiu, usando pela primeira vez a palavra Caos para falar dos Libertários.

— Mas... — Formiga estava boquiaberto.

— Destino é o criador da Ordem e do Caos — Victor explanou. — Não há favoritos neste jogo.

— Não há, é verdade — a sacerdotisa confirmou —, mas nesta partida, em específico, alguém tem que ganhar.

Um silêncio perturbador tomou conta do recinto.

— Reverendíssima Nuha — Sir Heimerich tomou a palavra. — Perdoe-me a ignorância, mas, isso tem a ver com esses tremores de terra? Afinal, o que a senhora quis dizer quando falou "o equilíbrio está rompido" na presença dos anciãos no auditório?

A sacerdotisa não respondeu de pronto, apenas sinalizou para que a aguardasse e se dirigiu à velha estante encostada na parede. Dela, retirou um pesado e empoeirado tomo carcomido pelas traças. Com algum esforço, levou-o sobre a mesa e o depositou com a cautela de uma fiandeira askaloriana. A poeira nem se espalhou. A capa amarronzada de couro era simples e desgastada pelo tempo, no entanto, quando Nuha a soprou, parecia que havia ganhado vida. O couro reluziu e uma caligrafia enfraquecida surgiu para dar o título à obra: *Almagestum Novum*.

— Esses tremores são apenas o início do que está por vir, cavaleiro, se não jogarmos o jogo de Destino — falou, abrindo o tomo em uma página marcada. Nela, além de anotações em uma língua desconhecida, um símbolo muito famoso, que havia sido alvo de muitas especulações, estampava a folha envelhecida.

— O desenho atrás do poema feito por Ume — Petrus deixou cair o queixo, e ele não fora o único.

— Este é o Pêndulo do Equilíbrio, ou o Pêndulo de Destino, como quiserem chamar – disse Nuha, sob olhos atentos. — O círculo maior representa Exilium. O menor, de onde sai o prisma, é o Olho de Destino. O prisma representa a Era, que balança de um lado para outro, como em um pêndulo, seguindo um movimento natural. A linha que o cruza representa o movimento de rotação de Exilium, regido pelo balanço do pêndulo, que nunca, em hipótese alguma, pode ser alterado. Quando o prisma chega ao seu curso final, à esquerda ou à direita, temos o que chamamos de Era do Caos ou Era da Ordem.

A sacerdotisa fitou os peregrinos, que pareciam intrigados e ao mesmo tempo confusos. Victor, no entanto, coçava a barba rala em seu queixo como se não estivesse admirado.

— Deixai-me explicar melhor – ela continuou. — Ordem e Caos se alternam entre eras desde a criação de Exilium. Essa alternância é a regra para que se faça dia e noite em nosso mundo, para que brilhe a aurora e haja crepúsculo, para que o sol e as estrelas se movimentem. Uma vez quebrada, não haverá uma noite depois do dia, mas apenas noite... ou apenas dia, e então ondas gigantes inundarão nossas terras, vulcões acordarão e cobrirão o ar com cinzas, e tremores de terra abrirão fendas profundas que cortarão nossas cidades. E antes que me pergunteis: sim, senhores, o movimento do pêndulo, neste exato momento, está sendo freado! Tenhais em mente que vós não fostes escolhidos para salvar apenas a Ordem, mas Exilium!

XL

Os doze cavaleiros

Finalmente, os peregrinos entenderam o significado por trás da missão divina que lhes foi confiada. Desde a Batalha do Velho Condado, eles não haviam percebido que estavam unidos por um desígnio grandioso, muito além da sua compreensão inicial. A visão de Bakar em erupção e os tremores de terra poderiam ser o começo de grandes calamidades, e tanto Ordem quanto Caos padeceriam do mesmo mal se nada fosse feito. Inclusive, a própria concepção da dualidade dessas nações deveria ser repensada, pois, nesta nova etapa, os aventureiros lutariam não só pela sua sobrevivência, ou pela sobrevivência da Ordem, mas de sua terra-mãe — o que incluiria salvar também as forças de Linus. Contudo, estariam eles preparados para aceitar que deveriam salvar seus próprios algozes? E se aceitassem, como o fariam?

— Ora, nós não fracassaremos — Formiga disse convicto, sem esperar a reação dos outros. — Somos os Enviados de Destino ou o quê? Fomos escolhidos para não falhar! — ele riu.

— Não tenha tanta certeza, senhor Formiga — Roderick arguiu. — O que é o dilúvio se não uma prova de que alguém no passado falhou com a missão?

— "O fim de todo ser vivente..." — Petrus interferiu. — Não acho que Ume tenha usado meias-palavras em seu poema. Foi isso mesmo que ele quis dizer: o fim de Exilium. Não restará ninguém!

— Tem tanto bastardo no mundo, eu não me importaria em deixar que tudo isso acabasse — Braun tentava jogar conversa fora, já avesso à ideia de que teria que socorrer seus inimigos.

— Como convenceremos Linus que ele está rumando para a destruição de Exilium e a sua própria? — Sir Heimerich perguntou, dando a devida gravidade para a discussão e abafando as outras questões. — Temos que conseguir um jeito de informá-lo, dessa maneira, evitaremos que mais mortes aconteçam.

— E se ele já souber disso? — Braun questionou. — Talvez, até pelo nome da nação que ele representa, ele só queira o caos e a destruição. Afinal, o queixudo aqui disse que Sethos é o deus responsável por todas essas mazelas. Se Linus fez um pacto com este maldito deus, o que esperar, senão algum tipo de apocalipse em breve?

Com a declaração do guerreiro, os peregrinos começaram a discutir entre si. Sir Heimerich e Braun voltaram às suas contendas sobre quem seria salvo em caso de um dilúvio. Petrus pregava o fim do mundo para Formiga, que se preocupava com a falta de alimentos provocada pelas alterações no clima. Enquanto isso, Roderick balbuciando frases para si, tentava imaginar a última canção que comporia para glorificar a Ordem.

— Sejamos sensatos! — Victor Dídacus interrompeu a balbúrdia, assombrando a todos com uma exclamação alta e firme. — Os tempos são difíceis, mas tudo pode piorar enquanto comportarem-se como crianças. Lembrem-se que em tudo deve haver uma medida, e a real medida de um homem não se vê na forma como ele se comporta em momentos de alívio e conformidade, mas em como se mantém em tempos de contestação e provocação. Viemos ao norte como folhas levadas pelo vento e, agora, sabemos por qual motivo. Concentremo-nos no momento para refletir sobre a razão de estarmos aqui. O fato é que a Ordem está perdida e nós somos, talvez, os únicos sobreviventes de uma poderosa nação. Caso a informação nos dada por Nuha chegue aos ouvidos de Linus, e apelarmos para sua misericórdia, nada nos garante que ele irá se retirar e voltar para suas terras. Portanto, primeiro temos que nos erguer da condição de miséria na qual nos encontramos, e depois, negociar a retirada das forças inimigas, pois em caso de falha, ainda teremos capacidade de lutar. O grande trunfo da vitória é saber esperar por ela.

— Eu só queria saber como nos erguer dessa "miséria" — Formiga baixou os olhos, e um pesar se abateu sobre os peregrinos.

— De fato, cavalheiros — a sacerdotisa falou —, não podemos arriscar apenas uma alternativa. Minha vida, como a de tantos outros, durante várias gerações, teve como objetivo este momento. Não pensava que caberia a mim, mas Destino me escolheu para vos instruir sobre os próximos passos e o real objetivo desta busca. Durante as primeiras incursões da Ordem em Dernessus, muitos conhecimentos foram absorvidos por nosso povo através do contato com os Libertários. O *Almagestum Novum* foi um desses tomos de sabedoria que chegaram a nós, datado de Eras imemoriais, há quem diga que foi confeccionado por mãos de deuses. É sabido entre o povo de Nordward, que houve uma imponente nação da Ordem nestas terras, que foi derrotada na última Era.

— Então, aquelas ruínas que vimos logo ao chegarmos aqui... — Roderick arriscou.

— Sim – Nuha completou. — São as ruínas de um antigo reino da Ordem, protegida com grande empenho pelos Libertários.

— E por que os Libertários a protegeriam? – perguntou Sir Heimerich.

— Segundo uma lenda libertária, ao fim do último conflito, doze cavaleiros da Ordem com poderes sobrenaturais foram selados magicamente em vida latente nas profundezas geladas de um castelo destruído, e que, só um escolhido portando o Ner Tamid, seria capaz de quebrar esse selo. É possível, acho eu, que esses cavaleiros tenham o poder de restaurar os domínios da Ordem e assim fazer com que o pêndulo retome seu movimento natural.

— Em outras palavras, seria a solução para os nossos problemas — Formiga foi direto.

— O equilíbrio seria retomado — Sir Heimerich franziu a testa, pensativo.

Nuha fitou os peregrinos, que se entreolharam receosos, apostando em silêncio quem entre eles seria o primeiro a se manifestar.

— Bom — Roderick quebrou o suspense —, o que estamos esperando? Temos que ir para lá – ele sabia que não havia muito o que dizer.

— Não sem termos um plano de guerra – o cavaleiro disse. Ao ouvir a última palavra, Braun se agitou. — Duncan nos alertou dos perigos que nos aguardam assim que chegamos aqui, e não acho que o conselho decida, de imediato, nos disponibilizar os homens de Nordward para lutar conosco.

— Eu não me importo – Braun reagiu, intempestivo. — Com cem bravos homens ao meu lado, lordezinho, ou apenas minha sombra, eu iria de qualquer forma! Eu estou farto de cadeiras e reuniões. Estou farto de vermos todas nossas conquistas caindo por terra enquanto ficamos aqui parados! A bravura e o sangue siegardo ainda correm em minhas veias! Chega de diplomacia! Eu decido lutar pela Ordem e pela glória de Sieghard! – gritou, socando a mesa, e seus brados de ânimo contagiaram os outros. — Vamos lá, gritem! Ou vocês já não acreditam nisso? Vamos, seus poltrões! O sangue siegardo também corre em suas veias!

Sir Heimerich se levantou da cadeira, sendo seguido por Formiga, Petrus e Roderick. Depois, desembainhou sua espada e a ergueu por cima da mesa.

— Pela Ordem! E pela glória de Sieghard! – disseram em coro, repetindo a sentença várias vezes, como em um brado de batalha. Há tempos, não sentiam uma ponta de esperança como sentiam agora. Os pelos de Petrus se eriçaram neste momento e ele se emocionou. Naquele momento, todos os seus medos desapareceram, ficando a certeza que lutaria pela Ordem até morrer.

— Reverenda Nuha, não há uma maneira de adiantar a decisão do conselho? — Roderick perguntou.

— Há sim, cavalheiros, eu só queria ter certeza de que vós éreis de fato os Enviados — a sacerdotisa mostrou satisfação e em seguida olhou para Petrus em tom de súplica, levando-o a entender que ela precisava de algo que tinha em seu poder. — Posso?

Dentro do auditório, Duncan e os anciões ainda discutiam de forma acalorada a possibilidade de entrar em guerra contra as forças libertárias quando a única porta do recinto se abriu e uma luz ofuscante invadiu o espaço de maneira triunfal. O clarão abraçou o ambiente com rapidez e feriu os olhos dos presentes, que, ao voltarem a enxergar, viram Nuha de pé no centro do auditório. Ela estava segurando o *Almagestum Novum* em sua mão esquerda, e com o braço direito levantado, o Ner Tamid.

— Eu sou Nuha, filha de Nur, filha de Nazli, filha de Nimat, primeira herdeira do poder ancestral Ótus-lúpus, filha igualmente de Ieovaris e Sethos, filha de Destino. Sou aquela que manipula o poder duplo. Caos e Ordem estão dentro de mim, e a mim foi dado o livre-arbítrio para escolher quem eu deveria ser. Com o poder do Ner Tamid em mãos, a Verdade de Ieovaris, a Tocha Ancestral, O Fogo da Revelação, eu revoco qualquer decisão do conselho tomada até agora e ordeno que preparem os homens de Nordward para a guerra!

Enquanto esperava o retorno da sacerdotisa, Petrus levantou-se da cadeira, contornou a mesa e foi até a estante de onde Nuha retirou o *Almagestum Novum*, reparando uma página solta no chão. *Deve ter caído do tomo.* Com cuidado, tirou-a do chão e colocou-a de volta na prateleira, não sem antes ver, intrigado, o símbolo do Caos desenhado na folha e, abaixo dele, os rabiscos de uma forma humana robusta, negra, e de pupilas brancas.

Era Ázero.

XLI

Na trilha dos mesmos caminhos

A primeira luz do alvorecer trespassou os pinheiros e projetou a sombra de sete cavaleiros na estrada batida que ligava Tranquilitah a Keishu. O longo declive, no qual eles se encontravam, dava uma visão ampla e aérea de todo o trajeto até seu destino. As Escarpas Geladas, ainda encobertas pela fria neblina da manhã, brilhavam como metal reluzente em um céu alaranjado, e as águas do rio Kristallos, serpenteando entre a vegetação, apontavam com clareza a localização da cidade dos magos da Ordem ao fim de todo o cenário.

Os cavaleiros andavam a passo rápido. Cinco deles, portando lanças e armaduras leves, guardavam a retaguarda, enquanto na vanguarda, lado a lado e calados desde que partiram do CAAMP, estavam Karna e Chikára. A senhora meditava sobre sua última noite e, em particular, sobre o episódio que tanto a perturbara. O fato de ela ter confundido sua identidade com a de uma pessoa que desconhecia, mesmo que por um curto período, deixou-a assustada e temerosa. Essa questão deveria ser resolvida de uma vez por todas, antes de qualquer surpresa.

— Ultimamente tenho tido algumas visões enquanto durmo — Chikára quebrou o silêncio, ainda olhando para a estrada no sossego da cavalgada. — Visões que nunca tive desde o ritual — a maga fitou Karna de canto de olho, porém parecia que ele não a ouvia. Insatisfeita, prosseguiu elevando seu tom de voz. — Neles, vejo cidadãos no Domo do Rei como se eu estivesse na pele de um. Não apenas um, mas durante meu sono, passo de uma pessoa para outra, sem um padrão definido. Nobres e plebeus, sem distinção. Homens, mulheres e crianças. É como se eu estivesse participando de suas vidas, sentindo as mesmas emoções que elas sentem. Na última noite, entretanto, durante um longo tempo, minhas visões foram apenas com uma pessoa — a última frase de Chikára fez Karna voltar sua atenção a ela.

— São apenas sonhos... — Karna respondeu com a voz calma, mas sempre perturbadora, retornando sua atenção para a estrada.

— Não são sonhos — ela rebateu mais convicta, pois sabia que a resposta do Thurayya apenas reforçava suas suspeitas. — E você estava lá! Sim, você estava! Você entrou no quarto de uma família com três pessoas, enquanto uma *haeska* rogava para se afastar. Em seguida, colocou as mãos na face da garota e o que aconteceu depois... Por Destino! Como pôde fazer isso? — Chikára não sabia o que acontecera ao certo, mas ela blefava, tentando irritar a criatura para que ela se manifestasse.

Fazendo um movimento de pinça na mão, e distante quase duas braças de Chikára, Karna apertou o pescoço da senhora e a sufocou com uma força invisível.

— Eu sei muito bem o que está maquinando, mísera mortal — ele a encarou com um brilho azulado no olhar. — Eu não sou tolo! Tudo o que você vê, eu vejo também, pois você compartilha do meu poder.

— Então você confirma que não foram sonhos... — a voz da maga quase não soava, entretanto, ela continuou confrontando o Thurayya, pois sabia que ele precisava dela para atravessar o Egitse.

E Karna também.

Aos poucos, a força sobre o pescoço da maga reduziu até que as marcas do aperto surgissem.

— Não são sonhos, são almas — Karna confirmou o que Chikára já suspeitava.

— E essas almas estão dentro de mim? — a maga perguntou, se recompondo no cavalo.

— Não. Elas estão dentro de mim. Mas, com o ritual, alguns efeitos indesejáveis aconteceram.

— Quer dizer que eu não as possuo?

— Não.

Chikára ficou surpresa. Se ela quase perdera a identidade naquela manhã, sendo que nenhuma alma se encontrava dentro dela no momento, o que aconteceria quando ela as obtivesse de fato? *Eu poderia ser qualquer pessoa*, ousou um pensamento.

— Se compartilhamos o poder, então caso você deixe de existir nesse plano... – a maga jogava com o Thurayya.

— Todas as almas passarão para o seu corpo.

— Por que não me disse logo? – ela perguntou, petulante.

— Tudo seria explicado no seu devido tempo, afinal, esse é um poder muito além do que foi dado a você por mim.

— Se é um poder, então eu posso controlá-lo? – Chikára se interessou.

— Apenas quando aprender a usar o que lhe foi dado inicialmente – o Thurayya falava contando as palavras, receoso em abrir informações. — Você terá que controlá-lo, caso contrário enlouquecerá. E, se receber estas almas antes, não saberá mais quem você é.

— Mas, uma vez conseguindo controle sobre essas almas, posso usá-las ao meu favor?

Karna não respondeu. Chikára aguardou alguns momentos, porém o Thurayya resolveu se calar, ignorando-a. Ela não percebeu, mas suas mãos apertavam as rédeas com força.

Maldito! Em breve, esse poder será meu!

XLII

O tempo urge!

Não se passara muito tempo para que Nordward se agitasse com as últimas notícias vindas do forte. O ar da cidade estava turbulento. Mensageiros partiam a galope por toda a parte ordeira do reino de Dernessus. As tropas acantonadas tomaram nova vida, trocando seu habitual marasmo por frenéticos exercícios, marchas e som de cornetas. Patrulhas foram enviadas para os futuros campos de batalha a fim de obter informações sobre a localização dos inimigos e seus meios de defesa. Uma guerra se iniciaria, e todos os homens, não só os milicianos, foram convidados a se apresentar. O clima de batalha se instaurou com todas as consequências daí advindas. Comerciantes de cavalos, ferreiros, até as prostitutas se alegraram ante às novas perspectivas. Muito embora alguns vissem a possibilidade de bons negócios, outros se desesperavam com as desgraças que invariavelmente a guerra traria — como as mães e esposas, as grandes vítimas de todas elas. Exceto por, quem sabe, Victor Dídacus, era certo que nenhuma pessoa ficaria indiferente.

Nordward não era mais a mesma.

A tarde foi marcada não só por um imenso tremor de terra, que balançou as estruturas do forte, mas também por intermináveis reuniões com a participação ativa de Sir Heimerich no conselho militar. Ao contrário da *aurora* que antecedeu o ataque à Alódia, em que apenas o nobre fora convocado, os peregrinos agora formavam um grupo de iguais, sem uma hierarquia. Além do paladino, Petrus, Roderick, Braun, Formiga e Victor Dídacus participavam das decisões junto aos anciãos, respeitando-se as especializações características de cada um.

Também Nuha participava dos debates e, para ela, todo o esforço de guerra deveria girar em torno de um único assunto: a lenda dos doze cavaleiros da Ordem, postos em vida latente em um ponto profundo e ignoto daquele mundo de gelo. Enquanto a sacerdotisa, entendia que a finalidade da batalha era óbvia e simples, Duncan, insistia que os meios se revestiam de enorme complexidade, dadas as circunstâncias do terreno.

De fato, apenas com a chegada da patrulha, Duncan teria uma estratégia definitiva, embora todos concordassem que a cautela seria peça-chave para o ataque. Portanto, se o objetivo de Nuha era simplesmente fazer com que os peregrinos encontrassem a entrada das ruínas do castelo sem serem vistos, o de Duncan era evitar que os Libertários acendessem o farol e atraíssem as forças de Dror para o campo de batalha, causando baixas indesejadas em seu exército.

Considerando estas duas vertentes, duas opções estratégicas foram traçadas pelo conselho:

A primeira, aprovada em especial por Roderick, tratava-se de uma incursão noturna com poucos homens, agindo rápida e sorrateiramente, com a maior parte do exército na retaguarda em posição de alerta, como reserva. Em caso de sucesso, essa opção pouparia vidas e garantiria o objetivo de Duncan, mas implicaria no risco de os peregrinos serem descobertos e exterminados pelas sentinelas. Assim sendo, essa escolha dependeria de forma exclusiva das informações recolhidas pela patrulha, que deveriam ser as mais exatas possíveis, a fim de reduzir ao máximo as possibilidades de insucesso.

A segunda opção, defendida com ardor por Braun, consistia em um ataque maciço ao farol com todas as forças disponíveis, de modo a atrair as sentinelas que estivessem perambulando pelas ruínas, enquanto um grupo pequeno aproveitaria a situação para entrar nas profundezas das ruínas do castelo em busca dos cavaleiros adormecidos. Neste caso, havia o risco de o farol ser aceso, mas garantiria o objetivo de Nuha e de toda a jornada dos peregrinos.

As discussões foram além do entardecer e, apesar das sessões cansativas, a proximidade da batalha deixava o kemenita mais eufórico. Finalmente, ele via sentido naquilo tudo. Nada de lendas, deuses ou mistérios, com tudo se resolvendo pela espada — ainda mais agora que havia encontrado em Duncan um verdadeiro irmão. Já antevia os pósteros em volta das fogueiras contando seus feitos de guerra para as gerações futuras. Era para isso que um guerreiro nascia.

Para lutar, vencer os inimigos e morrer de forma gloriosa em combate.

O sentimento, contudo, não era unânime. Os anciãos estavam preocupados com a população de Nordward e suas expressões entravam em contraste com a tranquilidade de Victor Dídacus. Nuha se desesperava com o passar das horas e parecia apressada em resolver logo as coisas. Não havia mais tempo a perder. Duncan, no entanto, não era tão imediatista. Ele sabia que teria que aguardar a volta da patrulha para tomar qualquer decisão. Formiga, apesar de ativo durante quase toda a tarde, sempre trazendo boas ideias técnicas — "Preciso apenas de algumas cordas, pontas de ferro, veneno e um saco de maçãs" —, agora estava exaurido e sua voz rouca parecia ainda mais fraca. De pouco em pouco, não se sabia se pelo cansaço ou pela tensão nervosa, ele se lembrou da derrota da Ordem no Velho Condado, no Domo do Rei e em Alódia, e foi se abatendo devagar. Sir Heimerich mantinha seu otimismo. Ao contrário do ferreiro, ele só precisava de uma vitória, e ela viria, definitivamente, em Dernessus. Roderick, muito contido nas suas falas, dividia sua atenção com o conselho e Petrus, que apenas observava atento às discussões, absorvendo todas as informações. Tanto o arqueiro quanto o pastor sabiam que, não importando a opção escolhida pelo conselho, quem entraria nas ruínas do castelo seria o portador do Ner Tamid — ou seja, Petrus.

Já era noite quando três batidas fortes na porta do auditório soaram, interrompendo Duncan quando ele discutia as defesas de Nordward em caso de uma possível resistência na cidade. Logo, entrou um dos soldados que haviam sido enviados na patrulha.

— Desculpai-me a interrupção, senhores do conselho — disse afoito, parecendo ter terminado uma frenética jornada.

— Não esperávamos soldados da patrulha tão cedo. Que fazes aqui? — Duncan estava surpreso e inquieto com a inesperada presença.

— General, perdemos a patrulha. Exceto por mim, todos os homens enviados às ruínas foram engolidos pela terra.

A dramaticidade das palavras do soldado chocou a todos. Um silêncio pesado se abateu sobre os presentes. Todos se entreolharam com um expressão que beirava o pânico.

— Como, por Ieovaris? — Duncan levantou uma sobrancelha.

— Estávamos na floresta, nos encaminhando para os campos de gelo, quando a terra tremeu, como se um animal gigantesco se movesse em suas entranhas. Não conseguíamos nos manter em pé. Nesse momento, grandes fendas se abriram no chão engolindo meus companheiros. Por sorte, eu me salvei agarrando-me a uma raiz.

— Sorte? — Nuha ironizou. — Ou Destino te poupou para nos alertar que o tempo se extingue?

XLIII
Cuidando dos pestilentos

Na calada da noite, Keishu se ocultava sob a névoa gelada, ecoando os lamentos de seus moradores acometidos pela Pestilência Cega. A maioria, mineiros de *aurumnigro*, outrora jubilosos ao avistar o brilho sombrio do metal, agora encontrava na escuridão uma constante, um reflexo amargo de suas almas. Tudo era escuro em um negro infindável diante de seus olhos. A cobiça pelo tesouro de Sieghard tornara-se uma maldição, transformando a busca luminosa em um mergulho irreversível nas trevas.

E como se as trevas não fossem o bastante, o som do bater de cascos contra as pedras da rua principal invadiu as pequenas casas, anunciando a visita de sete cavaleiros misteriosos. Um deles cobria-se da mesma cor que as pepitas de *aurumnigro*, assim como a sua montaria, e na escuridão noturna, homem e animal tornavam-se um. A cidade, deserta, parecia esperar apenas a morte, e Chikára, crescida ali, espantava-se por não ter lembranças de uma *aurora* tão poderosamente triste.

A tropa estacou, e os cavaleiros desmontaram próximos à entrada de uma habitação simples, onde uma luz de vela na janela foi rapidamente extinta com a aproximação do pequeno grupo. A maga acabou por acompanhá-los, descendo de sua montaria, mesmo não entendendo o porquê desta parada, já que o objetivo da comitiva era chegar ao Egitse o quanto antes possível.

— Siga-me — disse Karna para Chikára sem mais explicações, e acenou para os soldados ficarem de guarda.

O Thurayya se dirigiu à porta da morada e a abriu devagar. A senhora de Keishu veio logo atrás, ouvindo algumas lamentações e um soluço de choro, que foi contido no momento em que a porta rangeu. A escuridão não permitia ver nada à frente. De repente, um crepitar forte de madeira se partindo estalou próximo ao ouvido da maga. Com rapidez, Chikára acendeu uma luz em seu cajado, constatando que uma cadeira havia sido violentamente baixada sobre a cabeça de Karna, e agora o responsável por isso, um senhor quase grisalho, lutava para se desvencilhar das mãos fortes daquele estranho ser apertando seu pescoço. Outros dois moradores mais jovens, carregando abajures e estatuetas de metal em suas mãos, correram em direção aos intrusos em tom de ameaça, no entanto, Chikára, com um movimento instintivo de braço, arrastou uma pesada mesa de carvalho no centro da sala e a jogou em cima dos atacantes, imobilizando-os.

Tudo pareceria normal para ela, se a mesa não estivesse muito fora de seu alcance.

Telecinese, a maga analisou suas mãos, que emanavam uma energia escura. *Apenas os Grão-Mestres da abadia possuíam esse poder. Como eu fiz isso?* Ela não sabia responder, também não sabia se conseguiria novamente.

Vencidos e abalados, os ânimos dos moradores se acalmaram num instante e, no silêncio subsequente, uma criança começou a chorar em um dos cômodos. O medo se estampou na face dos keishuanos. Chikára encarou-os com frieza e, pela primeira vez, ela se sentiu respeitada, parecendo se nutrir com o sentimento alheio. Sem perceber, ela sorriu sem mostrar os dentes.

No canto da sala, alheio ao que sua mais nova aliada acabara de fazer, Karna largou o senhor antes de fazê-lo desmaiar.

— Não viemos causar nenhum mal à sua família. Nós não somos o inimigo – disse o Thurayya.

— Então, o que vieram fazer aqui? – perguntou um dos jovens, preso entre a mesa e parede, com aquele que deveria ser seu irmão. Sua voz denotava mais medo que coragem, e os dois aparentavam ter entre treze e quinze *verões*.

O Thurayya não respondeu, apenas se dirigiu ao cômodo onde a menina chorava. O senhor fez que iria atrás, mas Chikára o ameaçou apontando seu cajado e ele parou seu movimento, receoso.

— Fique onde está — comandou e seguiu Karna.

A criança, uma menina de finos cabelos pretos, típico dos habitantes de Keishu, estava no canto de um quarto, sentada, abraçando os joelhos. Havia uma cama baixa encostada na parede e nela jazia uma senhora sob um grosso cobertor. A luz do cajado de Chikára iluminou o recinto e ela viu os olhos brancos da mulher, assim como sua pele arroxeada, sintomas já bem conhecidos por aqueles que sobreviveram às últimas *auroras* em Sieghard.

— Fique ao meu lado – disse o Thurayya, mas, quando ele se aproximou da cama, a garotinha se levantou indo ao seu encontro e começou a bater na sua perna.

— Deixa ela, seu feio! – repetia, sem cessar, em meio a lágrimas de raiva e pavor.

Karna ignorou, embora a criança estivesse o incomodando bastante.

— Ei, mocinha – Chikára chamou-a, agachando-se com uma expressão que não era próprio dela. — Você quer ver sua mãe andando de novo? Quer que ela veja seu lindo rosto mais uma vez?

A menina continuou batendo na perna do Thurayya, contudo, as palavras da maga chamaram sua atenção, mesmo que não de imediato. Com um olhar tristonho em direção a Chikára, a garotinha balançou a cabeça em afirmação.

— Então deixa o homem feio fazer o que tem que ser feito. Prometo a você que logo, logo, sua mãe estará enxergando e você vai poder brincar com ela. Tudo bem? – a menina concordou. — Vai para o seu pai e seus irmãos e espera um pouquinho que vamos trazer sua mãe de volta – pediu, e a garotinha saiu do quarto indo para os braços de seu pai, que a aguardava do lado de fora.

— Aproxime-se, Chikára – ordenou Karna, sem agradecê-la. — Ponha sua mão direita sobre o rosto dela e feche os olhos.

Sem questionar, a maga obedeceu. Desde que vira a senhora sobre a cama, ela já imaginava o que aconteceria ali, só não contava que ela mesma fosse a precursora do evento que estava para acontecer, o que a levava a crer que, tal liberdade concedida só poderia ser fruto da confiança que ela transmitia. Em pouco tempo, Chikára já conseguira poder e informação bastante para, segundo ela, tornar-se invejável. Era uma mulher em plena ascensão, e nunca mais se sentiria rebaixada ou humilhada por homens como Petrus ou Ume. *Eles agora merecem todo o desprezo.* Finalmente, naquele cômodo, ela conheceria e realizaria o rito que aterrorizou Anna e usaria o conhecimento aprendido na experiência em prol da edificação de seu novo ser – um ser intocável, irrefreável, irreprimível e ... irrevogável.

— Deixe apenas a ponta dos seus dedos tocar a pele dela – pediu o Thurayya.

Muito embora as unhas da maga, já quebradas e sujas, atrapalhassem o toque, ela prosseguiu conforme as instruções. Sua mão, antes delicada, agora parecia demais com uma garra no instante em que a encostou na senhora. Subitamente, uma névoa luminosa emergiu da mulher e, tal qual um rio que desemboca no mar, percorreu o braço de Chikára, fluindo dela para o Thurayya. À medida que a névoa ficava mais densa, o peito da maga se inflava com um ar que apertava seus seios, até que, não aguentando mais, ela revirou os olhos e entrou em transe.

Chikára. Um chamado longínquo se desfez na imensidão. *Chikára, volte.*

XLIV

A recompensa pela agonia

O outono se findava e as árvores já sem folhas prenunciavam as duras *auroras* que se aproximavam. Bandos de aves migratórias rumavam para a Salácia em busca de paragens mais quentes e abundância de alimentos para suas crias, enquanto ventos gelados sopravam das estepes do norte, afugentando os animais que enfrentariam o rigoroso inverno.

Nas profundezas da mina de *aurumnigro* próximo às Escarpas Geladas, uma forte explosão sacudiu a terra, deixando vários mineradores isolados. Equipes de resgate se revezavam em um trabalho incansável para tentar salvar os colegas sepultados, porém, com o silêncio há horas imperante, sabia-se que não havia mais esperanças.

Em meio a este cenário cinzento e soturno, onde pontas de rocha se erguiam do chão como imensos dentes caninos, três crianças se negavam a ir para a casa. Há sete *auroras* elas aguardavam o retorno do pai, enquanto encaravam a boca negra e sombria da mina de *aurumnigro*.

Chikára reconheceu, de imediato, seus filhos, à medida que se aproximava deles para que lhes entregasse suas refeições. Seus lábios já estavam enegrecidos pelo frio, assim como a ponta de seus dedos.

— Mamãe — sua filha a chamou e abriu os braços, recebendo um abraço quente e confortável da maga.

— Antes de comer, vamos orar a Jahbulon* para que seu pai retorne são e salvo — ela recomendou aos três.

À medida que o tempo avançava, suas almas se curvavam em súplicas carregadas de desespero e anseio por um milagre. O ambiente se impregnava com a aura de suas preces, um eco agonizante, tão intenso de esperança e amor, que mesmo os mais céticos se viam obrigados a recuar em respeitoso silêncio, embora duvidassem da eficácia de tais invocações.

Mais uma noite tornava-se dia nas Escarpas Geladas e, mais uma vez, o calor humano protegeu quatro pessoas do frio da madrugada. No alvorecer pálido da oitava vigília, vários pássaros retardatários ainda imprimiam sua cantoria nos galhos secos quando um vulto cambaleante surgiu por entre as brumas matinais na direção da boca da mina.

Será possível? Chikára colocou as mãos na boca e sufocou um grito de emoção, deixando que seus olhos marejassem.

— Papai, papai! — gritou a menina, se afastando dos irmãos e sua mãe.

— Filha, volte aqui! — chamou a maga, sem sucesso.

Logo, os outros dois deixaram sua mãe para se unir àquele homem que se aproximava, cuja silhueta já não deixava dúvidas da sua identidade. *Por Destino! Jahbulon seja louvado! Ó Jahbulon, quem crê em ti não se decepciona!* Ela chorava, agradecendo aos deuses pelo retorno de seu marido, enquanto corria ao seu encontro.

Em instantes, aquela família desmembrada estava novamente completa, envolta em cinco abraços, chorando, rindo, exalando tanto amor que, ao sentir a mão de seu amado sobre seu rosto, ela foi tomada de uma felicidade imensurável.

— Chikára! — Karna gritou forte, percebendo que os joelhos da maga se dobravam.

A senhora de Keishu havia recebido um altíssimo impacto emocional, algo inédito em sua vida até então. O grito do Thurayya a fez despertar em prantos, e o que sentia a incomodou tanto que ela desejou imediatamente retirar sua mão do rosto da moradora enferma.

— Não faça isso! Seja forte, Chikára! — ele viu que ela iria desistir. — Se você tirar a mão, o processo terá consequências desastrosas! Livre-se de qualquer

---

* Jahbulon, nome alternativo de Ieovaris, usado entre os mineradores de Vahan.

pensamento! Concentre-se nas extremidades! Deixe que a energia flua! Vamos, Chikára! Concentre-se! — Karna estava visivelmente em pânico, enquanto a keishuana na cama se debatia em espasmos e a névoa corria em direção aos dedos da maga.

Em meio a lampejos de energia gerados durante o ritual, Chikára se recompunha com dificuldade, como se carregasse um peso imensurável em suas pernas. *Nada irá me impedir*, ela repetia para si, com insistência tal qual um mantra, tentando se convencer de que as visões que tivera não passava de um fato banal.

— Nada irá me impedir! — bradou, convicta. De repente, por trás das pálpebras ainda fechadas, seus olhos se iluminaram e, como se uma força a obrigasse, não suportando mais, ela as abriu, e um feixe de luz saiu de cada uma de suas órbitas. O Thurayya também pareceu sentir um forte impulso no corpo neste momento, como se recebesse a energia através da senhora. Seus olhos cintilaram, como os da maga, porém, enquanto o brilho neles ficava mais forte, em Chikára, ele se enfraquecia.

O quarto voltou à escuridão e, na penumbra do local, uma mísera centelha radiante permaneceu nas vistas de Karna.

— Está feito — declarou impassível, e a centelha desapareceu.

— Ela está com você? — perguntou a maga.

— Sim. Enquanto eu estiver neste mundo, eu sempre serei o receptáculo.

Chikára não se decepcionou com a resposta do Thurayya, pois já esperava por isso. Porém, o processo que ela acabara de passar a fez se questionar se ela suportaria mais uma ou duas tentativas, levando-a a duvidar se o sacrifício valia a pena. *Mas, eu preciso destas almas.* Refletiu e, instintivamente, segurou o colar enfeitiçado que abraçava seu pescoço, constatando que ele não havia se mexido. Aliviada, um outro questionamento lhe veio à mente, e desta vez era sobre a natureza do próprio Karna, pois, tendo o Thurayya centenas de almas dentro dele e realizado este rito pelo menos centenas de vezes, ele não poderia ser humano. *Como eu conseguiria? A não ser que...*

Eu me tornasse como ele.

A maga acendeu seu cajado, iluminando o local e, ao fazê-lo deu um pulo para trás, assustada.

— Mas o que... — ela se engasgou. — Por Destino, o Imaculado!

A keishuana acamada havia aberto os olhos e encarava a maga com uma expressão fria. Suas pupilas, antes esbranquiçadas, deram lugar a um azul celeste, tão belo quanto as tulipas-reais*, contrastando com seu rosto esmorecido.

— Levanta-te, mulher! – ordenou Karna.

---

* Tulipa-real, espécie de flor encontrada apenas nas planícies de Bogdana.

A moradora obedeceu, e assim que se levantou da cama, sua família, que a aguardava em silêncio fora do quarto, foi ao seu encontro. Seu marido abraçou-a com ternura. Da mesma forma, os dois filhos e a filha pequena. Eles começaram a chorar baixinho, se estreitando em um abraço tenro e pleno de significado, mostrando uma família que se amava e que representava tudo o que Ieovaris pregara em sua passagem por Exilium. Chikára e Karna fitaram a cena por um momento e mesmo o ser misterioso deixou fugir um pequeno vislumbre de emoção. Espantada, a maga preferiu não acreditar no que seus olhos viram. Karna nunca poderia se emocionar, afinal, ele não podia ser humano.

— Vamos, Chikára. Temos mais o que fazer — ele declarou de forma ríspida, denotando pressa. A maga o acompanhou, não sem antes refletir que ela tinha a idade da menina quando foi deixada pelos seus pais na abadia, e que sua vida poderia ter sido assim.

Juntos, mestre e discípula saíram da residência com seu dever cumprido.

— Então, o que temos a fazer agora? Te levo ao Egitse e volto para Linus? — perguntou a maga, fechando a porta atrás com um estrondo.

— Não pense que será tão fácil, mulher — respondeu Karna. — Você me fará atravessar o Egitse, mas sua tarefa não está completa. Na verdade, ela foi apenas iniciada.

— Como assim? – a pergunta de Chikára foi retórica.

— Eu irei atrás dos Enviados. Enquanto não voltar, você tem uma cidade inteira para cuidar. Sua tarefa será encontrar todos os doentes e enviar suas almas a mim.

— Mas, você estará a milhas daqui...

— Eu as receberei não importa o quão distante eu esteja — ele explicou. — Os soldados irão cobrir sua retaguarda enquanto realizar o ritual. Não saia da cidade sem cumprir sua missão – o Thurayya foi enfático. — Também, por ordens de Linus, você não está autorizada a matar ninguém. E lembre-se: deverá voltar a Tranquilitah com todos os soldados vivos.

Chikára mordeu os lábios com força e fechou seu punho. *Maldito! Maldito!* E nesse momento o colar enfeitiçado apertou seu pescoço, chamando a atenção de Karna.

— Considere isso um teste de lealdade. Se passar desta etapa, há uma possibilidade de que Linus retire o colar. Vamos, ao Egitse — concluiu e subiu em sua montaria.

— Ao Egitse... — ela ainda demorou para tomar alguma ação. Respondeu baixo para ela mesma, em um tom de raiva e decepção. Em seguida, montou em seu cavalo e partiu a galope.

Enquanto isso, um grito lastimoso de criança foi abafado pela grossa porta de madeira da habitação.

— Essa não é a minha mãe. Onde está minha mãe?

Mas Chikára já estava longe.

XLV

A última ceia

— Vamos, Duncan! — disse Braun sentado, dando um tapa nas costas do general de Nordward, que até então se conservava pensativo ao seu lado, enquanto mastigava uma coxa assada de ganso-das-estepes. — Anime-se! Aqueles vermes das ruínas não têm chances contra nós! Destino está conosco e nos indicou o caminho. A perda da patrulha foi lastimável, mas se fez necessária. Foi um aviso do que devemos fazer. É a coisa certa! Vamos atacar aquele farol como uma carga de búfalos! — concluiu exaltado, lançando pedaços de carne de sua boca.

O kemenita e Duncan estavam sentados lado a lado em um banco próximo a uma fogueira armada na ampla praça no meio da cidade. Após o fim da reunião na sala do conselho, o general convidou os seis peregrinos para uma confraternização peculiar reservada aos oficiais de altas patentes em típico estilo nortenho: o assado-de-campanha. Neste evento, mestres churrasqueiros preparavam carnes em espetos fincados na terra, assando-as no fogo lento de fogueiras espalhadas pelo chão. O resultado era servido acompanhado por batatas e repolho.

O clima era, ao mesmo tempo, festivo e grave, afinal, uma batalha se aproximava. Roderick, Petrus, Sir Heimerich, e Formiga, todos sentados em longos bancos que se fechavam em um quadrado, se misturavam aos outros soldados de modo amigável, abraçados pelo calor do fogo. Victor Dídacus, porém, acomodado em uma ponta, mantinha sua frieza habitual, com os cotovelos sobre os joelhos, suas mãos unidas próximo ao rosto e sua mente vagando em campos ignotos. De ímpeto, Duncan se levantou, chamando a atenção para si, e postou-se no centro da formação.

— Guerreiros – disse com veemência. Os soldados se silenciaram. — Não foi em vão... – sua voz saiu inaudível. O semblante do general denotava preocupação, porém, ao colocar a mão no cabo de sua espada, suas feições adquiriram novo vigor. — A morte de nossos irmãos, eu vos digo, não foi em vão! – gritou, sendo seguido por um brado de "urra!" dos seus homens. — Digo-vos isso, pois nada acontece por acaso – ele encarou cada um com uma expressão férrea. — Há tempos imemoriais, senhores, nossos ancestrais, aqueles que nos identificam, vieram guiados para essas terras. Homens do sul. Siegardos, ou sabe-se lá como eram chamados naquela época. O motivo? Vós me perguntais – o general fez uma pausa. — Só Destino sabia. Mas, agora está claro, senhores. Mais uma vez, temos aqui conosco homens do sul que vieram nos alertar das nossas condições. Destino, em Sua imensa sabedoria, conduziu esses bravos para que agora cumpríssemos a missão de restaurar o equilíbrio de nossas terras e pôr fim a esses malditos tremores, causados pelos igualmente malditos Libertários! Por isso eu vos disse: nada acontece por acaso. É verdade que não sei belas palavras, como nosso nobre que está conosco – ele apontou para Sir Heimerich —, mas espero estar à altura da missão que me foi confiada e conduzir-vos à vitória. Muitos de nós não voltarão. Muitos! Mas por todo o sempre, em volta de fogueiras como essa, nossos nomes serão lembrados e nossos feitos celebrados! Portanto, meus caros e fiéis soldados, apreciai este que poderá ser vosso último banquete, porque amanhã, como uma carga de búfalos – fitou Braun —, iremos dizimar os Libertários que protegem aquelas malditas ruínas de uma vez por todas! – Duncan terminou seu discurso e voltou a se sentar ao lado do kemenita, enquanto era ovacionado pelos seus homens.

— Foi um bom discurso, Duncan — Braun argumentou. — Mas não se engane, quando eu disse carga de búfalos, eu não quis dizer gazelas – e deu uma ombrada no general, enquanto ele bebia um gole de cerveja. O líquido respingou em seus trajes, no entanto, não foi o suficiente para despertar a ira do companheiro de armas, pelo contrário, Duncan devolveu a gentileza e explodiram numa sonora gargalhada no que foram seguidos pelos demais.

A noite prosseguiu tranquila. Um pequeno grupo, acompanhado por Roderick, começou a entoar canções encorajadoras e guerreiras, estimulando os que partiriam ao amanhecer. Bebidas, desde hidromel a soluções mais fortes, foram servidas por uma jovem branca de estatura média, de finos e ondulados cabelos negros, olhos da mesma cor, nariz afilado e reto e rosto anguloso. Seus lábios eram finos e rosados. A leveza de seus movimentos não coadunava com nenhum daqueles homens que estavam sentados ali. Ela poderia ser uma cidadã de Nordward, mas portava-se como uma princesa askaloriana. Suas roupas de pele, ainda que grossas, não deixavam de delinear uma cintura fina e curvilínea.

— Quem é ela? — perguntou Petrus a um soldado ao seu lado, extasiado pela sua beleza.

— Essa é Lumi, companheiro. Irmã de Duncan. Te aproxima dela e terás um colhão a menos — riu o homem.

Parecendo ouvir a conversa, Lumi, de soslaio, olhou para Petrus e sorriu. O pastor, por sua vez, baixou a cabeça, envergonhado. Era a primeira vez que uma mulher, que não sua mãe, sorria para ele.

— Parece que ela gostou de ti — disse o soldado. — Vai lá falar com ela.

— Mas você não disse que...

— Ah, meu jovem, com uma moça dessas eu não me importaria em andar balançando metade do peso de meus bagos — gargalhou.

Do outro lado da formação de banco, entre a cantoria, Roderick observava Petrus atentamente. O arqueiro havia percebido o interesse do camponês na bela moça. Em seu íntimo, não sabia com exatidão o que sentia. Tinha o acompanhado desde as Colinas de Bogdana. Mais que isso: o tinha protegido, se tornado um verdadeiro amigo. Compartilhou sentimentos e a sua evolução como homem. Quando o encontrara, era apenas um camponês gago que se escondia por detrás da tragédia de sua família com uma carapuça de medo. Ninguém esperaria que Petrus se tornasse a chave do grupo, o responsável pela abertura de tantas portas. Roderick sentia-se responsável pelo pastor, e ao mesmo tempo, desejava a sua transformação. Mas, para que Petrus se tornasse completo, o arqueiro teria que abdicar de sua guarda. Seu amigo do campo nunca seria completo com a sua presença. Estava na hora de olhar para Petrus com outros olhos. Não com os de uma mãe protetora, mas como o de um pai que deixa seu filho no mundo para aprender com seus erros. Sua vontade agora era impedir que Petrus fosse atrás de Lumi e fazê-lo desistir de procurá-la, não porque estava enciumado, talvez um pouco, mas porque conhecia bem o que era o amor de uma mulher e suas consequências no coração de um homem. Fez que ia se levantar, no entanto, Braun, com um movimento brusco e imprevisível, achegou-se e se interpôs entre ele e o alegre bardo cantante ao seu lado.

Enquanto a conversa entre Petrus e seu amigo de banco sobre a irmã de Duncan se desenrolava, em um grupo adjacente, Formiga matava sua curiosidade.

— Mas este cordeiro... qual o segredo para ficar tão gostoso? — perguntou, lambendo os dedos com volúpia.

Os soldados explicaram que bons temperos e tempo eram a receita secreta para um bom assado-de-campanha. Em Sieghard, o ferreiro nunca vira algo parecido, e ele estava certo de que o prato faria sucesso da Taverna do Bolso Feliz. Contudo, e infelizmente, foi difícil ele não se lembrar das condições em havia deixado o estabelecimento de sua família. Como ele estaria? Conseguiria voltar? Resgatar seus parentes? Reconstruir a sagrada taverna de seus pais? Formiga ainda podia escutar os gritos dos seus conterrâneos ao som das vigas de madeira se rompendo, como uma caótica melodia. A despedida de sua mãe ainda estava viva em sua memória e muitas vezes tinha pesadelos com Aalis e Calista soterradas em solo alodiano. Seu semblante se entristeceu por um momento, mas logo o cheiro da carne o tirou dos devaneios.

— Eu sinto que posso melhorar essa receita. Por acaso, há limões nessas paragens? Algumas gotas com certeza realçariam o sabor desta carne e suavizariam o cheiro forte de caça! — disse, exaltado.

Próximo ao ferreiro, um dos soldados de Duncan tentou puxar conversa com o, até então calado, Victor Dídacus. Ele possuía um aspecto desleixado, com grossas papas abaixo do queixo e pele ensebada. Era grande, não tanto como Braun, mas sua largura impressionava mais que sua altura.

— Ei, sulista! Não é preciso pagar nada para ter um destes pedaços suculentos e saborosos — avisou, mostrando uma tira de carne avermelhada que gotejava sangue e gordura entre seus dedos adiposos.

A princípio, o errático peregrino ficou calado, mas o soldado fez questão de balançar a carne perante seu rosto. Victor, de maneira lenta, girou seu pescoço e fitou a exótica figura, fulminando-a com seus sinistros olhos verdes.

— Aproveite a comida, nortenho. Amanhã, espero que seu amor pela vitória seja mais sincero do que por este pedaço de carne — disparou com sua voz fantasmagórica e voltou seu rosto à posição inicial, desconcertando o soldado.

No banco adjacente, Sir Heimerich sentou-se ao lado de Duncan, aproveitando que Braun tinha se retirado.

— Como estão seus homens, nobre Duncan?

O general de Nordward mastigava lentamente quando a pergunta veio. Ele não parecia estar com pressa em dar uma resposta. Engoliu o que tinha na boca e olhou para o fogo, contemplativo.

— Incertos. Se eu tiver que dar-te uma palavra, cavaleiro.

— Heimerich, por gentileza – o nobre sugeriu com gentileza. — Você pode me chamar assim.

Duncan olhou Sir Heimerich de relance e nada disse, voltando a se alimentar. O paladino aquietou-se também. Parecia que havia um certo atrito entre os dois. Após um breve momento, Duncan quebrou o silêncio.

— Não percas tua identidade, Heimerich. Já conheci cavaleiros. Sim, eu os conheci. Nuha treinou-os bem. Bravos homens eu tive ao meu lado... Mortos em batalha pelos Libertários. Tu demandas chamar-te pelo teu nome, mas não sabes que enfatizo tua classe para te alertares que perdeste algo em tua jornada.

— Como o quê? – Sir Heimerich não estava entendendo.

— Tua fé, cavaleiro! Digo-te, pois aos meus olhos, tu não me pareces muito mais que um soldado treinado. Defensor da Ordem, absolutamente, porém, não muito diferente de meus homens. Tua fé foi deixada para trás em um momento de grande necessidade. Tu podes até ter conseguido colocar o rabo entre as pernas e fugir para o norte, mas lembra: não há nenhum lugar para fugir agora. Se não venceres, morrerás... Sozinho em uma terra distante.

O askaloriano foi pego de surpresa. *Auroras* antes, como nobre, ele se sentiria ofendido, mas com o tempo aprendeu a ouvir mais aqueles a quem denominava inferiores. Duncan foi grosso, porém havia um fundo de verdade em suas palavras. Desde sua passagem pelo Domo do Rei, onde desde então não se sabia mais notícias de sua família e Anna, tinha perambulado por Sieghard com sua fé abalada. Havia crescido na derrota, disso não existiam dúvidas, mas sua fé não voltaria a ser o que era antes. Também o general de Nordward fora assertivo quanto à peregrinação rumo ao norte. A Batalha do Velho Condado acontecera no extremo sul de Sieghard, com o exército Ordeiro tendo sempre a opção de ir mais para o norte. No entanto, agora não havia mais opção. Não importando aonde se queria chegar, as forças do Caos estavam em todos os lugares. Sir Heimerich estremeceu diante desta visão.

— Há quanto tempo tu não oras, cavaleiro? – perguntou Duncan. — Há quanto tempo não entras em um templo para reavivar tua fé? Para pedir as bênçãos divinas? Não te conheço o bastante, mas é o teu semblante... sim, o teu semblante... que denuncia que deixastes alguém especial em Sieghard. Não há chama em teus olhos, Heimerich. Os cavaleiros com quem lutei, esses sim, ao encarar-lhes, faziam-me sentir vergonha de minha frouxa fé. Eram homens dignos, inabaláveis, e tinham o poder de afastar qualquer mal por onde andavam. Sim, cavaleiro, esses eram homens que faziam uma mísera formiga lutar por eles.

Sir Heimerich não respondeu. Apenas refletiu nas palavras do general de Nordward.

— Vê bem, cavaleiro — Duncan continuou. — Amanhã precisaremos de homens para inspirar nossas forças. Braços fortes... esses já os temos, mas na batalha que se aproxima se fazem necessárias também mentes ainda mais fortes que iluminem os caminhos dos soldados. De que vale um cavaleiro sem a chama sagrada da Ordem nos olhos? Reaviva teus votos. Infla seus sentimentos em prol daquilo que te sustenta! Tu não perdeste tua vida, mas morres aos poucos. Deixarás que te entregue à desesperança? A recompensa por quem luta pela Ordem, Heimerich, é a grandiosidade! Sejas grande, cavaleiro! Sejas inspirador! Sejas magnânimo! Sejas a chama que dança com a ventania, mas que nunca se apaga! E então, verás que o que passaste, não é uma mísera fração do que está por vir! Aproveita teus últimos momentos, Heimerich — o general encarou o paladino e deu-lhe alguns tapinhas em suas costas. — O templo está apenas a alguns passos deste banco — concluiu e apontou para uma pequena e rústica construção de pedra, vizinha à praça principal.

O nobre, silenciou-se, por um breve momento, com os olhos em lágrimas, enquanto Duncan retornou a mastigar seu bocado de carne de forma rude. Sir Heimerich havia sido posto em xeque. Na sua cabeça desfilaram, como em um teatro, cenas de sua vida desde a juventude no Domo do Rei, os momentos felizes com Anna e as aspirações de *auroras* de glória que dominavam os anseios de todo jovem cavaleiro. Ao mesmo tempo, desvelaram-se, tenebrosamente, os últimos acontecimentos, a chegada de Linus, a Pestilência Cega e a irreparável perda de sua amada. Só então se deu conta do que Duncan havia percebido: ele já não era um cavaleiro. Era apenas um guerreiro sem alma e sem esperança. Lentamente, com seu rosto já marcado pela úmida trilha lamuriosa, dirigiu-se ao templo, não sabendo se deveria pedir perdão a Destino por sua fé vacilante ou auxílio para recuperá-la.

Enquanto o cavaleiro caminhava em direção à construção sagrada, Duncan não deixou de sorrir com satisfação. Seu intento fora alcançado: recuperar a chama quase extinta que havia na alma do paladino.

XLVI

O poder dos humilhados

— Oque observa tanto em Petrus, magricela? — perguntou Braun, passando o braço por cima dos ombros de Roderick, derrubando, sem querer, com a mão, a caneca do soldado ao seu lado. — Vamos, desembucha! – ordenou, sem se preocupar com as imprecações do nortenho.

— Eu vejo um líder, Braun. Um homem pelo qual vale a pena ser liderado.

O guerreiro, que havia acabado de tomar um gole, se engasgou.

— Vê o quê? Não estou vendo nada além de um verme! Gosto dele, mas não há nada para ver.

— Você vê, amigo, mas não quer admitir. Talvez porque uma *aurora* chegará e ele se tornará mais forte que você – disse, enquanto, no banco à sua frente, Petrus se levantava para ir atrás de Lumi.

— Está louco? — perguntou, em meio a uma gargalhada. — Não está dizendo isso porque ele matou apenas um Libertário arrogante, ou está?

— Veja. Petrus pode não ser tão simpático quanto Formiga, mas... tem carisma. Pode não ser tão sábio quanto Chikára, mas é inteligente. Não possui o poder de Victor, mas tem o dom de apaziguar as feras, quem sabe o que mais. Sua serenidade o iguala à nobreza de Sir Heimerich, com a vantagem de que ele não se sente superior a ninguém. E, embora pouco tempo treinado, já provou seu valor em batalha.

— Ele matou um Libertário apenas, mais por medo do que por coragem. O que você pode ver de valor em um homem desse?

— Ele não queria tirar uma vida, Braun. Petrus teve uma educação religiosa. Ele sabe que vidas vem de Destino e são parte Dele.

— Mais um motivo para fazê-las retornar para de onde vieram.

— Sua cabeça é mais dura que uma rocha. Precisamos respeitar a vida e todo o seu significado. Como em Everard, respeitamos a floresta e suas vontades. Com os homens também deveria ser assim. Ou muito mais. Petrus tem a pureza dos animais dos campos e das aves. Nenhuma fera mata por prazer. Em seu coração não cabe o ódio: ele faz parte deste mundo junto com tudo o que há nele, sem se importar em ser maior ou mais forte. Não importa a força do javali ou a leveza do beija-flor, ambos são parte da mesma natureza. Assim é Petrus, ele respeita isso, e por isto será grande.

— Bah! – Braun resmungou. — Eu respeito a força do javali, o que me importa a leveza do beija-flor?

Roderick passou a mão no rosto, impaciente. Ele não sabia se ria da situação, o que iria arrancar mais risos do guerreiro, ou se o esmurrava.

— Quando Petrus tiver a força do javali, magricela – o kemenita continuou, ignorando as reações do arqueiro —, nessa *aurora* eu o seguirei até ao inferno se preciso.

— É inútil falar com você, Braun – Roderick rebateu, um pouco irritado. — Quando a hora chegar, você, às ordens dele, irá se preciso além do inferno. Eu nasci vendo a natureza. Sou um homem da floresta. O mundo dos homens não é tão diferente. Quando um carvalho nasce, não é só uma vida que aflora. Pense nos milhares de pássaros que se aninham em seus galhos e neles se multiplicam, os insetos que se alimentam de sua seiva e alimentam outras vidas, sua sombra que ameniza os raios do sol sobre as pequenas criaturas. Mas esse gigantesco carvalho, já foi uma tenra plantinha. Só os que compreendem os mistérios da floresta conhecem este milagre. Quem não daria a vida para proteger este pequenino ser? Eu daria.

Por um momento, Braun colocou a mão em seu queixo e coçou sua cicatriz, como se estivesse absorvendo tudo o que o arqueiro disse.

— Você fala como uma moça – disse o kemenita —, mas tem o meu respeito. É digno de um verdadeiro guerreiro. Que o campo de batalha traga o melhor de cada um!

Braun finalmente entendera Roderick.

Não tão afastadas da fogueira e da formação de bancos, mas próximas o bastante para chamar a atenção de alguns olhares, duas silhuetas se distinguiam no lusco-fusco do ambiente em meio a alguns barris de bebida.

— Co... co...co... com licença... – gaguejou uma voz masculina. — Lu... lu... Lumi, não é?

— Sim. Sou eu. O que desejas? – perguntou a irmã de Duncan, fingindo dissimular. Sua voz também era firme como a de Duncan, embora fosse bem mais suave.

— So... so... sou Petrus do Velho Condado – Lumi levantou uma sobrancelha, parecendo não compreender. — Ah... é... claro. Você não conhece o Velho Condado. É uma aldeia de... de... – engasgou-se — camponeses. Fica em Sieghard! — concluiu, com uma lógica aparente.

— Prazer, Petrus do Velho Condado. Tu não me pareces muito seguro. Precisas de uma bebida?

— Não! Que... que... quer dizer. Sim! Com todo prazer!

Lumi, com passos lentos e desenvoltos, foi até um dos barris e retirou uma caneca de madeira, oferecendo-a a Petrus que, quase como um reflexo, levou-a à boca e tomou seu primeiro gole.

— Argh! – sua expressão se contorceu ao sentir um forte teor alcoólico, seu corpo esquentou e seu rosto ruborizou. — O que é isso?

— Hidromel – respondeu Lumi, com um sorriso. — As bebidas aqui em Dernessus devem ser mais fortes que as de Sieghard. Não te preocupes, porém, vais te acostumar rápido.

— Ah... Não irei me preocupar mesmo. Eu me acostumo rápido com as coisas – disse Petrus, tentando fingir força, mas, mal acabou de falar, ele soltou um soluço espontâneo.

Lumi sorriu novamente. Havia algo em seu sorriso que cativava mais e mais o humilde pastor.

— Não são muitos os homens que vêm conversar comigo, bem sabes.

— Na... na... na... não?! – Petrus arregalou seus olhos azuis.

— Não. O que me leva a crer que tu sejas deveras corajoso ou deveras ingênuo.

Petrus não respondeu de imediato. Apenas se silenciou, pensando em uma maneira de retrucar o jogo que Lumi queria jogar.

— Ta... Talvez eu seja ingenuamente corajoso – disse com um ar de sabedoria. — Por isso você não consegue distinguir se eu sou uma ou outra coisa, e olha que sou eu quem está bebendo! – o camponês brincou, sorrindo. Os olhos de Lumi brilhavam com a simplicidade do homem com quem conversava. De repente, uma voz senil ecoou na mente dele. *Adeus, pequena alma.* Era a voz do Oráculo do Norte. Em seguida, Petrus sentiu uma violenta vertigem, como se estivesse caindo de um lugar muito alto. Sem dúvida ainda não havia bebido o bastante para que o efeito fosse tão forte. O camponês perdeu o equilíbrio por completo e caiu para trás. A última imagem que viu antes de tombar, porém, não havia sido Lumi que tentava segurá-lo, mas o rosto de Cam Sur beijando a sua testa.

— Petrus, tu estás bem? — perguntou a jovem moça, desesperada. — Lembra-me de nunca mais te oferecer hidromel!

O camponês se levantou ainda zonzo, batendo as mãos sujas de terra contra suas vestimentas de pele.

— Eu... eu não sei o que aconteceu. Deve ter sido mesmo a bebida.

— Precisas descansar. Partirás com Duncan na próxima aurora. Não podes ir para uma guerra assim — ordenou Lumi, com gentileza, enquanto tirava o restante da terra das roupas de Petrus.

— Você está certa — disse atordoado. — Me desculpe pelo susto.

— Não há o porquê te desculpar, Petrus do Velho Condado — a bela jovem tinha as duas mãos nos braços do pastor e o encarava de forma penetrante. — A única desculpa que irás me dever será se não conseguires voltar são e salvo da batalha. E eu odeio desculpas! Agora vai e faz-me este favor! — a irmã de Duncan parecia brincar, mas falava sério como seu irmão e, de certo modo, parecia também um general. O camponês olhou-a nos olhos com ardor e assentiu com a cabeça antes de se afastar.

Adeus, pequena alma.

As pedras frias do templo abraçavam o espaço sagrado como uma ave que esquentava seus filhotes no ninho, dando conforto e calor para as almas inquietas. Diante do altar da Ordem, outra alma também inquieta jazia ajoelhada há horas, aproveitando-se do conforto e calor espiritual no interior da rústica construção. Já era alta madrugada, as festividades se encerraram, mas o homem ainda apertava com firmeza entre seus dedos machucados o pingente com o símbolo dos Cavaleiros da Ordem — o meio sol nascente entrecortado por duas espadas com o desenho da coroa real sobre o conjunto. De seus olhos, lágrimas escorriam, de sua boca, palavras eram balbuciadas, e de sua garganta fechada, um choro amargo emergia e reverberava nas paredes. Ele orava para todos os deuses da Ordem, em especial para Ieovaris — pois estava ali por causa dele —, pedindo proteção; para Destino, pedia perdão por suas falhas, ao mesmo tempo em que agradecia por estar vivo. Logo que chegara, seu íntimo guardava uma gama de sensações há muito ignoradas: raiva, perda, solidão, demérito. Porém, a força de sua oração, que parecia provir das entranhas de seu coração, cada vez mais, e com mais ânimo, começara a eliminar tudo o que sentia, dando-lhe um novo vigor. Uma intensa paz espiritual tomou conta de sua alma e, inesperadamente, o elevou a um grau de transe nunca antes revelado.

Na porta do templo, Nuha assistia, oculta, ao conflito que Sir Heimerich travava consigo mesmo, e sorriu quando uma aura prateada emergiu do corpo do cavaleiro, tal qual a poeira levantada por uma pesada tábua ao cair no chão de terra, fazendo o fogo das tochas nas paredes vacilar, lutando para manter-se vivo. Os cabelos da sacerdotisa esvoaçaram com o vento que veio como um tapa em seu rosto — um vento quente que trazia uma energia ordeira extremamente poderosa.

Finalmente, o paladino havia encontrado sua verdadeira fé.

E o poder conferido a ele através dela.

XLVII

O paladino branco

A17L1, verão de 477 aU

Ao longe, um insinuar de luz começava a dourar o horizonte prenunciando a alvorada que se aproximava. As aves ainda não haviam deixado seus ninhos, apesar de que, aqui e ali algum pio esparso se ouvia. Os homens estavam prontos para partir. Alguns retardatários eram gentilmente encorajados com gritos pelos sargentos, sempre atentos em cumprir as ordens recebidas a tempo e a hora.

Duncan fora claro na noite anterior: "Quando o sol despontar já estaremos em marcha! Quem não estiver pronto, apenas lamentará não ter lutado entre os mais bravos do norte!" Era imperativo estar no limite entre as ruínas e a floresta antes do escurecer. Para que isso pudesse se concretizar, deveriam marchar pela taiga do norte, sem descanso, durante todo o dia, para só então descansarem protegidos pelas sombras. "Na próxima *aurora*, homens, se Destino nos agraciar com Sua boa vontade, atacaremos na neblina da manhã, o mais sorrateiramente possível".

Esta missão, pensava o general de Nordward, seria talvez a razão da existência do reino do norte. Ela fora adiada por duas centenas de verões e só Destino poderia deflagrá-la. Só Ele sabia a *aurora*. Agora foi dada a ele a honra e a responsabilidade de cumpri-la, não importava a que preço.

— Ainda com sono, herói? – Roderick achegou-se de Petrus, enquanto ele encilhava o cavalo junto a um habitante local. Todo o exército Ordeiro estava reunido na praça onde haviam se reunido para jantar. Alguns com montaria, outros sem, mas todos compartilhando a euforia gerada pelos momentos anteriores à batalha que viria. O lugar parecia um formigueiro. Cerca de mil homens armados estavam ali, também suas mulheres e seus filhos, dando-lhes abraços e beijos, entre choros e as últimas palavras de afeto. — Não precisa me responder, suas olheiras já te denunciaram – constatou com uma breve análise.

— Não consegui dormir o bastante – respondeu o pastor. — Estou com um pressentimento ruim.

Braun, próximo de Petrus, afiava sua espada com uma pedra de amolar ao lado de seu cavalo.

— Bah! Toda *aurora* eu escuto essa mesma conversa mole: "Não consegui dormir por isso, por aquilo..." – o guerreiro disse, sem tirar os olhos da lâmina de seu montante, e em seguida, pigarreou e cuspiu.

Roderick olhou para o kemenita e o ignorou.

— Não se importe com Braun, amigo – o arqueiro aconselhou o camponês. — Esse é o modo gentil dele cuidar de você. Eu aposto que ele faz isso com seus irmãos. Mas, voltando ao assunto, suas preocupações são infundadas. Nós vamos nos sair bem. Não nos saímos até este momento? Eu também não tive bons sonhos. Você está ansioso, é apenas isso.

— Não sei, Roderick.

Formiga, neste momento, chegava às pressas com um saco de maçãs nas costas. Em sua mão, uma delas já havia sido mordida. O alodiano mastigava a fruta com um sorriso estampado.

— Mas que caras são essas? Ânimo, rapazes! Respirem o ar matinal – o ferreiro inspirou com capricho. — Mostrem que vocês não são tão sopa assim. Sejam como o grande e audaz Formiga aqui. Vamos, peguem estas maçãs – ordenou, entregando uma maçã a cada um dos três ali perto. — Agora, com licença, tenho que encilhar meu cavalo para partir. Não queremos nos atrasar, não é mesmo? – concluiu e deixou-os. Apesar de curta, a interrupção de Formiga foi como uma luz quente abraçando o coração gelado dos aventureiros e trazendo-os de volta a uma realidade menos pessimista.

Não muito distante, Victor Dídacus, encostado em seu cavalo, olhava para a floresta longínqua além de Nordward. Seu semblante incansável, seu porte que não se alterava, seu olhar penetrante; toda a movimentação, o turbilhão de emoções que emanava da praça, tudo parecia indiferente para aquele homem que não se deixava ler.

A guerra não era mais que uma necessidade humana. A perda de incontáveis vidas, sua consequência. O homem recebia aquilo que merecia. Porém, Destino recebia todas as almas de braços abertos. O sofrimento por uma alma perdida em Exilium, para Victor, não era nada mais que uma alma ganha e bem-vinda na terra dos deuses.

Ganhar ou perder... só dependia do ponto de vista.

— General — disse o imediato de Duncan ao seu superior, em rígida posição de sentido. — Nossas tropas estão prontas! Armas e mentes unidas em um objetivo: seguir-te para cumprir as determinações de Destino.

Duncan, no centro da praça, montado em um imponente cavalo tordilho ao lado de Nuha, respondeu à continência.

— Atenção, bravos de Nordward! — o general do norte gritou e todos se silenciaram. — É chegada a hora! Os que ainda não conseguiram os colhões para decidir partir, que os achem, eu vos digo, pois não haverá piedade para quem recuar em campo de batalha! Nem da parte dos inimigos, nem da nossa! — o impiedoso nortenho falava com sua costumeira delicadeza. Os peregrinos se assustaram, mas os soldados sorriam satisfeitos como se aquelas palavras os confortassem. Aguardou-se um último adeus e, em seguida, foi ordenado que a marcha se iniciasse. Batedores já haviam sido enviados. Apesar da importância da iniciativa, não houve rufar de tambores ou sons de clarim. Segundo o general, a marcha deveria ser a mais silenciosa possível, pois aquela não era uma guerra aberta, mas uma expedição sutil e sorrateira. Quanto mais secreta, melhor; menos vidas seriam perdidas e as chances de sucesso seriam proporcionalmente maiores.

— Onde está Heimerich? — Petrus perguntou a Formiga.

— Não o vejo desde ontem. Ele não dormiu em nosso cômodo.

— Temos que encontrá-lo — o pastor se preocupou. — Braun?

O guerreiro deu de ombros.

— Faço das palavras de Duncan as minhas. Se ele não achou ainda os colhões para decidir partir, então deve estar procurando. Mas ele virá, não tenha dúvida. Um verdadeiro guerreiro não recua diante de seu compromisso. Lordezinho tem seus defeitos, mas ele sempre demonstrou ser um guerreiro de verdade — discursou e avançou junto com a tropa, deixando os colegas para trás.

Com seus olhos minuciosos de arqueiro, Roderick olhava para a multidão que se dispersava tentando encontrar seu companheiro. Formiga, igualmente, observava os arredores. O camponês, no entanto, nada fazia. Seu nervosismo, aliado ao pressentimento ruim que tivera, beirava o desespero. Para ele, o pior já poderia ter acontecido.

— Esperem! Duncan! – o exército se distanciava quando Petrus, não suportando a ausência de Sir Heimerich, gritou. O general se virou com o brado às suas costas e, com um aceno, interrompeu o passo dos homens. — Está faltando um siegardo entre nós! – a voz do pastor ecoou.

A advertência do pastor se tornou, neste instante, providencial. No que todos se voltaram, ouviram o som de cascos se aproximando; ritmado, como numa marcha trotada. Por detrás do templo, uma majestosa figura branca surgira. Montada em um robusto cavalo da cor da neve, ela trazia o símbolo da Ordem em seu peito, rubro como o céu daquela manhã, sob uma completa armadura de couro típica nortenha – rústica, mas esplendorosa. Cavalo e cavaleiro emanavam uma aura prateada, como se fossem um só corpo. Com o elmo de aço em seus braços, Sir Heimerich, sobre o dorso de Feibush, cortou passagem por entre os soldados e, à medida que avançava, o brilho dos seus olhos fazia-os curvarem a cabeça e ajoelharem-se, tamanho o respeito que impunha. Vendo-o assim, Duncan sentiu um misto de segurança e orgulho. Orgulho por ter sido ele a estimular o renascimento de um bravo ao chamar a atenção para sua fraqueza. Sabia que aquela alma indômita não estava morta, apenas uma perda imensa a havia embotado. Seu brilho não se apagara, só fora ofuscado por uma dor titânica. Nuha também sentira uma forte sensação de harmonia e não pôde deixar de se emocionar.

— Contemplai! – gritou Duncan aos soldados quando Sir Heimerich finalmente postou-se ao seu lado. — Contemplai aquele que se torna o homem mais temido no campo de batalha! Cuja fé inabalável nos guiará até mesmo no vale da sombra da morte! Contemplai, homens, um verdadeiro Cavaleiro da Ordem!

Um a um, os soldados se ajoelharam, prestando suas honras a Sir Heimerich.

Braun foi um deles.

XLVIII
Um doce-amargo prelúdio

Em silêncio, os homens avançaram pelo território Ordeiro. À frente, veteranos a cavalo eram liderados por Duncan, Sir Heimerich e Nuha — seguidos pela infantaria. Fechando o cortejo junto aos seus guardas, os víveres e armas de reserva. Em meio aos soldados, os peregrinos se portavam de acordo com suas naturezas: Braun puxava conversa com todos, não escondendo a excitação ante a batalha que se aproximava; Formiga, entre uma maçã e outra, contava piadas e conferia as cordas e os mecanismos que levava consigo; Roderick entoava algumas canções da sua terra, sempre sobre grandes caçadas em um ritmo de marcha, ao mesmo tempo em que aprendia outras de origem dernessa; Victor, solitário, fitava à frente, evitando olhar para as pessoas em volta; Petrus parecia alheio a tudo, nem seus pressentimentos, nem a proximidade da batalha poderiam tirá-lo de seu transe — sua cabeça estava povoada por uma certa jovem nortenha que insistia em se posicionar em todos seus pensamentos.

Ele nunca sentira aquilo.

Era como se estivesse tomado por um sentimento de liberdade, de completitude. Uma lacuna em sua vida fora preenchida e, agora, sentia-se uma pessoa especial, pronta a grandes feitos. Aqueles olhos iluminavam seus caminhos, nada poderia amedrontá-lo.

— Vejo que nosso herói anda com a cabeça nas estrelas — disse Roderick a Formiga, baixinho. — E sei qual a que mais brilha em sua constelação — ele deu uma piscadela para o ferreiro, que assentiu com a cabeça.

— Sim. Também percebi como se olhavam na última noite. Vai ser bom para ele. Tão jovem e tantas provas passadas em sua vida. A aparente fraqueza da mulher quando se liga a um homem por sinceros laços de amor adquire uma força irresistível. A ser verdade o que vemos, teremos um novo Petrus daqui para frente.

As palavras de Formiga impressionaram Roderick, ao mesmo tempo em que deu uma pontada no peito.

— Vejo que conhece bem esse sentimento, Formiga. Já houve uma companheira em sua vida?

— Ah... – o alodiano olhou para o céu e soltou um longo suspiro. — Eurwen, meu ouro abençoado, ainda acordo sorrindo quando sonho com ela. Nas atuais *auroras*, repousa no ombro direito de Ieovaris junto ao meu filho, que nunca chegou a ver a luz do sol – os olhos de Formiga marejaram.

— Sinto muito.

O ferreiro enxugou seu rosto com o pano da manga de suas vestes.

— Não sinta, Roderick. Tenho certeza de que ela está olhando por nós em Pairidaeza. Por isso creio que a vitória será nossa!

A tensão dos primeiros momentos da marcha foi se esvaindo à medida que o dia corria. O gorjear das aves e o murmúrio dos riachos serpenteando entre os pinheiros funcionava como um relaxante para o milhar de homens que marchavam em silêncio rumo a um porvir desconhecido. Com a passagem do exército do norte nas proximidades das fazendas, mais e mais braços acabaram se unindo às forças da Ordem.

Forças da Ordem, pensou Sir Heimerich. *Nunca pensei que iria usar esta palavra novamente.* Em certo momento da excursão, o paladino olhou para trás e viu homens esperançosos. Ao contrário de Alódia, esses não precisavam de um discurso como o de Sir Fearghal para estimulá-los a lutar. O nobre sentia a energia vibrante que emanava da tropa, como se todos os corações batessem juntos. *Duncan fez um ótimo trabalho no norte. Quem dera os siegardos tivessem o mesmo entusiasmo.* Ali, atrás dele, estava um verdadeiro bastião. Homens fortes para os quais pouco importavam as chances de retornarem para suas casas. Iriam morrer pela Ordem, era isso o que mais importava. Estavam unidos sob um único objetivo. Um único norte. Mesmo em pequeno número, eram, talvez, a força mais impenetrável que o cavaleiro havia visto em toda sua carreira militar.

Os últimos raios de sol já rareavam quando Duncan levantou a mão direita em sinal de alto e todos se quedaram calados. Em voz baixa, o general do norte disse aos seus auxiliares que já estavam na Terra-de-Ninguém*. Neste ponto qualquer coisa podia acontecer, principalmente agora. Durante quase toda a existência de Nordward, esta região fora palco de inumeráveis conflitos, com os Libertários tentando ampliar seu território e encontrando a resistência dos Ordeiros, cientes da importância daquela espécie de amortecedor entre duas forças tão antagônicas.

Porém, desta vez, o jogo havia se invertido.

Com a chegada das forças de Duncan neste ponto, a meta fora cumprida. Restava saber dos batedores o que os aguardava a seguir para planejar onde acampar e aguardar a hora do ataque à fortaleza do farol e a intrusão nas entranhas das ruínas do castelo. Não demorou muito tempo para que algumas figuras furtivas se aproximassem do general. Este se assustou, pois ninguém percebera sua chegada, afinal, essa era a natureza do seu trabalho: eram batedores.

— Bravo, Nahuel! Tu e teus homens continuais silenciosos como uma serpente e perigosos como o leopardo das neves. Que informe me trazes?

— General – o chefe dos batedores assumiu uma postura militar —, a poucas milhas daqui encontramos um local perfeito para passar a noite, protegido dos ventos do norte e de fácil defesa em caso de alguma surpresa; acho, no entanto, que não corremos esse perigo. A área está completamente limpa de inimigos e os poucos espiões dos Libertários que avistamos... – Nahuel sorriu com o canto da boca — estão dormindo o sono eterno. Alguma movimentação foi vista muito a oeste, sem perigo de sermos detectados ou flanqueados.

— Do ponto de descanso até o campo aberto, e depois até o objetivo, dá quantas milhas? – Braun perguntou de forma crua. Nas últimas horas ele acompanhava o general lado a lado.

Nahuel olhou para Duncan como que perguntando se poderia dar esta informação.

— Vai em frente – disse o general. — Somos uma força só.

— Aproximadamente oito milhas no total – respondeu Nahuel. — Três até o campo aberto, depois duas até as ruínas, e mais três até o sopé da fortaleza.

---

* Terra-de-Ninguém, nome dado a uma faixa de quatro milhas reais compreendida entre o fim do território Ordeiro e a borda noroeste da floresta de Dernessus.

— Perfeito! — Duncan pareceu satisfeito. — Ao amanhecer, vamos separar quem vai atacar o farol e quem vai entrar nas ruínas do castelo. Sigamos até o ponto de descanso e, enquanto os homens preparam o acampamento, faremos um conselho de guerra para definir uma estratégia final. Avante! — comandou e, a seguir, dirigiu-se a seus ajudantes de ordem. — A partir deste ponto quero silêncio absoluto ou arrancarei pessoalmente pelo rabo a língua do primeiro tagarela que fizer o menor ruído.

XLIX
O plano de guerra

Na escuridão da noite de verão nortenha, Petrus tentava dormir em sua tenda. Assim como dissera o chefe dos batedores, o território estava fora de perigo. Entretanto, para evitar riscos, nenhuma fogueira fora acesa. Nenhuma luz de tocha iria emanar e, por sorte, também não haveria lua para denunciá-los. A *aurora* havia sido exaustiva e ele iria adormecer rápido. Porém, não era isso que acontecia. Sua mente estava envolta em muitos sentimentos, todos com relação a Cam Sur.

Já se haviam passado muitas *auroras* desde seu encontro com o Oráculo no Pico das Tormentas e Petrus ainda não havia se lembrado da sua pergunta, mesmo da resposta. Foi a partir de então que ele começou a ter muitas visões relacionadas ao Oráculo, com o rosto de Am'c Rus aparecendo em todas elas. O que realmente queriam mostrar? Existia alguma relação com a fatídica pergunta e resposta da qual todos ansiavam em obter? O teatro de sombras em sua infância; sua sede incontrolável que só seria saciada por um copo de água na mão de uma figura majestosa no qual ele nunca alcançaria; o beijo, a vertigem e sua vergonhosa queda na frente de Lumi.

Enquanto o camponês pensava na problemática em que se encontrava sua mente, seu corpo aos poucos foi adormecendo e seus pensamentos o levaram a momentos antes, talvez seus últimos, onde se reunira com seus fiéis amigos de caminhada.

— Muito bem, senhores — Duncan falava baixo em sua tenda, uma barraca grande localizada no centro do acampamento Ordeiro. — A próxima *aurora* será decisiva para nós. Vamos trabalhar com duas frentes. Eu comandarei a que vai para o farol. Quem de vós irá comigo?

— Eu! – Braun não titubeou e bateu forte na mesa com seu punho, seguido por olhares imediatos de reprovação. — Desculpe-me. O que quero dizer é que, se existe alguém aqui pronto para matar alguns Libertários, esse sou eu!

— Eu brandirei minha espada contigo, Duncan – disse Sir Heimerich. — Em nome da invencível Ordem!

O resto do grupo ficou em silêncio.

— Nuha – Duncan chamou a atenção da sacerdotisa.

— Eu comandarei a outra frente. Se os doze cavaleiros de Dernessus estiverem realmente nas ruínas do castelo, conforme citam os tomos antigos, eu estarei lá para comprovar. Além de que, se eles sobreviveram de alguma forma, é bem provável que aquele local esteja repleto de embustes mágicos.

O general assentiu e esperou que mais alguém se manifestasse.

— Eu tenho opção? – o pastor perguntou com humildade.

Braun deu um tapa amigável nas costas de Petrus, que se acanhou.

— Gostaria que estivesse comigo, companheiro. Mas dessa vez, trilharemos caminhos separados. Não importam as opções, você faria um árduo trabalho de qualquer forma. O magricela aqui vai com você, não precisamos nem perguntar, não é mesmo?

Roderick acenou com a cabeça, concordando.

— Eu vou com Petrus também – Formiga comentou. — Não sou muito apto para uma forte batalha como Braun e Heimerich... e Duncan, lógico.

— Queixo-de-quiabo? – Braun chamou Victor.

O arcanista tinha os cotovelos improvisados sobre a mesa de guerra improvisada, e seu queixo apoiado sobre suas mãos.

— Seguirei Nuha, mas não entrarei nas ruínas – disse. — Ficarei de guarda do lado de fora. Até posso me juntar a Duncan posteriormente, se eu achar de bom grado.

— Quantos homens pensa em levar consigo, Duncan? – Roderick perguntou.

— Deixarei uma escolta de dez homens com vós. O resto do exército irá comigo.

— Mas... – o arqueiro se assustou com o diminuto número.

— Nós devemos chamar atenção, vós não – explicou o general, interrompendo o arqueiro. — O objetivo é atrair o máximo de sentinelas para o farol. Nós avançaremos primeiro. Vós precisareis esperar para agir. Só vós sabereis o momento exato de vos infiltrar.

— E quanto ao Invocador? — Nuha olhou para Duncan, que retribuiu o olhar. Um silêncio súbito se fez, como se a questão fosse intocável.

— Nunca se sabe onde ele vai aparecer. Ninguém gostaria de cruzar seu caminho. Aos que o encontrarem, que Destino possa nos iluminar — Duncan respondeu.

— O que é o Invocador? — Petrus perguntou.

— O Invocador é uma das sentinelas que compõem as forças de guarda dos Libertários — a sacerdotisa tratou de explicar. — Trata-se de um mago poderoso, capaz de chamar criaturas para lutar ao seu lado. Serpentes, abelhas, morcegos. Centenas deles. Ele costuma caminhar próximo destas criaturas. Sem elas, é um homem comum, frágil e indefeso.

— Como ele consegue? — o pastor pareceu interessado, já que ele possuía habilidade semelhante. — Nunca conheci alguém que pudesse fazer isso.

Nuha olhou desconfiada para Petrus, como se soubesse a real natureza de seu ser. Por um momento, o camponês pareceu desvelado.

— Tu estás correto, Petrus — a sacerdotisa pareceu desconversar. — O único que possuía tal dom já não faz parte de Exilium. A sentinela em questão usa um tipo de encantamento de natureza caótica não catalogada. E como todo encantamento, são necessárias pedras ativadas. Ele pode possuir um cajado incrustado, ou um anel, ou um colar, com tais pedras.

— Então, para tirar seu poder, bastar destruir uma única pedra para quebrar o encantamento... — Roderick refletiu.

— Vós aprendeis rápido.

— Não parece tão difícil — Formiga comentou.

Duncan riu, mas gargalharia, se não estivessem tão próximos de território inimigo, e, em seguida se levantou e encarou o ferreiro, curvando-se com as mãos sobre a mesa.

— Só um tolo acharia isso, pequeno homem. Não sabeis com quem está lidando. Seus poderes... Ninguém conhece seu limite ao certo. Dos que conheceram, nenhum voltou para contar a história. Se o mago se sentir acuado, não tenho ideia do que ele pode invocar. Digo-te, porém, que temos uma série de hipóteses, visto que não vimos seu real alcance. Lobos... Hemikuons... Trolls. O certo é que não verás a luz da próxima *aurora* se sobreviver aos seus primeiros ataques. No entanto, tu não deverás pagar para ver: deves destruir o objeto encantado de sua posse antes que isso aconteça e vires mais um dentre todos os esqueletos que jazem naquela funesta neve.

Após a fala do general, o clima pesou entre os que estavam na tenda. Sir Heimerich olhou para Duncan, que retribuiu o olhar. Nuha, Petrus, Formiga e Roderick também se entreolharam com um semblante de preocupação e medo.

— E quanto ao farol? Como pretende impedir de que seja aceso? — Roderick questionou o general. — Não seria conveniente enviar alguns arqueiros à frente a fim de evitar que isso aconteça?

— Achais mesmo que já não pensei nisso? — Duncan riu zombeteiro. — Simples homem, o que tu não pensaste foi: como nós pretendemos resistir na fortaleza a fim de que o farol não seja aceso.

Roderick engoliu em seco. Contudo, não se envergonhou e o enfrentou.

— Como? — perguntou, de queixo erguido.

— Com a eficiência do teu grupo — disse apontando o dedo em riste. — Se teu grupo tomar muito tempo para fazer o que Nuha pretende, seremos derrotados e o farol será aceso. E então, com a vinda em massa das forças de Dror, toda Nordward perecerá.

L
Por uma fagulha

A18L1, Verão de 477 aU

— Que a Ordem vos guie, companheiros! — essas foram as últimas palavras ditas por Duncan para o grupo que penetraria nas ruínas do castelo, depois de caminhar três milhas do acampamento até o campo aberto na escuridão da madrugada. Também Braun e Sir Heimerich se despediram com conselhos e abraços. Naquele fatídico instante, todas as diferenças foram postas abaixo. Roderick abraçou o guerreiro como se fosse um irmão. O paladino retirou seu cordão com o pingente do símbolo dos Cavaleiros da Ordem e presenteou Petrus, que agradeceu e se emocionou. "Para um grande guerreiro", disse, colocando a mão em seu ombro com um olhar fraterno. Formiga cobrou juízo de Braun e Sir Heimerich, como se fosse um pai para com seus filhos. Apesar do seu esforço em sorrir, sabia que este momento poderia ser o último entre eles, e, após a despedida, não foi difícil conter a lágrima que insistia em crescer e pesar em seus olhos.

As ordens de Duncan foram precisas e todos sabiam exatamente o que fazer. A Nahuel e seus comandados caberia seguir à frente do grupo, silenciar as sentinelas do portão de acesso ao forte do farol, que era aberto pouco antes do amanhecer, e impedir que ele fosse fechado. Ao mesmo tempo, os besteiros seguiriam rumo à torre para impedir que o fogo da pira fosse aceso. À frente dos besteiros, seguia Yildirim, o mais formidável besteiro do norte, capaz de "cortar o pescoço de um ganso em voo", diziam os soldados.

De acordo com os planos, a ação deveria ser bem coordenada: a distância entre o grupo de Nahuel e o de Duncan deveria ser tal que não permitisse que o chefe dos batedores ficasse isolado, nem que o grupo do general fosse descoberto antes dos guardas da fortaleza serem silenciados. Em outras palavras, se a vanguarda com poucos números se adiantasse muito, seria suplantada pela quantidade de guardas, que fecharia o portão e os colocaria em uma armadilha mortal. Por outro lado, se Duncan e os seus fossem percebidos, os portões não seriam abertos.

As primeiras duas milhas foram vencidas em cerca de meia hora. O silêncio era opressivo e a névoa densa formava figuras fantasmagóricas conforme o vento movia as partículas de água. O frio da manhã junto à adrenalina que circulava nas veias dos homens, punha a prova o mais valente. Nahuel confiava no aço que seus companheiros foram forjados, os besteiros protegiam os cordames das bestas da umidade com capas de couro, pois se estivessem com elas molhadas valeriam menos que um estilingue nas mãos de uma criança.

Ao atingir a primeira linha de blocos de pedras esparsas que indicavam o início das ruínas, os ouvidos treinados de Nahuel perceberam os ruídos do grupo de combate de Duncan, praticamente inaudíveis para um homem comum, reforçados pela neve fofa que os abafava ainda mais. O general o seguia de perto, porém numa distância segura e conforme os planos. A partir deste ponto, os batedores teriam que eliminar qualquer ameaça à segurança da missão e garantir a chegada do exército ao objetivo sem ser notado.

Liderando o grosso das tropas, na posição mais recuada, a terceira e última frente, Braun e Sir Heimerich aguardavam o momento de agir. A eles caberia o ataque final para neutralizar por completo a guarnição do forte e resistir ao contra-ataque dos demais Libertários, que sem dúvidas convergiriam para o local, dando tempo para que o grupo de Nuha cumprisse sua missão nas profundezas do castelo.

— Heimerich, ainda nesta *aurora*, combaterei ombro a ombro com um verdadeiro Cavaleiro da Ordem – Braun se dirigiu ao paladino de maneira grave e respeitosa, como nunca havia feito antes, pois sentia a importância do momento e o volume de responsabilidade que Destino tinha posto em suas costas. — Sou um simples guerreiro, porém, herdei de meus antepassados e, principalmente de meu pai, Bahadur, o sentido de honra e dever. Minha lealdade à Ordem já foi provada e tenho certeza que unindo nossas forças, nenhum inimigo conseguirá nos sobrepujar.

— Braun – disse Sir Heimerich, notando a mudança no comportamento do sevanês —, nossas rusgas passadas foram mais fruto de nossos espíritos indômitos do que qualquer mácula que um pudesse ver no outro. Minha origem nobre fez de mim um cavaleiro e me honrou com o primeiro posto na batalha. Ela me deu privilégios, mas exigiu compromissos e deveres. Admiro, no entanto, você, nascido um simples homem do povo, por seus méritos guerreiros e sua honra, ter obtido o direito de estar ao meu lado liderando esta missão que nos foi dada por Destino. Combaterei certo de que tenho ao meu lado um igual.

— Esteja certo de que estarei à altura. E, aos diabos com os Libertários! – declarou à baixa voz, com um sorriso feroz.

Ocultos pela neblina, Petrus, Nuha, Roderick e Formiga encontravam-se na entrada do campo aberto, acompanhados por uma pequena guarda de dez soldados escolhidos por suas habilidades de combate e coragem. Afastado e quase fora de visão dos outros, Victor Dídacus se fechava em seu mundo mental. Embora parecesse deslocado, ele também aguardava o momento em que o som da batalha no farol indicasse o momento de avançarem.

— Fico me perguntando se nestes porões gelados que vamos penetrar, não teriam umas despensas reais com delícias congeladas todos estes *verões*. Seria interessante provar o que os reis destas eras distantes degustavam. Quem sabe um vinho divino? – Formiga demonstrava ansiedade.

— Apesar de ter melhorado, sua cabeça continua no estômago, senhor Formiga – disse Roderick, zombeteiro. — Mais um pouco e seu corselete não caberia em você.

Assim como o ferreiro, Petrus, Roderick e Nuha vestiam armaduras leves de couro reforçado, que os protegiam principalmente de cortes, porém sem atrapalhar seus movimentos. Victor havia rejeitado as vestimentas de proteção.

— Lembre-se do Pico das Tormentas – Petrus advertiu, sem olhar para o colega. — Não queria te ver virar guloseima de troll.

— Dessa vez eu não serei o vilão, Petrus – o ferreiro disse confiante, relembrando da visão que teve quando suas forças se esvaíam no Topo do Mundo. — Dessa vez... eu serei o herói.

Mais três milhas haviam se passado e durante este trajeto, Nahuel e seus liderados degolaram ao menos três dezenas de Libertários, e estriparam metade desse número sem levantar alerta. Os que por ventura se encontravam fora de seu alcance, eram executados silenciosamente por Yildirim e seus homens, atingidos na cabeça como um raio que não denuncia sua chegada. Um punhado de homens se responsabilizava por enterrar o mais rápido possível, não deixando nenhum para trás. Atrás da primeira frente, Duncan avançava conforme os batedores e besteiros asseguravam o caminho na densa névoa.

Sir Heimerich, ao lado de Braun, orava aos deuses da Ordem, pedindo suas bênçãos. Ele sabia que a hora da batalha estava chegando, e que o equilíbrio de Exilium dependia do sucesso da missão. O general de Nordward havia sido claro duas noites antes: "Não há nenhum lugar para fugir agora, cavaleiro. Se não venceres, morrerás sozinho em uma terra distante". A ideia de morrer sozinho e distante de sua Sieghard era amedrontadora, no entanto, o confortava saber que não lutaria sozinho. Sentia que em seu âmago, uma força poderosa estava para nascer, uma força que só poderia provir dos deuses.

O kemenita, por sua vez, tinha suas veias pulsando à flor da pele. Não escondendo a tensão, parecia que toda sua fúria estava acumulada e voltada para apenas um propósito: aniquilar seus inimigos. A imagem de sua esposa, Tara, e seus filhos povoavam o pensamento do guerreiro. Pela primeira vez, a lembrança de sua terra superou sua ânsia de lutar. *Não deixarei que tudo isto acabe, miseráveis! Vocês irão sofrer na lâmina de meu montante!*, pensava, e curiosamente, uma simples figura também acabou sendo incluída em sua família, mesmo que tímida: *Petrus*. Imediatamente lembrou-se das palavras proféticas de Roderick: "Quando a hora chegar, você, às ordens dele, irá se preciso além do inferno. [...] Esse gigantesco carvalho, já foi uma tenra plantinha. Só os que compreendem os mistérios da floresta conhecem este milagre. Quem não daria a vida para proteger este pequenino ser? Eu daria".

— Braun, olhe para cima — Sir Heimerich alertou o guerreiro, entrecortando seu pensamento.

— Dragões me chamusquem! — Braun se impressionou. Por entre os vãos das nuvens baixas, uma grande construção cilíndrica de pedra imperava no céu avermelhado a poucas milhas da tropa. A porção inferior era impossível de se visualizar à distância, pois estava encoberta pela neblina. O topo da edificação, entretanto, terminava em ameias, e no centro, havia uma pira pronta a ser acesa a qualquer momento. Era uma visão assustadora saber que o destino de Nordward dependia de uma faísca.

— Certamente há guardas lá. Que Destino nos guie e nos deixe livres do infortúnio de sermos avistados — concluiu o nobre, levando sua mão à testa e perfazendo o sinal dos Cavaleiros da Ordem.

Até então, não havia nenhuma pista do Invocador.

Exceto Dídacus, o pequeno grupo de Nuha sentia os efeitos da exasperante calmaria. Com a boca seca e os batimentos cardíacos acelerados, eles esperavam que o som da batalha atraísse os Libertários das ruínas, deixando o caminho livre para sua incursão.

O tempo corria com a lentidão de uma seiva descendo pelo tronco de uma árvore. Até o canto das aves fluía mais monótono e somente Formiga parecia guardar um resquício de humor, ainda que forçado. Ele, que substituíra seu cinto de utilidades por uma misteriosa bolsa de pano, trazia agora em sua mão um machado curto com lâmina de duas faces e a vara de bambu do Victor às costas, cedida pelo arcanista ao ser requisitado pelo ferreiro esta manhã.

— Seria mais fácil esperar pelo dragão de barba negra! — desabafou o ferreiro. — Minhas costas doem. Mais um pouco aqui e crio raízes.

— Calma, amigo, nossa hora chegará — disse Petrus. Mal pronunciara tais palavras, ele e os demais ouviram um soar de trombeta e um alarido distante vindo da torre do farol.

De seu esconderijo, com o sangue gelando em suas veias, os aventureiros viram dezenas de guerreiros surgirem das ruínas como fantasmas. Até este momento não tinham percebido a presença desta temível força que os teria aniquilado se tivessem tentado uma invasão direta, assim como Duncan previra.

— O ataque começou — disse Nuha. — Vamos aguardar um pouco mais e seguir para o castelo. Que Destino esteja conosco.

— Que Destino esteja conosco! — repetiu Roderick, seguido pelos demais.

Momentos antes, a menos de meia milha do farol, Yildirim sorrateiramente posicionou seus homens no teto de algumas ruínas de casas mais próximas — as que pareciam mais intactas. Outros besteiros subiram em muros e pedaços do que era antes, talvez, um templo. Nahuel, por terra, apenas esperava o momento de o portão abrir. Os instantes passavam como o bater de um martelo ressoando no ferro da bigorna ao produzir a lâmina perfeita. Apesar do clima frio, gotas de suor escorriam pelo pescoço e costas dos que estavam ali. Uma vez que o ataque começasse, não haveria mais volta.

De súbito, acima das cabeças, o grasnido de uma ave de rapina chamou a atenção dos combatentes. Uma águia de penugem negra atravessou o espaço entre as tropas Ordeiras e o farol com um voo lento, mostrando toda sua envergadura. O sol, que já havia despontado acima da névoa, refletia em seu bico. Sir Heimerich fitou a aparição por um breve instante, o bastante para a imagem se fixar em sua mente e ele perceber que aquilo não poderia ser uma coincidência: aquela era a mesma águia estampada no brasão de Cledyff I, o rei siegardo que atravessou o Egitse e fundou a Ordem em Dernessus.

E então, o portão se abriu.

Yildirim e seus homens, com olhos treinados, trataram logo de eliminar os primeiros Libertários com setas eficazmente arremetidas na testa das duas sentinelas que executavam sua função. Sem esperar reação por parte do inimigo, o grupo de Nahuel, próximo à entrada e oculto nas ruínas e pela névoa, aproveitou a chance para tomar o portão e atacar a guarnição que se postava ali. Já não havia necessidade de silêncio, só letalidade, e nisto, eles eram os melhores. O próximo Libertário, ainda inerte e confuso pela pavorosa aparição das forças Ordeiras, recebeu um golpe veloz de adaga na garganta, que foi seguido por um horripilante gorgolejo e uma golfada de sangue que tingiu de vermelho seu corselete.

— Hogel, cuidado! — gritou Nahuel ao seu liderado.

Um guarda gigantesco avançou com um machado de execução e desferiu um golpe capaz de cortar um touro ao meio; apesar de forte, a força na batalha não era tudo: a agilidade de Hogel falou mais alto. Com um pulo capaz de impressionar um leopardo, ele passou por entre as pernas do gigante ao mesmo tempo em que sua recurva adaga seccionava os vasos femorais e os tendões do inimigo, liquidando o que poderia ser um formidável adversário.

Do lado de fora dos portões, sobre o teto de uma casa em ruínas, a visão arguta de Yildirim percebeu um vulto se aproximando da pira no alto da torre. Sua besta já estava pronta. Ouviu-se um baque e um sibilo. O curto e reforçado dardo partiu como um mensageiro da morte e se cravou na têmpora da pobre criatura que foi se encontrar com seus antepassados — tendo, sem dúvida, uma surpresa ao vê-los, pois não percebeu que já tinha deixado esta vida.

— Avante, soldados! — bradou Duncan, aproveitando a deixa. — Vamos varrer esta torre! Pela Ordem, por Nordward e por nossas famílias! — um forte rugido de guerra reverberou nas muralhas já destroçadas pelo tempo. Há muito, aquelas pedras não vibravam com um clamor tão forte. Os soldados do general avançaram de ímpeto e se dirigiram à entrada da fortaleza como lobos perseguindo sua presa. — Venham malditos! — exclamou, finalmente, e entrou nos portões ao estrondo forte e metálico de aço contra aço e gritos de agonia.

Enquanto o embate ocorria próximo aos portões, Braun e Sir Heimerich continham o ânimo do grosso das tropas. Duncan havia chegado com fúria, mas eles eram os donos da verdadeira surpresa. Apesar de segurar a estratégia como planejado, o guerreiro parecia impaciente ao lado do cavaleiro. De repente, do alto do adarve da fortaleza, ouviu-se o som de uma trombeta.

O alarme havia sido entoado.

Apesar de significar mais luta para os que atacavam o farol, tal ação já era esperada e planejada. O aviso da trombeta atrairia o restante das tropas escondidas nas ruínas e daria a chance para o grupo de Nuha seguir seu caminho sem muitos problemas. Yildirim, calmamente, esperou que o corneteiro soasse o instrumento com toda a força, então o abateu como um pombo em um tiro que trespassou seu peito. O efeito do alarme, porém, não se fez esperar: das ruínas, por todos os lados, como um enxame, afluíram Libertários em direção ao farol. Estavam em grande número, porém dispersos e sem entender o que estava ocorrendo.

— Temos que ir, Heimerich! Essa é a nossa hora! — comandou o guerreiro.

— Paciência, Braun. A hora da colheita virá. Como toda plantação, há um momento certo de ceifá-la. Vamos deixar eles se concentrarem no farol, e então os pegaremos pelas costas — aconselhou o nobre.

Apesar da recomendação do paladino, após alguns instantes, o guerreiro se irritou.

— Eu não vim até aqui para ficar só olhando — disparou e avançou, ignorando Sir Heimerich. O nobre, em um impulso violento, puxou suas vestes de maneira brusca, trazendo-o com força para trás. Tal atitude seria rechaçada com fúria por Braun, se ela não o tivesse feito escapar do primeiro ataque de uma série de golpes furiosos e inesperados de um inimigo que jazia oculto. — Mas, que raios!

Apercebendo-se de seu descuido, imediatamente, Braun recuperou seu equilíbrio e ergueu o montante, que aparou o movimento fendente de uma espada longa e recurva em busca de seu pescoço e que, por uma fração de tempo, não logrou seu intento. Como num reflexo, em seguida, o guerreiro curvou o corpo e imprimiu um movimento giratório horizontal em sua lâmina, dividindo o desafortunado oponente na linha da cintura. Assim que aniquilou o inimigo, Braun olhou para Sir Heimerich, em agradecimento, porém ainda assustado.

— Não podia ter se saído melhor — elogiou o cavaleiro.

— Ainda direi aos meus netos, em volta de uma fogueira, que a parte inferior deste maldito deu três passos antes de desabar.

— Terei a honra de entrar nesta história?

— Talvez.

E aquela foi a última fala do kemenita antes de avistarem uma massa negra se aproximando do local que guardavam.

A milhas de Braun e Sir Heimerich, Nuha avançava com cautela, mas a ritmo acelerado. De tempos em tempos, escondidos entre paredes, paravam para respirar. A pedidos, a sacerdotisa havia deixado sua guarda seguir avante a fim de impedir o ataque de algum inimigo remanescente. Roderick, com seus passos de pluma e agilidade sem igual, ajudava os soldados de Duncan, guiando-os entre as ruínas e escolhendo o melhor caminho para atravessarem. Formiga, como de habitual, havia ficado para trás, ofegante. Victor, sem questionar, pegou-o pelo ombro, com o intuito de não atrasar a comitiva. Mesmo bem menor que Braun, o arcanista não mostrou dificuldades em carregar o ferreiro, como se sua força não fosse proveniente de seus músculos, mas de algo além.

Próximo a uma vasta área descampada, Roderick mandou os homens interromperem o avanço. Logo depois dos escombros de um alto muro, um grupo de seis Libertários havia se reunido em círculo para, talvez, elaborarem um plano de ataque ao farol. Caberia à Nuha decidir se atacariam ou esperariam a retirada dos inimigos. Neste ínterim, recostado em uma parede, Petrus, com os olhos vidrados, esfregava seu polegar no pingente do símbolo dos Cavaleiros da Ordem. Para Victor, sua expressão e seu espírito demonstravam um sentimento presente em muitos jovens iniciando sua carreira militar: insegurança. Secretamente, o arcanista abordou o camponês com o intuito de acalmar sua alma. Por debaixo de suas pesadas vestes, ele segurava uma espada de cabo longo.

— Pegue-a e use-a, pastor. Este é o seu destino – Dídacus ordenou, tirando Petrus de seus anseios catastróficos.

— O que é? – ele se assustou, não reparando que o arcanista lhe entregava a arma.

— Uma lembrança de minhas andanças pela floresta enquanto dormiam esta noite, esquecida pelo calor do momento.

Petrus encarou o arcanista e seu olhar firme levou-o a obedecer sem questionamentos.

— É como segurar um saco de lã – o peso do objeto chamou sua atenção, sendo muito mais leve que a arma que ele mantinha na cintura.

— Não poderia discordar. Muito embora para você, homem do campo, um saco de lã possa valer algumas moedas, eu digo que é como segurar algo muito mais valioso que isso. Os maiores guerreiros não são reconhecidos pelas suas espadas, mas pela mão de bravura e coragem que as seguram. Se esta espada te der metade da coragem de um grande guerreiro, minha função em Exilium estará concluída – concluiu e se recolheu para o grupo dos soldados nortenhos, deixando Petrus ainda sem entender a atitude do companheiro. Teria Victor deixado sua frieza de lado, afinal? Ele que, sem medir esforços, carregou Formiga em seus ombros, agora incentivava o homem mais simples do grupo? E por que razão?

Na vanguarda, Roderick e os soldados, já aflitos, ainda aguardavam a retirada dos Libertários que pareciam não querer ceder sua posição. O tempo passava e a tropa ordeira que batalhava no farol não poderia esperar. Com um aceno, Nuha comandou a execução dos seis que estavam ali. Se a iniciativa desse errado, eles poderiam ser descobertos e a missão fracassaria.

Era uma decisão de vida ou morte.

Mostrando enfim seus poderes, Nuha, com um movimento simples de mão, que em nada lembrava os complexos ritos de Chikára, conduziu parte da névoa concentrada para o local da abordagem, de maneira tão natural que não despertaria suspeitas nem a um iniciado dos estudos de Alteração – se caso houvesse algum ali. Aproveitando a oportunidade, Roderick e mais cinco soldados se deitaram na neve e se arrastaram em direção ao grupo inimigo. Fora combinado previamente que cada um daria conta de um homem. A aproximação aconteceu sorrateira, e, ao sinal de Roderick, os Ordeiros se levantaram, aniquilando, ao seu modo, os Libertários com uma investida digna de Nahuel e seus comandados.

Próximo aos portões do farol, uma chusma de caóticos atacava Braun, Sir Heimerich e o grosso das tropas com lanças, machados e espadas. Tudo convergia contra estes mil bravos buscando suas cabeças. Não havia trégua: os mortos e os feridos já se amontoavam e um cheiro nauseabundo de sangue e fezes, fruto de feridas horríveis, impregnava o ambiente.

No calor da batalha, o cavaleiro mantinha uma postura soberba. Sua espada cintilava a cada golpe, e o brilho prateado do aço polido se mesclava ao rubro do sangue causando um efeito ao mesmo tempo sinistro e belo. De sua armadura, uma aura emanava de forma quase imperceptível, e a visão do paladino iluminado fazia os soldados acreditarem estar lutando ao lado de um guerreiro divino, incentivando-os a brandir suas armas com mais vigor.

Enquanto Sir Heimerich atacava três inimigos simultaneamente, Braun percebeu a presença de um quarto oponente que o atacaria pela retaguarda com uma lança. Sentindo o fatídico golpe final, o guerreiro interpôs seu montante entre as costas do cavaleiro e a ponta aguçada da arma inimiga, em um movimento contínuo ao alto. A lança deslizou na lâmina e desviou-se de seu objetivo, deixando o lanceiro sem guarda. Braun apenas aproveitou a chance para, em um golpe rápido, cortar o pescoço do inimigo. O paladino observou a cabeça do Libertário eliminado que rolou e parou em seus pés, chamando sua atenção para Braun.

— Agora não lhe devo mais nada, lordezinho — gargalhou o guerreiro, exultado.

— Vejo que Destino soube escolher muito bem seu exército.

— Não acho que Destino soubesse que juntos seríamos osso mais duro de roer que um crânio de dragão. Principalmente — e chutou um inimigo à frente, lançando-o a várias braças —, porque Ele não tem dentes — concluiu, rindo.

Apesar da força do ataque Libertário, pouco a pouco, o campo se tornava Ordeiro. A tarefa, no entanto, não era fácil: o inimigo era tenaz e vendia caro cada palmo do terreno. As baixas eram numerosas, porém, se podia haver beleza em uma batalha, ela estava espelhada pelo espaço ocupado por Braun e Sir Heimerich, propiciada pela rudeza mortal do primeiro junto a elegância dos movimentos do segundo.

— Vamos, bravos! — exclamou o nobre, visto que havia ganhado espaço na batalha. — Agora compete a nós unirmos nossas forças às de Duncan.

Após percorrem uma milha sem se depararem com qualquer Libertário, o caminho para o castelo parecia livre. Sentindo segurança, Roderick atrasou seu passo para acompanhar Nuha e os demais, deixando os soldados de Duncan na vanguarda. A passos firmes e agora destemidos, o pequeno grupo alcançou o pé da colina coroada pelas fantasmagóricas ruínas do que antes poderia ser a morada de um rei esquecido pelo tempo. A visão entre as brumas, daquele ponto, deixava transparecer apenas o ápice da monstruosa edificação que se encontrava quase totalmente soterrada pelo gelo. Uma visão, sem dúvida, tão extraordinária quanto contemplar o Templo do Oráculo.

— É magnífico! — boquiaberto, Petrus foi o primeiro a observar, reduzindo sua velocidade até parar.

— Pelas barbas negras do dragão! — Formiga acompanhou o pastor.

— Não vos exaltais — disse Nuha, abstraída. — Ninguém sabe o que estes restos escondem. A realidade pode ser muito pior que imaginais. Destroços de outrora guardam segredos incompreensíveis. Enquanto alguns locais tornam-se, pouco a pouco, lugar de paz e equilíbrio espiritual; outros podem se tornar uma maldição, quando as almas instantaneamente desencarnadas teimam em não querer deixar esta dimensão, por orgulho, ou pelo apego material, ou, quem sabe, outro motivo. Estas, infelizmente, nunca se libertarão.

— Há um pouco disto tudo aqui — falou Victor, sem desviar seu olhar para o topo da colina. — Sinto que coisas terríveis ocorreram neste lugar. Àqueles que entrarão nos subterrâneos, que mantenham a serenidade, pois o medo e a ansiedade atraem as forças mais sinistras existentes em Exilium.

Dito isto, um silêncio pesado se fez. Formiga, com um frio percorrendo a espinha, lançou um olhar para Petrus, que se mostrou impassível.

— Como se sente, herói? — Roderick interrogou, vendo que o pastor não havia correspondido. Uma certa indiferença estampava seu rosto, o que era algo estranho de acontecer.

— Eu não preciso me preocupar. Eu tenho o Ner Tamid comigo — respondeu com uma expressão resoluta, diferente de todas as que havia feito até agora. — E Destino está conosco. Pela Ordem e pela glória de Sieghard — concluiu, assustando aos outros, que se entreolharam. De fato, seu semblante compenetrado e sua posição confiante deu a ele uma nova postura. Era, sem dúvida, um comportamento estranho para sua pessoa.

Após a declaração de Petrus, o grupo seguiu o trajeto subindo a colina. A dificuldade do percurso aumentou devido à inclinação e quando passaram do nível da névoa, os soldados de Duncan já haviam se distanciado bastante. Acima do leito de nuvens, a imagem do farol parecia uma peça de xadrez iluminada pela luz rubra da manhã, e a luta feroz travada em seu entorno assemelhava-se a um tabuleiro de jogos militares, posto sobre longas mesas nas tendas de generais.

— Eles ainda lutam — Roderick constatou.

— Apenas imagino a felicidade de Braun naquela multidão — Formiga observou por um curto período, antes de ouvirem um gemido de dor. O som provinha de um soldado da escolta, escorado em uma parede próxima. O grupo se aproximou do nortenho com rapidez. Ele apertava com força sua perna. Na região ferida viam-se dois pequenos orifícios. A pele em volta já estava escura, mostrando a gravidade do ferimento.

— Uma serpente, vinda não sei de onde. Nessas terras geladas, não existe cobra — falou agonizante, antes de morrer em convulsões atrozes.

Nuha, ajoelhada, observou a morte cruel e quase instantânea de seu liderado. Suas conclusões só poderiam indicar que tal ameaça só poderia vir de um inimigo.

— O Invocador está aqui — ergueu seu olhar com uma expressão profunda de preocupação.

No pátio interno da fortaleza do farol, Duncan, com uma flecha atravessada na coxa, seguia combatendo como se nada estivesse acontecendo.

— Corta a ponta desta porcaria e puxa tu de volta a haste — ordenou a um liderado que lutava ao seu lado.

O general foi obedecido de imediato, seguido por um jorro de sangue que pontilhou a neve já imbuída de vermelho. Rasgando um pedaço das vestes de sua armadura, o nortenho providenciou um torniquete.

— Agora me protege — comandou e, assim que concluiu a tarefa, jogou-se no meio dos Libertários como se a dor fosse seu estimulante. — Venham, malditos!

Fria e feroz, a luta continuava. Ainda que as tropas se equivalessem em bravura, a superioridade técnica e tática dos Ordeiros, além de um comando muito bem coordenado, foi decidindo os rogos da batalha. Com a liderança de Duncan e o apoio fundamental de Sir Heimerich e Braun, tudo parecia convergir para uma grande vitória.

Mesmo debalde os esforços dos inimigos em evitar que o grosso das tropas se concentrasse no farol, Sir Heimerich e Braun avançaram inexoravelmente se aproximando de Duncan e, em pouco tempo, se uniram formando um só exército. O kemenita, em meio ao combate, avistou Duncan quando este retirava a flecha da perna. Em um ímpeto, e sentindo o perigo que o cercava, dirigiu-se ao seu encontro, lutando lado a lado com o general.

— Fique firme, Duncan! — gritou Braun, enquanto defendia o golpe de uma acha de combate que buscava seu peito.

— Estás zombando de mim, guerreiro? "Fique firme"? São essas mesmas as palavras que estás a falar? — o general perguntou sem esperar resposta, desviando de uma estocada na linha de seu pescoço. Sem piscar, cabeceou seu adversário, cuspiu em sua face e o estripou com a lâmina curva de sua espada. — Como está a retaguarda?

— Está garantida. Em breve não haverá nem o cheiro destes miseráveis.

— Tudo está conforme o planejado. Eles não têm mais chances contra nós. Neste momento, Nahuel está na torre do farol. Permaneceremos aqui até que ela seja assenhoreada.

No interior da fortaleza, o líder dos batedores e seu comando avançavam espiral acima em direção à pira para dominar e assegurar o topo da torre. Yildirim e seus besteiros foram eficazes em evitar que qualquer Libertário no interior da edificação pudesse acender o farol. De fato, os oponentes que estavam ali já evitavam dar as caras para fora com a possibilidade de serem abatidos por setas vindas do desconhecido. No topo da torre, os corpos há muito já se amontoavam com seus crânios cravejados.

Ainda que a luta para quem estava atacando por baixo fosse desvantajosa, Nahuel, Aksel e Hogel, venciam cada lance de escada guardado pelos inimigos.

Com armaduras leves, ao contrário dos oponentes, e armas curtas e mais eficazes para o combate corpo a corpo, os batedores tinham mais liberdade de movimento e conseguiam golpear antes de seus adversários. Alguns deles, treinados em arremesso de faca, aproveitavam o vão central da torre para lançar suas armas, atingindo inimigos vários lances acima.

Entretanto, apesar da habilidade dos besteiros, em um descuido de Aksel, no instante em que iria cravar a adaga no pescoço de um Libertário, sua lâmina atingiu a parede e o golpe acertou o elmo do oponente, que conseguiu agarrá-lo e jogá-lo das escadas. Seu corpo estatelou muitos andares abaixo e o batedor pereceu logo em seguida.

Outras baixas Ordeiras se procederam após a morte de Aksel, eliminados no caminho ou empurrados ou lançados vão abaixo. Nahuel viu suas forças se esvaírem com preocupação, até que sobraram apenas ele e Hogel, ainda restando três homens para vencerem antes de alcançarem o topo do farol.

— Hogel, como podes ver, poucos passos nos separam da glória — disse o líder, ofegante. — Estás pronto?

— Sempre.

— Ao meu sinal, avançaremos direto sobre eles.

A tensão era forte. Apesar dos sentimentos conflitantes, do sangue derramado e os riscos corridos, o dever os empurrava para frente. *Uma última missão a cumprir*, pensou Nahuel.

— Lembra-te de teu treinamento: sê como o falcão que mergulha sobre sua presa...

— Ou o mangusto que se esquiva da serpente para feri-la no pescoço.

— Bravo, Hogel! É por isto que és meu preferido. Nossos amigos que estão lá fora dependem disso. Tua família depende disso. Nordward depende disso. A existência da Ordem, de nosso povo e Exilium depende de nós dois. Depois daqui, independentemente de estarmos em nossas casas ou na terra dos deuses, te direi qual será nossa única opção: comemorar.

Hogel fitou Nahuel com um sorriso de satisfação. Seu líder retribuiu e, após isso, fez um sinal de cabeça.

Os batedores portavam, cada um, duas adagas. No patamar superior, os Libertários os aguardavam, um armado com uma machadinha de cabo curto, os outros com espadas e broquéis. Hogel viu no primeiro o maior perigo e se lançou sobre ele. O inimigo, infelizmente, não era um amador: com um leve movimento desviou da lâmina que passou rente ao peito. Um segundo ataque com a outra mão foi realizado, outra vez com insucesso. A machadinha, uma arma terrível em ambientes restritos fez o seu trabalho e desceu com força sobre o braço esquerdo do batedor, de onde sangue jorrou com abundância. Hogel sentiu uma dor súbita. O inimigo sorriu confiante e avançou, achando que enfrentava uma presa fácil. O batedor, porém, não era de se importar com ferimentos. Ao invés de recuar, Hogel avançou e encurtou a distância, surpreendendo seu algoz, que teve dificuldades no manejo da arma. Com o braço são, em um rápido golpe, a lâmina da adaga penetrou na altura do estômago do Libertário, ascendendo até atingir o coração. Um curto gemido foi ouvido antes de Hogel enviar seu oponente para os braços da morte.

Logo à frente, cercado por dois inimigos que o golpeavam sem piedade Nahuel só podia se esquivar, visto que não portava uma arma defensiva. O cerco se fechava e era uma questão de tempo para que fosse atingido de maneira fatal. Com um brado de guerra, Hogel apanhou a machadinha de seu adversário morto. Seu grito chamou a atenção dos Libertários que, ao se distraírem, mesmo por um instante, deram a oportunidade para que o batedor lançasse a arma com maestria, rachando o crânio de um deles. No instante seguinte, antes que outro se recuperasse da surpresa, Nahuel o liquidou sem mais demoras.

— Devo-te a vida, Hogel – agradeceu o líder.

— Não é nada. Não há devedores em uma batalha.

Juntos, os irmãos em armas seguiram triunfantes para o exterior da torre. Logo ao saírem, sinalizaram a Yildirim com um código previamente estabelecido entre eles, a fim de não serem eliminados por fogo amigo.

— A torre é nossa! – clamou Nahuel, repetidas vezes. No pátio, muitos Ordeiros comemoraram a chegada do nortenho, gritando a todos que o farol não representava mais perigo.

Do ponto onde se encontrava, tendo uma visão mais ampla da batalha, e ainda extasiado pelo sucesso de sua missão, Nahuel sentiu uma gota gélida descer pelas suas costas e seus pelos se eriçarem. Desesperado, tentou avisar Yildirim, porém havia sido tarde demais: uma flecha incendiária, lançada do alto de uma muralha, descreveu uma elegante parábola e se cravou certeira na pira. O autor do disparo, todavia, não teve tempo de saborear sua vitória, pois foi abatido por uma flecha do líder dos besteiros que trespassou a sua têmpora. Com pavor todos viram as chamas começarem a se expandir.

E não havia como extingui-las.

LII

Aos grandes guerreiros, às grandes almas

Por detrás das ruínas no topo da colina, uma imensa forma escura surgiu através dos ares, como um rastro de fumaça densa e sufocante, porém veloz. Inflando e desinflando, ela descreveu um movimento ascendente e, em seguida, desceu com rapidez ao chão, extirpando gritos de agonia dos soldados de Duncan que se postavam mais à frente, fora do alcance da visão. Nuha ainda estava ajoelhada quando ouviu o assovio de exclamação de Formiga. Não havia mais tempo para qualquer iniciativa.

— Protegei-vos! — comandou a sacerdotisa.

Temendo por suas vidas, cada um procurou o modo mais eficaz de se proteger. Uma correria desenfreada se instaurou, fazendo com que se separassem em quatro frentes. A forma escura também se dividiu para ir atrás de cada uma delas.

A passos velozes, Roderick, no momento em que seria alcançado, puxou Petrus para o lado em um rápido reflexo e se jogou por cima dele, caindo no degrau de uma antiga escada parcialmente descoberta pela neve.

— O que é isso, Roderick? — Petrus perguntou assustado enquanto a massa escura passava por cima deles.

— São morcegos. Diferentes de todos os que eu vi em Everard.

— Diga que podemos fazer alguma coisa a respeito.

Nisso, a revoada passou, subindo mais uma vez aos céus. O alívio, entretanto, foi fugaz, visto que os morcegos fizeram a volta e tomaram a direção dos dois.

— Sim. Fugir! — Roderick se ergueu e levantou Petrus de ímpeto, que se pôs a correr sem perder tempo em uma alucinada fuga por entre as ruínas, pulando sobre muros baixos, trombando nas quinas pontiagudas, causando-lhes cortes e hematomas, e topando com as pedras no chão. Apesar da agilidade da reação dos dois, a desvantagem era visivelmente aterradora.

— Roderick, não vamos conseguir! — o camponês se desesperou.

O arqueiro não disse nada, pois, no fundo, sabia que seriam pegos pelos animais não importava o que fizessem. *Esfolados vivos*, pensou. Queria dar alguma esperança para seu amigo, porém não queria mentir. Preferiu calar-se para dar o direito do benefício da dúvida. Havia falhado como seu protetor. Visto isso, freou seu passo até parar e ficou para trás, assustando o pastor.

— O que está fazendo?!

— Vai ficar tudo bem, herói — pronunciou o arqueiro, parado diante da revoada que se aproximava. Petrus fechou os olhos, se negando a ver o que aconteceria depois da atitude insana de seu companheiro. E então, um a um, os morcegos foram caindo ao chão, mortos, abalroados por uma arma até então despercebida: o bastão de bambu de Victor Dídacus.

Próximo a Roderick, um homem pequeno balançava a vara com quase o dobro de seu tamanho, fazendo movimentos circulares com sua ponta, que, produzindo um som inconstante, desorientava os animais que se guiavam por ecos. Confusos, alguns acabavam por se chocar contra a ponta do bastão e desfaleciam.

— Venham, seus bastardos! Papai Formiga está aqui para cantar uma canção de ninar! — bradou, com empolgação, o ferreiro, que apresentava uma série de cortes em seu rosto e braço. — Para vocês, deixarei que me chamem de vilão! — gargalhou de maneira frenética com estupefação, enquanto os morcegos se separavam, dissipando a nuvem inicial e o perigo que ela representava.

Assim como na Estrada Real, quando teve uma flecha encravada em seu ombro, mais uma vez o velho alodiano havia colocado sua vida à frente dos companheiros, sem medo de perdê-la. Ele não era um protetor, um guardião. Não queria ser e nunca quis. Também não era um grande guerreiro. Era simplesmente um amigo. Um inestimável amigo.

— Pelo menos uma coisa eu aprendi com clientes que não gostam de morcegos em tavernas — explicou Formiga. Roderick e Petrus, parados, olhavam para ele, sem reação. — Agradeçam-me depois. Agora não é hora para choramingos. Vamos, senhores, temos uma missão a cumprir!

Da outra parte da colina, Nuha era atacada com violência pela revoada do outro bando que se dividiu. Os morcegos mordiam e cravavam suas garras sem danos ao seu corpo, rasgando apenas um pouco as suas vestes. A massa escura se formava em sua volta tal qual um enxame em volta da colmeia. Ela poderia estar morta agora, porém, no centro do turbilhão, a sacerdotisa se concentrava para manter a magia que acabara de conjurar. Sua carne estava dura como pedra, porém seus movimentos estavam limitados. Nuha resistia bravamente, não enxergando um palmo à frente. Ela sabia que, em breve, suas forças iriam se esvair e a magia seria anulada. Para sua surpresa, contudo, assim como água derramada de um balde, todos os morcegos caíram no chão em agonia até morrerem. Diante da sacerdotisa, havia apenas um homem de vestes escuras.

— Fique perto de mim — ordenou Victor Dídacus ao longe, enquanto fiapos de luz verde convergiam do corpo dos animais para o seu.

Nuha não pestanejou e disparou na direção do arcanista ao mesmo tempo em que outra nuvem, desta vez de coloração amarelada, foi enviada em sua perseguição. Centenas de milhares de vespas, no encalço da sacerdotisa, pareceram bater em um muro invisível quando se aproximou de Victor. Em instantes, todas já estavam mortas, com suas centelhas de vida fluindo para o misterioso homem. Padecendo do mesmo mal, também Nuha enfraqueceu e caiu com o rosto na neve, não entendendo o motivo de sua debilidade.

— Não se preocupe — disse Victor, estendendo a mão. — Utilizei o meu poder de forma que apenas os pequenos percam sua essência vital. Você está segura.

Nuha pegou na mão de Dídacus e levantou-se ainda tonta.

— És habilidoso — ela elogiou. — Teu poder é formidável. Porém, te digo, cuida-te para que ele não se torne maior que tuas ambições. Caso aconteça... nesta *aurora*, eu não iria querer estar perto de ti, mesmo sendo tua amiga.

— Que quer dizer?

— Que a avareza é uma má-conselheira — encarou-o, causando um momento de silêncio desconcertante. — Bom, temos que achar o Invocador, do contrário, essas levas de criaturas não cessarão.

— Não há necessidade de procurá-lo. Eu sinto sua presença ameaçadora, uma força sombria cobrindo toda esta região. Ele não sabe que eu sei onde ele está. Eliminá-lo será apenas uma questão de tempo.

— Que nós não temos... – concluiu Nuha.

Sem esperar, das fendas das rochas, ouviu-se dezenas de ganidos de enregelar o sangue. Os autores da melodia perturbadora logo apareceram diante dos dois, postando-se lado a lado, à distância, fechados em um cerco que abrangia quase toda a região. Não havia escapatória, independente para qual lado escolhessem fugir. As feras, enraivecidas pelo encantamento do Invocador, mostravam seus dentes em tom ameaçador e, paulatinamente, avançavam, diminuindo o raio de ação.

— Lobos-das-estepes — alertou Nuha. — Um inimigo temível que, enfeitiçado, torna-se pior ainda. Acredito que teu poder não seja páreo para tantos, não é verdade? Ainda mais desse porte?

— Se teme pela sua vida, não me peça para usá-lo — Victor respondeu com sequidão e um quê de intimidação à afronta da sacerdotisa. Depois, pegou sua funda, e preparou-a para atirar quantas pedras fossem necessárias.

O primeiro lobo veio como um auroque*, tal sua voracidade, e saltou sobre o arcanista procurando seu pescoço, pegando-o de surpresa enquanto ainda preparava o tiro. A fera, todavia, caiu aos pés de Dídacus, inerte, com uma flecha trespassada em seu crânio. Do alto de uma coluna de pedra inacessível por meios normais, Roderick preparava seu arco para mais um eficaz tiro à distância. Ao seu lado, também estavam Petrus e Formiga. Como eles foram parar àquela altura, apenas a engenhosidade do ferreiro alodiano explicava: um dos apetrechos que carregava em sua bolsa era uma corda e um gancho de metal.

— Precisa de ajuda, queixo-de-quiabo? – gritou o arqueiro, parafraseando Braun.

Com o sangue do animal morto escorrendo na neve, o resto da matilha decidiu atacar de vez. Usando a funda, Victor apenas conseguia acertar os lobos que estavam mais distantes, enquanto Roderick liquidava os que conseguiam se aproximar. Contudo, a parceria não era suficiente para dar cabo das feras que vinham de todas as direções e encurtavam a distância entre atacantes e defensores. A funda já não era tão eficaz com inimigos tão próximos e, logo, o ataque dos lobos suplantaria a defesa dos

---

* Auroque, ou touro-horrendo-gigante, é um animal típico de Sevânia.

peregrinos. Visto isso, Nuha pensou em um modo de aproveitar esta ocasião, primeiro pensando em criar uma ventania constante que as mantivesse afastadas, mas isso também atrapalharia as pedras do arcanista e as flechas do arqueiro. Preferiu então não executar uma magia de alteração outra vez. A situação era mais crítica e pedia algo mais. Com a matilha aumentando em números, e os ataques cada vez mais ferozes, sua única opção, mesmo que tivesse como consequência um grau maior de fadiga, era apelar para um nível também maior de magia. Enquanto a ação ocorria, a sacerdotisa fechou seus olhos e sussurrou algumas palavras, não se sabia se de origem Ordeira ou Caótica, e lampejos azuis brotaram tímidos da pele de suas mãos, transformando-se em fagulhas, que começaram a saltar agitadas. Ao final de seus sussurros, assim que abriu os olhos, agora esmaecidos, Nuha ergueu seus braços e os abaixou com força. Todos os lobos, perto ou longe, foram fulminados instantaneamente sem chances de esquivar-se por uma estranha tempestade de raios vinda do alto.

O campo de batalha estava pontilhado por dezenas de corpos de pelos escurecidos pela potência do choque. A sacerdotisa, entretanto, estava no chão, de joelhos mais uma vez, mas agora tentando respirar um ar que não havia para ela naquele instante.

Então, seguiu-se um silêncio assustador.

E fugaz.

Os peregrinos, que ainda não haviam tido tempo de comemorar a surpreendente vitória de Nuha sobre a matilha, sentiram um breve tremor e, logo após, um urro descomunal, inumano, fez seus pelos se eriçarem. O estrondoso ruído vinha por debaixo da terra, próximo à coluna onde estava Formiga e os demais. Uma imensa mão felpuda surgiu da neve, seguido de um corpo colossal, coberto de pelos brancos. Seus braços, longos e musculosos, terminavam em garras com longas unhas. Uma cabeça ridícula de tão pequena em comparação ao corpo maciço apresentava apenas um olho no meio de sua testa curta. Suas pernas arqueadas, apoiadas em pés chatos, mostravam a robustez do conjunto. De fato, era uma criatura apavorante, e de aspecto invencível, o que o fazia mais apavorante ainda. Roderick, ingenuamente, desferiu uma flecha que o acertou no ombro. Com um golpe de mão, a criatura derrubou a providencial coluna que o sustentava, lançando-o ao longe, assim como Petrus e Formiga.

Tendo o dobro da altura e da robustez de um hemikuon, maior até que um troll-das-cavernas, aquele era o maior inimigo que poderiam enfrentar até então.

— É um troll-das-neves – disse Nuha, de cabeça baixa, com sua voz enfraquecida e resfolegante. — Não haverá muito o que fazer se mais um desses for invocado. Esse pode ser o nosso fim.

Apesar de seu autocontrole, Victor percebeu que a situação era desesperadora. O Invocador tinha que ser eliminado de uma vez por todas, do contrário isso significaria a morte do grupo. No entanto, o arcanista não sabia se prosseguia, deixando Nuha fraca e desprotegida para trás, ou a carregava, deixando os dois vulneráveis. Aquela, de fato, não era uma decisão fácil e, perspicaz, a sacerdotisa percebeu sua confusão.

— Victor, eu ainda posso acompanhar-te, porém preciso de tuas forças para me restaurar. Não ousaria pedir a ninguém que não fosse tu, pois sei que tens muito mais do que o necessário. Preciso de tua mão para canalizar teu vigor.

Por um momento, Dídacus hesitou.

— O que farei não é da mesma natureza que o teu poder — explicou Nuha. — É uma transferência de poder físico, não espiritual.

Victor hesitou de novo, porque começou a odiar o fato de ter que passar seu poder para alguém.

— Vamos, Victor! – gritou a sacerdotisa. — Ou isso ou a morte de todos! Destino precisa desse teu gesto. Altruísta ou não!

Quase que inconsciente, Victor cedeu sua mão para Nuha, que a segurou rapidamente. Após o fluxo de força passar para o seu corpo, a sacerdotisa se pôs de pé, mas não sem antes lançar um olhar de desaprovação para o arcanista, que sentiu apenas um incômodo, porém nada comparado ao incômodo de compartilhar sua força.

— Agora vamos juntos aniquilar aquele maldito!

Petrus se levantara da neve fofa na qual havia sido lançado, ainda com as vistas embaçadas pelo gelo que se acumulara em seu rosto. Embora sua queda tenha sido impressionante e o tenha deixado atordoado, o impacto foi bastante reduzido pela superfície amortecedora. Inquieto e temendo ter perdido a consciência por um longo tempo, o pastor se desfez do gelo em seus olhos, somente para acompanhar a luta que Roderick travava com o troll em campo aberto. A enorme criatura possuía muitas flechas em seu corpo, que em nada parecia incomodá-lo, em especial nas costas da mão, usada para se proteger dos tiros direcionados à sua cabeça. A irritação do monstro ficava por conta, especificamente, das acrobacias do campeão de Adaluf ao se esquivar de seus ataques aplicados, às vezes, com as mãos nuas, às vezes, através do lançamento de pedras retiradas das ruínas. Petrus queria ajudar, mas não sabia como. Pensou em utilizar seu poder para acalmar o monstro, mas as chances eram arriscadas demais para se aproximar, pois nunca havia tentado com um troll, e, para piorar a situação, encantado por uma poderosa força desconhecida. Como portador do Ner Tamid, era ele quem deveria entrar nas ruínas do castelo, junto com Nuha, por isso aquela excursão faria de tudo para protegê-lo. A ordem de Duncan havia sido clara: "não morre, simples homem". Se investisse contra a criatura, isso significaria desobedecer ao general, porém Petrus havia cansado de ser um fardo. Decidido, levantou-se do buraco onde estava e segurou no cabo da misteriosa espada que carregava, avançando contra o maior desafio de sua vida, como se uma força superior o impelisse.

Longe de Petrus, o espetáculo de acrobacias já estava exaurindo as forças de Roderick. Com apenas duas flechas em sua aljava, ele já não tinha confiança em sua eficácia. Foi quando, de repente, um dispositivo de corda com três pedras, cada uma amarrada em uma extremidade, enroscou-se nos pés do troll, atrapalhando seus movimentos.

— Ei, grandalhão! Por que não pega alguém do seu tamanho? — era o grito de Formiga, que viera em auxílio ao arqueiro com uma artimanha que apenas o ferreiro conhecia e que escondera em sua bolsa até então.

O monstro branco tropeçou em seus passos encurtados pela corda e caiu de peito na neve com um urro de insatisfação.

— Vamos, Roderick, faça agora a sua parte! — bradou Formiga, fechando os punhos.

Aproveitando a oportunidade, Roderick apressou seus passos em um último impulso e, começando pelos pés, subiu na criatura antes que ela pudesse se desvencilhar das frágeis cordas que o seguravam, rompendo-as com sua força descomunal. O troll se levantou ainda com o arqueiro preso em seus pelos, lutando para tirá-lo de suas costas. O monstro girava com ferocidade, porém Roderick não arredou. Sabia que bastaria uma lâmina afiada em seu pescoço para eliminá-lo e a vitória estaria praticamente garantida.

Firme no chão, próximo à cena, Formiga hesitava sem ter o que fazer. Havia usado sua arma mais apropriada com eficácia parcial. Se Roderick falhasse, fugir seria a sua segunda opção.

Petrus, ainda com sua mão no cabo da espada, assistia a tudo com espanto e torcia pelo seu amigo com os olhos arregalados. Antes em campo aberto, o troll agora levara a batalha para entre as ruínas e, sem piedade, começou a bater com seu corpo nos muros e construções antigas, de modo que atordoasse seu algoz. Roderick sofria a cada pancada suportada, vez ou outra usando apenas uma mão para se segurar, com o intuito de amenizar a dor no outro braço. Sabiamente, passou a utilizar as flechas encravadas como apoio, até que, por fim, com a visão reduzida pelo seu próprio sangue, o arqueiro se firmou no pescoço do monstro e puxou a adaga que trazia consigo. Neste instante, o troll girou em um ímpeto, e Roderick, que se posicionava com cautela às costas da criatura, parou em seu ombro.

— Pela Ordem! — Petrus exclamou.

Desfavorecido por sua posição, Roderick foi num instante agarrado pela forte mão do monstro, que o apertou sem dó, gerando um som que, para o pastor, ficaria para sempre na memória. O ruído agonizante de ossos se quebrando chegou aos seus ouvidos, junto com um grito abafado. Em seguida, o troll largou o corpo de Roderick na neve, como se faz com um inseto abatido. *Não*. Aquele havia sido o único pensamento de Petrus antes de ser tomado por um sentimento que começou no seu peito, e inundou todo o seu corpo. Não era um sentimento de decepção, ou frustração. Longe disso, o camponês pressionou seus dentes uns contra os outros, apertou com solidez o punho de sua espada, e com uma expressão fechada, suas veias começaram a ferver de ira, de coragem, de valor, de justiça e de dever.

— *Cam Sur!* — esbravejou, como um grito de guerra, porém sem entender no início o porquê de chamar tal nome. Depois, desembainhou a espada que portava, revelando uma lâmina clara, de cor prateada, e gume duplo, com a marca da águia negra inscrita no aço. Sem dúvidas, a espada de um rei. Sem dúvidas, de Cledyff I. Aquela era a espada que trouxera a Ordem para o Norte. — *Cam Sur Amc' Rus*, não esqueça o meu nome, infame criatura! Pois este será o último que irá escutar! — Petrus gritou novamente e foi ao encontro do troll, correndo com toda sua velocidade na neve. O monstro o viu, e percebendo suas intenções, também avançou em disparada contra o pastor.

Quase no ponto mais alto da colina, Victor e Nuha caminhavam rápido rumo a uma pequena entrada escura entre patamares de pedra, resquícios do que era, seguramente, altíssimas torres. Nas bordas de quase todas as estruturas vizinhas, um ou outro corvo fitava a dupla invasora, como se já soubessem que viriam. Aquele era o local onde Dídacus afirmava ser o esconderijo do Invocador.

— Rato! — disse Victor.

— Ratos? — espantou-se Nuha, temendo uma invasão de roedores.

— Não. Apenas *um* rato.

— Onde ele está?

— Escondido entre as ruínas, portando-se como um homem — declarou com um sorriso sarcástico.

Nuha sentiu-se confusa com o humor de Victor, mas logo entendeu que ele falava do Invocador.

— Como vamos detê-lo?

O arcanista, um pouco mais à frente, parou seu passo e virou-se para a sacerdotisa.

— Como todo gato faz ao caçar ratos: escondendo as unhas — disse, voltando a seguir o trajeto, que agora se nivelava. — Não conseguiremos nos aproximar do Invocador enquanto ele não sair de sua toca. Digo isso, pois uma horda de insetos e animais o protege.

— Como sabe disso?

— Eu não sei... apenas sinto. Se o Invocador não se sentir seguro, continuará onde está, acuado com seu exército particular. Quando ele lançar as criaturas sobre nós, correrá para outro local, escondendo-se novamente enquanto nos ocupamos com elas. É um jogo de gato e rato.

Nuha colocou a mão em seu queixo, pensativa. *Então, se pudéssemos passar a ele uma falsa impressão de segurança...*

— Eu tenho um plano — disse ela, recebendo de Victor um olhar inquisidor. — Vamos forjar nossa morte — explicou.

— Como? — o arcanista parecia cético.

— Apenas faças como eu mandar. Avancemos!

No cume da colina, duas figuras pequeninas se moveram com velocidade para as últimas construções restantes no local. Por cima de suas cabeças, um redemoinho de corvos se formava. À medida que avançavam, mais e mais pássaros se uniam à formação macabra nos céus. De repente, qual gotas pesadas de chuva, uma a uma, as aves embicaram em uma investida atroz e fulminante contra os invasores abaixo. Não demorou muito tempo para que as figuras no chão fossem englobadas por um tapete negro de penas e bicos e por uma terrível cacofonia gerada por milhares de grasnados. À distância, não se poderia distinguir do que se tratava. Só era visível uma mancha escura se destacando na brancura da neve. Ao final do ataque, quando os corvos se retiraram, não havia mais nada na superfície.

Exceto penas acumuladas sobre dois corpos.

De dentro da pequena entrada escura, um homem de baixa estatura, magro e de porte ágil, vestindo um manto verde-escuro em fiapos, saiu para a alvura da paisagem. De pele morena, longos cabelos negros crespos — assim como a barba desgrenhada —, ele usava apenas uma tiara de pedras coloridas por sobre seus tímidos olhos. O homem caminhou para o local de ataque de seus servos alados, com um porte arrogante e mesquinho. Aproximou-se com um sorriso de canto de boca e abaixou-se. Em seguida, pegou uma pena e a cheirou profundamente, em um ato exótico e sinistro.

— Dedico estas vidas a ti, Sethos, nosso senhor da guerra!

Ao colocar a mão sobre um dos corpos, o Invocador sentiu-a afundar na penugem. Desacreditado, o Libertário espalhou as penas apenas para confirmar que não havia nada por debaixo delas.

— Praga!

De repente, uma mão surgiu por debaixo da neve e o agarrou no pescoço.

Petrus descia a colina em direção ao troll, focado no único olho da criatura. Com as veias visíveis e pulsando em suas têmporas, não passava pela sua cabeça, de forma alguma, que apenas um golpe de mão bastava para matá-lo de forma instantânea. A desvantagem de porte e de força era enorme, mas a vontade do pastor em vingar seu amigo — e todos os que o puseram nesta infame situação — era maior que o ímpeto de qualquer criatura existente em Exilium.

A duas braças de distância, o imenso monstro branco já havia recuado o braço para o ataque mortal; sua envergadura era tamanha que, em um embate frontal, poderia atingir seus inimigos muito antes que eles pensassem em qualquer estratagema.

E então, Petrus saltou.

Com a espada erguida com as duas mãos, tendo sua ponta apontada para baixo, o pulo do camponês pareceu ter superado até a altura do troll, visto que vinha de um ponto mais alto que seu algoz.

Formiga presenciava a tudo com um gelo na espinha. Do seu ponto de vista, Petrus se assemelhava a um leão saltando sobre sua presa. E, subitamente, foi essa mesma imagem que surgiu em sua cabeça, nítida como a neve em que pisava: um leão rampante.

Porém, sabia-se bem, em todo Sieghard, que apenas coragem não seria o suficiente para matar uma criatura como aquela. De fato, coragem era o que não faltava a Petrus. Faltava-lhe apenas um fator. E, com efeito, durante o salto do camponês, o troll não contava com uma surpresa de Destino. Em sua investida desenfreada, a criatura ficou cega momentaneamente, não podendo realizar seu ataque. A lâmina da espada de

Cledyff I, através de um mísero e fatídico ângulo, refletiu a luz do sol da manhã no único olho do troll. E este foi o fator que restava: sorte.

Petrus caiu sobre a cabeça do monstro já com a espada encravada na órbita ocular, em um ataque minucioso e certeiro, mesmo com todo o turbilhão de sentimentos em que se encontrava. O troll urrou de dor, e o som provocado por ele ecoou na planície, podendo ser ouvido por todos os homens na fortaleza do farol. Este foi seu último gemido, antes de desabar – ainda com seu algoz segurando a espada, banhado em sangue vermelho-escuro.

Formiga, boquiaberto, não podia acreditar no que vira. Do lado do corpo do gigante de pelo, um homem colocava sua espada de volta na bainha, com um olhar impenetrável. Um homem valoroso, destemido. Aquele era um verdadeiro guerreiro. Ele estava coberto por um sangue que não era dele, e lágrimas escorriam por sua face.

— Petrus?! – o ferreiro perguntou para confirmar a identidade do homem.

— Sim, sou eu – respondeu o pastor, enxugando o rosto.

— Ro.... Ro... Roderick... – Formiga lamentou, sem achar palavras.

Nem bem os dois haviam se encontrado, um forte tremor se iniciou, como aqueles presenciados no Egitse e em Nordward, porém mais intenso. As estruturas, já antigas, começaram a ruir ainda mais. Sem pestanejar, Petrus correu para o encontro do arqueiro, que agonizava próximo a um muro prestes a desabar. Com cuidado, mas de modo eficiente, o pastor colocou Roderick nos ombros quando ouvira um grito feminino em campo aberto.

— Por aqui! A entrada é por aqui! Vamos rápido! – Nuha ordenava, fazendo gestos com sua mão.

Seguindo Nuha, Formiga e Petrus saíram em velocidade de onde as ruínas mais se adensavam e entraram em campo aberto com o chão se movendo violentamente. Fendas começaram a se abrir na superfície nevada por toda a região, engolindo estruturas inteiras.

Petrus, mais lento por carregar Roderick, ficou para trás.

— Vamos conseguir! Vamos conseguir! Força meu amigo! Força! – Formiga, à frente, incentivava seu amigo.

Mais e mais, o movimento de terra se intensificava. A neve remexida gerava nuvens de gelo e atrapalhava a visão do trajeto. Por muitas vezes, os peregrinos tiveram que desviar de profundas aberturas criadas em instantes. De repente, uma fenda se abriu abaixo dos pés de Formiga, fazendo-o se desequilibrar e cair na fissura aberta.

— Formiga! – exclamou Petrus.

Seguro apenas por uma mão que encontrara a ponta de uma rocha nua, o ferreiro alodiano entrou em desespero.

O camponês deixou Roderick no chão e correu para salvar o alodiano, porém a rocha em que ele se segurava não estava ao seu alcance. Formiga sabia muito bem da sua situação.

— Petrus! Nem pense em tentar! – o ferreiro começou a chorar. — Lembre-se, a Ordem! A Ordem! Salve seu amigo, e salve a si mesmo! Do contrário serão três mortos. Não há tempo para salvar a todos.

— Formiga, dê-me sua outra mão – Petrus gritava, apavorado.

— Não, meu amigo. Apenas lembre-se de mim como o herói de tudo isso. Cante canções sobre mim, espalhe meus feitos. Os bons, eu recomendo! E eu ficarei satisfeito, esteja onde eu estiver. Cuide de minha família. Se encontrá-la, diga que não me arrependi de nada – disse, e afrouxou seus dedos, fechando seus olhos e entregando-se ao espaço abaixo dele.

— Formiga, não! — Petrus se lamentou, vendo seu amigo desaparecer diante de seus olhos. — Por quê, Destino? Por quê, Ieovaris? – ele se irritara. — Qual o sentido em tudo isso? – perguntou, socando o chão, enquanto suas lágrimas caíam no abismo encontrando o vazio.

Nessa ocasião, o tempo havia parado. Formiga havia dado tudo de si pelo grupo, assim como havia feito no Pico das Tormentas. Naquele momento, se houvesse justiça, ela havia falhado. Petrus não veria novamente o sorriso daquela grande alma que os havia deixado. Chorando com extrema amargura, e na impossibilidade de dizer com palavras o que sentia, o pastor soltou um grito lastimoso que ecoou pela fenda abaixo. Em seguida, os tremores fizeram-no voltar à realidade. De modo apressado, recolocou Roderick em seu ombro e correu colina acima com impetuosidade, desviando das frestas e das pedras que caíam das antigas estruturas.

Assim que o terreno se nivelou, Petrus viu Nuha em uma pequena entrada entre duas construções cilíndricas.

— Aqui! – gritava ela.

As ruínas se despedaçavam cada vez mais, com escombros dominando a paisagem. Uma pedra se desprendeu da torre acima de Nuha e caiu na sua frente, quase a acertando. Se Petrus não chegasse a tempo, a entrada se fecharia e ele ficaria fora para sempre.

— Corra, Petrus!

Desvencilhando-se das últimas pedras que caíam e rolavam, Petrus viu um grande bloco se separar da edificação principal. Um bloco, que se não matasse Nuha, seria o bastante para impedir a entrada e anular tudo o que haviam feito até então. Em um último fôlego, já exausto por carregar Roderick, o pastor aplicou todas as forças em suas pernas. A uma braça da entrada, Petrus se jogou, lançando Roderick, e empurrou

Nuha para dentro com um violento impacto, a tempo de salvar a sacerdotisa e finalizar, de uma vez por todas, a fatídica e desafortunada missão do qual Exilium dependia.

Enfim, a escuridão tomou conta do ambiente.

Na fortaleza do farol, Sir Heimerich e Braun haviam acabado de comemorar a tomada da torre pelo grupo de Nahuel, quando uma flecha incendiária atingiu a pira e um crepitar de fogo incessante germinou por entre a palha seca, contrariando todas as expectativas.

— Pela Imaculada Ordem! – Sir Heimerich se desesperou.

Porém, no mesmo instante em que as primeiras faíscas surgiram, algo pareceu se mover no seio da terra. A princípio, ouviu-se um rugido seguido de um forte tremor de terra.

— Por Destino, o que se passa? – Braun questionou com um brado.

O movimento do chão se intensificou, jogando os soldados ao chão, e então, todas as estruturas começaram a se abalar. Com horror, Braun e Sir Heimerich viram a torre ruir e os bravos que lá estavam caírem junto com seus destroços. Nahuel e Hogel, depois de tantos esforços honrosos, estavam mortos. Yildirim, posicionado no alto de uma estrutura adjacente, também falecera. O farol, que mal começara a se incendiar, veio abaixo.

Ao caos da batalha seguiu-se o caos do terremoto.

— A mim, homens, a mim, Ordeiros! Mantenhamo-nos unidos – Duncan, aos bramidos, chamava seus homens na superfície para longe da fortaleza. Seu corneteiro dava o toque de reunir enquanto toda a estrutura se despedaçava.

Com o desmoronamento da torre, muitos Ordeiros e Libertários foram soterrados pelas imensas pedras em queda livre e uma imensa nuvem de poeira e neve encobriu o campo de batalha. Com o número reduzido, o restante do exército inimigo fugiu. No entanto, aquela não era hora de comemorar.

A batalha terminara, mas a Ordem não vencera.

Inestimáveis vidas haviam se perdido.

LIII
Sobre curtas e longas vidas

Na escuridão gelada e mal iluminada pelo cajado de Nuha, Petrus, recostado na parede fria, aturava uma espera agonizante. Cabisbaixo, e com as mãos unidas entre suas pernas, o pastor aguardava os resultados da magia de restauração de sacerdotisa sobre Roderick. Algumas braças distantes, os sussurros da mulher nos ouvidos do arqueiro já mais pareciam uma oração do que uma tentativa de o salvar. Com a mão em seu peito e testa, Nuha trocou algumas palavras com Roderick, e em seguida, levantou-se.

— Petrus, Roderick quer falar-te.

O camponês ergueu seus olhos.

— Como ele está?

A sacerdotisa balançou a cabeça.

— Eu sinto muito. Nesse estágio, meus poderes de restauração não são suficientes. Fiz o melhor que pude, inclusive, sob minha autoridade sacerdotal, já perfiz todas as orações para que sua alma seja recebida por Destino e todos os deuses da Ordem.

Com uma lentidão sofrida, Petrus deixou seu lugar e foi sentar-se ao lado de Roderick. Com cautela, colocou sua cabeça no colo. Roderick olhou para o pastor, que, na ausência de palavras, pôs-se a chorar. E então, uma mão, ainda quente, encostou em seu rosto.

— Herói... Não tema – disse o arqueiro. — Vai ficar tudo bem. Ficamos o tempo suficiente para eu saber que você conseguirá seguir seu caminho sem a minha companhia. Para mim, não haveria alternativa. Em alguma *aurora*, nossos caminhos iriam se separar e eu não conseguiria conviver com isso. É melhor que eu parta agora, do que sofrer durante *verões* sabendo o que aconteceria mais tarde. É o melhor para mim... é o melhor para você.

— Não, Roderick – Petrus se engasgava com o nó na garganta. — Não diga o que é o melhor para mim ou para você. Você não pode partir. Eu prometo que nossos caminhos serão os mesmos, mas, por favor, não parta!

O campeão de Adaluf sorriu.

— Eu conheço o seu coração, amigo... E ele... Ele pertence... – o arqueiro inspirou profundamente, lutando para respirar. — A uma causa muito maior e bela. Em meus últimos instantes de vida, fico feliz por saber que lutei ao lado do mais nobre dos nobres. Não há mais nada para mim em Exilium. Minha missão para com Destino foi encerrada. Morrer em seus braços... Essa foi a minha recompensa. Desde o princípio, Destino preparou-me para esta ocasião. Não há joia, ou arma, que substitua o poder deste momento.

— O que está dizendo? Roderick... Roderick... – o pastor se desesperou ao perceber que os olhos de seu amigo se fechavam. — Fique comigo.

— Eu ouvi seu grito, Petrus – o arqueiro já sussurrava, com a voz quase inaudível, enquanto sua mão deixava o rosto do amigo. — Deixei Nuha ter ciência de suas palavras. E o que ela me disse trouxe o descanso que precisava à minha alma. Não foi surpresa, entretanto. Um adeus, meu amigo. Que a Ordem o guie por toda a sua vida.

E, enfim, Roderick deu um último suspiro e entregou sua alma para os deuses.

Como uma criança, Petrus encostou sua testa na de Roderick e pranteou entre soluços de lamentação com o corpo do arqueiro em seu colo. Aquele era um choro silencioso, de quem já havia perdido todas as suas esperanças. Ao seu lado, Nuha, apesar de não ter conhecido tão bem o campeão de Adaluf, comoveu-se com o sofrimento do pastor. Perder dois amigos em uma *aurora* havia torcido e retorcido o âmago do simples homem do Velho Condado de uma forma indescritível e inimaginável. Petrus não tinha mais forças, para viver ou para ir adiante. Nos frígidos confins da terra, nunca esteve tão próximo de um objetivo e ao mesmo tempo tão perdido em sua vida. Sua dor era comparável à *aurora* em que perdera seu pai e mãe. Suas pernas não se mexiam, sua respiração sôfrega doía a cada inspiração, sua mente não queria mais pensar. Ali estava apenas um corpo vazio. Seu espírito não era mais que uma fumaça dissipada na imensidão do céu.

Nuha aproximou de Petrus, por trás, e colocou a mão em seu ombro.

— Petrus, está na hora de tu saber o que Roderick soubera antes de ascender, a verdade sobre ti e o que é Cam Sur.

O camponês a ignorou. A sacerdotisa não se intimidou, pois, se havia alguém para tirá-lo do torpor que o havia dominado, esta pessoa seria ela. De seu pescoço, Nuha retirou uma corrente. Pendurado nele havia um pingente, desgastado pelo tempo, com o símbolo dos Cavaleiros da Ordem. Ela o beijou, apertou-o contra o peito e o deu para Petrus segurar.

— Tu deves estar te perguntando como eu tenho um pingente desses se apenas Sir Heimerich possui um – a sacerdotisa não recebeu uma resposta. — Pois bem – ela continuou sem se intimidar —, foi-me dado vinte *verões* atrás, quando eu tinha catorze *verões*, por um jovem aprendiz de cavaleiro. Siegardo. Obstinado. Justo. Honrado – seus olhos umedeceram ao falar do jovem. — Eu nem sempre fui de Dernessus, Petrus. Eu nasci em Askalor. Também nem sempre fui chamada de Nuha. Em Sieghard, meu nome era Shifra, e eu era uma sacerdotisa da Ordem do Domo do Rei. Na *aurora* em que eu ganhei este pingente, uni-me a uma excursão para sacrificar um bebê em oblação ao Grande Mar na costa bogdaniana. O ato, porém, nunca foi consumado. As trouxas se prenderam em um ninho de garça. Graças a um sinal dos céus, eu soube disso e consegui resgatar o bebê. Ao retornar, fui perseguida e, na fuga, deixei a criança aos cuidados de pastores em um vilarejo próximo.

Petrus ainda a ignorava, porém havia parado de chorar. Nuha continuou.

— Cam Sur ou Amc' Rus sempre esteve ao teu lado durante toda tua vida – Nuha continuou. — E, também está dentro de ti, apesar de que agora tu vejas tudo de forma embaralhada. O bebê, Petrus, que seria sacrificado, és tu. E o homem que o sacrificaria, teu avô, era nada menos que Marcus I, o rei de Sieghard.

Nuha calou-se por um tempo, esperando alguma reação do pastor, que permanecia sem querer encará-la. Depois de uma longa espera, por fim, o silêncio foi quebrado.

— Como pode saber que sou eu? – Petrus lançou a pergunta, ainda cético.

— Antes de o rei largar o bebê aos caprichos do mar, ele deu-lhe um beijo... E neste instante, o bebê abriu os olhos. Ninguém presente ali iria esquecer aqueles pequenos olhos azuis, que brilhavam na escuridão tais como os teus; porém, quando Roderick me disse que tu gritaste o nome de Cam Sur, proclamando ser o próprio, eu tive certeza. "Cam Sur" ou "Amc' Rus" é a tua forma confusa de enxergar "Marcus". Eles são a mesma coisa, com as letras trocadas. Entendes que não havia um Oráculo do Norte. Nunca houve uma pergunta a ser feita. A resposta para a salvação do reino já estava dentro de ti! Tu és a chave. Petrus, tu és o herdeiro real.

Petrus imediatamente tremeu ao pensar na ocasião em que quase caiu diante de Lumi, ao ver o rosto de Cam Sur, ou Marcus I, o beijando, antes de sofrer uma vertigem alucinógena. *Eu estava caindo de um penhasco*. De repente, todos os seus sonhos fizeram sentido: o rosto da estátua no salão do Oráculo do Norte era o de Marcus I, a única e última lembrança dele; uma das sombras no teatro em sua infância representava a figura do antigo rei; o copo d'agua na mão de um personagem majestoso e inalcançável com o rosto de Marcus I só poderia representar sua sede em ser... rei. O pastor ergueu-se e virou-se. Ao fazê-lo, para sua surpresa, Nuha estava ajoelhada, de cabeça baixa.

— Vida longa ao Rei Marcus III, e à plenitude da Ordem.

O pastor, agora rei, arregalou seus olhos. A informação veio como um relâmpago que atingiu o cerne de seu ser. Apesar de não querer acreditar, seu íntimo dizia que não havia dúvidas de que era o rei, no entanto, como deveria se comportar agora? Como deveria tratar seus compartes? Por um breve instante, ele sentiu medo. Muito medo. Seria digno de tal cargo? Tal responsabilidade? Sua mente voava confusa até que Nuha o trouxe de volta à realidade.

A realidade de uma chapa de aço sendo prensada entre um golpe de martelo e uma bigorna.

— Agora pega o Ner Tamid e usa-o! E ilumina de vez as trevas que recaem sobre nós, majestade! – ordenou Nuha, tirando Petrus de seus sonhos de realeza mais cedo.

Com delicadeza, os aventureiros aconchegaram o corpo de Roderick em uma reentrância na parede e o cobriram com o gelo amontoado do local para melhor conservá-lo.

— Adeus, amigo – disse Petrus. — Quando a Ordem triunfar, voltarei para buscá-lo e fazer um funeral como jamais visto. Também não esquecerei Formiga, esteja onde ele estiver, vocês repousarão lado a lado para serem honrados por todas as gerações futuras.

A sacerdotisa olhou compassiva para Petrus, que fraquejou novamente.

— Se eu soubesse que perderia tantos amigos... – ele desabafou com um nó em sua garganta.

— Sê forte e não te enganes, Petrus. Muito outros irão morrer – disse Nuha com a voz firme e suave. — Todavia, apenas a carne volta à terra. A alma e sua grandeza permanecem. Roderick nunca estará morto para ti e para aqueles que tiveram a honra de estar ao seu lado. Teu amigo cumpriu com seu propósito em Exilium. Muitos sequer sabem o motivo de estarem vivos e vivem suas sofridas vidas como se fossem obras de um sádico acaso; e morrem sem sabê-lo. Roderick, entretanto, não foi esse caso. Ele nunca teve dúvidas de qual era o seu motivo. Tu choras pelo que perdestes, pelo calor humano que não estará mais contigo; mas, digo a ti, que em hipótese alguma, dediques lágrimas de tristeza pela vitória da sua alma.

Por um instante, Petrus fechou os olhos; e neste instante que pareceu uma eternidade, ele recordou todos os bons momentos com o arqueiro. Era como se uma força o afastasse gradativamente de sua miséria. *"Seu coração pertence a uma causa muito maior e bela"*. Não demorou muito para que um sorriso de canto de boca, ainda que tímido, brotasse em seu rosto.

— Vamos, Nuha — comandou.

Nuha e Petrus encontravam-se no início de uma longa escadaria em espiral que seguia incerta para o ventre da colina, muitos pés abaixo. Com cautela, devido ao gelo acumulado nos degraus, os dois peregrinos desceram rumo ao desconhecido.

— Como veio parar no norte, Nuha? — Petrus perguntou.

— Quando te deixei no Velho Condado, consegui escapar, mas ainda assim eu não estava a salvo, pois ao ver meus perseguidores, passei a ser detentora de conhecimentos que não deveria ter. Fui procurada por todos os cantos de Sieghard. Andei nas sombras por muito tempo. Fui achada passando fome pelo ser que se denomina Ázero. Ele me salvou, e me trouxe ao norte, onde fui recebida pelos Libertários.

— Libertários? — o rei estava surpreso.

— Sim, vivi com eles algum tempo até fugir para Nordward. Meu coração sempre foi Ordeiro.

— Por isso sabe dos mistérios que se encontram aqui.

— Exato — Nuha respondeu, escorregando no gelo. Petrus a segurou com firmeza.

— Cuidado — disse. — Você está bem? — perguntou. Nuha se reconstituiu, assentindo. O rei continuou a conversa, após o susto. — Como não se corrompeu?

— Quase aconteceu. Contudo, em Nordward, diferentemente de Sieghard, todos os magos são Ótus-Lúpus, quer dizer que são ensinados a canalizar e lidar com as duas energias, de Ieovaris e Sethos, sem sucumbir a qualquer lado. Dessa forma, o que os magos de Sieghard demoram oitenta *verões* para aprender, eu aprendi em quinze. Graças a esses ensinamentos, reconquistei meu equilíbrio.

— Há quem sucumba?

— Depende de quantas vezes tu usas a energia Caótica ou Ordeira. As magias do Caos são mais simples, requerem menos energia e, portanto, mais fáceis de usar. Porém, possuem uma gravidade muito maior. O caminho para sucumbir ao Caos é muito mais curto, econômico e atrativo. Muitos Ótus-Lúpus sucumbiram. Não foi à toa que se tornou secreta em Sieghard. Qualquer um que deseja tornar-se poderoso rapidamente opta pela energia de Sethos. Porém, digo-te, nem sempre é uma boa escolha.

À medida que superavam cada patamar, uma luz azul-esverdeada subia em ondas, produzindo um vapor quente que arrefecia seus corpos e dava uma sensação de alívio repentino. Entretanto, Petrus congelou ao perceber que, por entre as luzes que tanto o agradara, ele conseguia distinguir rostos de pessoas que apareciam e desapareciam no espaço; alguns com semblantes serenos, outros demonstrando pura malignidade.

— O que é isso, Nuha? – perguntou, paralisado de medo.

— Fogo-fátuo. Espíritos de outrora, desencarnados instantaneamente, que, por não aceitarem sua morte, travam uma batalha espiritual no mundo material. Em sua maioria, são espíritos confusos. Porém estes daqui servem a um propósito.

— Que seria...?

— Olha para tua tocha – Nuha apontou para o Ner Tamid, no momento em que um rosto completamente deformado, ainda que humano, soprava-o tentando apagar a chama. — Se esta fosse uma tocha normal, estaríamos no escuro há muito tempo, atormentados por estes fantasmas. Arrisco dizer que, se houve alguém corajoso o bastante para entrar aqui sem o Ner Tamid, este alguém está morto – apesar da fraca luz do ambiente, a sacerdotisa pode perceber a insegurança de Petrus em seus olhos. — Porém, não há necessidade de apavoramentos. Estes não podem fazer nada além de tentar nos enlouquecer. Desde que entramos, a luz já suplantou a escuridão.

Ao chegarem ao primeiro patamar da escada, Nuha e Petrus encontraram um longo corredor estreito de pedra que os levavam, de novo, para um ponto desconhecido e distante. Nas paredes do corredor, de um lado e de outro, havia murais talhados nas pedras, em alto e baixo relevo, e pareciam contar uma história antiga, em muitos deles existia a figura de dragões e homens.

— Por Ieovaris! São painéis-da-lei! – Nuha exclamou surpresa, virando-se para Petrus, que a fitou sem entender. — É uma tradição que perdura ainda nas atuais *auroras* dentro de castelos e fortificações Ordeiras. É encantador descobrir suas origens. Até meus catorze *verões*, vi vários deles nos corredores do Domo do Rei. Toda a história da unificação está lá. No forte de Nordward temos alguns. Eles representam grandes acontecimentos.

— Reais?

— Reais, Petrus.

— Então quer dizer que os dragões existiram mesmo? — o rei ficou admirado. Nuha o encarou, incrédula. — Por que me olha assim? — Petrus perguntou, ingenuamente.

— Há evidências por toda a parte, mesmo em Dernessus. Imagino em Sieghard. Crânios, escamas, dentes... Como podes ser tão cético? Vamos, ilumina mais perto para saber um pouco mais de teus antepassados!

Nuha estava atônita. Os painéis mostravam um homem com o uniforme da Ordem tocando uma trombeta, e, em seguida, revelavam a chegada impetuosa de dragões sobre vilas que eram devastadas pelos seus sopros flamejantes, com exércitos inteiros aniquilados. Os próximos painéis estavam desgastados pelo tempo e impossíveis de identificar o que acontecia neles.

— Deixe-me ver se eu entendi direito. Um homem toca essa cornetinha e, depois, por algum motivo desconhecido, os dragões aparecerem para massacrar o povo? — Petrus observava com atenção.

— Essa não é uma simples "cornetinha", Petrus; assim como o Ner Tamid, era um artefato único. Essa trombeta se chamava Aclamador Irrevocável e tinha o poder de invocar os dragões.

— A...A...Aclamador Irrevocável? — Petrus lembrou-se do nome incluído ao final da frase incompleta que havia sido revelada em seu sonho. "[...] [...] [...] o *Aclamador Irrevocável*.". Seria possível que esta trombeta estivesse relacionada com o destino de Exilium?

— O Aclamador Irrevocável era também — Nuha cortou os devaneios do rei — o nome dos únicos homens que podiam tocar a trombeta, cuja existência e guarda era disputada por todos os soberanos da época, tanto Ordeiros quanto Caóticos.

— Não me parece tão difícil tocar uma trombeta.

— Qualquer um pode tocar uma trombeta, majestade, porém deveria? — ela o encarou. — As consequências de invocar os dragões eram calamitosas. Dragões não distinguem Ordeiros nem Libertários, nem mesmo quem os invocou. O Aclamador Irrevocável era a única pessoa em todo Exilium que conseguia controlar os dragões, e, portanto, a única autorizada a tocar. Por centenas de *verões* até o seu fim, os Cavaleiros da Ordem foram responsáveis por proteger ao custo da própria vida sua linhagem; que tinha raízes na Era dos Deuses, assim como a trombeta.

— Em outras palavras... Quem estivesse do lado de um homem desses com a trombeta reinaria sobre Exilium — Petrus fora perspicaz.

Nuha confirmou com a cabeça.

— Com a morte dos Aclamadores Irrevocáveis e o desaparecimento da trombeta, os dragões nunca mais foram vistos. Pelo menos, essa é a história contada nos antigos tomos Libertários, da época em que vivi com eles.

— É lastimável... – Petrus concluiu, percorrendo o corredor para iluminar o penúltimo painel, que mostrava um instrumento sendo levado por pessoas para um imenso navio, parecidos com as embarcações de Linus que atracaram na costa bogdaniana.

— Nuha... Veja esse outro painel – pediu o rei.

A sacerdotisa aproximou-se do mural e não pôde conter sua estupefação. O último painel, bem ao lado, ainda que parcialmente iluminado, possuía figuras incrustadas que representavam um colossal exército portando a bandeira do Caos em direção ao castelo.

— Petrus, isso é magnífico! Estamos vendo a verdadeira história do fim da Ordem e começo do domínio Libertário! – Nuha estava empolgada. — Em outras palavras, o início de uma nova era no Pêndulo do Equilíbrio: A Era do Caos. A trombeta foi roubada, e como consequência, o rei não pôde chamar os dragões para lutar ao seu lado na batalha final.

— Quer dizer que o roubo da trombeta causou o fim da Ordem na última Era? Os Cavaleiros falharam?

— Talvez esse fora um de vários motivos. Há muitos painéis desgastados aqui. Não temos como conhecer a história completa, mas seguramente foi um fator preponderante.

Petrus observou o último painel, absorto em pensamentos. Todavia, suas suspeitas se concentravam em específico nos primeiros painéis, que revelavam um massacre causado pelo toque da trombeta. Nas figuras, não havia identificação de qual exército tinha sido eliminado pelos dragões. Poderia o Aclamador Irrevocável ter sido responsável por tais atos? A destruição de seu próprio povo? De qualquer forma, o que ele sabia agora era que a trombeta poderia estar intacta e que, se Nuha estivesse correta, e de fato os antigos Cavaleiros da Ordem, protetores do Aclamador Irrevocável, estivessem selados magicamente nos subterrâneos, então eles poderiam saber do paradeiro do último homem capaz de controlar dragões – óbvio, se a linhagem tivesse continuado. Não seria também difícil adivinhar porque Linus atacara Sieghard, caso tenha obtido informações que ninguém sabia.

— Nuha... – disse Petrus. — Eu ainda não cheguei a uma conclusão certa, mas estou começando a entender por que Sieghard fora atacado pelas forças do Caos.

— Eu também, Petrus – a sacerdotisa olhou, consternada, para o rei. — Eles querem...

— ... tocar a trombeta, e sabem do paradeiro do último Aclamador Irrevocável – o soberano completou.

— É por isso que temos que acordar os antigos Cavaleiros da Ordem o mais rápido possível – disse Nuha, dogmática. — Vamos!

O longo corredor de painéis terminava em uma escada curva e desembocava em um gigantesco salão circular, ao lado de outra escada gêmea, que também levava a outro corredor, no mesmo nível em que os peregrinos estavam. O pé direito do salão podia acomodar facilmente dois trolls-das-neves, um sobre o outro, e o diâmetro do cômodo podia comportar ao menos duas tavernas do Bolso Feliz. Petrus ficou boquiaberto com a magnitude do recinto. Por todos os lados, os vapores azulados de fogo-fátuo subiam dos destroços que pontilhavam o chão, quase inutilizando o brilho do Ner Tamid em um espetáculo macabro de luzes.

— Não te desvencilhes desta tocha, não agora! – comandou Nuha com firmeza.

— Não sou louco... – brincou o rei.

No centro do salão havia um pedestal vazio, e uma linha circular no piso o circundava. Quatro traços saíam do pedestal em direção à parede, repleta de concavidades – algumas delas, inclusive, contendo estátuas. Imediatamente, Petrus retirou do seu bolso o pergaminho encontrado nos aposentos de Ume em Keishu e o abriu.

— Reconhece? – Petrus perguntou para Nuha. — O Grão-Mestre Harada disse que isso pode ser algum tipo de selo.

— A oração perdida da Ordem! – a sacerdotisa não acreditava no que via — E este símbolo... Deixe-me ver. Não, Petrus. Isso não é um selo. É o desenho deste salão. Veja, existem doze concavidades, mas cinco estátuas. Entretanto, estou certa que estas estátuas só podem ser dos doze Cavaleiros da Ordem. E este pedestal, é onde deverá ser posta o Ner Tamid. Petrus... nós conseguimos! — Nuha estava eufórica. — Nós conseguimos!

O rei foi em direção ao pedestal, e cuidadosamente depôs a tocha sobre ele, como se soubesse o que fazer. O fogo-fátuo aumentou e as labaredas azul-esverdeadas envolveram o artefato, como se estivessem desesperadas em apagá-lo. Em seguida, Petrus se afastou do pedestal, aproximando-se de Nuha, que o sinalizou para dar o próximo passo, do qual eles tinham conhecimento. Bastou apenas um olhar firme da sacerdotisa.

— A tocha sagrada seja a minha luz, não sejam as trevas o meu guia! – gritou Marcus III.

O Ner Tamid explodiu fulgurante com uma luminosidade divina. Petrus e Nuha tentaram proteger suas vistas com as mãos em vão, enquanto eram açoitados por um forte vento proveniente do pedestal. Muitas vozes de lamentações, outras de felicidade, foram ouvidas, e depois se distanciaram, perdendo-se no ambiente. O fogo-fátuo se extinguiu no mesmo momento da explosão de luz. As paredes, banhadas pela claridade, pareceram adquirir vida, com faixas de cores rubras e violetas. No chão, mosaicos coloridos apareceram, e no teto, uma cúpula ornamentada com gravuras de homens em armaduras e mulheres em belos trajes, dignas dos pintores mais bem pagos de Sieghard, revelou-se. Aquele foi um instante de vislumbre da época de ouro do antigo reino. Fantasmas de nobres perambularam pelo recinto, como se fossem parte dele, e depois, desapareceram como as vozes. Nuha e Petrus não puderam acreditar no que seus olhos viam. As visões, porém, duraram muito pouco e, rapidamente, o salão estava de volta ao seu aspecto decrépito e sombrio.

Entretanto, uma das cinco estátuas já não figurava no local.

— Nuha... – Petrus arregalou seus olhos azuis, e Nuha ficou imóvel.

Diante dele, postava-se um homem grisalho, de cabelos curtos e barba rala. Ele vestia uma armadura completa de escamas e trazia em mãos um escudo com o símbolo dos Cavaleiros da Ordem e uma espada de lâmina azul-prateada. Ele aproximou-se do rei, embainhando a espada, e se ajoelhou com a cabeça baixa.

— É dever e honra minha, como Cavaleiro da Ordem, sob minha égide, nas benesses e na destruição, através das bênçãos de Ieovaris, preservar, em vida ou morte, a vida...

...do último Aclamador Irrevocável.

Epílogo

Na densidão do nevoeiro de poeira e neve, em meio a tossidos e gemidos de dor, os Ordeiros sobreviventes que lutaram pela conquista do farol se apressavam em salvar seus irmãos soterrados. O cenário, para Braun e Sir Heimerich, tornara-se ainda mais abominável que o resultado final da batalha nas proximidades do Velho Condado, pois a massa de homens mortos em batalha agora se somava aos mortos pelo desabamento. Duncan, firme como uma rocha, ordenava seus homens aos brados a agilizar as buscas. Ainda que sensibilizado pelas duras perdas e pela visão aterradora dos soldados esmagados, o general do norte não se deixava abalar. Agora sua missão era salvar todos os que ainda mantinham a chama da vida acesa.

Junto à força-tarefa, Braun e Sir Heimerich faziam o possível para retirar os pesados blocos de pedra, um a um, quando, de repente, o cavaleiro ouviu uma voz, doce como as uvas de Bogdana, soprando em seus ouvidos.

— Heimerich! — chamou uma voz feminina.

Instantaneamente, o coração do cavaleiro palpitou mais forte e ele paralisou. *Seria....?* Atordoado, pensou estar delirando. *Com certeza, um efeito colateral pós-guerra.*

— Heimerich, por que me ignora? — a voz mais uma vez tomou o seu coração assim que voltou aos seus afazeres, hipnotizando-o.

Guiado pela emoção, o nobre despediu-se de sua razão e, sozinho, afastou-se do campo de batalha à procura da pessoa que o chamava.

Aquela era a voz de Anna.

Apêndices

Lista dos Reis de Sieghard

CASA DOS DRAUSUS (1-185)

1. Drausus. Título: Drausus I (1-11), *o Pacificador*. Rei de Askalor, mas considerado por todas as províncias como primeiro rei de *Sieghard* ("difícil vitória").
2. Drest. Título: Drausus II (11-28). Deposto por Grystan enquanto estava ausente. Porém, ao retornar, reconhece o trono do filho.
3. Drustan. Título: Drausus III (28-32). Apesar de tomar o poder do pai, é reconhecido pelo mesmo. Não deixou herdeiros.
4. Trystan. Título: Trystan I (32-37). Irmão de Drausus III. Não deixou herdeiros.
5. Grystan. Título: Grystan I (37-42). Irmão de Drausus III e Trystan I. Não deixou herdeiros.
6. Brystan. Título: Brystan I, *o Grande* (42-70). Irmão de Drausus III, Trystan I e Grystan I. Primeiro auto-proclamado rei de Sieghard.
7. Brenyn. Título: Brystan II, *o Velho* (70-95).
8. Ayros. Título: Brystan III (95-96). Assassinado por ordem de seu irmão Heol I.
9. Heol. Título: Heol I, *o Cruel* (96-111). Filho de Brystan II, *o Velho*. Não deixou herdeiros.
10. Wedyus. Título: Wedyus I (111-118). Filho de Brystan II, *o Velho*. Foi assassinado pelos antigos partidários de Heol I com seus filhos ainda crianças, por isso, foi sucedido por seu irmão Gryff I.

11. Gryff. Título: Gryff I, *o de joelhos fortes* (118-127). Filho de Brystan II, *o Velho*. Assumiu devido à pouca idade dos sobrinhos e não deixou herdeiros.
12. Brenyn. Título: Brenyn I, *o Justo* (127-131). Filho de Wedyus I. Assumiu devido a não sucessão de Gryff I. Não deixou herdeiros.
13. Olynydd. Título: Olynydd I (131-147). Filho de Wedyus I. Assumiu devido a não sucessão de Brenyn I.
14. Dylyn. Título: Olynydd II (147-150). Assassinado pelo primo Coedwig I.
15. Codwyg. Título: Codwyg I, *o Vil* (150-185). Neto de Wedyus I. Deposto por Anush I, de Vahan.

CASA DOS VAHANIANOS (185-186)

16. Anush. Título: Anush I, *o vahaniano* (185-186). Depôs Coedwig I, mas morreu não muito tempo depois.

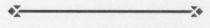

CASA DOS DRAUSUS (186-187)

17. Codwyg. Título: Codwyg I (186-188). Reassumiu o trono, mas Sieghard se encontrava sob domínio de maioria vahaniana.
18. Mabwyg. Título: Codwyg II, *defensor de ferro* (186-187), morto pelos vahanianos.

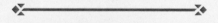

CASA DOS VAHANIANOS (187-213)

19. Arax. Título: Anush II, *o Grande* (187-206). Filho de Anush I. Após a morte de Mabwyg, levou o reino novamente para Vahan.
20. Gadar. Título: Gadar I, *o bastardo* (206-211). Filho ilegítimo de Arax. Reinou nas outras partes de Sieghard, enquanto seu meio-irmão (Parx) reinava somente em Vahan.
21. Parx. Título: Anush III, *o legítimo* (211-213). Filho legítimo de Arax. Planeja unificar o reino, mas seu meio-irmão (Gadar) morre antes. Consegue o feito sem muitos esforços.

CASA DOS DRAUSUS (213-238)

22. Tewlus. Título: Tewlus I, *o Sábio*. (213-237). Faz um acordo com Parx, deixando Vahan como um região independente e assume o trono de Sieghard. Não deixa herdeiros.
23. Cledyff. Título: Cledyff I (237-238). Morto pelos povos do norte, das terras de além-escarpas.
24. Etyfedd. Título: Cleddyf II, *o Herdeiro* (238-238). Recebe o trono após a morte de Cledyff, mas abdica em favor de Kraig I.

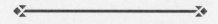

CASA DOS HOMENS DO NORTE
(DOS KRAIGEN) (238-336)

25. Kraig. Título: Kraig I, *o Conquistador* (238-259). Reclamou o direito ao trono após a morte de Tewlus I (falecido sem descendência), por ser parente da mãe do rei. Após ter o direito negado, atacou Sieghard até conquistá-lo em 238.
26. Rettig. Título: Kraig II, *o Ruivo* (259-282).
27. Stray. Título: Kraig III, *o Justo* (282-317). Somente deixou filhas.
28. Ragnar. Título: Ragnar I (317-335). Sobrinho de Kraig III.
29. Bramar. Título: Ragnar II, *o Breve* (335-336). Morre sem deixar herdeiros.

CASA DE ASKALOR (336-454)

30. Nogah. Título: Nogah I, *o de barba curta* (336-371). Neto de Kraig III.
31. Zekariah Título: Nogah II, *o Valente* (371-381).
32. Diklah. Título: Nogah III, *o de baixa estatura* (381-390).
33. Beulah. Título: Nogah IV (390-398).
34. Goliah. Título: Nogah V (398-400). Não deixa herdeiros.
35. Marcus. Título: Marcus I, *o Velho* (400-454). Primo de Nogah V. Desaparece ao levar um dos herdeiros de seu filho Marcellus para o sacrifício nos penhascos de Bogdana.

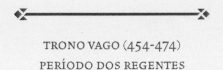

TRONO VAGO (454-474)
PERÍODO DOS REGENTES

CASA DE ASKALOR (474-477)

36. Marcellus. Título: Marcus II, *o Ousado* (474-477). Assume o poder contra a vontade de muitos nobres que esperavam pelo retorno de Marcus I. É assassinado durante a invasão dos exércitos de Linus.

CASA DE FIRDAUS (477-)

37. Linus. Título: Linus I, *o Usurpador* (477-). Invade Sieghard e assume o poder.

Partituras

Wilbur, O destemido

Vou para Tranquilitah

Este livro foi composto em
Vendetta OT (corpo) e Amador
(títulos e capitulares) em Outubro de
2024 e impresso em Triplex 250 g/m²
(capa) e Pólen Soft 80g/m² (miolo).